SEPTIMUS HEAP

✚ LIBRO UNO ✚

Magyk

SEPTIMUS HEAP

✠ LIBRO UNO ✠

Magyk

ANGIE SAGE

ILUSTRACIONES POR MARK ZUG

KATHERINE TEGEN BOOKS
Una rama de HarperCollinsPublishers

Rayo es una rama de HarperCollins Publishers.

Septimus Heap Libro Uno: Magyk
Título original: Septimus Heap Book One: Magyk
Texto © 2005 por Angie Sage
Ilustraciones © 2005 por Mark Zug
Traducción © 2005 por Teresa Camprodón Alberca
www.harperchildrens.com

Library of Congress ha catalogado la edición en inglés.
ISBN-10: 0-06-084979-7 — ISBN-13: 978-0-06-084979-5
❖
Primera edición Rayo, 2006
Primera edición en español © por 2005 Grupo Editorial Random House
Mondadori, S.L.

Para Lois, con afecto y gratitud
por tu ayuda y tu aliento,
este libro es para ti.

ÍNDICE

Algo en la nieve

Silas Heap se envolvió apretadamente en la capa para protegerse de la nieve. Había dado una larga caminata por el Bosque y estaba helado hasta los huesos. A pesar del frío, en los bolsillos tenía las plantas que Galen, la médico, le había dado para su último hijo, Septimus, que acababa de nacer ese mismo día.

Al aproximarse al Castillo, Silas alcanzaba a divisar las luces parpadeantes a través de los árboles a medida que se iban colocando velas en las ventanas de las altas y exiguas casas que se apiñaban alrededor de las murallas exteriores. Era la noche más larga del año, y las velas seguirían ardiendo hasta el alba para ayudar a mantener a raya la oscuridad. A Silas siempre le había gustado ese paseo hasta el Castillo. No temía el Bosque durante el día y disfrutaba de un apacible recorrido por la angosta senda que se abría paso, metro a metro, a través de la espesura. Ahora se encontraba cerca del lindero del Bosque, los altos árboles empezaban a escasear y, al internarse la senda en el lecho del valle, Silas podía ver el Castillo entero alzarse ante él. Las viejas murallas abrazaban el anchuroso y serpenteante río y zigzagueaban alrededor de los desordenados grupos de casas. Todas ellas estaban pintadas de vivos colores y aquellas que daban al oeste parecían en llamas cuando sus ventanas captaban los últimos rayos del sol invernal.

El Castillo había nacido como una pequeña aldea. Al estar tan cerca del Bosque, los aldeanos habían levantado algunas piedras altas como protección contra los zorros, las brujas y los hechiceros, que solo pensaban en robarles sus ovejas, sus gallinas y en ocasiones sus niños. Cuantas más casas se construían, más se extendían las murallas para que todos pudieran sentirse a salvo.

Pronto el Castillo atrajo a hábiles artesanos de otros pueblos. Creció y prosperó tanto, que a sus habitantes empezó a faltarles espacio, hasta que decidieron construir los Dédalos. Los Dédalos, que era donde Silas, Sarah y los niños vivían, era una gran edificación de piedra que se levantaba a la orilla del río. Se extendía casi cinco kilómetros a lo largo de la ribera y volvía al Castillo. Era un lugar ruidoso y bullicioso ocupado por una maraña de pasadizos y cámaras, pequeños talleres, escuelas y tiendas mezcladas con residencias, minúsculas terrazas ajardinadas e incluso un teatro. No había mucho espacio en los Dédalos, pero a la gente no le importaba; siempre había buena compañía y los niños siempre encontraban compañeros de juegos.

Mientras el sol de invierno se hundía bajo los muros del Castillo, Silas aceleró el paso. Necesitaba llegar a la puerta norte antes de que la cerraran al anochecer e izaran el puente levadizo.

Fue entonces cuando Silas notó que algo andaba cerca. Algo vivo, pero apenas nada más. Era consciente de que en algún lugar, cerca de él, latía un pequeño corazón humano. Silas se detuvo. Como mago ordinario era capaz de notar cosas, pero no era un mago ordinario especialmente bueno, tenía que hacer un gran esfuerzo de concentración. Se quedó quieto mientras la nieve caía deprisa a su alrededor y cubría sus pisadas. Y entonces oyó algo... ¿un sollozo, un gimoteo, una leve respiración? No estaba seguro, pero fue suficiente.

Debajo de un matorral, junto al camino, había un fardo. Silas levantó el fardo y, para su sorpresa, se encontró mirando fijamente a los ojos adustos de un pequeñísimo bebé. Silas cogió al bebé en brazos y se preguntó cómo habría acabado aquella niña allí, tirada en la nieve en el día más frío del año. Alguien la había envuelto, bien arropada, en una gruesa manta de lana, pero ya se estaba quedando helada: tenía los labios amoratados y nieve en las pestañas. Mientras los ojos violeta oscuro le miraban intensamente, Silas tuvo la incómoda sensación de que la niña había visto en su corta vida más de lo que ningún bebé debería ver.

Tras pensar en su Sarah, que estaba en casa, caliente y a salvo con Septimus y los chicos, Silas decidió que tendrían que hacer espacio para un pequeño más. Cuidadosamente envolvió al bebé en su capa verde de mago y lo apretó contra él mientras corría hacia la puerta del Castillo. Llegó al puente levadizo justo cuando Gringe, el portero, estaba a punto de salir y gritarle al chico que empezara a izarlo.

—Estás apurando mucho —gruñó Gringe—. Pero los magos sois raros. No sé por qué queréis todos estar fuera en un día como este.

—¿Oh? —Silas quería dejar atrás a Gringe lo antes posible, pero antes tenía que cruzarle la palma de la mano con plata. Silas rápidamente encontró un penique de plata en uno de sus bolsillos y se lo dio—. Gracias, Gringe. Buenas noches.

Gringe miró el penique como si se tratara de un asqueroso escarabajo.

—Marcia Overstrand me dio media corona hace un momento; pero ella tiene clase, ahora es la maga extraordinaria.

—¿Qué? —Silas casi se atraganta.

—Sí. Clase, eso es lo que tiene.

Gringe retrocedió para dejarle pasar, y Silas se coló. Aunque Silas se moría de ganas de saber por qué Marcia Overstrand era de repente la maga extraordinaria, notaba que el fardo empezaba a rebullir en la calidez de su capa y algo le dijo que sería mejor que Gringe no supiera nada de él.

Mientras Silas desaparecía en las sombras del túnel que llevaba hasta los Dédalos, una figura alta salió y le cerró el paso.

—¡Marcia! —exclamó Silas—. ¿Qué demonios...?

—No le cuentes a nadie que la has encontrado. Es tu hija. ¿Lo entiendes?

Impresionado, Silas asintió con la cabeza y, antes de que le diera tiempo a decir nada, Marcia desapareció en un resplandor de niebla púrpura. Silas pasó el resto del largo y sinuoso viaje por los Dédalos con la mente hecha un lío. ¿Quién era esa recién nacida? ¿Qué tenía Marcia que ver con ella? ¿Y por qué ahora era Marcia la maga extraordinaria? Y mientras Silas se acercaba a la gran puerta roja que conducía a la abarrotada casa de la familia Heap, se planteó otra pregunta aún más acuciante: ¿qué diría Sarah al tener que cuidar a otro bebé más?

Silas no tuvo que pensar mucho rato la última cuestión. Cuando se disponía a abrir la puerta, esta se abrió y salió disparada una mujer gruesa y de cara roja, vestida con la túnica azul oscuro de comadrona, que a punto estuvo de darse de bruces con él. Ella también llevaba un fardo, pero el fardo estaba vendado de la cabeza a los pies y lo llevaba bajo el brazo como si fuera un paquete y llegase tarde a correos.

—¡Muerto! —gritó la comadrona.

Apartó a Silas de un fuerte empellón y corrió por el pasillo. Dentro de la habitación, Sarah Heap chillaba.

Silas entró con el corazón encogido. Vio a Sarah rodeada de seis niñitos de caras blancas, demasiado asustados para llorar.

—Se lo ha llevado —se lamentó Sarah con impotencia—. Septimus ha muerto y ella se lo ha llevado.

En ese momento un líquido caliente empezó a empapar el fardo que Silas aún ocultaba bajo su capa. Silas no tenía palabras para lo que quería decir, de modo que se limitó a sacar el fardo de debajo de su capa y colocarlo en los brazos de Sarah.

Sarah Heap rompió a llorar.

2

SARAH Y SILAS

El fardo se crió en el hogar de los Heap y se llamó Jenna, como la madre de Silas.

El más pequeño de los chicos, Nicko, solo tenía dos años cuando Jenna llegó y pronto se olvidó de su hermano Septimus. Los chicos mayores poco a poco también lo olvidaron; querían a su hermanita y llevaban a casa todo tipo de tesoros para ella de las clases de **Magia** que recibían en el colegio.

Por supuesto, Sarah y Silas no podían olvidar a Septimus. Silas se maldijo a sí mismo por dejar a Sarah sola y salir a buscar hierbas para el bebé por consejo de la médico. Sarah se culpaba a sí misma por lo ocurrido. Aunque apenas podía recordar lo sucedido aquel terrible día, Sarah sabía que había intentado devolverle la vida al bebé y había fracasado. Recordaba ver a la comadrona vender a su pequeño Septimus de la cabeza a los pies y luego correr hacia la puerta, mientras gritaba por encima del hombro: «¡Muerto!». Sarah recordaba bien todo aquello.

Pero Sarah pronto empezó a querer a su niñita tanto como había querido a Septimus. Durante un tiempo temió que viniera alguien a llevarse a Jenna también, pero, a medida que pasaban los meses y Jenna se convertía en un bebé regordete y gorjeante que gritaba «Mamá» más fuerte que ninguno de los chicos, Sarah se relajó y casi dejó de preocuparse.

Hasta el día que su mejor amiga, Sally Mullin, llegó sin resuello a la puerta de su casa. Sally Mullin era una de esas personas que estaban al corriente de todo lo que sucedía en el Castillo. Era una mujer menuda y revoltosa cuyo ralo cabello pelirrojo sobresalía siempre de algo parecido a un mugriento gorro de cocinero. Tenía una agradable cara redonda, un poco rechoncha de comer tantos pasteles, y sus ropas solían estar salpicadas de harina.

Sally dirigía un pequeño café situado abajo, en el pontón junto al río. El cartel de la puerta anunciaba:

Salón de té y cervecería Sally Mullin
Habitaciones limpias
Gentuza no

No había secretos en el café de Sally Mullin; todo aquello o todo aquel que llegase al Castillo por agua era advertido y se convertía en objeto de comentarios, y la mayoría de la gente que se dirigía al Castillo prefería llegar por barco. A nadie le gustaban las oscuras sendas que atravesaban el Bosque que rodeaba el Castillo. El Bosque estaba infestado de árboles carnívoros, y los zorros lo invadían por la noche. Y luego estaban las brujas de Wendron, que siempre andaban escasas de dinero y de las que se sabía que tendían trampas para esquilar al viajero incauto y lo dejaban con poco más que la camisa y los calcetines.

El café de Sally Mullin era una cabaña bulliciosa y humeante que colgaba precariamente sobre el agua. Barcos de todas las formas y tamaños amarraban frente al pontón del café y de ellos salía todo tipo de personas y animales; la mayoría, decididos a recuperarse de su viaje tomándose al menos una de las potentes cervezas de Sally, un pedazo de pastel de cebada e intercambiando las últimas habladurías. Y cualquiera del Castillo que dispusiera de media hora libre y a quien le rugieran las tripas pronto se encontraban en el hollado sendero que atravesaba Port Gate, pasado el vertedero de basuras de la orilla del río y a lo largo del pontón que daba al salón de té y cervecería de Sally Mullin.

Sally tenía la costumbre de visitar a Sarah todas las semanas y mantenerla al corriente de todo. En opinión de Sally, Sarah era una víctima, con siete hijos que cuidar, por no hablar de Silas Heap, que poco contribuía, por lo que ella podía comprobar. Las historias de Sally solían referirse a personas de las que Sarah nunca había oído hablar y a las que ni conocía, pero aun así esperaba con ilusión las visitas de Sally y disfrutaba escuchando lo que pasaba a su alrededor. Sin embargo, esta vez lo que Sally tenía que decirle era distinto. Esta vez era más serio que el chismorreo cotidiano y esta vez concernía a Sarah. Y, por primera vez, Sarah sabía algo que Sally ignoraba.

Sally entró y cerró la puerta con aire conspirador.

—Tengo noticias terribles —susurró.

Sarah, que intentaba limpiar los restos del desayuno que embadurnaban la cara de Jenna y que el bebé había esparcido por todas partes, y al mismo tiempo recoger la suciedad del nuevo cachorro de perro lobo, no estaba realmente escuchando.

—Hola, Sally —la saludó—. Aquí tienes un sitio limpio. Ven y siéntate. ¿Una taza de té?

—Sí, por favor. Sarah, ¿tú te crees...?

—¿Qué ocurre, Sally? —le preguntó Sarah, esperando oír algo sobre el último que había armado una bronca en el café.

—La reina. ¡La reina ha muerto!

—¿Qué? —exclamó Sarah. Sacó a Jenna de la silla y la llevó hasta un rincón de la habitación donde estaba su cuna. Sarah acostó a Jenna para que echara una siesta. Creía que los bebés debían ser mantenidos al margen de las malas noticias.

—Muerta —repitió Sally con tristeza.

—¡No! —exclamó Sarah—. No puedo creerlo. No se encuentra bien desde el nacimiento de su bebé, por eso no la hemos visto desde entonces.

—Eso es lo que han dicho los guardias custodios, ¿no es cierto? —preguntó Sally.

—Bueno, sí —admitió Sarah, sirviendo el té—. Pero son sus guardaespaldas, ellos deben saberlo. Aunque no entiendo por qué la reina de repente ha querido ser custodiada por semejante hatajo de matones.

Sally tomó la taza de té que Sarah le había puesto delante.

—Gracias. Hum... qué bueno. Bien, exactamente... —Sally bajó la voz y miró a su alrededor como si esperase que le saliera un guardia custodio de un rincón o no se hubiera dado cuenta de que había uno en medio de la sala desordenada de los Heap—. Son un puñado de matones. En realidad, ellos la han asesinado.

—¿Asesinado? ¿La han asesinado? —exclamó Sarah.

—Chis... Bueno, veamos... —Sally acercó la silla a la de Sarah—. Bueno, circula una historia, y yo la sé de boca de la interesada...

—¿A qué boca te refieres? —preguntó Sarah con una sonrisa pícara.

—Solo puede ser la de la señora Marcia —respondió Sally triunfante. Se recostó y cruzó los brazos—. Esa boca es.

—¿Qué? ¿Cómo es que te codeas con la maga extraordinaria? ¿Fue a tomar una taza de té?

—Casi. Terry Tarsal lo hizo. Había estado en la Torre del Mago entregando unos zapatos realmente extraños que había hecho para la señora Marcia. Así que, cuando dejó de lamentarse de su mal gusto para los zapatos y de lo mucho que odiaba las serpientes, me dijo que había sorprendido a Marcia hablando con una de las otras magas. Endor, la pequeña gordita, creo. Bueno, ¡dijeron que habían matado a la reina de un disparo! Los guardias custodios. Uno de sus Asesinos.

Sarah no daba crédito a lo que estaba oyendo.

—¿Cuándo? —clamó.

—Bueno, esto es lo realmente horrible —susurró con excitación Sally—. Dicen que le dispararon el día que nació su bebé. Hace seis meses de esto y no sabíamos nada. Es terrible... terrible. Y también dispararon al señor Alther. Lo mataron. Así es como Marcia asumió...

—¿Alther muerto? —se lamentó Sarah—. No puedo creerlo. Realmente no puedo... Todos pensábamos que se había retirado. Silas fue su aprendiz hace años. Era encantador...

—¿Ah sí? —preguntó distraídamente Sally, ansiosa por seguir con el relato—. Bueno, eso no es todo, verás. Porque Terry creyó entonces que Marcia había rescatado a la princesa y la había llevado a algún lugar seguro. Endor y Marcia estaban charlando, preguntándose cómo se las habría arreglado. Pero claro, cuando se percataron de que Terry estaba allí con los zapatos, dejaron de hablar. Marcia fue muy grosera con él, según me contó Terry. Al rato se sintió un poco raro y creyó que le habían echado un hechizo para olvidar, pero se escabulló detrás de un pilar cuando la vio murmurar y no funcionó del todo. Está realmente disgustado por eso, pues no puede recordar si le pagó los zapatos. —Sally Mullin hizo una pausa para tomar aliento y beber un largo sorbo de té—. Esa pobre princesita... ¡Dios asista a la chiquitina! Me pregunto dónde estará ahora. Probablemente consumiéndose en alguna mazmorra. No como tu angelito... ¿Cómo está la pequeña?

—¡Oh, está bien! —respondió Sarah, que normalmente se hubiera explayado sobre los resfriados de Jenna, el diente que le había salido y cómo se sentaba y sujetaba su propia taza. Pero en aquel momento Sarah quería desviar la atención de Jenna, porque Sarah se había pasado los últimos seis meses preguntándose de quién era realmente su bebé y ahora lo sabía.

Jenna era, pensó Sarah, sin duda debía de ser... ¡la princesa!

Por una vez en su vida, Sarah se alegraba de despedirse de Sally Mullin. La observó cruzar afanosamente el pasillo y, cuando cerró la puerta, respiró aliviada. Luego corrió hacia la cuna de Jenna.

Sarah cogió a Jenna en brazos. Jenna sonrió a Sarah y extendió la mano para coger su collar amuleto.

—Bueno, princesita —murmuró Sarah—, siempre supe que eras especial, pero nunca soñé que fueras nuestra princesa.

Los ojos violeta oscuro del bebé miraron fija y solemnemente a Sarah como si le dijera: «Bueno, ahora ya lo sabes».

Sarah volvió a dejar con cuidado a Jenna en su cuna. Le daba vueltas la cabeza y le temblaban las manos cuando se sirvió otra taza de té. Le resultaba duro creer todo lo que había oído. La reina estaba muerta y Alther también. Su Jenna era la heredera del Castillo, la princesa. ¿Qué estaba ocurriendo?

Sarah pasó el resto de la tarde repartiéndose entre contemplar a Jenna, la princesa Jenna, y preocupándose por lo que sucedería si alguien descubría dónde estaba. ¿Y dónde andaba Silas cuando lo necesitaba?

Silas estaba disfrutando de un día de pesca con los chicos.

Había una pequeña playa de arena en la curva del río, justo a continuación de los Dédalos. Silas les enseñaba a Nicko y a Jo-Jo, los dos más pequeños, cómo atar sus tarros de mermelada al final de un palo y hundirlos en el agua. Jo-Jo ya había pescado tres pececillos, pero Nicko seguía hundiendo el suyo y estaba empezando a enfadarse.

Silas cogió a Nicko en brazos y lo llevó a ver a Erik y a Edd, los gemelos de cinco años. Erik estaba perdido en felices ensoñaciones con los pies metidos en el agua cálida y cristalina. Edd hurgaba con un palito debajo de una piedra; era un enorme escarabajo de agua. Nicko lloriqueó y se agarró con fuerza al cuello de Silas.

Sam, que tenía casi siete años, era todo un pescador. Le habían regalado una caña de pescar de verdad en su último cumpleaños y tenía dos pequeños peces plateados sobre una roca a su lado. Estaba a punto de pescar otro cuando Nicko soltó un grito de emoción.

—Llévatelo, papá, que espantará la pesca —pidió Sam contrariado.

Silas se alejó de puntillas con Nicko y fue a sentarse junto a su hijo mayor, Simon. Simon tenía una caña de pescar en una mano y un libro en la otra. La ambición de Simon era llegar a ser mago extraordinario y estaba muy ocupado leyendo todos los viejos libros de Magia de Silas. Silas pudo observar que estaba leyendo *El perfecto encantador de peces*.

Silas esperaba que todos sus hijos fueran algún tipo de mago; les venía de familia. La tía de Silas había sido una famosa bruja blanca y tanto el padre como el tío de Silas habían sido **transmutadores**, una rama muy especializada que Silas esperaba que sus hijos evitasen, pues los **transmutadores** de éxito se vuelven cada vez más inestables al hacerse mayores; a veces son incapaces de mantener su propia forma durante más de unos minutos. El padre de Silas acabó desapareciendo en el Bosque transformado en árbol, pero nadie sabía en cuál. Ese era uno de los motivos por los que Silas disfrutaba de sus paseos por el Bosque: solía dirigir comentarios a algún árbol de aspecto desaliñado con la esperanza de que fuera su padre.

Sarah Heap procedía de una familia de magos y hechiceros. De niña, Sarah había estudiado hierbas y curación con Galen, la médico en el Bosque, que era donde un día conoció a Silas. Silas había estado buscando a su padre en el Bosque; se sentía perdido y triste, y Sarah lo llevó a ver a Galen. Galen ayudó a Silas a comprender que si hacía unos años su padre, como **transmutador** que era, había elegido que su destino final fuera ser árbol, ahora debía de ser realmente feliz. Y Silas también, por primera vez en su vida, se percató de que se sentía realmente feliz sentado al lado de Sarah junto al fuego de la médico.

Cuando Sarah aprendió todo lo que pudo sobre hierbas y curación, se despidió cariñosamente de Galen y se fue con Silas a su cuarto de los Dédalos. Y allí se habían quedado desde entonces, apretujándose con cada vez más niños. Silas dejó de buena gana su aprendizaje y se puso a trabajar como mago ordinario eventual para pagar las facturas, mientras Sarah hacía tintes de hierbas en la mesa de la cocina cuando tenía un momento libre, lo cual no ocurría demasiado a menudo.

Aquella noche, mientras Silas y los chicos subían los escalones de la playa para volver a los Dédalos, un enorme y amenazador guardia custodio, vestido de negro de la cabeza a los pies, les cerró el paso.

—¡Alto! —bramó, y Nicko rompió a llorar.

Silas se detuvo y les dijo a los chicos que se portasen bien.

—¡Papeles! —gritó el guardia—. ¿Dónde están vuestros papeles?

Silas le miró perplejo.

—¿Qué papeles? —preguntó en voz baja, pues no quería causar problemas con seis niños cansados a su alrededor que necesitaban ir a casa a cenar.

—Vuestros papeles, escoria de magos. La zona de la playa está prohibida para todo aquel que no tenga los papeles necesarios —se mofó el guardia.

Silas estaba asustado. De no haber estado con los chicos le habría replicado, pero había visto la pistola que llevaba el guardia.

—Lo siento —se disculpó—, no lo sabía.

El guardia los miró de arriba abajo como si estuviera decidiendo qué hacer, pero por suerte para Silas tenía otras personas a quienes aterrorizar.

—Saca a tu patulea de aquí y no vuelvas —le espetó el guardia—. Vuelve a tu sitio.

Silas apremió a los impresionados chicos para que subieran la escalera y entraran en el abrigo de los Dédalos. Sam dejó caer su pescado y empezó a sollozar.

—Vamos, vamos —intentó tranquilizarlos Silas—, no pasa nada.

Pero Silas sentía que las cosas no iban precisamente bien. ¿Qué estaba ocurriendo?

—¿Por qué nos ha llamado escoria de magos, papá? —preguntó Simon—. Los magos son los mejores, ¿verdad?

—Sí —respondió Silas distraídamente—, los mejores.

Pero Silas pensó que el problema era que si eres mago, no puedes ocultarlo. Todos los magos, y solo ellos, tenían esa clase de problemas. Silas los tenía, Sarah los tenía y todos los niños, salvo Nicko y Jo-Jo, los tenían. Y en cuanto Nicko y Jo-Jo fueran a clase de **Magia** en la escuela, ellos también los tendrían. Lenta pero inexorablemente, hasta no dejar ningún género de dudas, los ojos de un niño mago se volvían verdes al exponerse al aprendizaje de la **Magia**. Siempre había sido algo de lo que sentirse orgulloso, hasta ahora, en que de repente resultaba peligroso.

Aquella noche, cuando por fin los niños se quedaron dormidos, Silas y Sarah conversaron hasta bien entrada la noche.

Hablaron de su princesa y sus niños magos y de los cambios que habían ocurrido en el Castillo. Debatieron sobre si escapar a los marjales o internarse en el Bosque y vivir con Galen, pero cuando rompió el alba y cayeron dormidos, Silas y Sarah decidieron hacer lo que solían hacer los Heap: pasar desapercibidos y esperar lo mejor.

Y de esta manera, durante los siguientes nueve años y medio, Silas y Sarah guardaron silencio. Cerraron su puerta a cal y canto, hablaron solo con sus vecinos y con aquellos en quienes podían confiar y, cuando en el colegio cesaron las clases de **Magia**, enseñaron a sus hijos **Magia** en casa por las noches.

Y ese es el motivo por el cual, nueve años y medio más tarde, todos los Heap, excepto uno, tenían unos penetrantes ojos verdes.

3

EL CUSTODIO SUPREMO

Eran las seis de la mañana y aún estaba oscuro. Habían transcurrido diez años desde el día en que Silas encontrara el
fardo.

Al final del corredor 223, detrás de la gran puerta negra
con el número 16 grabado en ella por la patrulla numérica, el
hogar de los Heap dormía plácidamente. Jenna yacía cómodamente acurrucada en la camita que Silas le había hecho con
la madera que el río había arrastrado hasta la orilla. La cama se
encontraba completamente empotrada en un enorme armario a la entrada de una gran habitación, que era en realidad la
única habitación que los Heap poseían.

Jenna adoraba su camita del armario. Sarah le había hecho
unas alegres cortinas de patchwork que Jenna corría alrededor
de la cama para resguardarse del frío y de sus revoltosos hermanos. Lo mejor de todo era el ventanuco en la pared, enci-

ma de la almohada, que daba al río. Si Jenna no podía dormir, miraba por la ventana durante horas enteras y contemplaba la incesante variedad de barcos que iban y venían del Castillo, y a veces en las noches oscuras le encantaba contar las estrellas hasta quedarse dormida.

La gran habitación era el lugar donde todos los Heap vivían, cocinaban, comían, hablaban y, en ocasiones, hacían sus deberes, por lo que estaba hecha una leonera. Estaba abarrotada de todo lo que habían ido acumulando durante los veinte años que hacía desde que Sarah y Silas fundaran su hogar. Había cañas de pescar y carretes, zapatos y calcetines, cuerdas y trampas para ratones, bolsas y ropa de cama, redes y tejidos de punto, ropas, cacharros de cocina y libros, libros, libros y más libros.

Si eras lo bastante estúpido como para echar una ojeada a la habitación de los Heap con la esperanza de encontrar un lugar donde sentarte, había muchas posibilidades de que lo hubiera ocupado antes un libro. Había libros por doquier. En estanterías combadas, en cajas, colgando en bolsas del techo, sobresaliendo de la mesa y apilados en altas columnas tan precarias que amenazaban con derrumbarse en cualquier momento. Había libros de cuentos, libros de hierbas, de cocina, de barcos, de pesca, pero sobre todo había cientos de libros de **Magia** que Silas había hurtado de la escuela cuando la **Magia** fue prohibida algunos años atrás.

En medio de la habitación, un gran hogar, desde el que partía una alta chimenea que serpenteaba hasta el tejado, contenía los rescoldos de un fuego, ahora apagado, alrededor del cual los seis niños Heap y un perro grandote dormían en una caótica montaña de colchas y mantas.

Sarah y Silas también estaban profundamente dormidos, refugiados en el pequeño espacio del altillo que Silas había construido pocos años antes gracias al sencillo método de hacer un agujero en el techo, después de que Sarah dijera que no podía resistir más tiempo la convivencia con seis niños en pleno crecimiento en una sola habitación.

Pero en medio del caos de la gran habitación destacaba una pequeña isla de pulcritud: una mesa larga, y bastante desvencijada, cubierta con un mantel limpio de tela blanca. Encima de ella había nueve platos y tazas, y en la cabecera de la mesa una sillita decorada con bayas de invierno y hojas. Sobre la mesa, ante la silla, habían colocado un regalo, cuidadosamente envuelto en un papel de alegres colores y atado con una cinta roja, para que Jenna lo abriera en su décimo cumpleaños.

Todo estaba silencioso y tranquilo mientras el hogar de los Heap dormía pacíficamente durante las tres horas de oscuridad previas al amanecer invernal.

Sin embargo, al otro lado del Castillo, en el palacio de los custodios, el sueño, plácido o no, se había acabado.

El custodio supremo había sido levantado de su lecho y, con la ayuda del criado nocturno, se había puesto a toda prisa la túnica negra ribeteada de pieles y un manto negro y dorado. Después había instruido al criado nocturno sobre la manera de atar los zapatos de seda con bordados. Luego él mismo se había colocado cuidadosamente una hermosa corona en la cabeza. El custodio supremo nunca había sido visto en público sin la corona, que estaba mellada desde el día que se cayó de la cabeza de la reina y chocó contra el suelo de piedra. Tenía la corona ladeada en su cabeza calva y levemente puntiaguda, pero el criado nocturno, que era nuevo y estaba aterrorizado, no se atrevía a decírselo.

El custodio supremo caminaba con paso presuroso por el pasillo que conducía a la sala del trono. Era un hombre pequeño de aspecto ratonil, con ojos pálidos y casi descoloridos y una complicada barba de chivo a la que tenía la costumbre de dedicar varias felices horas de cuidados. Casi desaparecía bajo la voluminosa capa que tenía prendidas varias medallas militares, y su aspecto era bastante ridículo debido a la corona ladeada y ligeramente femenina. Pero si lo hubieseis visto aquella mañana, no os habría provocado risa. Os habríais escabullido en las sombras con la esperanza de pasar desapercibidos, pues el custodio supremo tenía un aire poderosamente amenazador.

El criado nocturno ayudó al custodio supremo a tomar asiento en el ornado solio de la sala del trono. Luego, le indicó con un gesto que podía retirarse y desapareció agradecido, pues su turno casi había acabado.

El helado aire de la mañana entraba pesadamente en la sala del trono. El custodio supremo se sentaba impasible en el solio, pero su respiración, que empañaba el aire frío en pequeños y rápidos estallidos, delataba su nerviosismo.

No tuvo que esperar mucho tiempo hasta que una joven alta, enfundada en el severo manto negro y la túnica roja de un Asesino, entrara a paso raudo e hiciera una reverencia, barriendo el suelo de piedra con sus largas y anchas mangas.

—Han encontrado a la **Realicía**, mi señor —anunció la Asesina en voz baja.

El custodio supremo se sentó y la contempló con sus pálidos ojos.

—¿Estás segura? Esta vez no quiero errores —advirtió amenazadoramente.

—Nuestra espía, señor, llevaba tiempo sospechando de esa niña. La considera una extraña en su familia. Ayer nuestra espía descubrió que la niña tiene la misma edad.

—¿Qué edad exactamente?

—Hoy ha cumplido diez años, señor.

—¿De veras? —El custodio supremo se recostó en el trono y meditó sobre lo que la Asesina le había dicho.

—Aquí tengo un retrato de la niña, mi señor. Considero que se parece mucho a su madre, la antigua reina.

Del interior de su túnica, la Asesina sacó un pedacito de papel en el que había dibujado a una niña con ojos violeta oscuro y un largo cabello negro. El custodio supremo cogió el dibujo. Era cierto. La niña se parecía notablemente a la reina muerta. Tomó una rápida decisión y chasqueó fuerte los huesudos dedos.

La Asesina inclinó la cabeza.

—¿Señor?

—Hoy a medianoche. Irás a hacerle una visita a... ¿dónde está?

—Habitación dieciséis, corredor doscientos veintitrés.

—¿Cuál es el apellido?

—Heap, señor.

—¡Ah! Llévate la pistola de plata... ¿Cuántos son en la familia?

—Nueve, señor, incluida la niña.

—Y nueve balas por si hay problemas. Plata para la niña. Y tráemela, quiero pruebas.

La joven palideció. Era su primera y única prueba. No había segundas oportunidades para un Asesino.

—Sí, señor.

Hizo una breve inclinación y se retiró; le temblaban las manos.

En un tranquilo rincón del salón del trono, el fantasma de Alther Mella se levantó del frío banco de piedra en el que estaba sentado. Suspiró y estiró las viejas piernas de fantasma. Luego se envolvió en sus raídas vestimentas de color púrpura, respiró hondo y atravesó la gruesa pared de piedra del salón del trono.

Una vez fuera, se encontró a sí mismo colgado a veinte metros del suelo en el frío aire de la mañana y, en lugar de retirarse de una manera digna, como correspondería a un fantasma de su edad y condición, Alther desplegó los brazos como un pájaro y descendió grácilmente en picado a través de la nieve que caía.

Volar era casi lo único que a Alther le gustaba de ser un fantasma. Volar, o el arte perdido de la aerofilia, era un don del que los magos extraordinarios modernos ya no gozaban. Incluso Marcia, que estaba decidida a lograrlo, tan solo conseguía cernirse unos instantes antes de desplomarse al suelo. El secreto se perdió en algún momento y en algún lugar. Los fantasmas, sin embargo, todos ellos, podían volar. Y dado que se había transformado en un fantasma, Alther perdió su paralizante temor por las alturas y pasaba muchas electrizantes horas perfeccionando sus movimientos acrobáticos. Pero, aparte de eso, no le gustaban muchas más cosas de ser un fantasma, y sentarse en el salón del trono, donde en realidad se había convertido en uno y en consecuencia había tenido que pasar el primer año y un día de su fantasmez, era una de sus ocupaciones menos predilectas. Pero tenía que hacerlo; Alther consideraba su obligación saber lo que planeaban los custodios e intentaba tener a Marcia al corriente. Con su ayuda, Marcia había conseguido estar un paso por delante de los custodios y mantener a Jenna a salvo. Hasta el momento.

Con el paso del tiempo, tras la muerte de la reina, se acrecentaba la obsesión del custodio supremo por dar con la pista de la princesa. Año tras año, hacía un largo –y muy temido– viaje a las Malas Tierras, donde había de informar de sus progresos a un antiguo mago extraordinario convertido en **nigromante** llamado DomDaniel. Fue él quien envió al primer asesino para que matara a la reina, y fue también DomDaniel quien llevó al custodio supremo y a sus esbirros para rastrear el Castillo en busca de la princesa, porque DomDaniel no osaría acercarse mientras ella permaneciera en el Castillo. Y así, año tras año, el custodio supremo prometía a DomDaniel que «este» sería el año en que lo lograría. «Este» sería el año en que eliminaría a la **Realicia** para entregar el Castillo a su legítimo señor, DomDaniel.

Y esa es la razón por la que, cuando Alther abandonó la sala del trono, el custodio supremo esbozó una sonrisa que su madre habría calificado de tonta. Al fin, había cumplido la misión que se le había encomendado. Pensó, por supuesto –y al hacerlo su sonrisa tonta se tornó en un gesto petulante– que si logró descubrir a la niña era únicamente por su inteligencia superior y su talento. Pero no fue por eso, sino por un extraño golpe de suerte.

Cuando el custodio supremo tomó el Castillo, una de las primeras cosas que hizo fue prohibir a las mujeres entrar en el juzgado. El tocador de señoras, que ya no se necesitaba, se había convertido en la pequeña sala de reuniones del comité. Durante el mes pasado, que había sido especialmente frío, el comité de los custodios se reunía en el tocador de señoras, que tenía la gran ventaja de contar con una estufa de madera, en lugar de reunirse en la cavernosa sala de reuniones del comité de custodios, donde silbaba un viento helado que convertía sus pies en bloques de hielo.

Y así, sin saberlo, por una vez los custodios iban un paso por delante de Alther Mella; porque, como fantasma, Alther solo podía ir a los lugares en los que había estado en vida. Y, como joven mago bien educado, Alther no había puesto jamás un pie en el tocador de señoras. Lo máximo que podía hacer era merodear por los alrededores y esperar, tal como había hecho cuando estaba vivo y cortejaba a la juez Alice Nettles.

A última hora de una tarde particularmente fría de hacía unas semanas, Alther había observado al comité custodio mientras se trasladaba al tocador de señoras. La pesada puerta con el cartel de SEÑORAS aún visible en desgastadas letras doradas se cerró en sus narices y Alther se quedó fuera, con la oreja pegada a la puerta, tratando de escuchar lo que sucedía. Pero, por mucho que lo intentara, no pudo oír la decisión del comité de enviar a su mejor espía, Linda Lane, con el pretexto de su «interés» por las hierbas y la curación, a vivir en la habitación 17, corredor 223. Eso estaba justo en la puerta contigua a los Heap.

Así que ni Alther ni los Heap tenían la menor idea de que su nueva vecina era una espía. Y muy buena.

Mientras Alther Mella volaba por el aire nevado pensando en cómo salvar a la princesa hizo dos dobles rizos casi perfectos, antes de bajar rápidamente en picado a través de los copos de nieve para alcanzar la pirámide dorada que coronaba la Torre del Mago.

Alther aterrizó con desenvoltura sobre sus pies. Por un momento permaneció en perfecto equilibrio de puntillas. Luego levantó los brazos por encima de la cabeza y empezó a girar, cada vez más rápido, hasta que se hundió lentamente a través del tejado y entró en la habitación que había abajo, donde erró el aterrizaje y cayó en el dosel de la cama de Marcia Overstrand.

Marcia se sentó, asustada. Alther estaba espatarrado sobre la almohada con aspecto azorado.

—Lo siento Marcia. Sé que es poco galante. Bueno, al menos no tenías los rulos puestos.

—Mi pelo es rizado natural, gracias, Alther —respondió Marcia enojada—. Deberías haber esperado a que me despertara.

Alther tenía un aspecto grave y se volvió algo más transparente que lo habitual.

—Me temo, Marcia —dijo muy serio—, que esto no pueda esperar.

4

Marcia Overstrand

Marcia Overstrand salió de su alta torre dormitorio con vestidor adjunto, abrió la pesada puerta de púrpura que conducía al descansillo y comprobó su aspecto en el espejo graduable.

—Menos ocho coma tres por ciento —ordenó al espejo, que tenía un temperamento nervioso y temía el momento en que la puerta de Marcia se abría cada mañana.

Con el transcurso de los años, el espejo había llegado a leer los pasos que atravesaban las tablas de madera, y aquel día le habían puesto al espejo los nervios a flor de piel. Muy a flor de piel. Se puso en posición de firmes y, en su avidez por complacer, hizo el reflejo de Marcia un ochenta y tres por ciento más delgado, de modo que parecía un furioso insecto palo púrpura.

—¡Idiota! —le espetó Marcia.

El espejo volvió a hacer el cálculo. Odiaba las matemáticas a primera hora del día y estaba convencido de que Marcia le pedía horribles porcentajes a propósito. ¿Por qué no podía pedirle un bonito número redondo para ajustar su delgadez, como un cinco por ciento? O aún mejor, ¿un diez por ciento? Al espejo le gustaban los diez por ciento; los podía calcular.

Marcia sonrió ante su reflejo, tenía buen aspecto. Vestía su uniforme de invierno de maga extraordinaria y le sentaba bien. Su capa doble de seda púrpura tenía un ribete de la más fina piel de angora de color añil. Caía con gracia desde sus anchos hombros y se ceñía obedientemente alrededor de sus pies puntiagudos. Los pies de Marcia eran puntiagudos porque le gustaban los zapatos puntiagudos y se los había encargado especialmente. Estaban hechos de la piel de serpiente que había mudado la pitón púrpura que el zapatero, Terry Tarsal, criaba en el patio trasero, solo para los zapatos de Marcia. Terry odiaba las serpientes y estaba convencido de que Marcia pedía piel de serpiente a propósito. Bien podía haber estado en lo cierto. Los zapatos de pitón púrpura de esta brillaban a la luz reflejada por el espejo, y el oro y el platino de su cinturón de maga extraordinaria lanzaban impresionantes destellos. Alrededor del cuello llevaba el amuleto Akhu, símbolo y fuente de poder del mago extraordinario.

Marcia estaba satisfecha. Aquel día necesitaba lucir un aspecto impresionante. Impresionante y un poco temible. Bueno, un poquito temible si era necesario, aunque esperaba que no lo fuera.

Marcia no estaba segura de si parecía temible. Ensayó unas cuantas expresiones en el espejo, que se estremeció en silencio, pero no estaba segura de ninguna de ellas. Marcia no era consciente de que ante la mayoría de la gente se hacía muy bien la temible; de hecho, era una perfecta campeona en ese arte.

Marcia chasqueó los dedos.

—¡Espalda! —exclamó.

El espejo le mostró la visión de su espalda.

—¡Lados!

El espejo le mostró ambos lados.

Y luego se fue, bajó los escalones de dos en dos hasta la cocina para aterrorizar al cocinero, que la había oído aproximarse y estaba intentando desesperadamente esfumarse antes de que entrara por la puerta.

No lo consiguió y Marcia estuvo de mal humor todo el desayuno.

Marcia dejó el servicio del desayuno para que él mismo se lavara y salió con paso decidido por la maciza puerta púrpura que conducía a sus aposentos. La puerta se cerró con un ruido suave y respetuoso detrás de ella, mientras Marcia saltaba a la escalera de caracol plateada.

—Abajo —ordenó a la escalera, que empezó a girar como un sacacorchos gigante y la bajó lentamente por la alta torre a través de pisos aparentemente interminables y diversas puertas que conducían a habitaciones todas ellas ocupadas por una sorprendente variedad de magos.

De las habitaciones salía el sonido de la práctica de hechizos, el soniquete de los encantamientos y la cháchara general de los magos durante el desayuno. El olor de tostadas, panceta y gachas se mezclaba extrañamente con las vaharadas de incienso que flotaban en el aire, procedentes del salón de abajo, y cuando la escalera de caracol se detuvo con delicadeza y Marcia se bajó, se sintió un poco mareada y con ganas de salir a tomar el aire fresco. Caminó a paso veloz por el vestíbulo hasta las enormes puertas de plata maciza que guardaban la entrada de la Torre del Mago. Marcia pronunció la contraseña; las puertas se abrieron en silencio ante ella y en un instante atravesaba el umbral plateado y se encontraba fuera en el frío glacial de una mañana nevada de pleno invierno.

Mientras Marcia bajaba los escalones, pisando con cuidado la nieve crujiente con sus finos zapatos afilados, sorprendió al centinela que estaba ociosamente tirando bolas de nieve a un gato callejero. Una bola de nieve aterrizó con un golpe sordo en la seda púrpura de su capa.

—¡No hagas eso! —gritó Marcia, cepillándose la nieve de su capa.

El centinela se puso firme de un salto; parecía aterrado. Marcia miró fijamente al muchacho menudo con aire de niño perdido. Vestía un uniforme de gala de centinela, un diseño bastante ridículo, hecho en algodón fino, compuesto por una túnica a rayas rojas y blancas con puntillas púrpura alrededor de las mangas. También llevaba un gran sombrero amarillo desmadejado, pantalones blancos y botas amarillas, y en su mano izquierda, que estaba desnuda y amoratada por el frío, sostenía una pesada pica.

Marcia puso objeciones cuando los primeros centinelas llegaron a la Torre del Mago. Dijo al custodio supremo que los magos no necesitaban protección; podían cuidarse ellos solos perfectamente, muchas gracias. Pero, con una de sus petulantes sonrisas, le había asegurado de manera desabrida que los centinelas eran para la seguridad de los magos. Marcia sospechaba que los había puesto no solo para espiar las idas y venidas de los magos, sino también para que parecieran ridículos.

Marcia miró al centinela que lanzaba las bolas de nieve. El sombrero le venía grande, se le caía, y solo lo frenaban las orejas que sobresalían de modo muy conveniente en el lugar preciso para evitar que el sombrero le tapara los ojos. Aquel sombrero daba al flaco y huesudo rostro del chico un color macilento de poca salud, y sus dos profundos ojos grises la miraban aterrorizados al percatarse de que su bola de nieve había hecho diana en la maga extraordinaria.

Marcia pensó que parecía muy pequeño para ser un soldado.

—¿Cuántos años tienes? —le preguntó en tono acusador.

El centinela se sonrojó. Nadie como Marcia le había mirado nunca y mucho menos hablado.

—Di... diez, señora.

—Entonces, ¿por qué no estás en la escuela? —le exigió Marcia.

El centinela parecía orgulloso.

—No me hace falta ir a la escuela, señora. Estoy en el ejército joven. Nosotros somos el orgullo de hoy y los guerreros del mañana.

—¿No tienes frío? —le preguntó Marcia inesperadamente.

—N... no, señora. Estamos entrenados para no sentir el frío. —Pero los labios del centinela tenían un color azulado y tiritaba al hablar.

—¡Ja! —Marcia salió pisando fuerte la nieve, dejando al chico apechando con sus cuatro horas de guardia restantes.

Marcia cruzó con paso decidido el patio que salía de la Torre del Mago, y salió por una puerta lateral que la condujo hasta un tranquilo sendero cubierto por la nieve.

Hasta la fecha llevaba diez años siendo la maga extraordinaria y mientras se disponía a iniciar su viaje, sus pensamientos volvieron al pasado. Recordó el tiempo que había pasado como pobre aspirante, leyendo todo lo que podía sobre **Magia**, esperando aquella cosa rara, un aprendizaje con el mago extraordinario, Alther Mella. Fueron años felices en los que vivió en una pequeña habitación en los Dédalos entre tantos otros aspirantes, la mayoría de los cuales pronto se establecieron como aprendices con magos ordinarios, pero Marcia no. Ella sabía lo que quería y quería lo mejor. Sin embargo, Marcia aún no podía creer en su suerte cuando tuvo la oportunidad de ser la aprendiz de Alther Mella. Y aunque ser su aprendiz no significara necesariamente que llegase a ser maga extraordinaria, estaba un paso más cerca de su sueño. Y de este modo Marcia se pasó los siguientes siete años y un día viviendo en la Torre del Mago como aprendiz de Alther Mella.

Marcia se sonrió al recordar el mago maravilloso que Alther Mella había sido. Sus clases eran divertidas, era paciente cuando los hechizos salían mal y siempre tenía un nuevo chiste que contarle. También era un mago extraordinariamente poderoso. Hasta que Marcia no se convirtió en maga extraordinaria, no se dio cuenta de lo bueno que había sido Alther. Pero, sobre todo, Alther era una persona adorable. Marcia sonreía al recordar cómo solía saludarla desde la ventana de la cima de la torre, la ventana que ahora era la suya. Pero su sonrisa se desvaneció al recordar el modo en que había ocupado su lugar y pensó en el último día de la vida de Alther Mella, el día que ahora los custodios llamaban día Uno.

Perdida en sus pensamientos, Marcia subió los angostos escalones que conducían hasta la amplia y protegida cornisa que corría justo por debajo de la muralla del Castillo. Era un modo rápido de llegar al lado norte, como se llamaban ahora los Dédalos, y adonde se dirigía aquel día. La cornisa estaba reservada para el uso de la patrulla custodia armada, pero Marcia sabía que, incluso ahora, nadie impediría a la maga extraordinaria ir a cualquier lado. Así que, en lugar de arrastrarse a través de innumerables y minúsculos y a veces abarrotados pasadizos, como solía hacer algunos años antes, avanzó a paso ligero por la cornisa hasta que media hora más tarde vio una puerta que reconoció.

Marcia respiró hondo. «Esta es», se dijo para sí.

Marcia bajó un tramo de escaleras desde la cornisa y se quedó frente a frente con la puerta. Estaba a punto de empujarla cuando la puerta se asustó ante su presencia y se abrió. Marcia la atravesó disparada y rebotó en la pared del otro lado, bastante pegajosa. La puerta se cerró de un portazo y Marcia tomó aliento. El pasadizo era oscuro, húmedo y olía a col hervida, orín de gato y mierda seca. Marcia no lo recordaba así. Cuando vivía en los Dédalos, los pasadizos estaban calientes y limpios, iluminados por antorchas de junco que quemaban a intervalos junto al muro, y sus orgullosos habitantes los barrían todos los días.

Marcia esperaba recordar el camino del cuarto de Silas y Sarah. En sus días de aprendiz había pasado a menudo por su puerta a toda velocidad, con la esperanza de que Silas Heap no la viera y no la invitase a entrar. Sobre todo recordaba el ruido, el ruido de tantos niños gritando, saltando, peleándose y haciendo lo que hacen los niños pequeños, aunque Marcia no estaba segura del todo de qué es lo que hacían los niños pequeños, pues prefería evitarlos en la medida de lo posible.

Marcia estaba bastante nerviosa mientras caminaba por los oscuros y tétricos pasadizos. Empezaba a imaginarse cómo irían las cosas en su primera visita a Silas después de más de diez años. Temía lo que iba a tener que decirles a los Heap e incluso se preguntaba si Silas la creería. Era un mago obstinado, pensó Marcia, y sabía que ella no era de su agrado. Y de este modo, con estos pensamientos rondándole por la cabeza, Marcia caminaba decididamente por los pasadizos sin prestar atención a nada más.

Si se hubiera molestado en prestar atención, le habría sorprendido la reacción de la gente al verla. Eran las ocho de la mañana y era lo que Silas Heap llamaba «la hora punta». Cientos de personas de cara pálida se dirigían al trabajo; sus ojos somnolientos parpadeaban en la oscuridad y se arrebujaban en sus delgadas ropas baratas para protegerse del frío pelón de las húmedas murallas de piedra. La hora punta en los pasadizos del lado norte era un momento que había que evitar; la aglomeración podía arrastrarte, a menudo más allá de tu calle, hasta que de algún modo conseguías escabullirte entre la multitud y unirte a la corriente que avanzaba en sentido contrario. El aire de la hora punta estaba lleno de lamentos quejumbrosos:

—¡Déjenme salir de aquí, por favor!

—¡Basta de empujarme!

—¡Mi calle, mi calle!

Pero Marcia había hecho que la hora punta desapareciese. No había sido necesaria la **Magia** para ello: la mera visión de Marcia era suficiente para dejar a todo el mundo petrificado. La mayoría de la gente del lado norte nunca había visto a la maga extraordinaria. De haberla visto, habría sido un día de excursión al centro de visitantes de la Torre del Mago, por donde podían haber deambulado el día entero con la intención de echarle un fugaz vistazo si tenían suerte. Pero que la maga extraordinaria caminara entre ellos en los fríos y húmedos pasillos del lado norte resultaba increíble.

La gente lanzaba exclamaciones y se apartaba. Se fundían en las sombras de los portales y se esfumaban por los callejones secundarios, murmurando para sí sus propios sortilegios. Algunos incluso se quedaban paralizados, como conejos sorprendidos por el destello de una brillante luz. Se quedaban mirando fijamente a Marcia como si fuera un ser de otro planeta, lo cual bien podía haber sido cierto, dado el parecido entre su vida y la de ellos. Pero Marcia realmente no lo notaba. Diez años como maga extraordinaria la habían aislado de la vida real y, sin embargo, aunque al principio fue un shock, ahora estaba acostumbrada a que todo el mundo le abriera paso, le hiciera reverencias y murmurara respetuosamente a su alrededor.

Marcia salió majestuosamente de la calle y tomó el exiguo pasaje que conducía a casa de los Heap. En sus viajes, Marcia había notado que todos los pasajes tenían ahora números que reemplazaban los nombres casi cómicos que tenían antes, como Rincón Ventoso y calle Boca Abajo.

La antigua dirección de los Heap era: Gran Puerta Roja, callejón del Ir y Venir, los Dédalos.

Ahora parecía ser: habitación 16, corredor 223, lado este. Marcia tenía perfectamente claro cuál prefería.

Marcia llegó a la puerta de los Heap, que había sido pintada del negro reglamentario por la patrulla de pintura hacía unos días. Oía el bullicioso alboroto del desayuno de los Heap al otro lado de la puerta. Marcia respiró hondo varias veces.

No podía retrasar el momento por más tiempo.

5

En casa de los Heap

—Á brete —ordenó Marcia a la puerta negra de los Heap.

Pero, al ser una puerta que pertenecía a Silas Heap, no hizo nada de eso; en realidad, Marcia creyó ver cómo se tensaba en sus bisagras y apretaba la cerradura. Así que ella, la señora Marcia Overstrand, la maga extraordinaria, se vio obligada a llamar a la puerta tan fuerte como pudo. Nadie respondió. Lo volvió a intentar, cada vez más fuerte, con ambos puños, pero seguían sin contestar. Justo cuando estaba pensando en darle a la puerta una buena patada, y también su merecido, abrieron la puerta y Marcia se encontró cara a cara con Silas Heap.

—¿Sí? —dijo de modo brusco, como si no fuera más que un pesado vendedor ambulante.

Durante un breve instante, Marcia se quedó sin palabras. Miró detrás de Silas para ver una habitación que parecía haber sufrido recientemente los efectos de una explosión y ahora estaba, por algún motivo, llena de niños. Los niños pululaban alrededor de una niña pequeña de cabello oscuro que estaba sentada a una mesa cubierta con un mantel sorprendentemente blanco y limpio. La niña sostenía un pequeño regalo envuelto en un papel de vivos colores y atado con una cinta roja y, riendo, apartaba a algunos niños que intentaban cogérselo. Pero uno tras otro, la niña y todos los chicos, levantaron la mirada y se hizo un extraño silencio en el hogar de los Heap.

—Buenos días, Silas Heap —saludó Marcia con una gentileza un poco excesiva—; buenos días, Sarah Heap. Y... ejem, a todos los pequeños Heap, claro.

Los pequeños Heap, la mayoría de los cuales ya no eran precisamente pequeños, no dijeron nada, pero seis pares de ojos verdes brillantes y un par de ojos violeta intenso no se perdían detalle de Marcia Overstrand. Marcia empezó a sentirse incómoda: ¿acaso tenía una mancha en la nariz? ¿Se le había levantado algún cabello de manera ridícula? ¿Tal vez tenía un trozo de espinaca pegado en un diente?

Marcia recordó que no había comido espinacas para desayunar. «Adelante, Marcia —se dijo a sí misma—, tú eres quien manda aquí.» Así que se dirigió a Silas, que la miraba como si esperase que se marchara pronto.

—He dicho «buenos días», Silas Heap, —dijo Marcia de mal talante.

—Sí, lo has dicho, Marcia, sí, lo has dicho —respondió Silas—, ¿y qué te trae por aquí después de todos estos años?

Marcia fue directa al grano.

—He venido a buscar a la princesa.

—¿A quién? —preguntó Silas.

—Sabes perfectamente a quién —le soltó Marcia, a quien no le gustaba que nadie le hiciera preguntas y mucho menos Silas Heap.

—No tenemos princesas aquí, Marcia —aclaró Silas—, pensaba que eso era bien obvio.

Marcia miró a su alrededor. Era cierto, no era un lugar donde esperarías encontrar a una princesa. En realidad, Marcia nunca había visto semejante desorden en toda su vida.

En medio del caos, junto al fuego recién encendido, se encontraba Sarah Heap. Sarah estaba cocinando gachas para el desayuno de cumpleaños cuando Marcia entró en su hogar y en su vida. Ahora parecía transfigurada, sosteniendo la sartén de las gachas en el aire y contemplando fijamente a Marcia. Algo en su mirada le dijo a Marcia que Sarah sabía lo que se avecinaba. «Esto no va a ser fácil», pensó Marcia y decidió evitar ser drástica y volver a empezar.

—¿Puedo sentarme, por favor, Silas... Sarah? —solicitó.

Sarah asintió. Silas frunció el ceño. Ninguno de los dos pronunció palabra.

Silas miró a Sarah. Se había sentado con el rostro demudado y temblorosa, cogiendo a la niña del cumpleaños en su regazo y abrazándola fuerte. Silas deseaba más que nada en el mundo que Marcia se fuera y los dejara solos, pero sabía que tenía que oír lo que había venido a decirles. Suspiró pesadamente y dijo:

—Nicko, acércale a Marcia una silla.

—Gracias, Nicko —dijo Marcia mientras se sentaba con cautela en una de las sillas artesanales de Silas. El despeinado Nicko dirigió a Marcia una sonrisa pícara y se retiró para confundirse entre el puñado de hermanos que se apiñaban de manera protectora en torno a Sarah.

Marcia miró a los Heap y se asombró de lo mucho que se parecían todos. Todos, incluso Sarah y Silas, tenían el mismo cabello trigueño rizado y, claro está, todos tenían los penetrantes ojos verdes de mago. Y en el medio de los Heap se sentaba la princesa, con su cabello negro liso y los ojos de un intenso color violeta. Marcia gruñó para sí. A ella todos los bebés le parecían iguales y nunca se le había ocurrido lo diferente que era la princesa de los Heap a medida que se hacía mayor. No le extrañaba que la espía la hubiera descubierto.

Silas Heap se sentó sobre un cajón de embalar volcado.

—Bueno, Marcia, ¿qué pasa? —inquirió.

A Marcia se le secó la boca.

—¿Tenéis un vaso de agua? —pidió.

Jenna bajó del regazo de Sarah y se acercó a Marcia, sosteniendo una gastada taza de madera con marcas de dientes en el borde.

—Toma, ten mi agua. No me importa. —Miró a Marcia con admiración.

Jenna nunca en su vida había visto a nadie como Marcia, nadie tan púrpura, tan brillante, tan limpia y con vestidos tan caros y, ciertamente, a nadie con unos zapatos tan puntiagudos.

Marcia miró la taza con recelo, pero entonces, al recordar quién se la había dado, dijo:

—Gracias, princesa. Ejem... ¿puedo llamaros Jenna?

Jenna no contestó. Estaba demasiado ocupada mirando los zapatos púrpura de Marcia.

—Contesta a la señora Marcia, tesoro —le instó Sarah Heap.

—Oh, sí, puede, señora Marcia —respondió Jenna perpleja pero con educación.

—Gracias, Jenna. Me alegro de encontraros después de todo este tiempo. Y, por favor, llamadme solo Marcia —dijo Marcia, que no podía dejar de pensar en lo mucho que Jenna se parecía a su madre.

Jenna volvió al lado de Sarah, y Marcia se obligó a sí misma a tomar un trago de agua de la taza mordisqueada.

—Suéltalo ya, Marcia —se impacientó Silas en su cajón volcado—. ¿Qué ocurre? Como siempre parece que nosotros somos los últimos en enterarnos.

—Silas, ¿sabéis Sarah y tú quién es, ejem... Jenna? —preguntó Marcia.

—Sí, lo sabemos; Jenna es nuestra hija, eso es lo que es —respondió Silas con obstinación.

—Pero lo sospecháis, ¿no? —insistió Marcia dirigiendo su mirada fija a Sarah.

—Sí —contestó Sarah serenamente.

—Pues tenéis que entenderlo si os digo que ella ya no está a salvo aquí. Tengo que llevármela ahora —explicó Marcia con urgencia.

—¡No! —lloriqueó Jenna—. ¡No! —Y volvió a subirse al regazo de Sarah, que la abrazó fuerte.

Silas estaba furioso.

—Solo porque eres la maga extraordinaria, Marcia, crees que puedes entrar aquí y arruinar nuestras vidas como si no tuviera importancia. No vas a llevarte a Jenna. Es nuestra, es nuestra única hija. Está perfectamente a salvo aquí y se quedará con nosotros.

—Silas —suspiró Marcia—, no está a salvo con vosotros. Ya no. La han descubierto. Tienes a una espía viviendo justo en la puerta de al lado, Linda Lane.

—¡Linda! —exclamó Sarah—. ¿Una espía? No te creo.

—¿Te refieres a esa horrible cotorra que siempre anda parloteando por aquí sobre píldoras y pociones y haciendo interminables retratos de los niños? —preguntó Silas.

—¡Silas! —le reprendió Sarah—. No seas tan grosero.

—Seré más que grosero si resulta ser una espía —declaró Silas.

—No utilices el condicional, Silas —dijo Marcia—. Linda Lane es una espía sin ningún género de dudas. Estoy segura de que los dibujos que ha hecho le serán muy útiles al custodio supremo.

Silas rugió y Marcia apuró su ventaja.

—Mira, Silas, yo solo quiero lo mejor para Jenna. Tienes que confiar en mí.

Silas se mofó.

—¿Por qué iba a confiar en ti, Marcia?

—Porque yo te confié a la princesa —respondió Marcia—. Ahora tú debes confiar en mí. Lo que sucedió hace diez años no volverá a suceder.

—Olvidas, Marcia —observó Silas en tono mordaz—, que no sabemos lo que sucedió hace diez años. Nadie se molestó en contárnoslo nunca.

Marcia suspiró.

—¿Cómo podría explicártelo, Silas? Fue mejor para la princesa, quiero decir, para Jenna, que no lo supierais.

Al volver a mencionar a la princesa, Jenna levantó la vista hacia Sarah.

—La señora Marcia me ha llamado eso antes —susurró—. ¿Soy realmente yo?

—Sí, tesoro —le respondió Sarah también con un susurro; luego miró a Marcia a los ojos y dijo—: Creo que todos necesitamos saber lo que sucedió hace diez años, señora Marcia.

Marcia miró su reloj. Debía darse prisa. Respiró hondo y empezó:

—Hace diez años acababa de pasar los exámenes finales y había salido a visitar a Alther para darle las gracias. Poco después de que yo llegara, vino corriendo un mensajero para decirle que la reina había dado a luz a una niña. Estábamos tan contentos... eso significaba que por fin había llegado el heredero del Castillo.

»El mensajero convocó a Alther a palacio para que dirigiera la ceremonia de bienvenida de la princesa recién nacida. Fui con él para ayudarle a llevar los pesados libros, pociones y amuletos que necesitaba. Y para recordarle en qué orden debía hacer las cosas, pues el viejo y querido Alther se estaba volviendo un poco olvidadizo.

»Cuando llegamos a palacio nos condujeron hasta el salón del trono para ver a la reina, que parecía tan contenta... tan maravillosamente feliz... Estaba sentada en el trono con su hija recién nacida en brazos y nos saludó con estas palabras: "¿No es hermosa?".

»Aquellas fueron las últimas palabras que nuestra reina pronunció.

—No —murmuró bajito Sarah.

—En aquel mismo instante un hombre en un extraño uniforme negro y rojo entró en la sala. Claro que ahora sé que vestía el uniforme de un Asesino, pero en aquel momento yo no sabía nada de nada. Pensé que era una especie de mensajero, aunque pude observar, por la expresión de la reina, que no lo estaba esperando. Luego vi que llevaba una gran pistola de plata y me asusté mucho. Miré a Alther, pero estaba tan enfrascado en sus libros que ni siquiera lo había visto. Luego... fue algo tan irreal... vi al soldado levantar la pistola lenta y deliberadamente, apuntar y dispararle directamente a la reina. Todo estaba envuelto en un horrible silencio cuando la bala de plata atravesó con precisión el corazón de la reina y se hundió en la pared que tenía a su espalda. La princesa se puso a llorar y empezó a caerse de los brazos de su madre. Yo di un salto y la cogí.

Jenna palideció, intentaba comprender lo que estaba oyendo.

—¿Esa era yo, mami? —preguntó a Sarah en voz baja—. ¿Yo era la princesa recién nacida?

Sarah asintió despacio.

La voz de Marcia tembló ligeramente mientras proseguía:

—¡Fue terrible! Alther estaba empezando a formular el **hechizo escudo seguro** cuando hubo otro disparo y una bala le hizo dar media vuelta y lo arrojó al suelo. Yo terminé el hechizo de Alther por él y durante unos momentos los tres estuvimos a salvo. El Asesino disparó su siguiente bala, esta vez dirigida a la princesa y a mí, pero rebotó en el escudo invisible y volvió directamente hacia él, alcanzándole en la pierna. Cayó al suelo, pero aún sostenía la pistola. Se quedó ahí tumbado mirándonos, esperando a que el hechizo acabara, como acaban todos los hechizos.

»Alther se estaba muriendo. Se quitó el amuleto y me lo dio. Yo lo rechacé, estaba segura de que podría salvarlo, pero

Alther lo sabía mejor que yo. Se limitó a decirme con tono calmado que era el momento de irse. Sonrió y luego... luego murió.

La habitación se quedó en silencio, nadie se movió. Incluso Silas miraba deliberadamente el suelo. Marcia continuó en voz queda:

—Yo... yo no podía creerlo. Me até el amuleto alrededor del cuello y cogí a la princesa. Estaba llorando... bueno, las dos estábamos llorando. Luego corrí. Corrí tan deprisa que el Asesino no tuvo tiempo de disparar.

»Huí a la Torre del Mago, no se me ocurría a qué otro lugar podía ir. Les conté a los demás magos la terrible noticia y les pedí su protección, que todos nos concedieron. Hablamos toda la tarde sobre lo que debíamos hacer con la princesa. Sabíamos que no podía quedarse en la torre mucho tiempo, no podíamos proteger a la princesa para siempre y, además, era un bebé recién nacido y necesitaba una madre. Entonces pensé en ti, Sarah.

Sarah pareció sorprendida.

—Alther solía hablarme de ti y de Silas y yo sabía que acababas de tener un niño ese mismo día. Era la comidilla de la torre, el séptimo hijo del séptimo hijo. No tenía ni idea de que había muerto. Me apenó mucho oír lo que había sucedido. Pero sabía que amarías a la princesa y la harías feliz, de modo que decidimos que tú debías tenerla.

»Pero no podía caminar hasta los Dédalos y dártela. Alguien podía verme. Así que, a última hora de la tarde, me escabullí del Castillo con la princesa y la dejé en la nieve, asegurándome de que tú, Silas, la encontraras. Y así fue. No pude hacer más.

»Salvo ocultarme en las sombras y verte regresar, después de que Gringe me aturullara tanto como para darle media corona. Al ver el modo en que caminabas y te sujetabas la capa como si sostuvieras algo precioso, supe que tenías a la princesa y, ¿lo recuerdas?, te dije: "No le cuentes a nadie que la has encontrado. Es tu hija. ¿Lo entiendes?".

Un silencio cargado pesaba en el aire. Silas miraba al suelo; Sarah se sentaba inmóvil, y Jenna y los niños parecían aturdidos. Marcia se levantó en silencio y de un bolsillo de su túnica sacó una taleguilla de terciopelo rojo. Luego cruzó la habitación, con mucho cuidado de no pisar nada, sobre todo un lobo grande y no demasiado limpio que acababa de descubrir dormido sobre una montaña de mantas.

Los Heap observaron, hipnotizados, cómo Marcia caminaba con solemnidad hacia Jenna. Los chicos Heap se apartaron muy respetuosos cuando Marcia se detuvo delante de Sarah y de Jenna y se arrodilló.

Jenna miraba con los ojos muy abiertos cómo Marcia abría la taleguilla de terciopelo y sacaba una pequeña diadema de oro.

—Princesa —declaró Marcia—, era de vuestra madre y ahora es vuestra por derecho propio.

Marcia colocó la diadema de oro en la cabeza de Jenna. Le ajustaba perfectamente. Silas rompió el hechizo.

—Bien, ya lo has hecho, Marcia —se lamentó enojado—. Ahora ya has descubierto el pastel.

Marcia se puso en pie y se sacudió el polvo de su capa. Y al hacerlo, para su sorpresa, el fantasma de Alther Mella flotó a través de la pared y se detuvo junto a Sarah Heap.

—¡Ah, aquí está Alther! —exclamó Silas—. Esto no le va a gustar, puedo asegurártelo.

—¡Hola, Silas, Sarah, hola a todos mis jóvenes magos!

Los chicos Heap sonrieron. La gente los llamaba muchas cosas, pero solo Alther los llamaba magos.

—Y hola, mi princesita —saludó Alther, que siempre había llamado a Jenna así, y ahora Jenna sabía por qué.

—Hola, tío Alther —le devolvió el saludo Jenna, que se sentía mucho más feliz con el viejo fantasma flotando a su alrededor.

—No sabía que Alther te visitaba a ti también —comentó Marcia algo ofendida, aunque se sintió aliviada al verlo.

—Bueno, yo fui su primer aprendiz —soltó Silas—. Antes de que tú te colaras a codazos.

—Yo no me colé a codazos: tú abandonaste; le suplicaste a Alther que anulara tu aprendizaje. Dijiste que querías leer cuentos por la noche a los niños en lugar de estar encerrado en una torreta con la nariz pegada a un viejo y polvoriento libro de hechizos. A veces me das risa, Silas —estalló Marcia con una mirada fulminante.

—Niños, niños, no os peleéis ahora —sonrió Alther—. Os quiero a los dos igual, todos mis aprendices son especiales.

El fantasma de Alther Mella resplandecía ligeramente al calor del hogar. Vestía su fantasmal capa de mago extraordinario, todavía con manchas de sangre, que siempre entristecían a Marcia cuando las veía. El largo cabello blanco de Alther estaba cuidadosamente recogido en una cola y la barba pulcramente recortada en punta. En vida, el cabello y la barba de Alther siempre estaban hechos un desastre, nunca se percataba de lo rápido que parecía crecerle. Pero ahora que era un fantasma le resultaba fácil; se acicaló a conciencia hacía diez años y así se quedó. Los ojos verdes de Alther tal vez brillaran algo menos que cuando estaba vivo, pero miraban a su alrededor con el mismo entusiasmo que siempre. Y cuando miraban el hogar de los Heap se ponían tristes. Las cosas estaban a punto de cambiar.

—Díselo, Alther —le pidió Silas—. Dile que no se va a llevar a nuestra Jenna. Princesa o no, no se la va a llevar.

—Ojalá pudiera, Silas, pero no puedo —manifestó Alther con expresión grave—. Os han descubierto. Se acerca una Asesina. Estará aquí a medianoche con una bala de plata. Ya sabes lo que eso significa...

Sarah Heap hundió la cabeza entre las manos.

—No —suspiró.

—Sí —respondió Alther. Temblaba y su mano se dirigió hacia el pequeño agujero redondo de bala justo debajo de su corazón.

—¿Qué podemos hacer? —preguntó Sarah muy serena y quieta.

—Marcia se llevará a Jenna a la Torre del Mago —explicó Alther—. Jenna estará a salvo por el momento. Luego tendremos que pensar cuál será el próximo movimiento. —Miró a Sarah—. Tú y Silas deberíais iros con los niños a algún lugar seguro donde no puedan encontraros.

Sarah estaba pálida, pero su voz era firme.

—Iremos al Bosque, nos quedaremos con Galen.

Marcia volvió a mirar el reloj. Se estaba haciendo tarde.

—Tengo que llevarme a la princesa ahora —instó—, debo regresar antes de que cambien al centinela.

—No quiero irme —suspiró Jenna—. No tengo por qué ir, ¿verdad, tío Alther? Yo también quiero ir con Galen y quedarme allí. Quiero ir con todos. No quiero estar sola. —El labio inferior de Jenna empezó a temblar y los ojos se le llenaron de lágrimas. Se abrazó fuerte a Sarah.

—No estarás sola, estarás con Marcia —le aclaró amablemente Alther, pero Jenna no parecía sentirse mejor.

—Mi princesita —intentó convencerla Alther—, Marcia tiene razón. Tienes que ir con ella. Solo ella puede darte la protección que necesitas.

Jenna seguía sin convencerse.

—Jenna —dijo Alther muy serio—, tú eres la heredera del Castillo y el Castillo necesita que estés a salvo para que un día puedas ser la reina. Debes ir con Marcia, por favor.

Las manos de Jenna se dirigieron hacia la diadema de oro que Marcia le había puesto en la cabeza. En algún lugar, dentro de sí, empezó a sentirse un poco diferente.

—Muy bien —suspiró—. Iré.

6

HACIA LA TORRE

Jenna no podía creer lo que le estaba pasando. Apenas tuvo tiempo para besar a todos antes de que Marcia la envolviese en su capa púrpura y le dijera que se acercara y caminase a su paso. Luego la gran puerta negra de los Heap se abrió involuntariamente con un crujido y Jenna salió del único hogar que había conocido en su vida.

Probablemente fue bueno que, cubierta como estaba por la capa de Marcia, Jenna no pudiera ver las perplejas caras de los seis niños Heap o las desoladas expresiones en los rostros de Sarah y Silas al mirar la capa púrpura de cuatro patas doblar la esquina del final del corredor 223 y desaparecer de la vista.

Marcia y Jenna emprendieron el largo camino de regreso a la Torre del Mago. Marcia no quería arriesgarse a que la vieran en el exterior con Jenna, y los oscuros y serpenteantes corredores del lado este parecían más seguros que la rápida ruta que había tomado a primera hora de la mañana. Marcia caminaba a paso ligero y Jenna se veía obligada a correr a su lado para poder seguir su ritmo. Por suerte, lo único que llevaba consigo era una mochila con unos pocos tesoros que le recordaban su hogar, aunque con las prisas había olvidado su regalo de cumpleaños.

Era media mañana y la hora punta había acabado. Para alivio de Marcia, los húmedos corredores estaban casi desiertos mientras ella y Jenna los recorrían en silencio, virando con soltura en cada recodo mientras los recuerdos de Marcia de antiguos viajes a la Torre del Mago volvían a su mente.

Oculta bajo la pesada capa de Marcia, Jenna podía ver muy poco, de tal modo que concentraba la mirada en los dos pares de pies que tenía debajo: los suyos, pequeños y regordetes, embutidos en sus desgastadas botas marrones, y los largos y afilados pies de Marcia, embutidos dentro de su piel de pitón púrpura, caminando por las grises losas húmedas y frías. Enseguida Jenna tuvo que pararse al notar que sus propias botas estaban hipnotizadas por las afiladas pitones púrpura que danzaban delante de ella, a izquierda y derecha, a izquierda y derecha, mientras cruzaban kilómetros y kilómetros de interminables pasadizos.

De este modo, la extraña pareja entró sin ser vista en el Castillo. A través de pesadas puertas murmurantes que ocultaban los muchos talleres en los que la gente del lado este pasaba sus largas horas de trabajo haciendo botas, cervezas, ropas, barcos, camas, sillas de montar, candelas, velas, pan y, últimamente, armas, uniformes y cadenas. Dejaron atrás las frías escuelas, donde niños aburridos recitaban la tabla del trece, y los vacíos y estruendosos almacenes, donde el ejército custodio había trasladado la mayoría de las provisiones de invierno para su propio uso.

Por fin, Marcia y Jenna salieron por la estrecha arcada que daba al patio de la Torre del Mago. Jenna tomó aliento en el aire frío, echó una mirada furtiva por debajo de la capa y lanzó una exclamación.

Ante ella se alzaba la Torre del Mago, tan alta que la pirámide de oro que la coronaba casi se perdía en una nube baja y deshilachada. La torre resplandecía, plateada, al sol del invierno, tan brillante que a Jenna le lastimaba los ojos, y el cristal púrpura de sus cientos de minúsculas ventanas refulgía y centelleaba con una misteriosa oscuridad que reflejaba la luz y guardaba los secretos que se ocultaban detrás de ellos. Una bruma fina y azul rielaba alrededor de la torre, desdibujando sus límites, de manera que a Jenna le resultaba difícil decir dónde acababa la torre y empezaba el cielo. El aire también era diferente, olía extraño y dulce, a hechizos mágicos y a viejo incienso. Y mientras Jenna se quedaba quieta, incapaz de dar otro paso, supo que estaba envuelta por los sonidos, demasiado quedos para ser oídos, de antiguos hechizos y encantamientos.

Por primera vez desde que Jenna salió de su hogar tenía miedo. Marcia pasó un brazo protector por los hombros de Jenna, pues incluso ella recordaba muy bien cómo era aquella torre: aterradora.

—Ven, acércate —murmuró Marcia para darle ánimos, y juntas se dirigieron sigilosamente hacia los inmensos escalones de mármol que conducían hasta la resplandeciente entrada de plata.

Marcia estaba tan concentrada en mantener el equilibrio que hasta que no llegó al pie de la escalera no se dio cuenta de que ya no había centinela de guardia. Consultó el reloj confusa. El cambio de centinela no era hasta al cabo de quince minutos, así que ¿dónde estaba el muchacho que arrojaba bolas de nieve y al que había regañado aquella mañana?

Marcia miró a su alrededor chasqueando la lengua. Algo no iba bien. El centinela no estaba allí y sin embargo aún estaba allí. De repente se dio cuenta de que estaba entre el Aquí y el No Aquí. Estaba casi muerto.

Marcia se abalanzó de súbito hacia un pequeño montículo junto a la arcada y la capa dejó al descubierto a Jenna.

—¡Excava! —dijo Marcia entre dientes, escarbando en el montículo—. ¡Está aquí, congelado!

Debajo del montículo estaba el delgado cuerpo blanco del centinela que arrojaba bolas de nieve. Estaba acurrucado, hecho una bola, con el delgado uniforme de algodón empapado por la nieve y pegado glacialmente a su cuerpo. Los colores ácidos y relumbrones del extraño uniforme parecían de mal gusto a la fría luz del sol de invierno. Jenna se estremeció al ver al chico, no de frío sino por un recuerdo desconocido e inefable que cruzó por su mente. Marcia quitó cuidadosamente la nieve de la boca amoratada del chico, mientras Jenna le ponía la mano en el blanco brazo tieso como un palo. Nunca había tocado a alguien tan frío. Seguramente ya estaba muerto.

Jenna miró a Marcia inclinarse sobre la cara del chico y murmurar algo entre dientes. Marcia se quedó quieta, escuchó y miró preocupada. Luego volvió a murmurarle, esta vez con más urgencia: «**Rápido, jovencillo, rápido**». Se calló un momento y luego exhaló una larga y lenta bocanada de aire en el rostro del muchacho. El aire salía sin cesar de la boca de Marcia, una y otra vez, una nube de color rosa pálido que envolvía la boca y la nariz del chico y lenta, muy lentamente, parecía llevarse el horrible color azul y reemplazarlo por un color de vida. El chico no rebulló, pero Jenna creyó ver un débil movimiento en su pecho. Volvía a respirar.

—¡Rápido! —susurró Marcia a Jenna—. No sobrevivirá si lo dejamos aquí. Tenemos que meterlo dentro.

Marcia cogió al chico en brazos y lo subió con facilidad por los anchos escalones de mármol. Cuando llegó arriba, las puertas de plata maciza de la Torre del Mago se abrieron en silencio ante ellos. Jenna respiró hondo y siguió a Marcia y al muchacho adentro.

7

LA TORRE DEL MAGO

Hasta que las puertas de la Torre del Mago no se hubieron cerrado tras de sí y Jenna se encontró de pie en la inmensa entrada dorada del vestíbulo, no se dio cuenta de lo mucho que había cambiado su vida. Jenna no había visto, ni soñado, jamás un lugar como aquel. También sabía que la mayoría de la gente del Castillo tampoco había visto nunca nada parecido. Ya se estaba volviendo diferente de quienes había dejado atrás.

Jenna contempló las desacostumbradas riquezas que le rodeaban mientras entraba, como en trance, en el enorme vestíbulo circular. Las paredes doradas centelleaban con fugaces pinturas de criaturas míticas, símbolos y tierras extrañas. En el aire cálido e impregnado del olor del incienso flotaba un apacible y suave murmullo: el sonido de la **Magia** cotidiana que mantenía la torre activa. Bajo los pies de Jenna el suelo se movía como si fuera arena. Estaba hecho de cientos de colores distintos, que danzaban alrededor de sus botas y deletreaban las palabras: «Bienvenida, princesa, bienvenida». Luego, mientras las miraba sorprendida, las letras cambiaron y se leía: «¡Deprisa!».

Jenna levantó la mirada para ver a Marcia, que se tambaleaba un poco mientras acarreaba al centinela, entrando en una escalera de caracol plateada.

—Vamos —le instó Marcia con impaciencia. Jenna corrió, llegó al primer escalón y empezó a subir la escalera—. No, quédate donde estás y espera —le explicó Marcia—. La escalera hará el resto.

»Adelante —ordenó Marcia en voz alta y, para asombro de Jenna, la escalera de caracol empezó a dar vueltas.

Al principio iba despacio, pero pronto empezó a adquirir velocidad y girar cada vez más rápido, ascendiendo por la torre hasta que llegaron a la misma cima. Marcia se bajó y Jenna la siguió de un salto, algo mareada, justo antes de que la escalera volviera a girar hacia abajo, atendiendo a la llamada de otro mago en alguna planta inferior.

La gran puerta púrpura de Marcia ya se había abierto de par en par para ellos, y el fuego en la chimenea prendió rápidamente. Un sofá se dispuso por sí solo delante del fuego y dos almohadas y una manta volaron por el aire y aterrizaron pulcramente en el sofá sin que Marcia tuviera que decir ni media palabra.

Jenna ayudó a Marcia a colocar al centinela en el sofá. Tenía muy mal aspecto: la cara blanca del frío, los ojos cerrados, y había empezado a tiritar descontroladamente.

—Tiritar es buena señal —explicó bruscamente Marcia y chasqueó los dedos—. **Fuera ropas mojadas.**

El ridículo uniforme de centinela se desprendió del chico volando y revoloteó hasta el suelo, donde formó un estridente montón húmedo.

—**Eres basura** —le dijo Marcia, y el uniforme se juntó con desánimo y se colocó sobre el conducto de la basura, por donde se dejó caer y desapareció. Marcia sonrió.

—¡Buen viaje! Ahora, **ropas secas**.

Apareció un cálido pijama sobre la piel del chico y su tiritona perdió violencia.

—Bien —comentó Marcia—. Nos sentaremos con él un ratito y dejaremos que entre en calor. Se pondrá bien.

Jenna se acomodó en una alfombra junto al fuego y de pronto aparecieron dos humeantes tazones de leche caliente. Marcia se sentó junto a ella y de repente a Jenna le entró timidez. La maga extraordinaria se sentaba a su lado en el suelo, tal como hacía Nicko. ¿Qué iba a decirle? A Jenna no se le ocurría nada, salvo que tenía los pies helados, pero estaba demasiado azorada para quitarse las botas.

—Es mejor que te quites esas botas —le aconsejó Marcia—. Están empapadas.

Jenna se desabrochó las botas y se las quitó.

—Fíjate en tus calcetines. ¡Están hechos un desastre! —criticó Marcia.

Jenna se sonrojó. Sus calcetines habían pertenecido a Nicko y antes de eso habían sido de Edd, ¿o de Erik? Llenos de remiendos, eran demasiado grandes para ella.

Jenna movió los dedos junto al fuego y se secó los pies.

—¿Quieres unos calcetines nuevos? —preguntó Marcia.

Jenna asintió tímidamente. En sus pies apareció un par de gruesos y calientes calcetines de color púrpura.

—Aunque guardaremos los viejos —observó Marcia—. **Limpios** —les ordenó—. **Doblados**.

Los calcetines obedecieron; se sacudieron la suciedad, que aterrizó en un montoncito pegajoso en la chimenea, luego se plegaron pulcramente y se quedaron junto al fuego al lado de Jenna. Jenna sonrió. Se alegraba de que Marcia no hubiera llamado «basura» al mejor zurcido de Sarah.

La tarde de mediados de invierno avanzaba y la luz empezaba a apagarse. Por fin el centinela había dejado de temblar y dormía plácidamente. Jenna estaba acurrucada junto al fuego, mirando uno de los libros de **Magia** ilustrados de Marcia, cuando oyó llamar frenéticamente a la puerta.

—Corre, Marcia. ¡Ábreme la puerta, soy yo! —instó una voz impaciente desde fuera.

—Es papá —gritó Jenna.

—Chiiissst —le ordenó Marcia—, podría no serlo.

—Por el amor de Dios, abre la puerta —suplicó la voz impaciente.

Marcia hizo un rápido **hechizo traslúcido**. Para su irritación, al otro lado de la puerta estaban Silas y Nicko. Pero eso no era todo: sentado a su lado, con la lengua fuera y babeando como un loco, estaba el lobo, que llevaba atado al cuello un pañuelo a topos.

Marcia no tenía más elección que dejarlos entrar.

—¡**Abre**! —ordenó Marcia bruscamente a la puerta.

—Hola, Jen —sonrió Nicko.

Avanzó cuidadosamente sobre la fina alfombra de Marcia, seguido de cerca por Silas y el lobo, cuya cola, que no dejaba de moverse, barrió la preciada colección de frágiles cacharritos de hada y los tiró al suelo.

—¡Nicko! ¡Papá! —gritó Jenna y se echó a los brazos de Silas. Parecía que llevaba meses sin verlos—. ¿Dónde está mamá? ¿Se encuentra bien?

—Está bien —respondió Silas—. Se ha ido a casa de Galen con los chicos. Nicko y yo solo hemos venido a darte esto. —Silas hurgó en sus hondos bolsillos—. Espera, está aquí, en algún lado.

—¡Por el amor de Dios!, ¿estás loco? —le preguntó Marcia—. ¿Qué crees que estás haciendo al venir aquí? Y aparta ese maldito lobo.

El lobo estaba ocupado olisqueando los zapatos de pitón de Marcia.

—No es un lobo —le explicó Silas—, es un perro lobo abisinio, descendiente de los perros lobo de los magos mogoles. Y se llama Maximillian. Aunque dejará que lo llames Maxie para abreviar, si eres amable con él.

—¡Amable! —resopló Marcia casi sin palabras.

—Aunque deberíamos quedarnos a pasar la noche —continuó Silas, que vació el contenido de una bolsita mugrienta encima de la mesa de la ouija de ébano y jade de Marcia y rebuscó en ella—. Ahora está demasiado oscuro para internarnos en el Bosque.

—¿Quedaros? ¿Aquí?

—¡Papá! Mira mis calcetines, papá —dijo Jenna moviendo los dedos de los pies en el aire.

—Hum, muy bonitos, tesoro —comentó Silas, que aún hurgaba en sus bolsillos—. ¿Dónde lo habré puesto? Sé que lo traía conmigo...

—¿Te gustan mis calcetines, Nicko?

—Muy púrpura —opinó Nicko—. Estoy helado.

Jenna condujo a Nicko hasta el fuego. Señaló al centinela.

—Estamos esperando a que se despierte. Se ha quedado helado en la nieve y Marcia lo ha rescatado. Ella ha hecho que volviera a respirar.

Nicko silbó impresionado.

—Oye, a mí me parece que se está despertando ahora.

El niño centinela abrió los ojos y contempló a Jenna y a Nicko. Parecía aterrado. Jenna le acarició la afeitada cabeza. La notó hirsuta y un poco fría.

—Ahora estás a salvo —le tranquilizó—. Estás con nosotros. Yo soy Jenna y este es Nicko. ¿Cómo te llamas?

—Muchacho 412 —murmuró el centinela.

—¿Muchacho 412...? —repitió Jenna perpleja—. Pero eso es un número, nadie tiene un número por nombre.

El chico se limitó a mirar a Jenna. Luego volvió a cerrar los ojos y se durmió de nuevo.

—¡Qué raro! —exclamó Nicko—. Papá me dijo que solo tienen números en el ejército joven. Había dos de ellos ahí fuera esta noche, pero les hizo creer que éramos guardias. Y recordó la contraseña de hace años.

—El bueno de papá —se admiró Jenna—. Salvo que —reflexionó— no es mi padre. Y tú no eres mi hermano...

—No seas boba, claro que lo somos —sostuvo Nicko sin miramientos—. Nada puede cambiar eso, princesa tonta.

—Sí, supongo —admitió Jenna.

—Sí, por supuesto —afirmó Nicko.

Silas había estado escuchando la conversación.

—Yo siempre seré tu padre y mamá siempre será tu madre. Solo que tú has tenido antes una primera mamá.

—¿Era realmente una reina? —preguntó Jenna.

—Sí, la reina. Nuestra reina. Antes de que tuviéramos a estos... custodios aquí.

Silas parecía pensativo, luego su expresión se tranquilizó al recordar algo y se quitó su grueso gorro de lana. Allí estaba, en el bolsillo de su sombrero. Claro.

—¡Lo encontré! —exclamó Silas, triunfante—. Tu regalo de cumpleaños. ¡Feliz cumpleaños, tesoro! —Y le dio a Jenna el regalo que se había olvidado.

Era pequeño y sorprendentemente pesado para su tamaño. Jenna rompió el papel de colores y se quedó una bolsita azul con cordones en la mano. Cuidadosamente tiró de los cordones, conteniendo la respiración de entusiasmo.

—¡Oh! —dijo, sin poder ocultar la desilusión en su voz—. Es un guijarro. Pero es un guijarro realmente bonito, papá, gracias.

Sacó el liso guijarro gris y se lo puso en la palma de la mano. Silas cogió a Jenna en su regazo.

—No es un guijarro, es una piedra mascota —le explicó—. Prueba a acariciarla debajo de la barbilla.

Jenna no estaba muy segura de qué extremo era la barbilla, pero lo intentó. Lentamente el guijarro abrió sus ojillos negros y la miró; luego estiró cuatro patas cortas, se levantó y caminó alrededor de la palma de su mano.

—¡Oh, papá, es genial! —exclamó Jenna.

—Pensamos que te gustaría. Conseguí el hechizo en la tienda de las rocas errantes. Pero no le des mucho de comer, o se pondrá muy pesada y se volverá perezosa. Y necesita andar a diario.

—La llamaré Petroc —dijo Jenna—. Petroc Trelawney.

Petroc Trelawney parecía todo lo contenta que una piedra puede estar, lo cual no se diferenciaba demasiado de su estado anterior. Replegó las patas, cerró los ojos y se volvió a acomodar para dormir. Jenna la guardó en el bolsillo para mantenerla caliente.

Mientras tanto, Maxie estaba ocupado mordiendo el papel de envolver y babeando en la nuca de Nicko.

—¡Ey, apártate, saco de babas! Venga, túmbate —le ordenó Nicko, intentando obligar a Maxie a que se echase en el suelo. Pero el perro no se tumbaba; miraba en la pared un gran retrato de Marcia con su túnica de graduación de aprendiz.

Maxie empezó a gemir bajito. Nicko le dio unos golpes suaves.

—Un retrato escalofriante, ¿verdad? —susurró al perro, que movió la cola sin entusiasmo y luego aulló cuando Alther Mella apareció a través del retrato. Maxie no se había acostumbrado a las apariciones de Alther.

Maxie, el perro lobo, gimoteó y enterró la cabeza bajo la manta que cubría al Muchacho 412. Su nariz húmeda y fría despertó al chico de un sobresalto. El Muchacho 412 se incorporó de un brinco y miró a su alrededor como un conejo asustado. No le gustaba lo que veía. De hecho, era su peor pesadilla.

En cualquier momento llegaría el comandante del ejército joven y entonces sí estaría en un verdadero aprieto. Confraternizar con el enemigo: así es como lo llamaban cuando alguien hablaba con los magos. Y allí estaba él con dos magos y un viejo fantasma de mago, a juzgar por su aspecto, por no mencionar a los dos bichos raros de sus hijos, uno con una especie de diadema en la cabeza y el otro con aquellos delatores ojos verdes de mago, y el asqueroso perro. También le habían quitado el uniforme y le habían puesto ropas de civil; podían matarle por espía. El Muchacho 412 gimió y hundió la cabeza entre las manos.

Jenna le pasó un brazo por los hombros.

—Está bien —le susurró—. Nosotros te cuidaremos.

Alther parecía agitado.

—Esa Linda les está diciendo adónde habéis ido. Están viniendo, están enviando a la Asesina.

—¡Oh, no! —se lamentó Marcia—. **Cerraré mediante hechizo** las puertas principales.

—Demasiado tarde —jadeó Alther—, ya ha entrado.

—Pero ¿cómo?

—Alguien dejó la puerta abierta —dijo Alther.

—¡Silas, eres idiota! —espetó Marcia.

—De acuerdo —admitió Silas encaminándose hacia la puerta—, entonces nos iremos y me llevaré a Jenna conmigo. Es obvio que no está a salvo aquí contigo, Marcia.

—¿Qué? —exclamó Marcia indignada—. ¡No está a salvo en ningún lugar, imbécil!

—No me llames imbécil —soltó Silas—, soy tan inteligente como tú, Marcia. Solo porque sea un mago ordinario...

—¡Basta! —gritó Alther—. No es momento para discusiones. Por el amor del cielo, está subiendo la escalera...

Impresionados, todos se quedaron inmóviles y escucharon. Todo estaba en silencio, demasiado en silencio, salvo el susurró de la escalera de plata que giraba inexorablemente mientras subía despacio a un pasajero por la Torre del Mago hasta lo más alto, hasta la puerta púrpura de Marcia.

Jenna parecía asustada. Nicko la abrazó.

—Yo te protegeré, Jen —la calmó—. Conmigo estarás a salvo.

De repente, Maxie echó las orejas hacia atrás y soltó un aullido que helaba la sangre. A todos se les pusieron los pelos de punta.

La puerta se abrió con un ruido.

La silueta de la Asesina se perfiló a la luz. Su rostro estaba blanco mientras supervisaba la escena que tenía delante, sus ojos escrutaban fríamente a su alrededor, en busca de su presa: la princesa. En la mano derecha llevaba una pistola de plata que Marcia había visto por última vez hacía diez años en el salón del trono.

La Asesina dio un paso adelante.

—Estáis arrestados —anunció amenazadoramente—. No tenéis que decir nada en absoluto. Se os llevará a un lugar y...

El Muchacho 412 se levantó temblando. Era tal como había esperado: habían venido a por él. Caminó despacio hacia la Asesina. Ella le miró fríamente.

—Aparta de mi camino, chico —vociferó la Asesina, y de un golpe envió al Muchacho 412 al suelo.

—¡No hagas eso! —chilló Jenna. Corrió hacia el Muchacho 412, que estaba tirado en el suelo, pero mientras se arrodillaba para ver si estaba herido, la Asesina la cogió.

Jenna se dio media vuelta.

—¡Déjame! —gritó.

—Quédate quieta, **Realicia** —se burló la Asesina—. Alguien quiere verte, pero quiere verte... muerta.

La Asesina levantó la pistola de plata hasta la cabeza de Jenna.

¡Crac! Un **rayocentella** salió de la mano extendida de Marcia. Golpeó a la Asesina, derribándola, y liberó a Jenna de sus garras.

—¡Cubrir y preservar! —gritó Marcia. Una brillante cortina de luz blanca saltó como una cuchilla brillante del suelo y los rodeó, aislándolos de la Asesina, que estaba inconsciente.

Entonces Marcia abrió la tapadera del conducto de la basura.

—Es el único modo de salir de aquí —anunció—. Silas, tú irás primero. Intenta realizar un **hechizo limpiador** mientras bajas.

—¿Qué?

—Ya has oído lo que he dicho. ¡Métete! —le espetó Marcia, dando a Silas un fuerte empellón hacia el conducto abierto. Silas se tambaleó sobre el conducto de la basura y luego, con un aullido, cayó y desapareció.

Jenna tiró del Muchacho 412 hasta ponerlo en pie.

—Vamos —dijo, y le empujó de cabeza por el conducto. Luego saltó ella, seguida de cerca por Nicko, Marcia y un enloquecido perro lobo.

8

EL CONDUCTO DE LA BASURA

Cuando Jenna se tiró por el conducto de la basura, estaba tan aterrorizada por la Asesina que no le dio tiempo a asustarse de la pendiente, pero, a medida que caía de manera incontrolada por el agujero negro, sintió muy dentro de ella un pánico sobrecogedor.

El interior del conducto de la basura estaba frío y resbaladizo como el hielo. Era de pizarra negra muy pulida, de una pieza colocada por los maestros albañiles que habían construido la Torre del Mago algunos cientos de años atrás. La pendiente era muy pronunciada, demasiado pronunciada para que Jenna tuviera algún control sobre su caída, así que daba volteretas y giraba de aquí para allá, rodando de un lado a otro.

Pero lo peor era la oscuridad; una negrura espesa, profunda e impenetrable que presionaba a Jenna desde todos los lados, y aunque forzaba desesperadamente los ojos para ver algo, lo que fuera, no lograba distinguir nada. Jenna pensó que se había quedado ciega.

Sin embargo, aún podía oír. Y detrás de ella, acercándose a toda velocidad, Jenna oía el rumor de piel húmeda del perro lobo.

Maxie, el perro, lo estaba pasando bien, le gustaba aquel juego. Se sorprendió un poco cuando saltó al conducto y no encontró a Silas preparado con su bola. Y todavía más cuando sus patas parecían no funcionar, así que durante breves momentos pataleó en el aire buscando una explicación. Entonces su hocico topó con la nuca de la espantosa mujer e intentó chupar un suculento bocado de algo que había en su pelo, pero en ese momento, ella le dio un violento empujón que lo puso patas arriba.

Ahora Maxie era feliz. Primero el hocico, las patas dobladas; se convirtió en un rayo peludo y aerodinámico y los adelantó a todos. Adelantó a Nicko, que se agarró a su cola, pero luego lo soltó; adelantó a Jenna, que le gritó a la oreja; pasó al Muchacho 412, que estaba acurrucado hecho una bola, y luego adelantó a su amo, Silas. Maxie se sintió incómodo al pasar a Silas, pues Silas era el macho dominante y a Maxie no le estaba permitido ir delante de él. Pero no tenía elección; pasó a Silas a toda velocidad en medio de una ducha de estofado frío y pieles de zanahoria y continuó bajando.

El conducto de la basura serpenteaba alrededor de la Torre del Mago como un tobogán enterrado en el interior de las gruesas paredes. Descendía pronunciadamente a cada piso llevándose consigo no solo a Maxie, a Silas, al Muchacho 412, a Jenna, a Nicko y a Marcia, sino también los restos de todas las comidas que los magos habían tirado a la basura aquella tarde. La Torre del Mago tenía veintiún pisos de altura. Los dos últimos pertenecían al mago extraordinario y en cada piso inferior había dos apartamentos de magos. Eso supone un montón de comidas. Era el paraíso de un perro, y Maxie comió bastantes sobras en su descenso de la Torre del Mago como para mantenerse el resto del día.

Al final, después de lo que parecieron horas, pero en realidad fueron solo dos minutos y quince segundos, Jenna sintió que la caída casi vertical se nivelaba y su ritmo se frenaba hasta un extremo soportable. Ella no lo sabía, pero habían salido de la Torre del Mago y viajaban por debajo del suelo, fuera del pie de la torre y hacia los cimientos de los juzgados de los custodios. Aún estaba negro como el carbón y hacía un frío terrible en el conducto, y Jenna se sintió muy sola. Se esforzó por oír cualquier ruido que los demás pudieran hacer, pero todos sabían lo importante que era guardar silencio y nadie se atrevía a gritar. Jenna pensó que había detectado el frufrú de la capa de Marcia detrás de ella, pero desde que Maxie había pasado a toda pastilla no había tenido ningún indicio de que hubiera alguien más allí con ella. La idea de quedarse sola en la oscuridad para siempre empezaba a hacerse más fuerte y sintió otra oleada de pánico, pero justo cuando pensaba que iba a gritar, una rendija de luz iluminó desde una cocina lejana mucho más arriba y pudo vislumbrar al Muchacho 412 hecho una bola no muy lejos, delante de ella. A Jenna le levantó el ánimo verlo y sintió mucha pena por el delgaducho y helado centinela en pijama.

El Muchacho 412 no estaba en disposición de sentir pena por nadie y mucho menos por él mismo. Cuando la niña loca de la diadema dorada en la cabeza le había empujado al abismo se había acurrucado instintivamente y había pasado todo el descenso de la Torre del Mago dando tumbos de un lado a otro por el conducto como una canica en un desagüe. El Muchacho 412 se sentía zaherido y maltrecho pero no más aterrorizado de lo que había estado en las últimas horas en compañía de los dos magos, un niño mago y un mago fantasma. Mientras él también aminoraba su velocidad al inclinarse el conducto, el cerebro del Muchacho 412 empezó a funcionar. Los pocos pensamientos que logró generar llegaron a la conclusión de que aquello debía de ser una prueba. El ejército joven estaba lleno de pruebas, terribles pruebas por sorpresa que siempre te pillaban en mitad de la noche, justo cuando te habías quedado dormido y estabas en la cama de lo más calentito y cómodo. Pero aquello era una gran prueba. Debía de ser una de esas pruebas a vida o muerte. El Muchacho 412 rechinó los dientes; no estaba seguro, pero ahora mismo tenía la horrible sensación de que era la parte más mortal de la prueba. Fuera lo que fuese, no podía hacer gran cosa. Así que el Muchacho 412 cerró bien los ojos y siguió bajando.

El conducto los llevó aún más abajo; giraba a la izquierda y se internaba por debajo de las cámaras del consejo custodio; viraba hacia la derecha para entrar en las oficinas del ejército, y luego seguía recto para enterrarse en los gruesos muros de las cocinas subterráneas que servían a palacio. Ahí fue donde las cosas se pusieron particularmente desagradables. Las sirvientas de la cocina aún estaban ocupadas limpiando después del banquete de mediodía del custodio supremo, y las escotillas de la cocina, que no estaban muy por encima de los viajeros del conducto de la basura, se abrían con alarmante frecuencia y los duchaban con los restos mezclados del festín. Incluso Maxie, que por entonces ya había comido de todo, lo encontraba desagradable, en especial después de que un pudin de arroz solidificado le diera directamente en el hocico. La joven pinche de cocina que tiró el pudin de arroz vio fugazmente a Maxie y tuvo pesadillas sobre lobos en el conducto de la basura durante semanas.

Para Marcia también fue una pesadilla. Se envolvió en su capa de púrpura seda salpicada de salsa de carne con el forro de piel revestido de crema, esquivando una ducha de coles de Bruselas, e intentó ensayar el **hechizo de lavado en seco en un segundo** para usarlo en el momento en que saliera del conducto.

Por fin, el conducto los llevó lejos de las cocinas y las cosas se volvieron algo más limpias. Jenna se permitió brevemente relajarse, pero de repente se quedó sin aliento cuando el conducto se hundió bruscamente bajo los muros del Castillo hacia su destino final, el vertedero de la orilla del río.

Silas se recuperó el primero de la aguda caída y supuso que habían llegado al final del viaje. Escrutó la oscuridad para intentar ver la luz al final del túnel, pero no distinguió nada en absoluto. Aunque sabía que el sol ya se había puesto, esperaba que se filtrase alguna luz de la luna llena emergente. Y luego, para su sorpresa, se frenó contra algo sólido. Algo suave y pegajoso que apestaba. Era Maxie.

Silas se estaba preguntando por qué Maxie bloqueaba el conducto de la basura, cuando el Muchacho 412, Jenna, Nicko y Marcia se estrellaron contra él, uno tras otro. Silas se percató de que no solo era Maxie el que estaba suave, pegajoso y apestoso: todos lo estaban.

—¿Papá? —sonó la asustada voz de Jenna en la oscuridad—. ¿Eres tú, papá?

—Sí, tesoro —susurró Silas.

—¿Dónde estamos, papá? —preguntó Nicko bruscamente; odiaba el conducto de la basura.

Hasta que no saltó por él, Nicko no tenía ni idea de lo mucho que le aterrorizaban los espacios cerrados. «¡Vaya modo de descubrirlo!», pensó. Nicko había conseguido vencer su miedo diciéndose a sí mismo que al menos se movían y pronto estarían fuera. Pero ahora se habían detenido y no estaban fuera.

Estaban quietos, atrapados. Nicko intentó sentarse, pero su cabeza se golpeó contra la fría piedra de pizarra que estaba encima de él; estiró los brazos pero ambos se toparon con los lados suaves como el hielo del conducto antes de que pudiera estirarlos del todo. Nicko sintió que su respiración se aceleraba cada vez más. Pensó que se volvería loco si no salían de allí pronto.

—¿Por qué nos hemos parado? —susurró Marcia.

—Hay un obstáculo —musitó Silas, que había pasado a Maxie y había notado que habían ido a dar contra una inmensa montaña de basura que bloqueaba el conducto.

—¡Qué fastidio! —murmuró Marcia.

—Papá, quiero salir, papá —jadeó Nicko.

—¿Nicko? —susurró Silas—. ¿Estás bien?

—No...

—¡Es la puerta de las ratas! —exclamó Marcia triunfante—. Hay una rejilla para que las ratas no entren al conducto. La pusieron, después de que Endor encontrase una rata en su estofado. Ábrela, Silas.

—No puedo llegar hasta ella. Hay un montón de basura en medio.

—Si hubieras hecho el **hechizo de limpieza**, tal como te había pedido, no estaría aquí, ¿verdad?

—Marcia —susurró Silas—, cuando crees que estás a punto de morir, hacer la limpieza del hogar no es tu prioridad número uno.

—Papá... —instó Nicko con desesperación.

—Entonces yo lo haré —le espetó Marcia.

Chasqueó los dedos y recitó algo entre dientes. Se produjo un sonido metálico amortiguado cuando la puerta de las ratas se abrió, y un siseo cuando la basura amablemente se apartó del conducto y cayó en el vertedero.

Eran libres. La luna llena se alzaba sobre el río proyectando su blanca luz sobre la negrura del conducto de la basura y guiando a los seis cansados y magullados viajeros hacia la salida que tanto habían anhelado alcanzar: el vertedero de basuras de la orilla del río.

9

El café de Sally Mullin

Era una noche de invierno tranquila como de costumbre en el café de Sally Mullin. El rumor constante de las conversaciones llenaba el aire, mientras una mezcla de parroquianos habituales y viajeros compartían las grandes mesas de madera que se reunían alrededor de una pequeña estufa de leña. Sally había estado rondando las mesas contando ocurrencias, ofreciendo porciones de pastel de cebada recién hecho y rellenando las lámparas de aceite, que llevaban ardiendo toda la deslucida tarde de invierno. Ahora estaba detrás de la barra, sirviendo con cuidado cinco medidas de Springo Special Ale para unos recién llegados mercaderes del norte.

Mientras Sally observaba a los mercaderes, notó para su

sorpresa que en lugar de la expresión triste y resignada por la que son famosos los mercaderes del norte, se estaban riendo. Sally sonrió; se enorgullecía de regentar un café feliz y, si había podido hacer que cinco adustos mercaderes se rieran antes incluso de haber bebido su primera jarra de Springo Special, es que algo estaba haciendo bien.

Sally llevó la cerveza a la mesa de los mercaderes junto a la ventana y la dejó ante ellos sin derramar ni una sola gota. Pero los mercaderes no prestaron atención a la cerveza; estaban demasiado ocupados frotando la empañada ventana con sus mugrientas mangas y observando en la oscuridad. Uno de ellos señaló algo en el exterior y todos prorrumpieron en estruendosas carcajadas.

La risa se contagiaba por todo el café. Otros clientes empezaron a acercarse a las ventanas para curiosear, hasta que toda la clientela empujó por hacerse un sitio junto a la larga hilera de ventanas que se alineaban al fondo. Sally Mullin miró también para ver cuál era el origen de la diversión.

Se quedó boquiabierta.

En la clara luz de la luna llena, la maga extraordinaria, la señora Marcia Overstrand, llena de basura, bailaba como una enloquecida encima del vertedero municipal.

«No —pensó Sally—, no es posible.»

Volvió a mirar por la ventana empañada. No podía creer lo que veía. Era realmente la señora Marcia con tres niños... ¿Tres niños? Todo el mundo sabía que la señora Marcia no soportaba a los niños. También había un lobo y alguien que le resultaba vagamente familiar, pero ¿quién era?

El condenado marido de Sarah, Silas Ya-lo-haré-mañana

Heap. Ese era.

¿Qué demonios estaba haciendo Silas Heap con Marcia Overstrand? ¿Con tres niños? ¿Y en el vertedero? ¿Lo sabía Sarah?

Bien, pronto lo sabría.

Como buena amiga de Sarah Heap, Sally sentía que su obligación era ir y comprobarlo. Así que dejó al chico lavaplatos al mando del café y corrió bajo la luz de la luna.

Sally se alejó taconeando sobre la pasarela de madera del pontón del café y corrió por la nieve, colina arriba, hacia el vertedero. Mientras corría, su mente llegó a una conclusión irrefutable: Silas Heap se estaba fugando con Marcia Overstrand.

Todo encajaba. Sarah solía quejarse de que Silas estaba obsesionado con Marcia. Incluso desde que le había cedido su aprendizaje con Alther Mella y Marcia lo había aceptado, Silas había observado su sorprendente progreso con una mezcla de horror y fascinación, imaginando siempre que podía haber sido él. Y desde que se había convertido en maga extraordinaria, hacía diez años, Silas, en todo caso, había empeorado.

Completamente obsesionado con lo que Marcia estaba haciendo, eso era lo que había dicho Sarah.

Pero claro, se dijo Sally, que ahora había llegado al pie del enorme montón de basura y estaba subiendo trabajosamente, Sarah tampoco era del todo inocente, todo el mundo podía ver que su niñita no era hija de Silas. Era tan distinta a todos los demás. Y una vez que Sally había intentado delicadamente sacar a colación el asunto del padre de Jenna, Sarah había cambiado rápidamente de tema. ¡Oh, sí!, algo había ocurrido entre los Heap durante años. Pero eso no era excusa para lo que Silas es-

taba haciendo ahora. No era ninguna excusa, pensó Sally, enojada, mientras subía tambaleándose hacia la cima del vertedero.

Las desaliñadas figuras de la cumbre del vertedero habían
empezado a descender y se dirigían hacia donde estaba Sally.
Sally movía los brazos haciéndoles señas, pero ellos parecían
no verla; tenían el semblante preocupado y se tambaleaban un
poco como si estuvieran mareados. Ahora que estaban más
cerca, Sally pudo comprobar que tenía razón acerca de sus
identidades.

—¡Silas Heap! —gritó furiosamente Sally.

Las cinco figuras se dieron un susto tremendo y se quedaron mirando fijamente a Sally.

—¡Chist! —sisearon cuatro voces tan fuerte como se atrevie-
ron.

—No voy a callarme —declaró Sally—. ¿Qué crees que estás
haciendo, Silas Heap? Dejando a tu mujer por esta... fulana.
—Sally movió el índice con desaprobación hacia Marcia.

—¿Fulana? —exclamó Marcia.

—Y llevarte a esos pobres niños contigo —le dijo a Silas—.
¿Cómo has podido?

Silas vadeó la basura en dirección a Sally.

—¿De qué estás hablando? —le exigió—. ¡Y por favor, cállate!

—¡Chissst! —dijeron tres voces detrás de él.

Por fin, Sally se calló.

—No lo hagas, Silas —susurró con voz quebrada—. No aban-
dones a tu adorable esposa y a tu familia, por favor.

Silas parecía divertido.

—No estoy abandonándola. ¿Quién te ha dicho eso?

—¿No la estás dejando?

—¡No!

—¡Chisst...!

Tardó la mayor parte de la larga bajada a trompicones en explicarle a Sally lo que había ocurrido. Se quedó boquiabierta y con los ojos como platos cuando Silas se vio obligado a contarle lo que le contó para que se pusiera de su lado, que era casi todo. Silas se dio cuenta de que no solo necesitaban el silencio de Sally, sino también su ayuda. Pero Marcia no estaba segura; Sally Mullin no era exactamente la primera persona que elegiría para que los ayudara. Marcia decidió dar un paso adelante y hacerse cargo de la situación.

—Muy bien —dijo en tono autoritario mientras llegaban a tierra firme al pie del vertedero—. Creo que es de esperar que envíen al cazador y a su cuadrilla tras nosotros de un minuto a otro.

Un destello de pánico cruzó el rostro de Silas. Había oído hablar del cazador.

Marcia fue práctica y estaba tranquila.

—He rellenado el conducto otra vez de basura y he practicado el **hechizo de cierrarrápido y suéldate** en la rejilla de las ratas —anunció—. Así que, con suerte, creerá que aún estamos atrapados allí.

Nicko se estremeció solo de pensarlo.

—Pero no tardará mucho —continuó Marcia—. Y entonces vendrá a buscarnos... y hará preguntas. —Marcia miró a Sally como diciéndole: «Y será a ti a quien pregunte».

Todo el mundo se quedó en silencio.

Sally devolvió la mirada a Marcia sin titubear. Sabía de lo que estaba hablando, sabía que sería un gran problema para ella, pero Sally era una amiga leal.

Sally lo haría.

—Muy bien —dijo Sally—. Para entonces tendremos que haberos llevado muy lejos con los duendecillos, ¿verdad?

Sally los condujo hasta el barracón en la parte trasera de la casa, donde muchos viajeros exhaustos encontraban una cama caliente para pasar la noche y ropas limpias también, si las necesitaban. El barracón estaba vacío en aquel momento del día, y Sally les mostró dónde estaban las ropas y les dijo que cogieran todo lo que necesitaran. Sería una noche larga y fría. Llenó rápidamente un cubo de agua caliente para que pudieran quitarse la primera capa de porquería del conducto de la basura y luego salió corriendo diciendo:

—Os veré abajo en el muelle dentro de diez minutos. Podéis llevaros mi barco.

Jenna y Nicko estuvieron encantados de quitarse sus ropas sucias, pero el Muchacho 412 se negó a hacer nada. Ya había tenido suficientes cambios aquel día y estaba decidido a aferrarse a lo que tenía, aunque fuera un mojado y sucio pijama de mago.

Al final Marcia se vio obligada a utilizar un **hechizo limpiador** con él, seguido de otro de **cambio de indumentaria** para ponerle un grueso jersey de pescador, pantalones y una chaqueta de borreguillo, además de un gorro rojo brillante que Silas había encontrado para él.

Marcia estaba contrariada por haber tenido que usar un hechizo para el atuendo del Muchacho 412. Quería ahorrar energía para más tarde, pues tenía la desagradable sensación de que podía necesitarla toda para conducirlos a un lugar seguro. Claro que había usado un poco de energía en su **hechizo de**

limpieza en seco en un segundo, que, debido al asqueroso estado de su capa, se había convertido en un **hechizo de limpieza en seco en un minuto** y aún no se había librado de las manchas de salsa de carne. Pero, en opinión de Marcia, la capa de un mago extraordinario era más que una capa, era un instrumento de **Magia** cuidadosamente afinado y debía ser tratado con respeto.

Al cabo de diez minutos estaban todos abajo, en el muelle.

Sally y su barca de vela los estaban esperando. Nicko miró el barquito verde con aprobación. Le encantaban los barcos, en realidad no había nada que le gustara más a Nicko que estar en un barco en mar abierto, y aquel parecía fiable. Era amplio y recio, se asentaba bien en el agua y tenía un par de velas rojas nuevas. También tenía un bonito nombre: *Muriel*. A Nicko le gustó.

Marcia miró la barca con recelo.

—Entonces, ¿cómo funciona? —le preguntó a Sally.

Nicko se inmiscuyó en la conversación.

—Vela —dijo—. Ella navega a vela.

—¿Quién navega a vela? —preguntó Marcia confusa.

Nicko tuvo paciencia:

—La barca navega a vela.

Sally se estaba poniendo nerviosa.

—Será mejor que os vayáis —recomendó mirando otra vez hacia el vertedero de basura—. He puesto algunos remos, por si los necesitáis. Y algo de comida. Mirad, desataré el cabo y lo sujetaré mientras todos subís a bordo.

Jenna subió primero, agarrando al Muchacho 412 del brazo

y llevándolo consigo. El Muchacho 412 estaba muy cansado.

Nicko subió el siguiente; luego Silas ayudó a una reticente Marcia a salir del muelle y subir al bote. Se sentó recelosa junto al timón y olfateó el aire.

—¿Qué es ese horrible olor? —murmuró.

—Pescado —contestó Nicko, preguntándose si Marcia sabría navegar.

Silas saltó adentro con Maxie, y el *Muriel* se hundió un poco más en el agua.

—Ahora os empujaré —anunció Sally nerviosa.

Lanzó el cabo a Nicko, que hábilmente lo cogió y lo recogió en la proa del barco.

Marcia cogió el timón, las velas se inflaron bruscamente y el *Muriel* viró de manera desagradable hacia la izquierda.

—¿Puedo tomar el timón? —se ofreció Nicko.

—¿Tomar qué? ¡Ah!, ¿este mango de aquí? Muy bien, Nicko, no quiero cansarme. —Marcia se enfundó en su capa y, con tanta dignidad como pudo, se apartó torpemente a un lado del barco.

Marcia no estaba contenta. Nunca antes había estado en un barco ni tenía intención de volver a estarlo si podía evitarlo. Para empezar no había asientos. Ni alfombra, ni siquiera almohadones, ni techo. No solo había demasiada agua fuera del barco para su gusto, sino que también había un poco dentro. ¿Significaba eso que se estaban hundiendo? Y el olor era increíble.

Maxie estaba muy excitado, se las arregló para pisar los preciosos zapatos de Marcia y mover la cola en su cara al mismo tiempo.

—Muévete, perro torpe —dijo Silas, empujando a Maxie a la

proa del barco, donde pudo poner su largo hocico de perro lobo al viento y olisquear todos los olores del agua. Luego Silas se apretujó contra Marcia, para incomodidad de esta, mientras Jenna y el Muchacho 412 se acurrucaban en el otro lado del barco.

Nicko estaba contentísimo en la popa, sosteniendo la caña del timón y navegando con seguridad hacia río abierto.

—¿Adónde vamos? —preguntó.

Marcia estaba aún demasiado preocupada por la repentina proximidad de tal cantidad de agua como para responder.

—A casa de tía Zelda —respondió Silas, que había estado hablando de esto con Sarah desde que Jenna se fuera aquella mañana—. Iremos a quedarnos con tía Zelda.

El viento infló las velas del *Muriel*, y el barquitó tomó velocidad, dirigiéndose hacia la rápida corriente que fluía en mitad del río. Marcia cerró los ojos y se sintió mareada; se preguntaba si el barco tenía intención de inclinarse tanto.

—¿La conservadora en los marjales Marram? —preguntó Marcia muy débilmente.

—Sí —le contestó Silas—. Allí estaremos a salvo. Mantiene su casa permanentemente **encantada** después de que la asaltaran los Brownies de las arenas movedizas el invierno pasado. Nadie nos encontrará.

—Muy bien —concedió Marcia—. Iremos a casa de tía Zelda.

Silas parecía sorprendido. Marcia se había puesto de acuerdo con él sin discutir, pero, sonrió para sí, ahora estaban todos en el mismo barco.

Y de este modo el barquito verde desapareció en la noche,

mientras Sally se convertía en una figura lejana en la costa, que los saludaba con energía. Cuando perdió de vista a su *Muriel*, Sally se quedó en el muelle escuchando el agua golpear contra las frías piedras. De repente se sintió muy sola. Se dio la vuelta y emprendió el camino de regreso por la nevada ribera del río; las luces amarillas que brillaban en las ventanas del café a poca distancia de ella le mostraban el camino. Los rostros de unos pocos clientes escudriñaban la noche, mientras Sally regresaba corriendo al calor y la cháchara del café, pero parecían no notar su pequeña figura mientras caminaba por la nieve y subía por la pasarela del pontón.

Cuando Sally abrió la puerta del café y entró en el cálido alboroto, sus clientes más incondicionales notaron que no era la de siempre. Y tenían razón. Era raro en Sally, pero solo tenía una idea en la cabeza: ¿cuánto tardaría el cazador en llegar?

━ 10 ━

EL CAZADOR

E l cazador y su cuadrilla habían tardado exactamente ocho minutos y veinte segundos en llegar al vertedero de la orilla del río, después de que Sally despidiera al *Muriel* en el muelle. Sally había vivido cada uno de aquellos quinientos segundos con un terror creciente que le atenazaba la boca del estómago.

¿Qué había hecho?

Sally no había dicho nada al regresar al café, pero algo en su comportamiento había hecho que la mayoría de sus clientes apurasen su Springo, engullesen las últimas migas de pastel de cebada y se perdieran raudos en la noche. Los únicos clientes que quedaban eran los cinco mercaderes del norte, que iban por su segunda ronda de Springo Special y charlaban bajito entre ellos con sus acentos lastimeros y cantarines. Incluso el chico que lavaba los platos había desaparecido.

A Sally se le quedó la boca seca, le temblaban las manos y tuvo que luchar contra el aplastante deseo de huir. «Calma, muchacha —se dijo a sí misma—, piensa. Niégalo todo. El cazador no tiene ningún motivo para sospechar de ti. Si ahora sales corriendo, sabrán que estás implicada y te encontrará. Siempre te encuentra. Limítate a sentarte muy tiesa y mantén la calma.»

La manecilla del gran reloj del café sonaba: tic, tac, tic, tac...

Cuatrocientos noventa y ocho segundos... cuatrocientos noventa y nueve segundos... quinientos.

Un poderoso haz de luz procedente de un reflector barrió la superficie del vertedero.

Sally corrió hacia una ventana cercana y miró a través de ella, mientras el corazón le latía fuerte. Recortada su silueta en el haz del reflector, vio pulular un enjambre de figuras; el cazador había traído a su cuadrilla, tal como Marcia había advertido.

Sally observó atentamente, intentando distinguir lo que hacían. La cuadrilla se encontraba alrededor de la reja para las ratas que Marcia había cerrado a conciencia con el **hechizo de cierrarrápido y suéldate**. Para alivio de Sally, la cuadrilla parecía no tener prisa, en realidad parecía que estaban riéndose. Algunos débiles gritos llegaban hasta el café. Sally aguzó el oído. Lo que oyó la hizo estremecerse.

—... escoria de magos.

—... ratas atrapadas en una ratonera.

—¡No os vayáis, jajajá! Hemos venido a buscaros.

Mientras Sally observaba, veía que las figuras que estaban alrededor de la trampilla para ratas se ponían cada vez más nerviosas cuanto más se resistía la reja a todos sus esfuerzos por abrirla. De pie, separada de la cuadrilla, una figura solitaria observaba impacientemente. Sally pensó con acierto que debía de ser el cazador.

De repente el cazador perdió la paciencia con los esfuerzos por soltar la rejilla. Se adelantó, cogió el hacha de uno de los integrantes de la cuadrilla y furiosamente la emprendió contra la reja. Fuertes sonidos metálicos resonaban en el café, hasta que por fin uno de la cuadrilla arrojó a un lado la destrozada reja y otro entró en el conducto y empezó a excavar en la basura. Entonces apuntaron el proyector directamente hacia el interior del conducto de la basura y la cuadrilla se apelotonó alrededor de la salida. Sally veía destellar sus pistolas en la claridad de las luces. Con el corazón en un puño, Sally aguardó a que descubrieran que sus presas habían huido. No tardaron mucho.

Una figura despeinada salió del conducto de la basura y el cazador, que a juicio de Sally estaba furioso, lo agarró bruscamente. Sacudió violentamente al hombre y lo lanzó a un lado, haciéndolo rodar por la ladera del vertedero. El cazador se agachó y oteó con incredulidad el conducto de basura vacío. De repente, se movió hacia el más pequeño de la cuadrilla; el hombre elegido retrocedía reticente, pero le empujaron hacia el interior mientras los guardias armados de la cuadrilla aguardaban en la entrada.

El cazador caminó lentamente hasta el borde del vertedero para recuperar la compostura después de descubrir que su presa se le había escapado. Le seguía a una distancia prudencial la pequeña figura de un muchacho.

El muchacho vestía la túnica verde de diario de un aprendiz de mago, pero a diferencia de cualquier otro aprendiz, ceñía su cintura un cinturón rojo con tres estrellas negras estampadas en él. Las estrellas de DomDaniel.

Pero en aquel momento el cazador no prestaba atención al aprendiz de DomDaniel. De pie, en silencio, era un hombre bajo, de complexión fuerte, con el corte de pelo al cepillo habitual de los guardias y la tez morena surcada por innumerables arrugas de los años pasados a la intemperie cazando y siguiendo la pista de la especie humana. Vestía el traje de cazador: una guerrera verde oscura y una capa corta con botas de grueso cuero marrón. Alrededor de la cintura llevaba un ancho cinturón de piel del que colgaba un cuchillo de monte y un morral.

El cazador esbozó una sonrisa sombría; su boca se convirtió en una línea fina y decidida que declinaba en los extremos, y sus ojos azul pálido se transformaron en una rayita vigilante. De modo que habría una cacería. Muy bien, nada le gustaba más que una cacería. Durante años había ido ascendiendo lentamente a través de los rangos de la cuadrilla y por fin había conseguido su objetivo. Era un cazador, el mejor de la cuadrilla y aquel era el momento que había estado aguardando. Allí estaba, cazando no solo a la maga extraordinaria sino también a la princesa, ¡la «Realícia», ni más ni menos! El cazador se emocionaba mientras se prometía una noche para el recuerdo: el ojeo, la persecución, el acecho y la muerte. «Ningún problema», pensó el cazador; su sonrisa se amplió para mostrar unos pequeños dientes afilados en el frío resplandor de la luna.

El cazador centró sus pensamientos en la cacería. Algo le decía que los pájaros habían volado del conducto de la basura, pero como cazador eficiente que era debía asegurarse de que comprobaban todas las posibilidades, y el guardia de la cuadrilla era lo más bajo de lo más bajo, un prescindible, y cumpliría con su obligación o moriría en el intento. El cazador había sido un prescindible otrora, pero no por mucho tiempo, se guardó bien. Y ahora, pensó con un temblor de emoción, ahora debía encontrar el rastro.

Sin embargo, el vertedero ofrecía pocas pistas incluso para un cazador experimentado como él. El calor de la descomposición de la basura había fundido la nieve y el constante remover de los desperdicios por parte de ratas y gaviotas ya había borrado cualquier vestigio de un rastro. Muy bien, pensó el cazador, a falta de un rastro tenía que hacer un ojeo.

El cazador permaneció en su lugar aventajado en la cima del vertedero y supervisó la escena que le ofrecía la luz de la luna a través de sus ojos entornados. A su espalda se alzaban las escarpadas murallas oscuras del Castillo; las almenas se dibujaban resueltamente contra el frío y brillante cielo estrellado. Delante de él se extendía el ondulado paisaje del rico labrantío que bordeaba la otra ribera del río, y a la distancia del horizonte sus ojos dieron con la recortada dorsal de las montañas Fronterizas. El cazador miró larga y atentamente el paisaje cubierto de nieve, pero no vio nada de interés. Luego dirigió la atención hacia una escena más próxima que se desarrollaba por debajo de él. Miró la anchurosa curva del río; su mirada siguió el curso del agua a su paso por el meandro que estaba justo debajo de él y fluía rápido hacia la derecha, pasaba ante el café colgado sobre el pontón que flotaba delicadamente en la marea alta, pasaba el pequeño muelle con sus barcos amarrados para pasar la noche y bajaba por la amplia curvatura del río hasta desaparecer de la vista detrás de la roca del cuervo, un saliente peñascoso y quebrado que descollaba sobre el río.

El cazador escuchaba atentamente en busca de sonidos procedentes del agua, pero solo oía el silencio que trae el manto de nieve. Escrutó el agua en busca de pistas; tal vez una sombra bajo la orilla, un pájaro asustado, una onda reveladora, pero no vio nada. Nada. Todo estaba extrañamente silencioso y tranquilo; el río oscuro serpenteaba calladamente a través del luminoso paisaje nevado alumbrado por el resplandor de la luna llena. Era una noche perfecta para una cacería, pensó el cazador.

El cazador permaneció inmóvil, tenso, esperando hacer un avistamiento. Observando y observando...

Algo le llamó la atención. Una cara pálida en la ventana del café. Un rostro asustado, un rostro que sabía algo. El cazador sonrió. Había hecho un ojeo. Volvía a estar sobre la pista.

❧ II ❧

EL RASTRO

Sally los vio venir. Se retiró de la ventana de un salto, se alisó la falda y puso en orden sus pensamientos.

«¡Vamos, chica! —se dijo a sí misma—, puedes hacerlo. Limítate a poner la cara de "mesonera hospitalaria" y no sospecharán nada.» Sally se refugió detrás de la barra y, por primera vez en horas de trabajo, se sirvió una jarra de Springo Special y dio un largo trago.

¡Puaj!, nunca le había gustado. Demasiadas ratas muertas en el fondo del barril para su gusto.

Mientras Sally daba otro trago de rata muerta, el poderoso haz de luz del reflector entró en el café y barrió a sus ocupantes. Por un instante brilló directamente en los ojos de Sally y luego se movió hasta iluminar los blancos rostros de los mercaderes del norte, que dejaron de hablar e intercambiaron miradas de preocupación.

Al cabo de un momento, Sally oyó el golpe seco de unas pisadas apresuradas acercándose a la pasarela. El pontón se balanceó mientras la cuadrilla la atravesaba y el café se estremeció; los platos y los vasos tintinearon nerviosamente con el movimiento. Sally apartó la jarra, se levantó muy tiesa y, con gran dificultad, plantó una sonrisa en su cara.

La puerta se abrió con estruendo.

Entró el cazador y, tras él, en el haz del reflector, Sally pudo ver a la cuadrilla en fila sobre el pontón, con las pistolas preparadas.

—Buenas noches, señor. ¿Qué le pongo? —canturreó, nerviosa, Sally.

El cazador advirtió el temblor de su voz con satisfacción; le gustaba cuando estaban asustados.

Caminó lentamente hacia la barra, se inclinó y miró fijamente a Sally a los ojos.

—Puede darme cierta información. Sé que la tiene.

—¿Eh? —Sally intentó parecer educadamente interesada, pero eso no fue lo que oyó el cazador; oía el miedo y el intento de ganar tiempo.

«Bien —pensó—. Esta sabe algo.»

—Estoy persiguiendo a un pequeño y peligroso grupo de terroristas —explicó el cazador escrutando la cara de Sally, que se esforzaba por mantener el aire de «mesonera hospitalaria»; pero durante una fracción de segundo se descompuso y la más fugaz de las expresiones modeló sus rasgos: la sorpresa—. Le sorprende oír que sus amigos son descritos como terroristas, ¿verdad?

—No —contestó Sally. Y luego, al darse cuenta de lo que había dicho, tartamudeó—. Yo... yo... no quería decir eso. Yo...

Sally se rindió. El daño estaba hecho. ¿Cómo había sucedido con tanta facilidad? Eran sus ojos, pensó Sally, aquellos chispeantes ojos entornados que brillaban como dos reflectores en su cerebro. Qué tonta había sido al pensar que podía burlar a un cazador. El corazón de Sally latía tan fuerte que estaba segura de que el cazador podía oírlo, lo cual por supuesto así era. Aquel era uno de sus sonidos favoritos, el latido del corazón de una presa acorralada. Lo oyó durante un delicioso momento más y luego le dijo:

—Usted nos dirá dónde están.

—No —murmuró Sally.

Al cazador no pareció preocuparle aquel pequeño acto de rebeldía.

—Nos lo dirá —insistió, dándolo por hecho.

El cazador se inclinó sobre la barra.

—Tiene un bonito local, Sally Mullin. Muy bonito. Es de madera, ¿no? Tiene ya unos años, si mal no recuerdo. Ahora es una buena madera seca y curada. Arde extraordinariamente bien, según me han dicho.

—No... —se quejó Sally.

—Bueno, entonces le diré lo que vamos a hacer. Usted me explicará adónde han ido sus amigos y yo me olvidaré de mi caja de la yesca...

Sally no dijo nada. Su mente funcionaba a toda velocidad, pero sus ideas no tenían ningún sentido. Lo único que acertaba a pensar era que no había rellenado los cubos contraincendios después de que el muchacho lavaplatos prendiera fuego a los trapos.

—Muy bien, —señaló el cazador—, iré a decirle a los chicos que empiecen a prender fuego. Cerraré las puertas cuando me vaya. No queremos que nadie salga y se haga daño, ¿verdad?

—Usted no puede... —exclamó Sally en un jadeo, percatándose repentinamente de que el cazador no solo estaba a punto de quemar su querido café sino que pretendía quemarlo con ella dentro, por no mencionar a los cinco mercaderes del norte. Sally les echó un vistazo. Estaban murmurando ansiosamente entre ellos.

El cazador ya había dicho lo que había venido a decir. Todo estaba saliendo como esperaba y ahora era el momento de demostrar que hablaba en serio. Se volvió bruscamente y caminó hacia la puerta.

Sally lo miró enfureciéndose de repente. «¡Cómo se atreve a entrar en mi café y aterrorizar a mis clientes! Y luego amenazar encima con reducirnos a todos a cenizas. Ese hombre es solo un matón», pensó Sally, y no le gustaban los matones. Con el ímpetu de siempre salió de detrás de la barra.

—¡Espere! —gritó.

El cazador sonrió. Funcionaba. Siempre funcionaba. Alejarse y dejarles tiempo para pensar durante un momento. Siempre cambiaban de idea. El cazador se detuvo, pero no se volvió.

Una fuerte patada en la espinilla propinada por la robusta bota derecha de Sally pilló al cazador desprevenido y le hizo saltar a la pata coja.

—Matón —le gritó Sally.

—Idiota —exclamó el cazador—. Te arrepentirás de esto, Sally Mullin.

Apareció un guardia de la cuadrilla adulto.

—¿Problemas, señor? —inquirió.

Al cazador no le hizo ninguna gracia que lo vieran saltando de aquel modo tan poco digno.

—No —le espetó—. Todo forma parte del plan.

—Los hombres han recogido maleza, señor, y la han colocado debajo del café como usted ha ordenado. La madera está seca y el pedernal saca buenas chispas, señor.

—Bien —dijo el cazador con expresión macabra.

—Discúlpeme, señor —solicitó una voz con un fuerte acento detrás de él. Uno de los mercaderes del norte había abandonado su mesa y se acercaba al cazador.

—¿Sí? —respondió el cazador apretando los dientes, girando sobre una pierna para ver al hombre. El mercader estaba de pie tímidamente. Vestía la túnica roja oscura de la Liga Hanseática, manchada de tantos viajes y andrajosa. Su desgreñado cabello rubio estaba sujeto por una grasienta cinta de cuero alrededor de la frente y, en el resplandor de la luz del reflector, el rostro tenía un tinte blanco lechoso.

—Creo que nosotros tenemos la... información que usted... ¿requiere? —continuó el comerciante.

Su voz, que buscaba lentamente las palabras adecuadas en un idioma que le resultaba poco familiar, se elevó como si planteara una pregunta.

—¿La tienen ahora? —respondió el cazador; por fin dejaba de dolerle la espinilla y la cacería se reanimaba.

Sally miró al mercader del norte horrorizada. ¿Cómo es que sabía algo? Luego cayó en la cuenta de que debía de haber estado observando desde la ventana.

El mercader evitó la mirada acusadora de Sally. Parecía incómodo, pero obviamente había comprendido lo bastante las palabras del cazador como para estar también asustado.

—Creemos que aquellos a quienes... busca se han ido en el... ¿barco? —anunció despacio el mercader.

—El barco, ¿qué barco? —le espetó el cazador, de nuevo a la carga.

—No conocemos vuestros barcos. Un barco pequeño, velas rojas... ¿velas? Una familia con un lobo.

—Un lobo. ¡Ah! el chucho... —El cazador se puso desagradablemente cerca del mercader y murmuró en voz baja—: ¿En qué dirección? ¿Río arriba o río abajo? ¿Hacia las montañas o hacia el Puerto? Piénsalo bien, amigo, si tú y tus compañeros queréis estar tranquilos esta noche.

—Río abajo, hacia el Puerto —murmuró el mercader, que encontró el aliento cálido del cazador muy desagradable.

—Bien —dijo el cazador satisfecho—. Te sugiero que tú y tus amigos os marchéis ahora, mientras aún podéis.

Los otros cuatro mercaderes se levantaron y se acercaron al quinto mercader evitando, con expresión de culpabilidad, la mirada horrorizada de Sally. Rápidamente se internaron en la noche, abandonando a Sally a su suerte.

El cazador le hizo una pequeña y burlona reverencia.

—Y buenas noches a usted también, señora, gracias por su hospitalidad. —El cazador se fue y cerró la puerta del café de un portazo.

—¡Sellad la puerta con clavos! —gritó enojado—. Y las ventanas. ¡No le dejéis escapatoria! —El cazador cruzó la pasarela—. Traedme un barco bala rápido para perseguirlos —ordenó al mensajero que esperaba al final de la pasarela—. ¡Al muelle, vamos!

El cazador llegó a la orilla del río y se volvió para supervisar el sitiado café de Sally Mullin. Aunque deseaba ver las primeras llamas antes de irse, el cazador no se detuvo; necesitaba encontrar el rastro antes de que se enfriara. Mientras bajaba la pasarela hacia el muelle para esperar la llegada del barco bala, el cazador sonrió de satisfacción.

Nadie intentaba tomarle el pelo y se salía con la suya.

Tras el sonriente cazador trotaba el aprendiz. Estaba un poco malhumorado después de haber estado esperando fuera del café con aquel frío, pero también estaba muy animado. Enfundado en su gruesa capa, se abrazaba emocionado. Le brillaban los ojos oscuros y las mejillas pálidas se le arrebolaron con el helado aire de la noche; aquello se estaba convirtiendo en la gran aventura que su maestro le había anunciado. Era el principio del regreso de su maestro. Y él formaba parte de él, porque sin él no podría tener lugar. Él era el consejero del cazador. Era él quien debía supervisar la cacería. El que, con sus poderes **mágicos**, resolvería la situación. Al pensarlo, un breve temblor cruzó la mente del aprendiz, pero lo apartó enseguida. Se sentía tan importante que tenía ganas de gritar o saltar o pegar a alguien, pero no podía. Tenía que hacer lo que su maestro le había dicho y seguir al cazador atenta y silenciosamente. Pero podía pegar a la **Realicia** cuando la pillase, eso la enseñaría.

—Deja de soñar despierto y sube al barco, ¿quieres? —le soltó el cazador—. Ponte detrás, quítate de en medio.

El aprendiz hizo lo que le ordenaban. No quería admitirlo, pero el cazador le daba miedo. Caminó con cuidado hacia la popa del barco y se apretujó en el reducido espacio que quedaba frente a los pies del remero.

El cazador miró con aprobación el barco bala. Largo, estrecho, esbelto y tan negro como la noche, estaba revestido de un barniz pulimentado que le permitía deslizarse en el agua con la misma facilidad que la cuchilla de un patín sobre el hielo. Impulsado por diez remeros entrenados, podía superar a cualquiera en el agua.

En la proa llevaba un poderoso reflector y un grueso trípode sobre el que podía montarse una pistola. El cazador caminó con cuidado hacia la proa del barco y se sentó en el estrecho tablón que había detrás del trípode, donde rápidamente y con autoridad se puso a montar la pistola plateada de la Asesina. Luego sacó una bala de plata de su bolsillo, la miró de cerca para comprobar si era la que quería y la dispuso en una pequeña bandeja junto a la pistola para dejarla preparada. Por último, el cazador sacó cinco balas normales de la caja de balas del barco y las colocó en fila junto a la de plata. Estaba preparado.

—¡Vamos! —ordenó.

El barco bala zarpó suave y silenciosamente del muelle, se encontró con la corriente rápida en medio del río y desapareció en la noche.

Pero no antes de que el cazador mirase detrás de él y viera lo que había estado esperando.

Una cortina flamígera serpenteaba en la noche. El café de Sally Mullin ardía en llamas.

12

El «Muriel»

A pocos kilómetros río arriba, el velero *Muriel* singlaba las aguas con el viento en las velas, y Nicko se encontraba en su elemento. Al pie del timón, guiaba hábilmente el pequeño y repleto barco a través del serpenteante canal por el centro del río, donde el agua fluía rápida y profunda. La marea de primavera era fuerte y los arrastraba con ella, mientras el viento había crecido lo bastante como para encrespar el agua y hacer que el *Muriel* cabeceara sobre las olas.

La luna llena se encumbraba en el cielo y proyectaba una brillante luz plateada sobre el río que les alumbraba el camino. El río se hacía cada vez más ancho a medida que se adentraba en su viaje hacia el mar, y los ocupantes del barco notaban que las riberas del bajo río, con sus árboles colgantes y alguna esporádica casa solitaria, parecían cada vez más lejanas. Un silencio se extendió en la embarcación cuando los pasajeros empezaron a sentirse incómodamente pequeños en aquella gran extensión de agua. Y Marcia empezó a sentirse horriblemente mareada.

Jenna estaba sentada sobre la cubierta de madera del barco, recostada en el casco, sujetando un cabo para Nicko. El cabo estaba atado a una pequeña vela triangular en la proa de la embarcación, que tiraba y jalaba con el viento y mantenía a Jenna ocupada intentando mantenerla estable. Tenía los dedos agarrotados y entumecidos, pero no se atrevía a soltarlo. Nicko se volvía muy mandón al mando de un barco, pensó Jenna.

El viento era frío, y a pesar del grueso jersey, la gran chaqueta de borreguillo y el sombrero de irritante lana que Silas había encontrado para ella entre las ropas del armario de Sally, Jenna tiritaba con el relente del agua.

Acurrucado junto a Jenna yacía el Muchacho 412. Una vez que Jenna lo subió al barco de un empujón, el Muchacho 412 decidió que ya no había nada que él pudiese hacer y abandonó la lucha contra los magos y sus extraños hijos. Y cuando el *Muriel* rodeó la roca del cuervo y ya no pudo divisar el Castillo, el Muchacho 412 se limitó a hacerse una bola al lado de Jenna y se quedó rápidamente dormido. Ahora que el *Muriel* había llegado a aguas bravas, su cabeza golpeaba contra el mástil con el movimiento del barco, y Jenna amablemente tomó la caberza del Muchacho 412 y la apoyó en su regazo. Mirando aquel rostro delgado y demacrado bajo el sombrero de fieltro rojo, pensó que el Muchacho 412 parecía mucho más feliz mientras dormía que cuando estaba despierto. Luego sus pensamientos se dirigieron hacia Sally.

Jenna quería a Sally. Le encantaba que Sally no dejara nunca de hablar y el modo en que hacía que las cosas sucedieran.

Cuado Sally iba a ver a los Heap, llevaba consigo toda la animación de la vida en el Castillo y a Jenna le encantaba.

—Espero que Sally esté bien —expresó Jenna tranquilamente, al tiempo que escuchaba el constante crujido y el rumor suave y decidido del barquito que singlaba las cabrilleantes aguas oscuras.

—Yo también, tesoro —respondió Silas, sumido en lo más hondo de su pensamiento.

Desde que el Castillo había desaparecido de la vista, Silas había tenido tiempo para reflexionar. Y, después de pensar en Sarah y los niños y desear que hubieran llegado sanos y salvos a la casa del árbol de Galen en el Bosque, su reflexión se había centrado en Sally, y constituía unos pensamientos muy incómodos.

—Estará bien —los tranquilizó Marcia débilmente. Estaba mareada y no le gustaba la sensación.

—Esto es muy propio de ti, Marcia —soltó Silas—. Ahora que eres la maga extraordinaria te limitas a coger lo que quieres de cada uno y no vuelves a pensar en ello. Tú ya no vives en el mundo real, ¿verdad? A diferencia de nosotros, los magos ordinarios. Nosotros sabemos que lo más probable es que esté en peligro.

—El *Muriel* se está comportando —interrumpió Nicko con la intención de cambiar de tema.

No le gustaba que Silas dramatizara sobre los magos ordinarios. Nicko creía que ser un mago ordinario era algo bastante bueno. A él no le seducía la idea —demasiados libros que leer y poco tiempo para navegar—, pero consideraba que era un oficio respetable. ¿Y quién quería ser mago extraordinario? Encerrado en aquella extraña torre durante la mayor parte del tiempo, sin poder ir a ningún sitio sin que la gente se quedase mirándote boquiabierta. Ni por asomo querría él hacer eso.

Marcia suspiró.

—Imagino que el **mantente a salvo** de platino que le di de mi cinturón le habrá sido de alguna ayuda —explicó despacio, mirando escrutadoramente la lejana ribera del río.

—¿Le diste a Sally uno de los **hechizos** de tu cinturón? —preguntó Silas sorprendido—. ¿Tu **mantente a salvo**? ¿No ha sido un poco arriesgado? Podrías necesitarlo.

—El **mantente a salvo** es para usarlo en caso de gran necesidad. Sally va a reunirse con Sarah y Galen. Podría serles de utilidad a ellas también. Ahora cállate. Creo que voy a vomitar.

Un incómodo silencio se cernió sobre el barco.

—El *Muriel* se está comportando muy bien, Nicko. Eres un buen marino —le felicitó Silas un poco más tarde.

—Gracias, papá —respondió Nicko con una amplia sonrisa, como siempre hacía cuando un barco navegaba bien.

Nicko pilotaba el *Muriel* con mano experta a través de las aguas, equilibrando el ímpetu del timón contra la fuerza del viento en las velas y haciendo que el barquito surcase las olas.

—¿Eso son los marjales Marram, papá? —preguntó Nicko al cabo de un rato, señalando la distante orilla izquierda del río.

Había notado que el paisaje cambiaba a su alrededor. El *Muriel* navegaba ahora en medio de lo que era una amplia extensión de agua, y a lo lejos Nicko divisaba una vasta franja de tierra llana y baja, salpicada de nieve, que resplandecía a la luz de la luna.

Silas miró por encima del agua.

–Tal vez deberías navegar hacia allá un poco, Nicko –sugirió Silas moviendo el brazo en la dirección en la que señalaba Nicko–. Así podremos tomar como referencia el Dique Profundo. Eso es lo que necesitamos.

Silas esperaba poder recordar la entrada del Dique Profundo, que era el canal que conducía a la casita de la conservadora, donde vivía tía Zelda. Había pasado mucho tiempo desde su última visita a tía Zelda, y las marismas le parecían todas iguales.

Nicko acababa de cambiar el rumbo y seguía la dirección del brazo oscilante de Silas cuando un brillante rayo de luz cortó la oscuridad detrás de ellos.

Era el reflector del barco bala.

13

LA CAZA

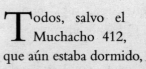

Todos, salvo el Muchacho 412, que aún estaba dormido, contemplaban la oscuridad. Mientras, el haz del proyector barrió otra vez el horizonte distante, iluminando la amplia extensión del río y las riberas bajas a uno y otro lado. Nadie tenía ninguna duda de lo que era.

—Es el cazador, ¿verdad, papá? —susurró Jenna.

Silas sabía que Jenna tenía razón, pero dijo:

—Bueno, podría ser cualquier cosa, tesoro. Un barco que está pescando... o cualquier otra cosa —añadió con poca convicción.

—Claro que es el cazador. En un barco bala de persecución rápida si no me equivoco —espetó Marcia, que de repente dejó de sentirse mareada.

Marcia no se percataba, pero ya no estaba mareada porque el *Muriel* había dejado de cabecear en el agua. En realidad el *Muriel* había dejado de hacer cualquier cosa, salvo deslizarse lentamente a la deriva hacia ningún lugar en concreto.

Marcia miró de manera acusadora a Nicko.

—Sigamos, Nicko. ¿Por qué te has detenido?

—Yo no puedo hacer nada, el viento ha cesado —rezongó Nicko con preocupación. Acababa de dirigir el *Muriel* hacia los marjales Marram para descubrir que el viento había perdido ímpetu y las velas colgaban flácidamente.

—Bueno, no podemos quedarnos aquí sentados —dijo Marcia mirando con ansiedad cómo la luz del proyector se acercaba cada vez más rápido—. El barco bala estará aquí dentro de pocos minutos.

—¿Puedes generar un poco de viento para nosotros? —le pidió Silas a Marcia, inquieto—. Creía que estudiabais **Control de los Elementos** en el curso avanzado. O haznos invisibles. Vamos, Marcia, haz algo.

—No puedo «generar» un poco de viento, como tú has dicho. No hay tiempo. Y tú sabes que la **Invisibilidad** es un hechizo personal. No puedo hacerlo para nadie más.

La luz del proyector volvió a barrer el agua, cada vez más grande, más brillante y más cerca, y avanzaba hacia ellos cada vez más rápido.

—Tendremos que usar los remos —sugirió Nicko, que, como capitán, había decidido tomar el mando—. Podemos remar hasta la marisma y escondernos allí. Vamos, rápido.

Marcia, Silas y Jenna cogieron un remo cada uno. El Muchacho 412 se despertó sobresaltado cuando Jenna dejó bruscamente su cabeza sobre la cubierta en su prisa por coger un remo. Miró tristemente a su alrededor. ¿Por qué estaba aún en el barco con los magos y los extraños niños? ¿Para qué lo querían?

Jenna le embutió el remo restante en la mano.

—¡Rema! —le ordenó—. ¡Tan rápido como puedas! —El tono de voz de Jenna le recordó al Muchacho 412 el de su maestro de instrucción. Metió el remo en el agua y remó tan rápido como pudo.

Despacio, demasiado despacio, el *Muriel* se arrastraba hacia la seguridad de los marjales Marram mientras el reflector del barco bala oscilaba sobre el agua hacia delante y hacia atrás, implacablemente, en busca de su presa.

Jenna echó una ojeada a su espalda y, para su horror, vio la silueta negra del barco bala. Como un escarabajo largo y repulsivo, sus cinco pares de finas patas negras cortaban silenciosamente el agua una y otra vez, mientras los preparadísimos remeros se esforzaban al límite y el barco atrapaba a los ocupantes del *Muriel*, que remaban frenéticamente.

Sentada en la proa estaba la inconfundible figura del cazador, tenso y presto para saltar. Jenna sorprendió la calculadora mirada del cazador y, de repente, sintió el valor suficiente como para dirigirse a Marcia.

—Marcia —dijo Jenna—, no vamos a llegar a los marjales a tiempo. Debes hacer algo, ¡rápido!

Aunque Marcia parecía sorprendida de que le hablasen así tan directamente, estaba de acuerdo con ella. «Habla como una auténtica princesa», pensó.

—Muy bien —aceptó Marcia—. Podría intentar una **niebla**. Puedo hacerlo en cincuenta y tres segundos. Si se dan el frío y la humedad suficientes.

La tripulación del *Muriel* estaba segura de que no habría problemas con el frío y la humedad. Solo esperaban disponer de esos cincuenta y tres segundos.

—Que todo el mundo deje de remar —fueron las instrucciones de Marcia—. Quedaos quietos y callados. Muy callados.

La tripulación del *Muriel* hizo lo que le ordenaban y, en medio del silencio reinante, oyeron a lo lejos un nuevo sonido: el rítmico golpeteo de los remos del barco bala en el agua.

Marcia se puso en pie con cautela y con la esperanza de que el suelo no se balanceara mucho a su alrededor. Luego se reclinó sobre el mástil para mantenerse erguida, respiró hondo y abrió los brazos, mientras su capa ondeaba como un par de alas púrpura.

—¡Despierta, tiniebla! —susurró la maga extraordinaria tan alto como se atrevió—. ¡Despierta, tiniebla, y crea cueva!

Era un hechizo precioso. Jenna vio cómo se congregaban gruesas nubes blancas en el flamante cielo nocturno, cubriendo rápidamente la luna y aportando un frío glacial al aire de la noche. En la oscuridad todo se quedó mortalmente quieto mientras la primera y delicada voluta de niebla empezó a alzarse del agua negra hasta donde alcanzaba la vista. Las volutas crecieron cada vez más rápido, juntándose y aglomerándose en gruesas franjas de niebla, mientras la neblina de los marjales rodaba sobre el agua y se unía a ellas. En el mismo centro, en el ojo de la niebla, se sentaba el *Muriel*, inmóvil, aguardando pacientemente a que la neblina cayera, se arremolinara y se espesara a su alrededor.

Pronto el *Muriel* estuvo cubierto por una profunda y blanca espesura que caló con un helor húmedo hasta los huesos de Jenna. Junto a ella notaba que el Muchacho 412 empezaba a tiritar salvajemente; aún estaba aterido del tiempo que había pasado bajo la nieve.

—Cincuenta y tres segundos para ser exactos —murmuró la voz de Marcia entre la niebla—. No está mal.

—Chitón —le ordenó Silas.

Un silencio espeso y blanco cayó sobre el pequeño barco. Lentamente Jenna levantó la mano y la colocó delante de sus ojos abiertos. No podía ver nada más que la blancura, pero lo oía todo.

Oía el sincronizado golpe de los diez remos afilados como cuchillos hundiéndose en el agua y volviendo a salir y volviendo a entrar una y otra vez. Oía el susurro de la proa del barco bala cortando el río y ahora... ahora el barco bala estaba tan cerca que incluso podía oír la respiración fatigada de los remeros.

—¡Alto! —atronó la voz del cazador surgiendo de entre la niebla.

El chapoteo de los remos cesó y el barco bala se detuvo. Dentro de la niebla, los ocupantes del *Muriel* contuvieron el aliento, convencidos de que el barco bala estaba muy cerca. Tal vez lo bastante cerca para alargar el brazo y tocarlos, o lo bastante cerca incluso para que el cazador saltara a la abarrotada cubierta del *Muriel*...

Jenna notó que el corazón le latía fuerte y rápido, pero se obligó a respirar despacio, en silencio, y quedarse completamente quieta. Sabía que aunque no podían ser vistos, podían ser oídos. Nicko y Marcia hacían lo mismo. Y Silas, que encima se ocupaba de tapar con una mano el largo hocico húmedo de Maxie para evitar que aullase mientras con la otra acariciaba lenta y pausadamente al inquieto perro lobo, que estaba muy asustado por la niebla.

117

Jenna notaba el constante temblor del Muchacho 412. Extendió el brazo despacio y lo atrajo hacia ella para intentar calentarlo. El Muchacho 412 parecía tenso; Jenna podía asegurar que se esforzaba por escuchar la voz del cazador.

—¡Los tenemos! —decía el cazador—. Es una **niebla de maleficio** si es que he visto alguna. ¿Y qué es lo que siempre encuentras en medio de una **niebla de maleficio**? Un mago maléfico y a sus cómplices. —Su carcajada de satisfacción consigo mismo se elevó en medio de la **niebla** e hizo estremecerse a Jenna.

—Ren... dí... os. —La voz incorpórea del cazador envolvió el *Muriel*—. La **Real**... la princesa no tiene nada que temer, ni tampoco el resto de vosotros. Solo nos preocupa vuestra seguridad y deseamos escoltaros hasta el Castillo antes de que tengáis un desafortunado accidente.

Jenna odiaba la voz pringosa del cazador. Odiaba no poder escapar de ella, odiaba tener que quedarse allí sentados escuchando sus mentiras suaves como la seda. Tenía ganas de increparle, decirle que ella era la que mandaba, que no escucharía sus amenazas, que pronto él lo lamentaría, y entonces notó cómo el Muchacho 412 respiraba hondo y supo exactamente lo que se disponía a hacer: gritar.

Jenna apretó fuerte la mano sobre la boca del Muchacho 412, que forcejeó con ella intentando apartarla, pero Jenna le sujetó los brazos con la otra mano y se los inmovilizó contra los costados. Jenna era fuerte para su estatura y muy rápida. El Muchacho 412 no era oponente para ella, tan flacucho y débil como se encontraba.

El Muchacho 412 estaba furioso. Su última oportunidad para redimirse se había esfumado. Podía haber regresado al ejército joven como un héroe, tras haber frustrado valientemente el intento de fuga de los magos. En cambio, tenía la manita regordeta de la princesa tapándole la boca y eso le ponía enfermo. Y ella era más fuerte que él. ¡No había derecho! Él era un chico y ella solo una estúpida chica. En su ira, el Muchacho 412 dio una patada a la cubierta, provocando un fuerte golpe. De inmediato Nicko saltó sobre él, bloqueándole las piernas y sujetándoselas tan fuerte que era completamente incapaz de moverse o hacer cualquier ruido.

Pero el daño ya estaba hecho. El cazador estaba cargando su pistola con una bala de plata. La furiosa patada del Muchacho 412 era todo lo que necesitaba el cazador para localizar con exactitud dónde estaban. Se sonrió para sí y giró el trípode de la pistola hacia la **niebla**. En realidad, apuntaba directamente hacia Jenna.

Marcia había oído el sonido metálico de la bala de plata al ser cargada, un sonido que ya había oído una vez antes y nunca olvidaría. Pensó con celeridad; podía hacer un **ceñir y proteger**, pero conocía al cazador lo bastante como para saber que se limitaría a vigilar y a esperar a que el hechizo se desvaneciese. La única solución, pensó Marcia, era una **proyección**. Esperaba tener la suficiente energía para mantenerla.

Marcia cerró los ojos y **proyectó**. **Proyectó** una imagen del *Muriel* y todos sus ocupantes saliendo de la **niebla** a toda velocidad. Como todas las **proyecciones**, era una imagen especular, pero esperaba que, en la oscuridad y con el *leiruM* alejándose ya deprisa, el cazador no se daría cuenta.

—¡Señor! —gritó un remero—. ¡Intentan dejarnos atrás, señor!

El sonido de la pistola al ser cargada cesó. El cazador soltó una maldición.

—¡Seguidlos, idiotas! —rugió a los remeros.

Lentamente el barco bala arrancó de la **niebla**.

—¡Más deprisa! —gritó furioso el cazador, incapaz de soportar la visión de su presa escabulléndose por tercera vez en aquella noche.

Dentro de la **niebla**, Jenna y Nicko sonrieron. Uno a cero a su favor.

·14·

EL DIQUE PROFUNDO

Marcia estaba irascible. Muy irascible.

Mantener dos hechizos a la vez era duro. Y más si uno de ellos era una **proyección**, que era una forma **inversa** de la **Magia** y, a diferencia de la mayoría de los hechizos que Marcia empleaba, aún tenía vínculos con el lado **Oscuro**, o el **Otro** lado, como Marcia prefería llamarlo. Era necesario un mago valiente y hábil para emplear la **Magia inversa** sin invitar al **Otro**. Alther había enseñado bien a Marcia, pues muchos de los hechizos que había aprendido de DomDaniel en realidad entrañaban **magia negra** y Alther se había convertido en un experto en impedirla. Marcia era muy consciente de que durante todo el tiempo que estaba usando la **proyección**, el **Otro** revoloteaba sobre ellos, esperando su oportunidad para irrumpir en el hechizo.

Eso explicaba por qué Marcia se sentía como si en su cerebro no cupiese nada más, y sobre todo no cabía ningún esfuerzo por ser educada.

—Por el amor de Dios, haz que este condenado barco se mueva, Nicko —espetó Marcia. Nicko parecía dolido. No tenía por qué hablarle de ese modo.

—Entonces alguien tendrá que remar —musitó Nicko—. Y sería de gran ayuda que pudiera ver adónde nos dirigimos.

Con algún esfuerzo y un consiguiente aumento de la irascibilidad, Marcia despejó un túnel en medio de la niebla. Silas guardó silencio. Sabía que Marcia estaba usando un enorme montón de energía y habilidades mágicas y, a su pesar, sentía un gran respeto por ella. Silas jamás se habría atrevido siquiera a intentar una proyección y mucho menos mantener una niebla generalizada a la vez. Tenía que reconocerlo: era muy buena.

Silas dejó a Marcia con su Magia y bogó para que el *Muriel* navegase por la espesa crisálida blanca del túnel de niebla, mientras Nicko pilotaba cuidadosamente el barco hacia el radiante cielo estrellado que se abría al final del túnel. Pronto Nicko sintió que el casco del barco arañaba la dura arena, y el *Muriel* saltó contra una espesa mata de juncia.

Habían llegado a la seguridad de los marjales Marram.

Marcia respiró aliviada y dejó que la niebla se dispersara. Todo el mundo se relajó, salvo Jenna. Jenna, que no había sido la única chica en una familia de seis chicos sin aprender una o dos cosillas de ellos, tenía al Muchacho 412 boca abajo en la cubierta inmovilizado mediante una llave.

—Suéltalo, Jen —dijo Nicko.

—¿Por qué? —exigió Jenna.

—Es solo un niño tonto.

–Pero casi hace que nos maten a todos. Le salvamos la vida cuando estaba enterrado en la nieve y nos ha traicionado –explicó tristemente Jenna.

El Muchacho 412 permanecía callado. ¿Enterrado en la nieve? ¿Salvar su vida? Lo único que recordaba es haberse quedado dormido en el exterior de la Torre del Mago y luego despertarse siendo prisionero en las habitaciones de Marcia.

–Suéltalo, Jenna –le ordenó Silas–. No entiende lo que está pasando.

–De acuerdo –admitió Jenna un poco a regañadientes, liberando de la llave al Muchacho 412–. Pero creo que es un cerdo.

El Muchacho 412 se sentó despacio, frotándose el brazo. No le gustaba el modo en que todos le miraban. Y no le gustaba el modo en que la princesita le había llamado cerdo, sobre todo después de haber sido tan agradable con él momentos antes. El Muchacho 412 se acurrucó tan lejos de Jenna como pudo e intentó aclarar las cosas en su cabeza. No fue fácil. Nada tenía sentido. Intentó recordar lo que le habían explicado en el ejército joven.

Hechos. Solo existen hechos. Hechos buenos. Hechos malos. Así que:

Hecho uno: secuestrado. MALO.
Hecho dos: uniforme robado. MALO.
Hecho tres: empujado por el conducto de la basura. MALO, realmente MALO.
Hecho cuatro: metido en un frío barco apestoso. MALO.
Hecho cinco: no asesinado por los magos (todavía). BUENO.
Hecho seis: probablemente a punto de ser asesinado por los magos. MALO.

El Muchacho 412 hizo un recuento de «buenos» y «malos». Como siempre, los «malos» superaban a los «buenos», lo cual no le sorprendió.

Nicko y Jenna bajaron del *Muriel* de un salto y se encaramaron a la ribera cubierta de hierba que se encontraba junto a la playita de arena donde ahora estaba encallado el *Muriel*, ladeada sobre un costado con las velas desmayadas. Nicko quería un descanso después de estar al mando del barco. Se había tomado sus responsabilidades como capitán muy en serio y mientras estaba en la barca sentía que si algo iba mal, de algún modo era culpa suya. Jenna se alegraba de estar otra vez en tierra firme, o al menos tierra algo húmeda, pues la hierba sobre la que se sentaba tenía un tacto empapado y mullido, como si creciera sobre un gran pedazo de esponja húmeda, y estaba cubierta de un leve polvo de nieve.

A una distancia prudencial de Jenna, el Muchacho 412 se atrevió a levantar la mirada y vio algo que le hizo poner los pelos de punta: **Magia**, **Magia** poderosa.

El Muchacho 412 miró fijamente a Marcia. Aunque nadie parecía haberlo notado, podía ver el halo de energía de la **Magia** que la rodeaba. Emitía un resplandor púrpura que parpadeaba alrededor de la superficie de la capa de maga extraordinaria y le daba a su rizado cabello negro un brillo púrpura intenso. Los radiantes ojos verdes de Marcia centelleaban mientras contemplaba el infinito, pasándose una película muda que solo ella podía ver. A pesar de su entrenamiento antimagos del ejército joven, al Muchacho 412 le sorprendió sentirse sobrecogido en presencia de la **Magia**.

La película que Marcia estaba viendo era, por supuesto, el ❧*Muriel* y la imagen especular de sus seis tripulantes. Navegaban a toda vela hacia la amplia desembocadura del río y ya casi había llegado al mar abierto del puerto. Allí estaban, para asombro del cazador, alcanzando velocidades increíbles para un pequeño barco de vela, y aunque el barco bala se las había arreglado para mantener al lisuM a la vista, tenía problemas para alcanzar la distancia necesaria para que el cazador disparase su bala de plata. Los diez remeros estaban fatigados, y el cazador se estaba quedando ronco de gritarles que fueran «¡Más rápido, idiotas!».

El aprendiz se había sentado obedientemente en la parte trasera del barco durante toda la persecución. Cuanto más furioso se había puesto el cazador, menos se había atrevido a abrir la boca y más se había eclipsado en su rinconcito a los pies del sudado remero número diez. Pero, a medida que pasaba el tiempo, el remero número diez empezó a murmurar entre dientes comentarios extraordinariamente groseros e interesantes sobre el cazador, y el aprendiz iba haciendo acopio de valor. Asomó la cabeza sobre el agua y miró el veloz lisuM. Cuanto más miraba al lisuM, más se convencía de que algo iba mal.

Por fin, el aprendiz se atrevió a gritarle al cazador:

—¿Se ha dado cuenta de que el nombre del barco está al revés?

—No intentes hacerte el listo conmigo, chico.

La vista del cazador era buena, pero tal vez no tan buena como la de un muchacho de diez años y medio cuyo entretenimiento era coleccionar y clasificar hormigas. No en vano el aprendiz se había pasado horas en la cámara oscura de su amo, oculto en las Malas Tierras, mirando el río. Sabía los nombres y las historias de todos los barcos que navegaban por allí. Sabía que el barco que habían estado persiguiendo antes de la niebla era el *Muriel*, construido por Rupert Gringe y alquilado para la pesca del arenque. También sabía que después de la niebla el barco se llamaba ʟɘiɿuM, y el ʟɘiɿuM era una imagen especular del *Muriel*. Y había sido aprendiz de DomDaniel lo suficiente como para saber exactamente lo que significaba.

El *leiruM* era una proyección, una aparición, un fantasma y una ilusión.

Por suerte para el aprendiz, que estaba a punto de informar al cazador de este interesante hecho, en el mismo momento, en el auténtico *Muriel*, Maxie lamió la mano de Marcia a la manera simpática y babosa de los perros lobo. Marcia se estremeció ante la saliva cálida del perro, perdió la concentración por un segundo y el ʟɘiɿuM desapareció por un instante ante los propios ojos del cazador. El barco rápidamente reapareció de nuevo, pero demasiado tarde. El ʟɘiɿuM se había delatado.

El cazador gritó de rabia y dio un puñetazo sobre la caja de las balas. Luego volvió a gritar, esta vez de dolor. Se había roto su quinto metacarpiano, el meñique. Y le dolía. Cogiéndose la mano, el cazador gritó a los remeros:

—¡Dad media vuelta, idiotas!

El barco bala se detuvo, los remeros dieron la vuelta a sus asientos y cansinamente empezaron a remar en dirección contraria. El cazador se encontró en la parte de atrás del barco. Para su deleite, el aprendiz estaba ahora delante.

Pero el barco bala no era la máquina eficaz que había sido. Los remeros se fatigaban rápidamente y no admitían de buena gana que les insultase a gritos un supuesto asesino cada vez más histérico. El ritmo de su bogar fallaba y el suave movimiento del barco bala era cada vez más irregular e incómodo.

El cazador se sentaba con el ceño fruncido en la parte trasera del barco. Sabía que, por cuarta vez en aquella noche, el rastro se había enfriado. La caza se estaba poniendo fea.

Sin embargo, el aprendiz estaba disfrutando del giro que habían dado las cosas. Se sentaba en lo que ahora era la proa y, un poco como Maxie, metía la nariz en el aire y disfrutaba de la sensación del aire de la noche pasando veloz a su alrededor. También se sentía aliviado de poder hacer su trabajo; su amo estaría orgulloso. Se imaginaba al lado de su amo, explicándole cómo había detectado una **proyección** diabólica y los había sacado del apuro. Tal vez eso haría que su amo dejara de estar tan decepcionado por su falta de talento **mágico**. Lo intentó, pensó el aprendiz, realmente lo intentó, pero de algún modo, nunca tuvo demasiado de eso, fuera lo que fuese.

Fue Jenna quien vio la temible luz del proyector acercándose en una curva lejana.

—¡Están aquí de nuevo! —gritó.

Marcia dio un salto; perdida por completo la **proyección** y lejos del puerto, el ls̀iɿuM y su tripulación habían desaparecido para siempre, para conmoción de un pescador solitario que estaba en el muro del puerto.

—Tenemos que esconder el barco —sugirió Nicko, subiendo y corriendo por la orilla cubierta de hierba seguido por Jenna.

Silas empujó a Maxie fuera del barco y le dijo que se tumbara. Luego ayudó a salir a Marcia, y el Muchacho 412 salió tras ella.

Marcia se sentó en la herbosa orilla del Dique Profundo, decidida a conservar sus zapatos púrpura de pitón secos tanto tiempo como le fuera posible. Todos los demás, incluido el Muchacho 412, para sorpresa de Jenna, se metieron en el agua profunda y empujaron el *Muriel* para liberarlo de la arena, de modo que volvía a estar a flote. Luego Nicko cogió un cabo y arrastró el *Muriel* por el Dique Profundo hasta que dio la vuelta a un recodo y ya no se divisó desde el río. La marea estaba bajando, y el *Muriel* flotaba bajo en el dique, con el corto mástil oculto por las cada vez más escarpadas riberas.

El sonido del cazador gritando a los remeros se transmitía por el agua, y Marcia asomó la cabeza por encima del dique para ver lo que estaba ocurriendo. Nunca había visto nada parecido. El cazador estaba precariamente de pie en la parte trasera del barco bala, gesticulando furiosamente con un brazo. No dejaba de dirigir un incesante aluvión de insultos a los remeros, que habían perdido todo sentido del ritmo y dejaban que el barco bala zigzagueara sobre el agua.

—No debería hacer esto —dijo Marcia—, en verdad no debería. Es mezquino y vengativo y degrada el poder de la **Magia**, pero no me importa.

Jenna, Nicko y el Muchacho 412 corrieron a la cima del dique para ver lo que Marcia estaba a punto de hacer. Mientras observaban, Marcia apuntó con el dedo al cazador y murmuró:

—**¡Zambullir!**

Durante una décima de segundo el cazador se sintió extraño, como si estuviera a punto de hacer algo muy estúpido, lo cual así era. Por algún motivo que no lograba comprender, levantó los brazos con elegancia sobre la cabeza y cuidadosamente apuntó las manos hacia el agua. Luego lentamente dobló las rodillas y se zambulló limpiamente desde el barco bala, realizando una hábil voltereta antes de aterrizar perfectamente en la refrescante agua helada.

A regañadientes y con una exagerada lentitud, los remeros hicieron marcha atrás y ayudaron al jadeante cazador a volver a subir al barco.

—No debió hacer eso, señor —dijo el remero número diez—. No con este tiempo.

El cazador no podía responder. Le castañeteaban tan fuerte los dientes que apenas podía pensar y mucho menos hablar. Le colgaban las ropas húmedas mientras tiritaba violentamente en el frío aire nocturno. Supervisaba sombríamente el marjal donde estaba seguro que su presa había huido, pero no veía signo alguno de ella. Como avezado cazador que era, sabía que no debía aventurarse en los marjales Marram a pie en mitad de la noche. No había nada que hacer: el rastro estaba perdido definitivamente y debía regresar al Castillo.

Mientras el barco bala hacía su largo y gélido viaje de regreso al Castillo, el cazador se acurrucó en la parte de atrás, cogiéndose el dedo roto y contemplando las ruinas de su cacería y de su reputación.

—Lo tiene merecido —dijo Marcia—, ese horrible hombrecito.

—No es del todo profesional —retumbó una voz desde el fondo del dique—, pero es del todo comprensible, querida. En mis años mozos yo habría estado tentado de hacer lo mismo.

—¡Alther! —exclamó Marcia sonrojándose un poco.

15

Medianoche en la playa

—¡Tío Alther! —gritó Jenna de felicidad. Bajó con dificultad a la orilla y se acercó a Alther, que estaba de
pie en la playa contemplando, meditabundo, la caña de pescar
que sostenía.

—¡Princesa! —saludó encantado Alther, y le dio un abrazo
fantasmal que Jenna siempre percibía como si la atravesase una
cálida brisa de estío.

—¡Vaya, vaya! —exclamó Alther—. Solía venir aquí a pescar
cuando era un chaval y también he traído la caña de pescar.
Esperaba encontraros a todos aquí.

Jenna se puso a reír; no podía creer que el tío Alther hubiera sido chaval alguna vez.

—¿Vas a venir con nosotros, tío Alther? —le preguntó.

—Lo siento, princesa. No puedo. Ya conoces las reglas de la
fantasmez:

Un fantasma solo puede pisar una vez más
allí donde, vivo, fue a caminar.

»Y, por desgracia, de joven nunca fui más allá de esta playa. Tenía demasiados buenos peces, ¿sabes? Pero... —prosiguió Alther cambiando de tema— ¿es una cesta de la merienda eso que veo en el fondo del barco?

Bajo un empapado rollo de cabos estaba la cesta de la merienda que Sally Mullin les había preparado. Silas la cogió.

—¡Oh, mi espalda! —se lamentó—. ¿Qué ha metido en ella? Levantó la tapa—. ¡Ah, eso lo explica todo —suspiró—. Lo ha llenado de pastel de cebada. Pero ha hecho de buen lastre.

—Papá —protestó Jenna—. No seas malo. Además, a nosotros nos gusta el pastel de cebada, ¿verdad, Nicko?

Nicko hizo una mueca, pero el Muchacho 412 parecía esperanzado. Comida. Estaba tan hambriento que ni siquiera recordaba la última vez que había comido. ¡Ah, sí, un cuenco de gachas frías y grumosas justo antes de que pasaran lista a las seis de la mañana! Parecía haber pasado toda una vida.

Silas levantó las demás cosas bastante espachurradas que había bajo el pastel de cebada: una caja de yesca y astillas secas para encender el fuego, una lata de agua, un poco de chocolate, azúcar y leche. Se puso a hacer un fueguecito y colgó la lata de agua encima con objeto de hervirla, mientras todos se congregaban alrededor de las parpadeantes llamas para calentarse las manos frías, al tiempo que comían las gruesas porciones de pastel.

Incluso Marcia ignoró la famosa tendencia del pastel de cebada a pegarse en los dientes y comió casi una porción entera. El Muchacho 412 engulló su parte y se acabó todos los pedacitos que dejaron los demás. Luego se tumbó en la arena húmeda y se preguntó si alguna vez podría volver a moverse, se sentía como si alguien le hubiera echado cemento encima.

Jenna metió la mano en el bolsillo y sacó a Petroc Trelawney. Estaba sentado muy quieto y callado en su mano; Jenna le acarició amorosamente y Petroc sacó sus cuatro patas regordetas y las movió en vano en el aire; estaba tumbado boca arriba como un escarabajo varado.

—¡Yepa!, me equivoqué de lado —se rió Jenna. Lo puso del lado bueno y Petroc Trelawney abrió los ojos y parpadeó despacio.

Jenna se puso una miga de pastel de cebada en el pulgar y se la ofreció a la piedra mascota.

Petroc Trelawney volvió a parpadear; miró el pastel de cebada y luego mordisqueó delicadamente la miga de pastel. Jenna estaba emocionada.

—¡Se lo está comiendo! —exclamó.

—Sí —afirmó Nicko—, pastel de piedra para una piedra mascota. Perfecto.

Pero ni siquiera Petroc Trelawney pudo con más de una gran miga de pastel de cebada. Miró a su alrededor durante unos minutos; luego cerró los ojos y se volvió a dormir en la calidez de la mano de Jenna.

Pronto, el agua de la lata que pendía sobre el fuego rompió a hervir, Silas mezcló los cuadrados de chocolate oscuro en ella y añadió leche. Lo mezcló tal y como le gustaba a él y, cuando estaba a punto de volver a hervir, echó el azúcar y lo removió.

—Es el mejor chocolate caliente que he probado en mi vida —dictaminó Nicko. Nadie discrepó y la lata, que fue circulando, se acabó demasiado pronto.

Mientras todo el mundo comía, Alther había estado practicando, con preocupación, su técnica de lanzar la caña y cuando vio que habían acabado, se dirigió flotando hasta el fuego. Parecía serio.

—Ha pasado algo desde que os fuisteis —anunció con serenidad.

Silas notó un peso sacudiéndole la base del estómago y no era el pastel de cebada: era el miedo.

—¿Qué ha pasado, Alther? —preguntó Silas terriblemente seguro de que iba a oír que habían capturado a Sarah y a los niños.

Alther sabía lo que Silas estaba pensando.

—No es eso, Silas —le tranquilizó—. Sarah y los chicos están bien, pero lo ocurrido es muy malo. DomDaniel ha regresado al Castillo.

—¿Qué? —exclamó Marcia—. No puede regresar. Yo soy la maga extraordinaria... Yo tengo el amuleto. Y he dejado la torre llena de magos; hay suficiente Magia en esa torre como para mantener a la vieja gloria enterrado en las Malas Tierras, que es adonde pertenece. ¿Estás seguro de que ha vuelto, Alther? ¿No será ninguna broma que el custodio supremo, esa pequeña rata repugnante, está gastando mientras estoy fuera?

—No es ninguna broma, Marcia —afirmó Alther—. Lo he visto con mis propios ojos. En cuanto el *Muriel* bordeó la roca del cuervo, él se **materializó** en el patio de la Torre del Mago. Todo el lugar crepitaba con la **magia negra**. Olía terriblemente. A los magos les entró pánico, y echaron a correr por todas partes, como una colonia de hormigas cuando amenazas su hormiguero.

—¡Qué vergonzoso! ¿En qué estarían pensando? No sé, la calidad del mago ordinario medio es espantosa hoy día —comentó Marcia dirigiendo una mirada hacia Silas—. ¿Y dónde estaba Endor? Se suponía que ella tenía que ser mi suplente... ¿No me digas que a Endor también le entró pánico?

—No. No le entró. Salió y se enfrentó a él. Puso unos barrotes en las puertas de la torre.

—Oh, gracias al cielo. La torre está a salvo —suspiró Marcia con alivio.

—No, Marcia, no lo está. DomDaniel derribó a Endor con un **rayocentella**. Está muerta. —Alther hizo un nudo particularmente complicado en su hilo de pescar—. Lo siento.

—Muerta... —murmuró Marcia.

—Entonces, DomDaniel **echó** a los magos.

—¿A todos? ¿Adónde?

—Todos ellos salieron disparados hacia las Malas Tierras... No pudieron hacer nada. Espero que los tenga en una de sus madrigueras.

—¡Oh, Alther!

—Entonces el custodio supremo, ese horrible hombrecito, llegó con su séquito haciendo reverencias y genuflexiones y prácticamente babeando encima de su amo. Lo siguiente que sé es que escoltó a DomDaniel a la Torre del Mago y subió a... ejem... bueno, subió a tus aposentos.

—¿Mis aposentos? ¿DomDaniel en mis aposentos?

—Bueno, te alegrará saber que no estaba en el mejor estado cuando llegó arriba, pues tuvo que subir caminando hasta allí. Ya no quedaba suficiente **Magia** para hacer funcionar la escalera, ni ninguna otra cosa de la torre, para el caso.

Marcia sacudió la cabeza con incredulidad.

—Nunca pensé que DomDaniel pudiera hacer esto. Nunca.

—No, yo tampoco —dijo Alther.

—Yo creí —dijo Marcia— que mientras nosotros los magos pudiéramos resistir hasta que la princesa fuera lo bastante mayor como para ceñir la corona, todo iría bien. Luego podríamos librarnos de esos custodios, del ejército joven y de toda la repugnante **Oscuridad** que infesta el Castillo y hace tan desgraciadas las vidas de la gente.

—Yo también —coincidió Alther—. Pero seguí a DomDaniel escaleras arriba. Estaba parloteando con el custodio supremo acerca de que no podía creerse su suerte: no solo habías abandonado el Castillo, sino que te habías llevado contigo el único obstáculo para su regreso.

—¿Obstáculo?

—Jenna.

Jenna miró fijamente a Alther consternada.

—¿*Yo?* ¿Un obstáculo? ¿Por qué?

Alther contempló el fuego sumido en sus pensamientos.

—Parece, princesa, que de algún modo tú has estado impidiendo que ese horrible viejo **nigromante** regresase al Castillo. Siempre me he preguntado por qué envió al Asesino para la reina y no para mí.

Jenna se estremeció. De repente se sintió muy asustada. Silas la abrazó.

—Basta por ahora, Alther. No es necesario que nos mates a

todos de miedo. Francamente, creo que te quedaste dormido y tuviste una pesadilla. Ya sabes que las tienes de vez en cuando. Los custodios son simplemente un hatajo de matones que cualquier mago extraordinario decente habría echado hace años.

—No voy limitarme a quedarme aquí sentada y dejar que me insulten así –prorrumpió Marcia–. Tú no tienes ni idea de la de cosas que he intentado para librarme de ellos. Ni idea en absoluto. A veces, lo único que podíamos hacer era mantener la Torre del Mago en funcionamiento. Y sin tu ayuda, Silas Heap.

—Bueno, no sé de qué va todo este alboroto, Marcia. Dom-Daniel está muerto –respondió Silas.

—No, no lo está –dijo Marcia con tranquilidad.

—No seas tonta, Marcia –dijo bruscamente Silas–. Alther lo tiró desde lo alto de la torre hace cuarenta años.

Jenna y Nicko lanzaron una exclamación.

—¿En serio, tío Alther? –preguntó Jenna.

—¡No! –exclamó Alther enfadado–. No, yo no le tiré: él se arrojó.

—Bueno, como fuera –insistió Silas con obstinación–. Está muerto.

—No necesariamente... –le contradijo Alther en un tono grave, contemplando el fuego.

La luz de las brasas proyectaba las sombras parpadeantes de todos, menos Alther, que flotaba tristemente entre ellos, con la mente ausente intentando deshacer el nudo que acababa de hacer en su hilo de pescar. El fuego ardió con fuerza por un momento e iluminó el círculo de gente que se congregaba en torno a él. De repente, Jenna habló:

—¿Qué sucedió en lo alto de la Torre del Mago con Dom-Daniel, tío Alther? —susurró.

—La historia da un poco de miedo, princesa. No quiero asustarte.

—¡Oh, vamos, cuéntanoslo! —pidió Nicko—. A Jen le gustan las historias de miedo.

Jenna asintió con la cabeza un poco desconcertada.

—Bien —empezó Alther—, es difícil para mí contarlo con mis propias palabras, pero os contaré la historia tal como una vez la oí contar alrededor de un fuego de campamento en lo más profundo del Bosque. Era una noche como esta, medianoche, con una luna llena en lo alto del cielo, y la contaba una vieja y sabia bruja madre de Wendron a sus brujas. —Y así, junto al fuego, Alther Mella se **transmutó** en una mujer grande y de aspecto acomodado, vestida de verde. Hablando con el tranquilo acento de las brujas del Bosque, empezó—: Aquí es donde empieza la historia: en la cima de una pirámide dorada coronada por una alta torre de plata. La Torre del Mago reluce en el primer sol de la mañana y es tan alta que la multitud de personas congregadas a sus pies le parecen como hormigas al joven que está trepando por los inclinados laterales de la pirámide. El joven ha mirado antes hacia abajo, a las hormigas, y se ha mareado de la vertiginosa sensación de altura, de modo que ahora mantiene la vista fija en la figura que tiene delante: un hombre mayor que él, pero notablemente ágil, que, para su gran ventaja, no teme las alturas. La capa purpúrea del hombre mayor ondea al fresco viento que siempre sopla en lo alto de la torre, y a la muchedumbre congregada abajo le parece solo un murciélago púrpura que asciende hacia la punta de la pirámide.

»Los que miran desde abajo se preguntan qué está haciendo su mago extraordinario y si no es ese su aprendiz, el que le sigue e incluso le ha dado alcance.

»El aprendiz, Alther Mella, tiene ahora a su maestro, DomDaniel, al alcance de la mano. DomDaniel ha llegado al pináculo de la pirámide, una pequeña plataforma cuadrada de oro martilleado, donde están incrustados los jeroglíficos plateados que encantan la torre. De pie, con la gruesa capa púrpura flotando a sus espaldas y el cinturón de oro y platino de mago extraordinario centelleando al sol, DomDaniel desafía a su aprendiz a que se acerque más.

»Alther Mella sabe que no tiene elección. De un arriesgado y terrible salto embiste a su maestro y lo coge desprevenido. DomDaniel cae derribado y su aprendiz salta sobre él, cogiendo el amuleto Akhu de oro y lapislázuli que pende de una gruesa cadena de plata que su maestro lleva colgada del cuello.

»Mucho más abajo, en el patio de la Torre del Mago, la multitud lanza una exclamación de incredulidad, mientras contempla con los ojos entornados el resplandor de la pirámide dorada y observa el forcejeo del aprendiz con su maestro. Ambos se balancean en la minúscula plataforma, rodando de un lado a otro mientras el mago extraordinario intenta liberar el amuleto de la mano de Alther Mella.

»DomDaniel dirige una mirada torva a Alther Mella y sus oscuros ojos verdes echan chispas de furia. Los claros ojos verdes de Alther aguantan inquebrantables la mirada, y nota cómo se afloja el amuleto. Tira fuerte, la cadena se rompe en cien eslabones que salen volando, resplandeciendo al sol, y el amuleto va a parar a sus manos. "Cógelo —masculla DomDaniel–. Pero volveré por él. Volveré con el séptimo del séptimo."

»Un alarido penetrante se eleva al unísono cuando la multitud que se ha congregado abajo ve a su mago extraordinario lanzarse desde la cima de la pirámide y caer desde la torre. Su capa vuela como un magnífico par de alas, pero no frena su larga caída a tierra.

»Y luego desaparece.

»En la cúspide de la pirámide el aprendiz aprieta fuerte el amuleto Akhu, con la mirada perdida, conmocionado por lo que acaba de ver: a su maestro entrar en el Abismo.

»La muchedumbre se apiña alrededor de la marca carbonizada que señala el lugar donde DomDaniel ha chocado contra el suelo. Cada uno ha visto algo distinto. Uno dice que se transformó en murciélago y salió volando. Otro vio un caballo negro que aparecía y se internaba al galope en el Bosque, y otro vio a DomDaniel convertirse en una serpiente y escabullirse bajo una roca. Pero nadie, salvo Alther, ha visto la verdad.

»Alther Mella desciende el largo trecho de la pirámide con los ojos cerrados para no sentir vértigo al mirar hacia abajo. Solo abre los ojos cuando atraviesa arrastrándose la trampilla que le conduce a la seguridad de la biblioteca que alberga el interior de la pirámide dorada. Y entonces, con una sensación de temor reverencial, comprende lo ocurrido. Su humilde túnica de lana verde de aprendiz de mago se ha convertido en una tupida seda púrpura. El sencillo cinturón de cuero que ceñía su túnica se ha vuelto considerablemente pesado; baja la vista y comprueba que ahora está hecho de oro con intrincadas runas incrustadas en platino y amuletos que protegen y confieren poderes al mago extraordinario en el que, para su asombro, se ha convertido Alther.

»Alther observa el amuleto que sostiene en la mano temblorosa. Es una pequeña piedra redonda de lapislázuli de color ultramar con vetas de oro y una runa en forma de dragón tallada en ella. La piedra descansa pesadamente en su palma, engarzada en una tira de oro que se une en la parte superior de la piedra para formar una anilla, y de esta anilla cuelga un eslabón de plata roto, que se soltó cuando Alther arrancó el amuleto de su cadena de plata.

»Tras pensarlo un momento, Alther se agacha y se quita el cordón de cuero de una de sus botas. Enhebra el amuleto en el cordón, tal como todos los magos extraordinarios han hecho antes que él, y se lo cuelga al cuello. Luego, con el largo y fino cabello castaño aún desaliñado después de su vuelo, la cara pálida y preocupada, los ojos verdes abiertos y conmocionados, Alther inicia el largo viaje de descenso de la torre para enfrentarse a la multitud que aguarda fuera entre murmullos de expectación.

»Cuando Alther sale dando un traspié por las enormes puertas de plata maciza que custodian la entrada de la Torre del Mago, es recibido por una exclamación de sorpresa. Pero sin más comentario, pues no hay discusión posible ante la presencia de un nuevo mago extraordinario, y en medio de unas pocas murmuraciones sofocadas, la multitud se dispersa, aunque una voz grita: "¡Tal como lo has ganado, lo perderás!".

»Alther suspira porque sabe que es cierto.

»Mientras toma el solitario camino de regreso a la torre para emprender la tarea de deshacer la **Oscuridad** de Dom-

Daniel, en un cuartucho no muy lejano ha nacido un niño en la familia de un mago pobre.

»Es su séptimo hijo y su nombre es Silas Heap.

Se hizo un largo silencio alrededor del fuego mientras Alther lentamente recuperaba su propia forma. Silas se estremeció. Nunca había oído la historia contada de ese modo.

—Es sorprendente, Alther —manifestó en un ronco susurro—. No tenía ni idea. ¿Cómo... cómo es que la bruja madre sabe tanto?

—Estaba mirando entre la multitud —explicó Alther—. Ese mismo día, más tarde, vino a verme y a felicitarme por haberme convertido en mago extraordinario y yo le conté mi versión de la historia. Si queréis que se sepa la verdad, solo tenéis que decírselo a la bruja madre. Se lo contará a todos. Claro que si la creen o no es otra cuestión.

Jenna estaba pensando muy concentrada.

—Pero ¿por qué, tío Alther, estabas persiguiendo a Dom-Daniel?

—¡Ah, buena pregunta! Eso no se lo conté a la bruja madre. Hay ciertos asuntos **Oscuros** de los que no se debe hablar a la ligera. Pero deberíais saberlo, así que os lo diré. ¿Sabéis?, esa mañana, como todas las mañanas yo había estado limpiando la biblioteca de la pirámide. Una de las tareas de un aprendiz es mantener en orden la biblioteca, y yo me tomaba mis obligaciones muy en serio, incluso aunque fueran para un maestro tan desagradable. Sea como fuere, aquella mañana en concreto había encontrado un extraño **encantamiento** de puño y letra de DomDaniel metido en uno de los libros. Había visto uno tirado por ahí antes y no había podido leer lo que estaba escrito, pero mientras estudiaba aquel, se me ocurrió una idea. Puse el **encantamiento** frente al espejo y descubrí que tenía razón: estaba escrito en escritura especular. Entonces empecé a tener un mal presentimiento, porque sabía que debía ser un **encantamiento inverso**, que usaba la **Magia** del lado **Oscuro**, o el **Otro** lado, como yo prefiero llamarlo, pues no es siempre **magia negra** lo que el **Otro** lado emplea. De cualquier modo, tenía que saber la verdad acerca de DomDaniel y de lo que estaba haciendo, así que me arriesgué a leer el **encantamiento**. Acababa de empezar cuando algo terrible ocurrió...

—¿Qué? —susurró Jenna.

—Un **espectro apareció** detrás de mí. Bueno, al menos podía verlo en el espejo, pero cuando me di la vuelta ya no estaba allí. Aun así, podía notarlo, podía sentir cómo me ponía la mano en el hombro y luego... oírlo. Oí cómo me hablaba con su voz hueca. Me dijo que había llegado mi hora, que había venido a recogerme, como se había dispuesto.

Alther se estremeció al recordarlo y se llevó la mano al hombro izquierdo como el **espectro** había hecho. Aún le dolía del frío, como siempre le había dolido desde aquella mañana.

Todos los demás se estremecieron también y se arrimaron más al fuego.

—Le dije al **espectro** que no estaba preparado, aún no. Ya sabéis que conozco demasiado el **Otro** lado como para saber que nunca debes rechazarlos, pero están dispuestos a esperar. El tiempo no es nada para ellos. No tienen otra cosa que hacer más que esperar. El **espectro** me dijo que volvería al día siguiente y que sería mejor que estuviera preparado para entonces, y se desvaneció. Cuando se hubo ido, leí las palabras inversas y vi que DomDaniel me había ofrecido a mí como parte de un trato con el **Otro** lado, para que me recogieran en el momento en que yo leyera el **encantamiento**. Y entonces supe a ciencia cierta que estaba usando la **Magia inversa** –la imagen especular de la **Magia**, del tipo que consume a la gente– y yo había caído en su trampa.

El fuego de la playa empezaba a extinguirse y todo el mundo se apretujaba a su alrededor, apiñándose en el destello mortecino, mientras Alther proseguía con su relato:

–De repente entró DomDaniel, me vio leyendo el **encantamiento**. Y se sorprendió de que aún estuviera allí... de que no me hubieran **tomado**. Sabía que había descubierto su plan y echó a correr. Se escabulló por la escalera de la biblioteca como una araña, corrió por encima de las estanterías y salió por la trampilla que conducía al otro lado de la pirámide. Se reía de mí y me desafiaba a seguirle si me atrevía; él sabía que me aterrorizaban las alturas. Pero no tenía más remedio que seguirle. Y así lo hice.

Todos se quedaron en silencio. Nadie, ni siquiera Marcia, había oído toda la historia del **espectro** antes.

Jenna rompió el silencio:

–¡Es horrible! –Se encogió de hombros–. ¿De modo que ese **espectro** volvió a por ti, tío Alther?

–No, princesa. Con alguna ayuda inventé una **fórmula antimaleficio**. Después de eso no surtió efecto. –Alther se sentó un rato y luego dijo–: Solo quiero que todos sepáis que no estoy orgulloso de lo que hice en lo alto de la Torre del Mago... aunque no empujara a DomDaniel. ¿Sabéis?, es una cosa terrible para un aprendiz suplantar a su maestro.

–Pero tuviste que hacerlo, tío Alther, ¿verdad?

—Sí, tuve que hacerlo —respondió Alther con calma—. Y tendremos que volver a hacerlo.

—Tendremos que hacerlo esta noche —declaró Marcia—. Volveré y arrojaré a ese malvado desde la torre. Pronto aprenderá que no se juega con la maga extraordinaria. —Se puso en pie decididamente y se envolvió en la capa púrpura, preparada para marcharse.

Alther saltó en el aire y le puso una mano de fantasma sobre el brazo de Marcia.

—No. No, Marcia.

—Pero, Alther... —protestó Marcia.

—Marcia, en la torre no quedan magos que te protejan y he oído que le diste tu **mantente a salvo** a Sally Mullin. Te suplico que no vuelvas. Es demasiado peligroso. Debes llevar a la princesa a un lugar seguro. Y mantenerla sana y salva. Yo volveré al Castillo y haré lo que pueda.

Marcia se hundió otra vez en la húmeda arena. Sabía que Alther tenía razón. Las últimas llamas del fuego chisporrotearon mientras empezaban a caer grandes copos de nieve y la oscuridad se cernía sobre ellos. Alther dejó su fantasmal caña de pescar sobre la arena y flotó sobre el Dique Profundo. Miró los marjales que se extendían a lo lejos. Era una visión placentera a la luz de la luna, amplios pantanos cubiertos de nieve, salpicados de pequeñas islas por aquí y por allí, que se desplegaban hasta donde alcanzaba la vista.

—Canoas —dijo Alther volviendo a bajar—. Cuando era niño así es como se movía la gente de los marjales. Y eso es lo que vais a necesitar.

—Tú puedes hacerlo, Silas —irrumpió Marcia—. Yo estoy demasiado cansada para enredarme con barcos.

Silas se puso en pie.

—Entonces, vamos, Nicko. Iremos al dique y **transmutare- mos** el *Muriel* en varias canoas.

El *Muriel* aún flotaba pacientemente en el Dique Pro- fundo, justo a la vuelta del meandro, fuera de la vista des- de el río. A Nicko le entristeció ver desaparecer a su fiel barco, pero conocía las **reglas de la Magia** y por tanto sa- bía muy bien que, en un hechizo, la materia ni se crea ni se destruye. El *Muriel* no se iría en realidad sino que, así espe- raba Nicko, se convertiría en un conjunto de elegantes ca- noas.

—¿Puedo tener una rápida, papá? —preguntó Nicko mien- tras Silas contemplaba el *Muriel* e intentaba encontrar un he- chizo apropiado.

—No puedo prometerte que sea «rápida», Nicko. Me con- tentaría con que flotara. Ahora déjame pensar... Supongo que una canoa para cada uno estará bien. Ahí va. **¡Conviértete en cinco!** ¡Maldita sea! —Ante ellos cabecearon cinco réplicas del *Muriel* muy pequeñas.

—Papá —se quejó Nicko—, no lo estás haciendo bien.

—Espera un minuto, Nicko, estoy pensando. ¡Eso es: **renue- va canoa!** ¡Oh, no!

—¡Papá!

Una enorme canoa se asentaba varada entre las orillas del dique.

—Ahora, seamos lógicos... —murmuró Silas para sí.

—¿Por qué no te limitas a pedir cinco canoas, papá? —sugi- rió Nicko.

—Buena idea, Nicko. Aún haremos de ti un mago. **¡Canoas quiero para que cinco las lleven luego!**

El hechizo falló antes de materializarse por completo y Silas acabó con solo dos canoas y una montaña de tristes maderos del color del *Muriel* y cabos.

—¿Solo dos, papá? —se lamentó Nicko, contrariado porque no iba a tener su propia canoa.

—Tendrán que servirnos —respondió Silas—. No puedes cambiar de materia más de tres veces sin que se vuelva frágil.

En realidad Silas estaba satisfecho de que hubiera materializado alguna canoa.

Pronto Jenna, Nicko y el Muchacho 412 se sentaban en lo que Nicko había llamado la canoa *Muriel 1* y Silas y Marcia se apretujaban en la *Muriel 2*. Silas insistió en sentarse delante alegando:

—Yo conozco el camino, Marcia. Tiene sentido.

Marcia resopló, pues albergaba sus dudas, pero estaba demasiado cansada para rebatirlo.

—Vamos, Maxie —llamó Silas al perro—. Ve y siéntate con Nicko.

Pero Maxie tenía otras ideas. El propósito de Maxie en la vida era estar junto a su amo, y quedarse junto a su amo es lo que haría. Saltó al regazo de Silas y la canoa se balanceó peligrosamente.

—¿No puedes controlar a este animal? —le exigió Marcia, que estaba consternada al verse otra vez tan horriblemente cerca del agua.

—Claro que puedo. Hace exactamente lo que le he dicho, ¿verdad, Maxie?

Nicko dio un resoplido burlón.

—Ve a sentarte al fondo, Maxie —ordenó Silas al perro con severidad. Con aspecto alicaído, Maxie saltó por encima de Marcia hasta el final de la canoa y se acomodó detrás de ella.

—No se va a sentar detrás de mí —se quejó Marcia.

—Bueno, no puede sentarse a mi lado, tengo que concentrarme en la ruta que debemos seguir —le explicó Silas.

—Y ya va siendo más que hora de que os pongáis en camino —exclamó Alther, que flotaba ansioso—. Antes de que empiece a nevar de verdad. Me gustaría poder ir con vosotros.

Alther se elevó flotando y los observó partir, bogando por el Dique Profundo que ahora se llenaba lentamente a medida que subía la marea y los llevaba hacia las profundidades de los marjales Marram. La canoa de Jenna, Nicko y el Muchacho 412 encabezaba la marcha, con Silas, Marcia y Maxie detrás.

Maxie se sentaba muy erguido detrás de Marcia y le soltaba su aliento de perro emocionado en la nuca. Olisqueaba los nuevos y húmedos olores de los pantanos y escuchaba los turbadores ruidos que hacían todo tipo de pequeños animales diversos al apartarse de la ruta de las canoas. De vez en cuando le vencía la emoción y babeaba de felicidad sobre el cabello de Marcia.

Pronto Jenna llegó a un exiguo canal que salía del dique. Entonces se detuvo.

—¿Vamos por aquí, papá? —le preguntó a Silas.

Silas parecía confundido. No recordaba en absoluto aquel tramo. Justo cuando se preguntaba si responder sí o no, sus pensamientos fueron interrumpidos por un penetrante grito de Jenna.

Una pegajosa mano cubierta de lodo con dedos palmeados y unas anchas garras negras había salido del agua y agarraba un extremo de su canoa.

16

EL BOGGART

La viscosa mano marrón tanteaba el costado de la canoa, avanzando hacia Jenna. Entonces le cogió el remo. Jenna forcejeó hasta liberar el remo y estaba a punto de golpear fuerte a la cosa pegajosa y marrón con él cuando una voz dijo:

—¡Aaay, no tienesss por qué hacer eso!

Una criatura parecida a una foca con un pegajoso pelaje marrón asomó la cabeza del agua. Dos brillantes ojos negros como botones miraban fijamente a Jenna, que aún sostenía el remo para asestar el golpe.

—Me gustaría que bajaras eso. Podrías herir a alguien. Y entonces, ¿adónde iríais? —preguntó la criatura en una voz profunda y gorgoteante con un pronunciado acento de los pantanos—. Llevo horasss esperándoosssss, helándome aquí. ¿Osss gustaría? Metidos en una zanja, esssperando y nada más.

Por toda respuesta Jenna solo pudo carraspear; su voz parecía haber dejado de funcionar.

—¿Qué pasa, Jen? —le preguntó Nicko, que estaba sentado detrás del Muchacho 412, solo para asegurarse de que no hacía ninguna estupidez, y no podía ver a la criatura.

—E... e... esto. —Jenna señalaba a la criatura, que parecía ofendida.

—¿A qué te refieres con «esssto»? —le preguntó—. ¿Te refieresss a mí? ¿Te refieresss a Boggart?

—¿Boggart? No. No he dicho eso —farfulló Jenna.

—Bueno, yo sssí, Boggart. Essse sssoy yo. Sssoy Boggart. Boggart, el Boggart. Buen nombre, ¿verdad?

—Encantador —respondió educadamente Jenna.

—¿Qué ocurre? —preguntó Silas, alcanzándolos—. Basta, Maxie. ¡He dicho que basta!

Maxie había visto al Boggart y ladraba frenéticamente. El Boggart echó un vistazo a Maxie y volvió a desaparecer bajo el agua. Desde las famosas cacerías del Boggart, hacía muchos años, en las cuales habían tomado parte tan brillantemente antepasados de Maxie, el Boggart de los marjales Marram se había convertido en una rara criatura, con una dilatada memoria.

El Boggart reapareció a una distancia prudencial.

—¿No pretenderéis traer essso? —dijo mirando torvamente a Maxie—. Ella no dijo nada de que vendría uno de ellosss.

—¿Es un Boggart lo que oigo? —preguntó Silas.

—Sí —dijo el Boggart.

—¿El Boggart de Zelda?

—Sí —confirmó el Boggart.

—¿Te ha enviado ella a buscarnos?

—Sí —volvió a decir el Boggart.

—Bien —exclamó Silas muy alividado—. Entonces te seguiremos.

—Sí —le repitió el Boggart, que nadó por el Dique Profundo y tomó el penúltimo desvío.

El penúltimo desvío era mucho más estrecho que el Dique Profundo y se internaba culebreando como una serpiente en los marjales nevados e iluminados por la luna. La nieve caía sin cesar y todo estaba callado y sereno, salvo por los gorjeos y salpicaduras del Boggart, que nadaba delante de las canoas, sacando de vez en cuando la cabeza del agua y gritando:

—¿Me seguíssss?

—No sé qué otra cosa cree que podemos hacer —le comentó Jenna a Nicko mientras impulsaban la canoa por el cada vez más exiguo cauce—. No es que haya ningún otro sitio adonde ir.

Pero el Boggart se tomaba sus obligaciones muy en serio y siguió con la misma pregunta hasta que llegaron a una pequeña alberca del pantano, desde la que partían varios canales cubiertos de maleza.

—Será mejor que esperemos a los demás —aconsejó el Boggart—. No quiero que se pierdan.

Jenna miró hacia atrás para ver por dónde iban Marcia y Silas. Estaban muy atrás, y Silas era el único que remaba; Marcia se había rendido y tenía ambas manos sujetas firmemente en su coronilla. Detrás de ella, el largo y afilado hocico de un perro lobo abisinio supervisaba con altanería la escena que se desplegaba ante él y de vez en cuando dejaba caer un largo hilo de baba brillante directamente sobre la cabeza de Marcia.

Mientras Silas impulsaba la canoa hasta la alberca y cansinamente hundía el remo en el agua, Marcia declaró:

—No me sentaré delante de este animal ni un momento más. Tengo babas de perro por todo el pelo. Es asqueroso, me bajo. Prefiero caminar.

—No querréisss hacer essso, majestad. —La voz del Boggart salió del agua al lado de Marcia.

Levantó la vista hacia Marcia y sus profundos ojos negros parpadearon entre su piel marrón, asombrado por el cinturón de la maga extraordinaria, que destelleaba a la luz de la luna. Aunque era una criatura de la ciénaga de los marjales, al Boggart le encantaban las cosas brillantes y relucientes. Y nunca había visto una cosa tan brillante y reluciente como el cinturón de oro y platino de Marcia.

—No querréisss passsear por aquí, majestad —le dijo respetuosamente el Boggart—. Empezaríaisss a seguir el fuego del marjal y os llevaría hasta las arenas movedizas antes de que os dierais cuenta. Muchosss son los que han ssseguido el fuego de los marjales, y ninguno ha regresssado.

Un gruñido gutural surgía de lo hondo de la garganta de Maxie. Se le erizaron los pelos del lomo y de repente, obedeciendo a un antiguo e irreprimible instinto lobuno, Maxie saltó al agua para perseguir al Boggart.

—¡Maxie! ¡Maxie! ¡Oh, perro estúpido! —gritó Silas.

El agua de la alberca estaba helada. Maxie aulló y nadó frenéticamente, al estilo perruno, hasta la canoa de Silas y Marcia.

Marcia lo empujó.

—Este perro no va a volver a sentarse aquí —anunció.

—Marcia, está helado —protestó Silas.

—No me importa.

—Ven, Maxie. Vamos, chico —le llamó Nicko.

Agarró el collar de Maxie y, con la ayuda de Jenna, subió al perro a su canoa. La canoa se balanceó peligrosamente, pero el Muchacho 412, que no tenía ningunas ganas de acabar en el agua como Maxie, la equilibró al agarrarse a la raíz de un árbol.

Maxie estuvo temblando un momento; luego hizo lo que cualquier perro mojado tiene que hacer: se sacudió.

—¡Maxie! —se quejaron Nicko y Jenna.

El Muchacho 412 no dijo nada. No le gustaban en absoluto los perros; los únicos perros que había conocido eran los fieros perros guardianes custodios y, aunque veía que Maxie no se parecía en nada a ellos, esperaba que le mordiera en cualquier instante. Así que cuando Maxie se calmó, recostó la cabeza en el regazo del Muchacho 412 y se puso a dormir. Fue otro momento muy malo en el peor día de su vida. Pero Maxie estaba feliz; la chaqueta de borreguillo del Muchacho 412 era cálida y confortable, y el perro se pasó el resto del viaje soñando que estaba en su casa, acurrucado delante de la chimenea con el resto de la familia Heap.

Pero el Boggart se había ido.

—Boggart... ¿dónde está usted, señor Boggart? —le llamó Jenna muy educadamente.

No hubo respuesta. El profundo silencio que sale de los pantanos cuando un manto de nieve cubre los cenagales y los fangales, silencia los gorgoteos y borbollones y devuelve a todas las criaturas a la quietud del barro.

—Ahora hemos perdido a ese amable Boggart por culpa de tu estúpido animal —le dijo enfadada Marcia a Silas—. No sé por qué has tenido que traerlo.

Silas suspiró. Compartir canoa con Marcia Overstrand no era una situación que hubiera imaginado. Pero si, en un momento de locura, lo hubiese imaginado, sin duda habría sido exactamente tal como estaba resultando.

Silas escrutó el horizonte con la esperanza de que pudiera ver la casa de la conservadora, donde vivía tía Zelda. La casa se encontraba en la isla Draggen, una de las muchas islas del pantano que se convirtieron en auténticas islas cuando los marjales se inundaron. Pero lo único que veía Silas era la blanca planicie de los marjales extendiéndose ante él en todas direcciones. Para empeorarlo aun más, podía ver que empezaba a levantarse la niebla del pantano y a flotar sobre el agua, y sabía que si llegaba la niebla, nunca verían la casa de la conservadora, por muy cerca que estuvieran de ella.

Luego recordó que la casa estaba **encantada**. Lo que significaba, pensó Silas, que nadie la podía ver de cualquier modo.

Si alguna vez necesitaban al Boggart era ahora.

—Veo una luz —anunció Jenna de repente—. Debe de ser tía Zelda que viene a buscarnos. ¡Mirad, allí!

Todos los ojos siguieron el dedo indicador de Jenna.

Una luz parpadeante saltaba sobre los marjales, como si saltara de montículo en montículo.

—Viene hacia nosotros —dijo Jenna alborotada.

—No, no viene —la corrigió Nicko—. Mira, se está alejando.

—Tal vez deberíamos ir a buscarla —opinó Silas.

Marcia no estaba convencida.

—¿Cómo podéis estar seguros de que es Zelda? Podría ser cualquiera o cualquier cosa.

Todo el mundo guardó silencio ante la idea de que una cosa con una luz se acercara a ellos, hasta que Silas dijo:

—Es Zelda. Mira, la veo.

—No, no puedes verla —le rebatió Marcia—. Es el *fuego de los marjales*, como dijo ese Boggart tan inteligente.

—Marcia, reconozco a Zelda en cuanto la veo y ahora puedo verla. Lleva una luz. Ella está recorriendo todo este camino para encontrarnos mientras nosotros nos quedamos aquí sentados. Yo voy a buscarla.

—Dicen que los locos ven lo que quieren ver en el fuego de los marjales —le rebatió Marcia con aspereza—, y acabas de demostrar que es verdad, Silas.

Silas se disponía a salir de la canoa cuando Marcia le cogió de la capa.

—¡Siéntate! —le ordenó como si estuviera hablando a Maxie.

Pero Silas se zafó, medio sumido en un ensueño, atraído hacia la luz parpadeante y la sombra de tía Zelda, que aparecía y desaparecía a través de la creciente niebla. A veces estaba tentadoramente cerca, a punto de encontrarlos y llevarlos hasta un cálido fuego y una cama blanda; a veces se desvanecía lastimeramente y los invitaba a ir con ella. Pero Silas ya no podía soportar estar lejos de la luz. Salió de la canoa y se encaminó torpemente hacia el destello parpadeante.

—¡Papá! —gritó Jenna—, ¿podemos ir nosotros también?

—No, no podéis —le respondió Marcia con firmeza—. Y voy a tener que ser yo de nuevo la que traiga este estúpido y viejo loco.

Marcia estaba cogiendo aliento para el **hechizo bumerán**, cuando Silas tropezó y se cayó de cabeza en el suelo cenagoso. Mientras yacía enredado, Silas notó que, debajo de él, el pantano empezaba a cambiar y a moverse, como si algo vivo se agitase en las profundidades del lodo. Y cuando intentó levantarse, Silas descubrió que no podía; era como si estuviera pegado al suelo. En su aturdimiento producido por el fuego de los marjales, Silas estaba confuso, no sabía por qué no podía moverse. Intentó levantar la cabeza para ver lo que estaba ocurriendo pero tampoco pudo. Fue entonces cuando se percató de la horrible verdad: algo le tiraba del pelo.

Silas se llevó las manos a la cabeza y, para su horror, notó unos deditos huesudos en su pelo, que enredaban y anudaban sus largos y alborotados rizos a su alrededor y tiraban, empujándole hacia abajo, hacia el cieno. Desesperadamente, Silas luchó por liberarse, pero cuanto más luchaba, más se enredaban los deditos huesudos en su cabello. Lenta y constantemente arrastraban a Silas hacia abajo, hasta que el barro le cubrió los ojos y pronto, muy pronto, le cubriría la nariz.

Marcia veía lo que estaba ocurriendo, pero su buen juicio le impedía correr en ayuda de Silas.

—¡Papá! —gritó Jenna saliendo de la canoa—. Yo te ayudaré, papá.

—¡No! —le ordenó Marcia—. No. Así es como funciona el fuego de los pantanos. El cenagal te arrastrará a ti también.

—Pero... pero, no podemos quedarnos aquí mirando cómo papá se ahoga —gritó Jenna.

De repente, una forma marrón y rechoncha surgió del agua, gateó hasta la orilla y, saltando como un experto de un montículo a otro, corrió hacia Silas.

—¿Qué esstá haciendo en las arenasss movedizasss, señor? —le preguntó el Boggart enojado.

—¿Quéee...? —farfulló Silas, que tenía las orejas llenas de barro y solo podía oír el crepitar y el gemir de las criaturas del pantano que vivían debajo de él. Los dedos huesudos siguieron tirando y enredándose, y Silas empezaba a notar los dolorosos cortes de unos dientes afilados como cuchillas que le mordisqueaban la cabeza. Se debatió desesperadamente, pero cada esfuerzo no hacía sino hundirlo más y más en el pantano y producía otra oleada de chillidos debajo de él.

Jenna y Nicko miraban con horror cómo Silas se hundía lentamente en las arenas movedizas. ¿Por qué el Boggart no hacía algo ya, antes de que Silas desapareciera para siempre bajo el cenagal? De repente, Jenna no pudo aguantarlo más y volvió a ponerse en pie de un salto en la canoa y Nicko se dispuso a seguirla. El Muchacho 412, que había oído todo lo referente al fuego de los marjales de boca del único superviviente de un pelotón de muchachos del ejército joven que se había perdido en las arenas movedizas pocos años antes, agarró a Jenna e intentó volver a meterla dentro de la canoa, pero ella le empujó enfadada.

El movimiento brusco captó la atención del Boggart.

—Quédessse donde está, sssenorita —le instó con urgencia.

El Muchacho 412 tiró otra vez con fuerza de la chaqueta de borreguillo de Jenna, y ella se sentó en la canoa dando un bote. Maxie gimió.

Los brillantes ojos negros del Boggart estaban preocupados; sabía exactamente de quién eran los nudosos y retorcidos dedos y sabía que tenían problemas.

—¡Brownies parpadeantesss! —dijo el Boggart—. Asquerosos artefactos. ¡Probad el sabor del aliento de Boggart, despreciables criaturas! —El Boggart se inclinó sobre Silas, respiró hondo y echó el aliento sobre los dedos que no dejaban de tirar. De las profundidades del cenagal, Silas oyó un chillido de los que dan dentera, como si alguien arañase una pizarra con las uñas; luego los retorcidos dedos le soltaron el pelo y el cieno que tenía debajo se movió mientras sentía a las criaturas alejarse.

Silas estaba libre.

El Boggart le ayudó a sentarse y le quitó el barro de los ojos.

—Le dije que el fuego de los marjalesss le llevaría a las arenasss movedizassss. Y lo hizo, ¿no? —le reconvino el Boggart.

Silas no dijo nada. Estaba completamente sobrecogido por el olor acre del aliento del Boggart, que aún notaba en su pelo.

—Ahora está usted bien, sssseñor —le explicó el Boggart—. Pero ha estado cerca, no me importa decírssselo. No había tenido que echar el aliento a un Brownie desde que sssaquearon la casssa. ¡Ah, el aliento de un Boggart es algo maravilloso! Hay a quienes no les gusta mucho, pero yo sssiempre les digo: «No pensarías así si te hubieran atrapado los Brownies de las arenasss movedizassss».

—¡Oh! ¡Ah! Es cierto. Gracias, Boggart. Muchas gracias —musitó Silas todavía confundido.

El Boggart lo guió hasta la canoa cuidadosamente.

—Será mejor que ssse ponga delante, majestad —le sugirió el Boggart a Marcia—. Él no está en condiciones para conducir una de estas cosssasss.

Marcia ayudó a Boggart a meter a Silas en la canoa y luego el Boggart se escabulló en el agua.

—Los llevaré hasta la casa de la sssseñorita Zelda, pero procuren apartar a ese animal de mi camino —dijo echando una mirada fulminante a Maxie—. Me produjo un horrible sssarpullido ese gruñón. Ahora estoy lleno de bultos. Mire, toque. —El Boggart le ofreció su gran trasero redondo para que Marcia lo tocase.

—Es muy amable por su parte, pero no, gracias, ahora no —se excusó débilmente Marcia.

—Entoncesss en otro momento.

—Claro.

—Muy bien entoncesss.

El Boggart se zambulló en el agua y nadó hasta un pequeño canal que nadie había siquiera advertido.

—Ahora, ¿me seguíssss? —preguntó, y no por última vez.

❖ 17 ❖

Alther solo

Mientras el Boggart y las canoas devanaban su largo y complicado camino a través de los marjales, Alther seguía la ruta que su vieja barca, la *Molly*, solía tomar para regresar al Castillo.

Alther volaba del modo como le gustaba volar, bajo y muy rápido, y no tardó en alcanzar al barco bala. Era una penosa visión. Diez remeros hundían cansinamente los remos mientras el barco se arrastraba lentamente río arriba. Sentado en la popa estaba el cazador, encorvado, tiritando y ponderando en silencio su destino, mientras que en la proa, el aprendiz, para suprema irritación del cazador, no se estaba quieto ni un momento; de vez en cuando daba una patada a un costado del barco por aburrimiento y para recuperar la sensibilidad de los dedos de los pies.

Alther volaba sin ser visto por encima del barco, pues se **aparecía** solo a quienes él quería, y continuaba su viaje. Por encima de él, el cielo estaba cubierto de densas nubes y la luna había desaparecido, sumiendo en la oscuridad las refulgentes riberas del río cubiertas de nieve. Mientras Alther se acercaba al Castillo, gruesos copos de nieve empezaban a caer perezosamente del cielo y, al acercarse al último meandro del río, que le llevaría a rodear la roca del cuervo, el aire se espesó de repente debido a la nieve.

Alther aminoró el vuelo y descendió un poco, pues incluso a un fantasma le resulta difícil ver adónde se dirige en medio de una tormenta de nieve, y siguió volando con cautela hacia el Castillo. Pronto, a través de la gruesa cortina de nieve, Alther pudo ver las rojas ascuas, que eran todo lo que quedaba del salón de té y cervecería de Sally Mullin. La nieve crepitaba y chisporroteaba al caer en el carbonizado pontón y, mientras Alther revoloteaba un momento sobre los restos de lo que había sido el orgullo y la alegría de Sally, deseó que en algún lugar del gélido río el cazador estuviera disfrutando de la ventisca.

Alther voló por encima del vertedero, pasó la olvidada reja para ratas y ascendió abruptamente por encima de la muralla del Castillo. Le sorprendió lo tranquilo y silencioso que estaba; de algún modo esperaba muestras de agitación vespertina, pero ya era más de medianoche y un frío manto de nieve cubría los desiertos patios y los viejos edificios de piedra. Alther bordeó el palacio y se encaminó hacia la amplia avenida conocida como la Vía del Mago, que conducía a la Torre del Mago. Empezaba a ponerse nervioso. ¿Qué encontraría?

Ascendió por el exterior de la torre y pronto divisó la pequeña ventana en arco de la parte superior que había estado buscando. Se filtró por la ventana y se encontró de pie ante la puerta principal de Marcia, o al menos había sido de ella hasta hacía pocas horas. Alther hizo lo que para los fantasmas equivale a respirar hondo y recomponerse. Luego, con cuidado, se descompuso lo suficiente para pasar a través de los macizos tablones púrpura y las gruesas bisagras de plata de la puerta, y en el otro lado se rehízo como un experto. Perfecto. Volvía a estar de nuevo en los aposentos de Marcia.

Y también estaba el mago **negro**, el **nigromante**, DomDaniel.

DomDaniel dormía en el sofá de Marcia. Estaba tumbado boca arriba envuelto en sus túnicas negras, con el sombrero negro, bajo y cilíndrico, calado sobre los ojos, mientras su cabeza descansaba en la almohada del Muchacho 412. DomDaniel tenía la boca muy abierta y roncaba fuerte. No era un espectáculo agradable de ver.

Alther contempló a DomDaniel y le pareció extraño volver a ver a su antiguo maestro en el mismo lugar donde habían pasado tantos años juntos. Alther no recordaba aquellos años con ternura alguna, aunque había aprendido todo, mucho más de lo que preferiría saber, sobre la **Magia**. DomDaniel había sido un mago extraordinario arrogante y desagradable, completamente desinteresado por el Castillo y por la gente que necesitaba su ayuda, y solo vivía para satisfacer su deseo de poder absoluto y eterna juventud. O, mejor dicho, como DomDaniel había tardado un rato en comprender, para satisfacer su eterna mediana edad.

El DomDaniel que yacía roncando delante de Alther resultaba, a primera vista, muy parecido al que recordaba de todos aquellos años atrás, pero a medida que Alther lo examinaba de cerca, vio que no todo había permanecido inalterable. Había un matiz grisáceo en la piel del **nigromante** que revelaba los años pasados en el subsuelo, en compañía de **sombras** y **espectros**. Aún tenía adherida un aura del **Otro** lado y llenaba la habitación con un olor a moho pasado y tierra húmeda. Mientras Alther observaba, un fino hilo de baba manaba lentamente de la comisura de la boca de DomDaniel, bajaba por la barbilla y goteaba sobre su manto negro.

Con el acompañamiento de los ronquidos de DomDaniel, Alther inspeccionó la habitación. Parecía notablemente intacta, como si Marcia fuera a entrar en cualquier momento, sentarse y contarle cómo le había ido el día, tal y como siempre hacía. Pero entonces Alther notó la gran marca quemada donde el **rayocentella** había fulminado a la Asesina. En la preciada alfombra de seda de Marcia quedaba un agujero chamuscado con la forma de la Asesina.

«Así que realmente sucedió», pensó Alther.

El fantasma flotó sobre la escotilla del conducto de la basura que aún estaba abierta y miró por la helada negrura. Se estremeció y reflexionó sobre el terrible viaje que debieron de tener. Y luego, como Alther quería hacer algo, por pequeño que fuese, se deslizó por el límite entre el mundo de los fantasmas y el mundo de los vivos, e **hizo** que algo ocurriera.

Cerró la escotilla de un portazo. «¡Pam!»

DomDaniel se despertó sobresaltado. Se sentó muy tieso y miró a su alrededor, preguntándose por un momento dónde estaba. Pronto, con un pequeño suspiro de satisfacción, se acordó. Volvía a estar en el lugar que le pertenecía. Otra vez en los aposentos del mago extraordinario. Otra vez en lo alto de la torre. De regreso para vengarse. DomDaniel miró a su alrededor, esperaba ver a su aprendiz, que debía de haber regresado hacía horas, con noticias del fin de la princesa y de esa horrible mujer, Marcia Overstrand, por no hablar de un par de miembros de los Heap. Cuantos menos quedaran, mejor, pensó DomDaniel. Se estremeció en el aire helado de la noche y chasqueó los dedos con impaciencia para reavivar el fuego en la chimenea. El fuego flameó y... ¡puf!, Alther lo apagó. Luego sopló el humo hacia fuera de la chimenea e hizo toser a DomDaniel.

«Puede que el viejo nigromante esté aquí —pensó sombríamente Alther—, y puede que no haya nada que hacer al respecto, pero no va a disfrutarlo. No, si puedo evitarlo.»

El aprendiz no regresó hasta primera hora de la mañana, después de que DomDaniel hubiera subido la escalera para irse a la cama y le hubiera costado considerablemente conciliar el sueño, debido a que las sábanas parecían intentar estrangularle. El muchacho estaba aterido de frío y cansancio, su túnica verde estaba rebozada de nieve y temblaba cuando el guardia que lo escoltaba hasta la puerta se marchó con presteza y lo dejó solo para enfrentarse a su maestro.

DomDaniel estaba de mal humor cuando la puerta se abrió y entró el aprendiz.

—Espero —se dirigió DomDaniel al tembloroso muchacho— que tengas alguna noticia interesante para mí.

Alther flotaba alrededor del chico, que casi no podía hablar de cansancio. Le daba pena ese muchacho; no era culpa suya ser el aprendiz de DomDaniel. Alther sopló el fuego y lo volvió a encender. El muchacho vio las llamas saltar en la chimenea e intentó acercarse al calorcillo.

—¿Adónde vas? —le preguntó DomDaniel con voz atronadora.

—Te... tengo frío, señor.

—No te vas a acercar al fuego hasta que me cuentes lo que ha ocurrido. ¿Están «despachados»?

El chico parecía confundido.

—Le... le dije que era una **proyección** —murmuró.

—¿De qué estás hablando, muchacho? ¿Qué es lo que era una **proyección**?

—Su barco.

—Bien, tú te encargaste de eso, supongo. Es bastante simple, pero ¿están despachados? ¿Muertos? ¿Sí o no? —La voz de DomDaniel se elevó de exasperación. Ya casi adivinaba la respuesta, pero quería oírla.

—No... —susurró el chico. Parecía aterrado. Sus ropas empapadas goteaban en el suelo mientras la nieve empezaba a fundirse en el débil calor que proporcionaba el fuego de Alther.

DomDaniel dirigió al muchacho una mirada fulminante.

—No eres más que una decepción. Me he tomado infinitas molestias para rescatarte de una familia desgraciada, darte una educación con la que muchos chicos solo pueden soñar y ¿qué es lo que haces? ¡Actuar como un perfecto idiota! No lo comprendo. Un chico como tú debería haber encontrado a toda esa chusma en un santiamén. Y lo único que haces es volver con una historia sobre **proyecciones** y... ¡y salpicar todo el suelo!

DomDaniel decidió que si él estaba despierto, por qué el custodio supremo no iba a estarlo también. Y en cuanto al cazador, estaba muy interesado en saber lo que tenía que decir en su defensa. Salió cerrando la puerta de un portazo, y bajó las plateadas escaleras estáticas, pasando por interminables pisos oscuros que habían quedado vacíos y llenos de eco tras el éxodo de todos los magos ordinarios que había tenido lugar a primera hora de aquella noche.

La Torre del Mago estaba helada y sombría en ausencia de la **Magia**. Un viento frío gemía al ascender, como si soplara a través de una inmensa chimenea, y las puertas golpeaban lastimeras en las habitaciones vacías. Mientras DomDaniel descendía y empezaba a sentirse mareado por la interminable espiral de la escalera, notaba todos los cambios con aprobación. Así era como iba a estar la torre de ahora en adelante. Un lugar para la **magia negra** seria. Nada de aquellos irritantes magos ordinarios correteando a su alrededor con sus patéticos hechicitos. «Basta de incienso ñoño y del triquitraque feliz sonando en el aire», y ciertamente se habían acabado los colores frívolos y las luces. Su **Magia** se emplearía para cosas más grandes, con la excepción de arreglar la escalera.

DomDaniel salió por fin al oscuro y silencioso vestíbulo. Las puertas de plata de la torre colgaban desconsoladamente abiertas; la nieve había entrado y cubierto el suelo sin movimiento que ahora era una apagada piedra gris. Entró por las puertas y caminó a grandes zancadas por el patio.

Mientras DomDaniel pateaba furiosamente la nieve y caminaba por la Vía del Mago hasta el palacio, se percató de que le hubiera gustado cambiarse sus ropas de dormir antes de salir en estampida. Llegó a la verja del palacio con el aspecto de alguien empapado y poco atractivo, y un solitario guardia de palacio le negó la entrada.

DomDaniel fulminó al guardia con un **rayocentella** y entró. Enseguida el custodio supremo fue levantado de su cama por segunda vez consecutiva.

Atrás en la torre, el aprendiz se había acercado tambaleándose hasta el sofá y se había sumido en un sueño frío e infeliz. Alther se apiadó de él y mantuvo el fuego prendido, y mientras el chico dormía también aprovechó la oportunidad para **hacer** algunos cambios más. Aflojó el pesado dosel de la cama para que solo colgara de un hilo. Quitó las mechas de las velas, añadió agua verde turbia a los depósitos de agua e instaló una gran y agresiva colonia de cucarachas en la cocina. Puso una rata irritable bajo los tablones del suelo y aflojó las junturas de las sillas más cómodas. Y luego, como si se le hubiera ocurrido en el último momento, cambió el sombrero negro, cilíndrico y rígido de DomDaniel que yacía abandonado sobre la cama por otro un poco mayor.

Al romper el alba, Alther dejó al aprendiz durmiendo y se dirigió al Bosque, donde siguió el camino que en otro tiempo había tomado con Silas para visitar a Sarah y a Galen muchos años atrás.

⊷ 18 ⊷

LA CASA DE LA CONSERVADORA

A la mañana siguiente, fue el silencio lo que despertó a Jenna en casa de la conservadora. Después de diez años de despertarse cada día con los bulliciosos sonidos de los Dédalos, por no hablar de la algarabía y el follón de los seis niños Heap, el silencio era absoluto. Jenna abrió los ojos y por un momento pensó que aún estaba soñando. ¿Dónde estaba? ¿Por qué no estaba en casa, en su cama empotrada? ¿Por qué solo estaban Jo-Jo y Nicko allí? ¿Dónde estaban el resto de sus hermanos?

Y entonces recordó.

Jenna se incorporó sin hacer ruido para no despertar a los chicos, que estaban tumbados a su lado junto a las brasas del fuego del piso inferior de la casa de tía Zelda. Se envolvió en la colcha, pues, a pesar del fuego, el aire de la casa estaba impregnado de una gélida humedad. Y luego, algo vacilante, se llevó la mano a la cabeza.

De modo que era cierto. La diadema de oro aún estaba allí. Aún era una princesa. No es que fuera solo por su cumpleaños.

Durante todo el día anterior, Jenna había tenido la sensación de irrealidad que siempre sentía en sus cumpleaños. Una sensación de que ese día era de algún modo parte de otro mundo, de otro tiempo, y de que cualquier cosa que sucediese el día de su cumpleaños no era real. Y era esa sensación la que Jenna había sentido durante los sorprendentes acontecimientos de su décimo cumpleaños, una sensación de que, sucediera lo que sucediese, todo volvería a la normalidad al día siguiente, así que en realidad no importaba.

Pero no fue así y sí importaba.

Jenna se abrazó a sí misma para mantenerse caliente y pensó en ello. Era una princesa.

Jenna y su mejor amiga, Bo, solían hablar del hecho de que eran en realidad princesas hermanas perdidas hacía mucho tiempo, separadas en su nacimiento, a quienes el destino había reunido en un mismo pupitre de la clase sexta de la Escuela Tercera del Lado Este. Jenna casi se lo había creído, de algún modo parecía verosímil. Aunque, cuando iba a jugar a casa de Bo, Jenna no veía cómo Bo podría pertenecer realmente a otra familia. Bo se parecía tanto a su madre, pensó Jenna, con el cabello dorado rojizo lleno de rizos, que tenía que ser su hija. Pero Bo había sido tan cáustica sobre este tema cuando Jenna se lo comentó, que no volvió a mencionarlo nunca.

A pesar de eso, Jenna no había dejado de preguntarse por qué ella era tan distinta de su madre, de su padre y de sus hermanos. ¿Por qué era la única que tenía el cabello oscuro? ¿Por qué no tenía los ojos verdes? Jenna quería desesperadamente que sus ojos se volvieran verdes; de hecho, hasta el día anterior, aún tenía la esperanza de que cambiaran.

Había soñado con una Sarah emocionada diciéndole, mientras la observaba en medio de todos los chicos:

—¿Sabes? Creo que tus ojos están empezando a cambiar. Definitivamente hoy puedo ver en ellos una pizca de verde.

Y luego:

—Estás creciendo muy rápido. Tus ojos son casi tan verdes como los de tu padre.

Pero cuando Jenna pedía que le hablaran de sus ojos y de por qué no eran aún verdes como los de sus hermanos, Sarah se limitaba a decir:

—Pero tú eres nuestra niñita, Jenna. Tú eres especial. Tienes unos ojos preciosos.

Pero eso no engañaba a Jenna, sabía que las chicas podían tener verdes ojos de mago también. Y si no, fíjate en Miranda Bott, un poco más abajo del corredor, cuyo abuelo tenía una tienda de capas de mago de segunda mano. Miranda tenía los ojos verdes y tan solo su abuelo era mago. De modo que ¿por qué ella no?

Jenna se preocupó al pensar en Sarah. Se preguntaba cuándo volvería a verla, incluso se preguntaba si Sarah seguiría queriendo ser su madre ahora que todo había cambiado.

Jenna se sacudió y se dijo a sí misma que no fuera tonta. Se levantó y se envolvió bien en la colcha y luego saltó por encima de los dos niños que aún dormían. Se detuvo a mirar al Muchacho 412 y se preguntó por qué había creído que era Jo-Jo. Debió de ser un efecto de la luz, decidió.

El interior de la casa aún estaba oscuro, salvo el resplandor opaco que emanaba del fuego; pero Jenna se había acostumbrado a la penumbra y empezó a merodear, arrastrando la colcha por el suelo y tomando buena nota de su nuevo entorno.

La casa no era grande. Había una habitación abajo; en un extremo había una gran chimenea con una pila de leños ardientes que aún destelleaban en el frío hogar de piedra. Nicko y el Muchacho 412 se habían quedado enseguida dormidos sobre la alfombra delante de la chimenea, envueltos cada uno en una de las colchas de patchwork de tía Zelda. En medio de la habitación había un tramo de exiguas escaleras con un armario debajo, con las palabras POCIONES INESTABLES Y VENENOS PARTICULARES escritas en una caligrafía suelta y dorada sobre la puerta cerrada a cal y canto. Miró hacia arriba por la estrecha escalera que conducía a una enorme habitación oscura donde tía Zelda, Marcia y Silas aún dormían. Y por supuesto Maxie, cuyos ronquidos y respiración llegaban a oídos de Jenna. ¿O eran los ronquidos de Silas y la respiración de Maxie? Cuando dormían, amo y perro sonaban bastante parecidos.

En el piso inferior los techos eran bajos y mostraban las vigas toscamente labradas con las que estaba construida la casa. Todo tipo de objetos colgaban de esas vigas: remos de barco, sombreros, bolsas de conchas, palas, azadones, sacos de patatas, zapatos, cintas, escobas, gavillas de juncos y, por supuesto, cientos de puñados de hierbas que Zelda cultivaba para sí o llevaba al mercado de la **Magia**, que se celebraba cada año y un día en el Puerto. Como bruja blanca que era, tía Zelda usaba hierbas para los hechizos y pociones y también como fármacos, y si lograbas contarle a tía Zelda algo de una hierba que ella no supiera ya, podías sentirte afortunado.

Jenna miró a su alrededor, le encantaba la sensación de ser la única que estaba despierta, libre para merodear sin ser molestada durante un rato. Mientras deambulaba por la casa, pensó en lo extraño que era estar en una casa con cuatro paredes independientes, sin estar pegadas a las paredes de nadie más. Era tan diferente del bullicio de los Dédalos... pero ya se sentía como en casa. Jenna siguió con su exploración, se fijó en las viejas pero cómodas sillas, en la mesa bien fregada que no parecía a punto de desplomarse en cualquier minuto y, lo más sorprendente, en el recién barrido suelo de piedra que estaba desnudo salvo por algunas alfombras gastadas y, junto a la puerta, un par de botas de tía Zelda.

Echó una ojeada a la pequeña cocina anexa que tenía un gran fregadero, algunas ollas y sartenes pulcras y limpias y una mesita, pero hacía demasiado frío para pasear por allí, así que merodeó hasta el extremo de la habitación, donde estantes llenos de botellas y tarros de pociones se alineaban en las paredes y le recordaban su casa. Reconoció algunos y se acordó de que Sarah los usaba. **Fusiones de Rana**, **Mixtura Maravilla** y **Brebaje Básico** eran nombres que a Jenna le resultaban familiares. Y luego, igual que en casa, rodeando un pequeño escritorio cubierto de montañas de lápices, papeles y libretas, había tambaleantes montañas de libros de **Magia** que llegaban hasta el techo. Había tantos que cubrían casi una pared entera, pero, a diferencia de su casa, no cubrían también el suelo.

La luz del alba empezaba a asomar a través de las ventanas cubiertas de escarcha, y Jenna decidió echar un vistazo fuera. Caminó de puntillas hasta la gran puerta de madera y muy despacio tiró del gran picaporte bien engrasado. Luego abrió cuidadosamente la puerta, con la esperanza de que no chirriara. No chirrió porque tía Zelda, como todas las brujas, era muy suya con respecto a las puertas. Una puerta que chirriara en casa de una bruja blanca era un mal augurio, un signo de **Magia** equivocada y hechizos infundados.

Jenna salió en silencio y se sentó en el escalón de la puerta envuelta en la colcha, mientras su cálido aliento se convertía en blancas vaharadas en el gélido aire matutino. La niebla de los marjales, densa y baja, abrazaba el suelo y se arremolinaba sobre la superficie del agua y sobre un pequeño puente de madera que cruzaba un amplio canal hasta el marjal del otro lado. El agua subía hasta desbordar las riberas del canal, conocido como el Mott, y corría alrededor de la isla de tía Zelda formando un foso. El agua era oscura y tan lisa que parecía como si una fina piel se extendiera sobre su superficie, y, sin embargo, cuando Jenna la miraba, podía verla ascender lentamente por encima de las orillas y discurrir por la isla.

Durante años, Jenna había observado el ir y venir de las mareas, y sabía que la marea de esa mañana era una marea alta de primavera, después de la luna llena de la noche anterior, y también sabía que pronto empezaría a retirarse, tal como hacía en el río que se divisaba por el ventanuco de su casa, hasta que bajara tanto como había subido, dejando a la vista el barro y la arena para que las aves acuáticas hundieran en ellos sus largos y curvos picos.

El disco blanco pálido del sol de invierno se elevaba lento a través de la espesa cortina de niebla, y alrededor de Jenna el silencio reinante empezaba a romperse con los sonidos del alba producidos por el despertar de los animales. Un cloqueo nervioso hizo a Jenna saltar de sorpresa y mirar hacia la procedencia del sonido y, para su sorpresa, Jenna distinguió la forma de un barco de pesca que se avecinaba a través de la niebla.

Para Jenna, que había visto más cosas nuevas y extrañas en las últimas veinticuatro horas de las que hubiera podido soñar, un barco de pesca tripulado por gallinas no resultó tan sorprendente como debiera haber resultado. Se limitó a sentarse en el escalón de la puerta y esperar a que el barco pasara por delante. Al cabo de unos minutos, el barco parecía no haberse movido; se preguntó si no habría encallado en la isla. Poco después, cuando la niebla se disipó un poco, se dio cuenta de lo que era: el barco de pesca era un gallinero. Paseando delicadamente bajo la plancha había docenas de gallinas, que afanosamente empezaban el trabajo del día: picando y escarbando, escarbando y picando.

«Las cosas —pensó Jenna— no son siempre lo que parecen.»

Un pájaro pequeño y aflautado surcó la niebla, y del agua salían unas salpicaduras amortiguadas, que sonaban, esperaba Jenna, como si pertenecieran a pequeños y peludos animales. Le pasó por la mente que podía tratarse de serpientes de agua o anguilas, pero decidió no pensar en ello. Jenna se recostó otra vez sobre el poste de la puerta y respiró el aire fresco y ligeramente salitroso del marjal. Era perfecto. Paz y tranquilidad.

—¡Uuuh! —gritó Nicko—. ¡Te pillé, Jen!

—Nicko —protestó Jenna—. Eres tan ruidoso. ¡Chist!

Nicko se acomodó en el escalón de la puerta junto a Jenna y le cogió un trozo de colcha para envolverse en ella.

—Por favor —le recriminó Jenna.

—¿Qué?

—Por favor, Jenna, ¿puedo compartir tu colcha? Sí, puedes, Nicko. ¡Oh muchas gracias, Jenna, eres muy amable! De nada, Nicko.

—Muy bien, no debí hacerlo —se rió Nicko—. Y supongo que tengo que hacerte reverencias ahora que eres la gran señoritinga.

—Los chicos no hacen reverencias —se rió Jenna—. Tienes que inclinar la cabeza.

Nicko se puso en pie de un salto y quitándose un sombrero imaginario con un movimiento de su brazo, inclinó la cabeza reverencialmente con mucha exageración. Jenna aplaudió.

—Muy bien. Puedes hacerlo todas las mañanas —se rió de nuevo.

—Gracias, majestad —respondió Nicko seriamente, volviéndose a poner el sombrero imaginario.

—Me pregunto por dónde andará el Boggart —comentó Jenna un poco adormilada.

Nicko bostezó.

—Probablemente esté en el fondo de alguna ciénaga. No creo que esté arropadito en la cama.

—No le gustaría nada, ¿verdad? Demasiado seca y limpia.

—Bueno —dijo Nicko—, me vuelvo a la cama. Yo necesito más de dos horas de sueño, aunque tú no las necesites.

Se escabulló de debajo de la colcha de Jenna y regresó al interior de la suya, que estaba hecha un guiñapo cerca del fuego. Jenna se percató de que también estaba cansada. Sus párpados empezaban a producirle ese picor que le indicaba que no había dormido lo suficiente y se estaba enfriando. Se levantó, se envolvió en la colcha, volvió a entrar en la penumbra de la casa y muy silenciosamente cerró la puerta.

19

TÍA ZELDA

—¡Buenos días a todos! —saludó la alegre voz de tía Zelda a la montaña de colchas y a sus habitantes, que se encontraban junto al fuego.

El Muchacho 412 se levantó con un ataque de pánico: se imaginó teniendo que saltar de su cama del ejército joven y formar en el exterior en treinta segundos exactos para pasar lista. Miró sin comprender a tía Zelda, que no se parecía en nada a su habitual torturador matutino, el jefe de cadetes con la cabeza afeitada a quien le encantaba arrojar cubos de agua helada sobre el que no saltase de la cama de inmediato. La última vez que aquello le había ocurrido al Muchacho 412, tuvo que dormir en una cama fría y húmeda durante días antes de que se secara. El Muchacho 412 se puso en pie de un salto con una mirada de terror, pero se relajó cuando vio que tía Zelda no tenía ningún cubo de agua helada en la mano.

En cambio, llevaba una bandeja llena de tazas con leche caliente y una enorme montaña de tostadas calientes con mantequilla.

—Bueno, hombrecito —dijo tía Zelda—, no hay prisa. Vuelve a acurrucarte y bébete esto mientras aún está caliente.

Le ofreció un tazón de leche y la rebanada de pan más grande al Muchacho 412, que parecía, pensó tía Zelda, que necesitaba engordar.

El Muchacho 412 volvió a sentarse, se arrebujó en la colcha y con algo de recelo se bebió la leche caliente y se comió la tostada con mantequilla. Entre sorbos de leche y bocados miraba a su alrededor con sus grandes ojos oscuros llenos de aprehensión.

Tía Zelda se acomodó en una vieja silla junto a la chimenea y arrojó unos leños al fuego. Pronto el fuego echó llamaradas, y tía Zelda se sentó satisfecha, caldeándose las manos al amor de las llamas. El Muchacho 412 miraba a tía Zelda cuando creía que ella no se daba cuenta. Claro que se daba cuenta, pero estaba tan acostumbrada a cuidar criaturas asustadas y heridas... y consideró que el Muchacho 412 no era distinto de los animales del pantano que regularmente cuidaba hasta devolverles la salud. De hecho, en concreto le recordaba a un gazapo muy asustado que había rescatado de las garras de un lince de los marjales hacía poco. El lince había estado jugando con el conejo durante horas, mordisqueándole las orejas y lanzándolo de aquí para allá, disfrutando del terror paralizante del conejo antes de que por fin se decidiera a partirle el cuello. Cuando, en uno de los lanzamientos, el lince arrojó al aterrorizado animal sobre su camino, tía Zelda recogió al conejo, lo metió en el gran bolsón que siempre llevaba consigo y se fue directa a casa, dejando al lince vagando por los alrededores durante horas, en busca de su presa perdida.

Ese conejo se pasó días sentado junto al fuego mirándola de la misma manera que el Muchacho 412 la miraba ahora. Tía Zelda reflexionó, mientras se ocupaba del fuego y se cuidaba de no asustar al Muchacho 412 mirándolo durante demasiado rato, el conejo se había recuperado y estaba segura de que el Muchacho 412 también se recuperaría.

Las miradas de reojo del Muchacho 412 reparaban en el cabello gris y crespo de tía Zelda, en sus rosadas mejillas, en su amable sonrisa y en sus brillantes y cariñosos ojos azules de bruja. Necesitó unas pocas miradas más para reparar en su gran vestido de patchwork, que hacía difícil adivinar su silueta, sobre todo cuando estaba sentada. Al Muchacho 412 le daba la impresión de que tía Zelda había entrado en una gran tienda de patchwork y acababa, en ese mismo instante, de asomar la cabeza por encima para ver lo que ocurría. Ante la idea, una sonrisa asomó brevemente por la comisura de su boca.

Tía Zelda notó la incipiente sonrisa y se sintió complacida. Nunca en su vida había visto a un niño de aspecto tan amargado y asustado, y le enfadaba imaginarse qué había sido lo que había hecho que el Muchacho 412 fuera de ese modo. Había oído hablar del ejército joven en sus visitas ocasionales al Puerto, pero en realidad nunca había creído las terribles historias que contaban. Está claro que nadie puede tratar a un niño de semejante modo. Pero ahora empezaba a preguntarse si había más verdad en todo ello de lo que creía.

Tía Zelda sonrió al Muchacho 412; luego, con un complaciente gruñido, se levantó de la silla y fue a por más leche caliente.

En su ausencia, Nicko y Jenna se despertaron. El Muchacho 412 los miró y se apartó un poco. Recordaba la llave que Jenna le había hecho la noche anterior, pero Jenna se limitó a sonreírle adormilada y decirle:

—¿Has dormido bien?

El Muchacho 412 asintió y contempló su tazón de leche casi vacío.

Nicko se sentó, musitó un «Hola» en dirección a Jenna y al Muchacho 412, cogió una tostada y se sorprendió de lo hambriento que estaba. Tía Zelda regresó al lado de la chimenea con una jarra de leche caliente.

—¡Nicko! —sonrió tía Zelda—. Bueno, has cambiado un poco desde la última vez que te vi, eso sin duda. Entonces eras un niño pequeño. En aquellos tiempos yo solía visitar a tu madre y a tu padre en los Dédalos. Eran días felices. —Tía Zelda suspiró y le pasó la leche caliente a Nicko—. ¡Y nuestra Jenna! —Tía Zelda le dedicó una amplia sonrisa—. Siempre quise ir a verte, pero las cosas se pusieron muy difíciles después de que... bien, después de una época. Pero Silas me ha estado haciendo un repaso de todo el tiempo perdido y me lo ha contado todo sobre ti.

Jenna sonrió con timidez, feliz de que tía Zelda hubiera dicho «nuestra Jenna». Cogió el tazón de leche caliente que tía Zelda le ofrecía y se sentó adormilada mirando el fuego.

Durante un rato reinó un silencio contenido, roto solo por el sonido de Silas y Maxie aún roncando en el piso de arriba y el masticar de las tostadas en el piso de abajo. Jenna, que estaba reclinada contra la pared de al lado de la chimenea, creyó oír el débil sonido de un maullido dentro de la pared, pero como eso era obviamente imposible, decidió que debería proceder del exterior y no le prestó más atención. Pero el maullido continuó, se hizo cada vez más alto y enojado, pensó Jenna. Pegó la oreja a la pared y oyó el peculiar maullido de un gato enfadado.

—Hay un gato en la pared... —anunció Jenna.

—Vamos —dijo Nicko—. Ese no lo sé.

—No es un chiste. Hay un gato en la pared. Lo oigo.

Tía Zelda dio un salto.

—¡Oh, caramba! ¡Me había olvidado por completo de Bert! Jenna, cariño, ¿puedes abrirle la puerta a Bert? —Jenna parecía confundida.

Tía Zelda señaló una portezuela de madera empotrada en la parte inferior de la pared junto a Jenna. Jenna tiró de la portezuela, la abrió y salió un pato enfadado.

—Lo siento, Bert, querida —se disculpó tía Zelda—. ¿Llevas años esperando?

Bert caminó con sus andares de pato sobre la pila de colchas y se sentó junto al fuego. El pato estaba ofendido. Le había dado deliberadamente la espalda a tía Zelda y se había sacudido las plumas. Tía Zelda se inclinó y lo acarició.

—Dejad que os presente a mi gata, Bert.

Tres pares de ojos asombrados miraron a tía Zelda. A Nicko se le atragantó la leche y empezó a toser. El Muchacho 412 parecía decepcionado. Tía Zelda empezaba a gustarle y ahora resultaba que estaba tan loca como el resto.

—Pero Bert es un pato —la corrigió Jenna, pensando que alguien tenía que decírselo y sería mejor hacerlo directamente antes de que todos entrasen en el juego de «Vamos a simular que el pato es un gato solo para seguirle la corriente a tía Zelda».

—¡Ah, sí! Bueno, claro que es un pato por el momento. En realidad lleva tiempo siendo un pato, ¿verdad, Bert? —Bert soltó un pequeño maullido—. ¿Sabéis? Los patos vuelan y nadan y eso es una gran ventaja en los marjales. Aún no he conocido a un gato que disfrute mojándose las patas y Bert no es la excepción. Así que decidí convertirla en pato y que disfrutara del agua. Y te gusta, ¿verdad, Bert?

No respondió. Como la gata que en realidad era Bert, se había quedado dormida junto al fuego.

Jenna intentó acariciar las plumas del pato preguntándose si serían como el pelo de un gato, pero eran suaves y lisas y tenían por completo el tacto de unas plumas de pato.

—Hola, Bert —susurró Jenna.

Nicko y el Muchacho 412 no dijeron nada. Ninguno estaba por la labor de empezar a hablar a un pato.

—Pobre vieja Bert —dijo tía Zelda—. A veces se queda fuera. Pero desde que los Brownies de las arenas movedizas entraron por la gatera, siempre intento tener la puerta de la gatera **cerrada con hechizo**. No tenéis ni idea del impacto que fue bajar aquella mañana y encontrar todo lleno de esas asquerosas criaturitas; eran como un mar de barro, trepaban por las paredes y metían sus largos dedos huesudos en todas partes y me miraban con aquellos ojitos rojos. Se comieron todo lo que pudieron y echaron a perder todo lo que no pudieron comerse. Y luego, claro, en cuanto me vieron, empezaron a dar esos chillidos agudos. —Tía Zelda se estremeció—. Tuve dentera durante semanas. Si no hubiera sido por Boggart, no sé qué habría hecho. Me pasé semanas limpiando el barro de los li-

bros, por no hablar de que tuve que volver a hacer todas mis
pociones de nuevo. Y hablando de barro, ¿alguien quiere meterse en el agua termal?

Un poco más tarde, Jenna y Nicko se sintieron mucho más
limpios después de que tía Zelda les hubiera enseñado el lugar
donde el agua termal burbujeaba hasta subir a la pequeña cabaña del baño del patio trasero. El Muchacho 412 se había negado a tener nada que ver con aquello y se había quedado acurrucado junto al fuego, con el sombrero rojo encasquetado
hasta las orejas y la chaqueta de borreguillo de pescador aún
puesta. Al Muchacho 412 le parecía que aún tenía el frío del
día anterior calado hasta los huesos y creía que nunca más volvería a entrar en calor. Tía Zelda le dejó sentarse junto al fuego durante un rato, pero cuando Jenna y Nicko decidieron salir y explorar la isla, animó al Muchacho 412 a salir con ellos.

—Tomad, llevaos esto —dijo tía Zelda ofreciendo a Nicko
un farol.

Nicko dirigió una mirada burlona a tía Zelda. ¿Para qué
iban a necesitar un farol a mediodía?

—El haar —anunció tía Zelda.

—¿El ha...? —preguntó Nicko.

—El haar. Para el haar, la calima salina de los pantanos que
viene del mar —explicó tía Zelda—. Mirad, hoy estamos rodeados. —Batió la mano a su alrededor con un amplio movimiento de brazos—. En un día claro se ve el puerto desde donde estamos. Hoy el haar está bajo y estamos lo bastante elevados
como para estar por encima de él, pero si se levanta también
nos cubrirá. Entonces necesitaréis el farol.

Así que Nicko cogió el farol y, rodeados del haar, que se extendía como un ondulante manto blanco sobre los marjales, emprendieron la exploración de la isla mientras tía Zelda, Silas y Marcia se sentaban dentro a hablar animadamente junto a la chimenea.

Nicko iba delante, seguido de cerca por Jenna, mientras que el Muchacho 412 se rezagaba detrás, temblando de vez en cuando, deseando volver junto al fuego. La nieve se había fundido en el clima más cálido y húmedo del pantano y el terreno bajo sus pies estaba mojado y encharcado. Jenna tomó un sendero que los llevó hasta las orillas del Mott. La marea había bajado y el agua casi había desaparecido, dejando tras de sí barro de los marjales, que ahora estaban llenos de cientos de huellas de pájaro y algunas zigzagueantes trazas de serpientes de agua.

La isla Draggen tenía alrededor de un kilómetro de largo y parecía como si alguien hubiera cascado un inmenso huevo verde a mitad del camino y lo hubiera dejado caer encima del marjal. Un sendero la recorría por la orilla del Mott, y Jenna salió al camino y respiró el frío aire salado que manaba del haar. A Jenna le gustaba el haar que los rodeaba: la hacía sentirse por fin a salvo; ahora nadie podría encontrarlos.

Aparte de las gallinas que habitaban en el barco que Jenna y Nicko habían visto por la mañana temprano, encontraron una cabra atada en medio de un gran prado y una colonia de conejos, que vivían en una madriguera en el margen que tía Zelda había vallado para evitar que los conejos entraran en el huerto de las coles de invierno.

El trillado sendero los llevó hasta más allá de las madrigueras, a través de un montón de coles, y viró hasta una parcela baja llena de barro y de hierba sospechosamente verde y brillante.

—¿Crees que puede haber algunos de esos Brownies por aquí? —susurró Jenna a Nicko retrocediendo un poco.

Algunas burbujas afloraron a la superficie del barro y se oyó un fuerte ruido de succión, como si alguien intentara sacar del lodo una bota atascada. Jenna saltó hacia atrás alarmada cuando el barro borboteó y se levantó.

—No, si yo tengo algo que ver, ellosss no esstán.

La ancha cara del Boggart apareció en la superficie, parpadeó para quitarse el lodo de sus redondos ojos negros y los miró con una expresión adormilada.

—Buenosss díasss —saludó despacio.

—Buenos días, señor Boggart —respondió Jenna.

—Solo Boggart, gracias.

—¿Es aquí donde vive? Espero que no estemos molestándole —comentó Jenna educadamente.

—Bueno, es un hecho que me estáisss molestando. Yo duermo durante el día, ¿sabesss? —El Boggart volvió a parpadear y empezó a hundirse en el barro de nuevo—. Pero parece que no lo sabíaisss. No mencionéisss más a los Brownies que me desvelo, ¿sssabéis? Solo con oír su nombre me despierto del todo.

—Lo siento —se disculpó Jenna—, nos iremos y lo dejaremos en paz.

—Sí —aceptó el Boggart, y desapareció en el barro.

Jenna, Nicko y el Muchacho 412 volvieron de puntillas al sendero.

—Estaba enfadado, ¿verdad? —preguntó Jenna.

—No —la tranquilizó Nicko—. Supongo que siempre es así. Está bien.

—Eso espero —dijo Jenna.

Siguieron caminando alrededor de la isla, hasta que llegaron al extremo romo del huevo verde. Era un gran montículo de hierba cubierto con algunos arbustos dispersos, espinosos y redondos. Vagaron alrededor del montículo y se detuvieron un rato mirando el haar arremolinándose debajo de ellos. Jenna y Nicko llevaban callados un rato para no volver a despertar al Boggart, pero cuando caminaron por encima del montículo Jenna dijo:

—¿No tienes una sensación rara bajo los pies?

—Mis botas son un poco incómodas ahora que lo dices —respondió Nicko—. Creo que aún están húmedas.

—No. Me refiero al suelo que pisas, bajo tus pies. Parece una especie de... ejem...

—Hueco —intervino Nicko.

—Sí, eso es. Hueco. —Jenna dio un fuerte pisotón. El suelo era bastante firme, pero había algo que parecía diferente.

—Deben de ser todas esas madrigueras de conejo —supuso Nicko.

Bajaron el montículo y se encaminaron hacia el gran estanque de patos que tenía una caseta de madera al lado. Unos cuantos patos los vieron y empezaron a caminar por la hierba con la esperanza de que llevaran algo de pan encima.

—Oye, ¿adónde se ha ido? —preguntó Jenna de repente mirando a su alrededor en busca del Muchacho 412.

—Lo más probable es que haya vuelto a la casa —conjeturó Nicko—. No creo que le guste demasiado estar con nosotros.

—No, yo creo que sí le gusta... pero ¿no se supone que tendríamos que ir a buscarle? Me refiero a que podría haberse caído en la ciénaga del Boggart o en la zanja o lo podría haber cogido un Brownie.

—Chist, despertarás al Boggart otra vez.

—Bueno, tal vez. Deberíamos buscarlo.

—Supongo —contestó Nicko dubitativo— que tía Zelda se disgustará si lo perdemos.

—Bueno, yo también —confesó Jenna.

—No te gusta, ¿verdad? —preguntó Nicko—. No después de que el pequeño papanatas casi lograra que nos matasen a todos.

—No pretendía hacerlo —le defendió Jenna—. Ahora lo veo. Estaba tan asustado como nosotros. Y piensa: probablemente haya estado en el ejército joven toda su vida y nunca haya tenido ni madre ni padre. No como nosotros. Quiero decir... como tú —corrigió Jenna.

—Tú tienes una madre y un padre. Aún los tienes, tonta —le dijo Nicko—. De acuerdo, iremos a buscar al niño si realmente quieres.

Jenna miró a su alrededor preguntándose por dónde empezar y se dio cuenta de que ya no podía ver la casa. En realidad no podía ver nada, salvo a Nicko, y eso solo porque su farol desprendía una luz roja.

El haar se había levantado.

20

El Muchacho 412

El Muchacho 412 se había caído en un hoyo. No era su intención ni tenía idea de cómo había ocurrido, pero ahí estaba, en el fondo de un hoyo.

Justo antes de caerse, se había hartado de ir a la zaga de la princesa y el niño mago; no parecían querer estar con él. Tenía frío y estaba aburrido. Así que decidió regresar a la casa, con la esperanza de encontrar a tía Zelda y tenerla un rato para él solo.

Entonces llegó el haar.

Al menos el entrenamiento del ejército joven le había preparado para algo por el estilo. Muchas veces, en mitad de una noche de niebla, llevaban a su pelotón de chicos al bosque y los dejaban allí para que encontraran el camino de regreso. Claro que no todos conseguían volver: siempre había algún desafortunado que caía presa de algún zorro hambriento o se consumía en alguna trampa preparada por una de las brujas de Wendron. Pero el Muchacho 412 había tenido suerte y sabía cómo guardar silencio y moverse rápido a través de la noche brumosa. Y de este modo, tan silencioso como el propio haar, el Muchacho 412 emprendió su camino de regreso a casa. En un momento determinado estuvo tan cerca de Nicko y Jenna que lo tuvieron al alcance de la mano, pero pasó a su lado sigilosamente, disfrutando de su libertad y de su sentimiento de independencia.

Al cabo de un rato, el Muchacho 412 llegó al gran montículo de hierba que se levantaba al final de la isla. Esto lo confundió porque estaba seguro de haber pasado ya por allí y ahora ya debería de estar muy cerca de la casa. ¿Tal vez este fuera otro montículo? ¿Tal vez hubiera otro en el otro extremo de la isla? Empezó a preguntarse si se habría perdido. Se le ocurrió que sería posible caminar sin cesar alrededor de la isla y no llegar nunca a la casa. Absorto en sus pensamientos, el Muchacho 412 perdió pie y se cayó de cabeza sobre un pequeño, y desagradablemente espinoso, arbusto. Y entonces fue cuando sucedió. En un momento el arbusto estaba allí y al cabo de un instante se rompió y el Muchacho 412 se precipitó, a través de él, en la oscuridad.

Su grito de sorpresa se perdió en el espeso aire húmedo del haar, y aterrizó de espaldas dándose un fuerte golpe. Hecho un ovillo, el Muchacho 412 se quedó quieto un momento preguntándose si se habría roto algún hueso. No, pensó mientras se sentaba lentamente, nada parecía dolerle demasiado. Había tenido suerte, había aterrizado en lo que parecía arena y eso había amortiguado la caída. El Muchacho 412 se puso de pie e inmediatamente se golpeó la cabeza con una roca baja que se encontraba encima de él. Eso sí que le dolió.

Agarrándose la coronilla con una mano, el Muchacho 412 estiró la otra tratando de encontrar a tientas el agujero por donde había caído, pero la roca estaba suavemente sesgada hacia arriba y no le proporcionaba ninguna pista, ni apoyo para sus pies ni para sus manos. Nada, salvo una roca suave como la seda y fría como el hielo.

También estaba oscuro como boca de lobo. Ni un resquicio de luz se filtraba desde lo alto, y por mucho que el Muchacho 412 miraba la oscuridad con la esperanza de que sus ojos se acostumbraran a ella, no lo conseguía. Era como si estuviera ciego.

El Muchacho 412 dejó caer las manos y las rodillas y empezó a palpar a su alrededor sobre el suelo arenoso. Tuvo la disparatada idea de que quizá escarbando podría salir de allí, pero cuando sus dedos arañaron la arena enseguida encontró un liso suelo de roca, tan liso y frío que se preguntó si sería mármol. Había visto mármol unas pocas veces cuando montaba guardia en el palacio, pero no podía imaginar qué hacía el mármol allí, en los marjales Marram, en medio de la nada.

El Muchacho 412 se hundió en el suelo arenoso y nerviosamente palpó la arena con las manos, tratando de pensar qué hacer. Empezaba a creer que tal vez su suerte se había acabado, cuando sus dedos dieron contra algo metálico. Al principio le levantó el ánimo; quizá aquello era lo que estaba buscando: una cerradura escondida o un picaporte secreto, pero cuando sus dedos cercaron el objeto metálico, se le cayó el alma a los pies. Lo que había encontrado era un anillo. El Muchacho 412 cogió el anillo, lo sostuvo en la palma y lo miró fijamente, aunque en la más absoluta oscuridad no pudo ver nada.

«Me gustaría tener una luz», murmuró para sí el Muchacho 412, tratando de ver el anillo que sostenía en la palma abriendo los ojos todo lo posible, como si eso sirviera para algo.

El anillo descansaba en la palma de su mano y, después de pasar cientos de años solo en un frío y oscuro lugar bajo tierra, lentamente se iba calentando en la pequeña mano humana que lo había cogido por primera vez desde que se perdió hacía tanto tiempo.

Mientras el Muchacho 412 permanecía sentado con el anillo en la mano, empezó a relajarse. Se percató de que ya no temía la oscuridad, que se sentía seguro, más seguro de lo que se había sentido en años. Estaba a kilómetros de distancia de sus torturadores del ejército joven y sabía que allí nunca podrían encontrarlo. Sonrió y se recostó en la pared. Encontraría el modo de salir, de eso estaba seguro.

El Muchacho 412 decidió comprobar si el anillo le encajaba en algún dedo. Era demasiado grande para sus dedos flacuchos, así que se lo puso en el índice, el dedo más grueso que tenía. El anillo se acomodó a su dedo, y el Muchacho 412 le dio vueltas y vueltas, disfrutando de la sensación de calidez, incluso de calor, que desprendía el anillo. Muy pronto se dio cuenta de que sucedía algo extraño: el anillo se ajustaba a su dedo a la perfección. Y no solo eso: emanaba un débil resplandor dorado.

Contempló el anillo encantado, viéndose el dedo por primera vez. No se parecía a ningún anillo que hubiera visto antes. Enroscado alrededor de su dedo había un dragón de oro, con la cola metida en la boca. Sus ojos verdes esmeralda destelleaban, y el Muchacho 412 tuvo la extraña sensación de que el dragón le miraba. Se levantó emocionado, extendiendo la mano derecha con su anillo, su anillo del dragón, que ahora brillaba con tanta intensidad como un farol.

El Muchacho 412 miró a su alrededor en la luz dorada del anillo. Se dio cuenta de que se encontraba al final de un túnel. Delante de él, hundido más aún en el suelo, había un exiguo pasadizo de laterales elevados, esculpido pulcramente en la roca. Con la mano en la cabeza miró hacia arriba, hacia la negrura por la que había caído, pero no veía el modo de volver a subir. A regañadientes decidió que lo único que podía hacer era seguir el túnel con la esperanza de que le condujera a otra salida.

Y de este modo, sosteniendo el anillo, el Muchacho 412 se puso en marcha. El suelo arenoso del túnel continuaba hacia abajo en una pronunciada pendiente, serpenteaba y giraba a uno y otro lado, llevándole a callejones sin salida y a veces haciéndole caminar en círculos, hasta que perdió todo sentido de la orientación y casi se mareó, confundido. Era como si la persona que había construido el túnel tratara deliberadamente de confundirlo, pensó. Y lo había logrado.

Y por eso, pensó el Muchacho 412, se cayó por la escalera.

Al pie de la escalera recuperó el aliento. Estaba bien, se dijo para sí, no había caído lejos. Pero había perdido algo... Su anillo no estaba. Por primera vez desde que entró en el túnel, el Muchacho 412 sintió miedo. El anillo no solo le había dado luz: también le había hecho compañía. Y además, se percató al temblar de frío, le había dado calor. Miró a su alrededor, con los ojos muy abiertos en la oscuridad absoluta, buscando desesperadamente el débil resplandor dorado.

Nada.

No podía ver más que negrura. Se sintió desolado, tan desolado como cuando su mejor amigo, el Muchacho 409, se cayó por la borda en una misión nocturna y no les permitieron detenerse a rescatarlo. Se llevó las manos a la cabeza. Estaba a punto de rendirse.

Y entonces oyó la canción.

Un sonido suave, bajito y hermoso llegó hasta él, atrayéndolo. A gatas, pues no quería caerse más escalones como hasta entonces, avanzó muy despacio hacia el sonido, palpando el frío mármol. Inexorablemente se arrastró hacia él y la canción se hizo más suave, menos urgente, hasta que la oía extrañamente amortiguada y cayó en la cuenta de que tenía la mano encima del anillo.

Lo había encontrado o, mejor dicho, el anillo lo había encontrado a él. Sonriendo de felicidad, volvió a ponerse el anillo del dragón en el dedo y la oscuridad desapareció a su alrededor.

Después de todo era fácil. El anillo guió al Muchacho 412 por el túnel, que se había abierto para hacerse amplio y recto, y ahora tenía blancas paredes de mármol ricamente decoradas con cientos de pinturas sencillas en vivos colores azules, amarillos y rojos. Pero el Muchacho 412 les prestaba poca atención a las pinturas; por el momento lo único que realmente quería era encontrar la salida. Así que siguió caminando hasta que encontró lo que deseaba, un tramo de escalones que por fin conducía hacia arriba. Con una sensación de alivio, subió los peldaños y se encontró caminando por una pronunciada pendiente arenosa que pronto llegó a su fin.

Por fin, a la luz del anillo, el Muchacho 412 vio la salida. Una vieja escalera apoyada contra una pared y, encima de ella, una trampilla de madera. Subió la escalera, alargó el brazo y empujó la trampilla. Para su alivio, se movió. Empujó un poco más fuerte, la trampilla se abrió y el Muchacho 412 inspeccionó el exterior. Aún estaba oscuro, pero un cambio en el aire le dijo que ahora estaba por encima del suelo y, mientras aguardaba, intentando recuperar sus sentidos, captó una exigua tira de luz a lo largo del suelo. Respiró aliviado. Sabía dónde estaba: estaba en el armario de pociones inestables y venenos particulares de tía Zelda. En silencio, salió por la trampilla, la cerró y volvió a poner la alfombra que la cubría. Luego abrió raudamente la puerta del armario de las pociones y observó detenidamente para ver si había alguien a su alrededor.

En la cocina adyacente, tía Zelda estaba preparando una nueva poción. Cuando el Muchacho 412 pasó por la puerta levantó la mirada, pero, aparentemente preocupada por su trabajo, no dijo nada. El chico se escabulló y se encaminó hacia la chimenea. De repente se sintió muy cansado. Se quitó el anillo del dragón y se lo metió en el bolsillo que había descubierto dentro de su sombrero rojo; luego se tendió junto a Bert sobre la alfombra delante del fuego y se quedó dormido.

Estaba tan profundamente dormido que no oyó bajar a Marcia y ordenar a la montaña más alta y tambaleante de libros de Magia de tía Zelda que se levantara. Y por supuesto no oyó el suave siseo de un libro grande y muy antiguo, *La eliminación de la Oscuridad,* saliendo del fondo de la oscilante montaña y volando hasta la silla más cómoda junto al fuego.

Tampoco oyó el roce de las páginas, mientras el libro se abría obedientemente y encontraba la página exacta que Marcia deseaba ver.

El Muchacho 412 ni siquiera oyó a Marcia gritar cuando, de camino a la silla, para evitar tropezarse con él dio un paso atrás y se tropezó con Bert. Pero en su sopor más profundo, tuvo un extraño sueño sobre una bandada de furiosos patos y gatos que le perseguían hasta fuera de un túnel, lo subían hasta el cielo y le enseñaban a volar.

Muy lejos, en su sueño, el Muchacho 412 sonrió.

Era libre.

21

Rattus Rattus

—¿Cómo has vuelto tan rápido? —le preguntó Jenna al Muchacho 412.

Nicko y Jenna habían tardado toda la tarde en encontrar el camino de regreso, a través del haar, hasta la casa. Mientras Nicko había destinado el tiempo que estuvieron perdidos a decidir cuáles eran sus diez mejores barcos, y luego, conforme iba teniendo cada vez más hambre, a imaginar cuál sería su cena favorita de todos los tiempos, Jenna se había pasado casi todo el rato preocupada por lo ocurrido al Muchacho 412 y decidiendo que a partir de aquel momento iba a ser mucho más amable con él. Eso si no se había caído al Mott y se había ahogado.

Así que cuando Jenna por fin volvió helada y empapada a la casa, con el haar aún pegado en las ropas, y encontró al Muchacho 412 sentado alegremente en el sofá al lado de tía

Zelda, con aspecto poco más o menos que satisfecho de sí mismo, no se irritó tanto como Nicko. Nicko se limitó a gruñir y fue a darse un buen baño caliente. Jenna dejó que tía Zelda le secara el pelo; luego se sentó junto al Muchacho 412 y le formuló la misma pregunta:

—¿Cómo has vuelto tan rápido?

El Muchacho 412 la miró tímidamente, pero no dijo nada. Jenna volvió a intentarlo.

—Temí que te hubieras caído al Mott.

El Muchacho 412 parecía un poco sorprendido por esto. No esperaba que a la princesa le importara si se había caído al Mott o a un hoyo, para el caso.

—Me alegro de que regresaras sano y salvo —insistió Jenna—. Nicko y yo hemos tardado un siglo. Nos hemos perdido.

El Muchacho 412 sonrió. Casi quería contarle a Jenna lo que le había ocurrido y enseñarle el anillo, pero tantos años de guardarse las cosas para sí le habían enseñado a ser cauteloso. La única persona con la que había compartido secretos había sido el Muchacho 409 y, aunque había en Jenna algo muy agradable que le recordaba al Muchacho 409, ella era una princesa y, lo que es peor, una chica. Así que no soltó prenda.

Jenna notó la sonrisa y se sintió complacida. Estaba a punto de probar con otra pregunta cuando, en una voz que hizo traquetear las botellas de pociones, tía Zelda gritó:

—¡Rata mensaje!

Marcia, que se había apropiado del escritorio de tía Zelda en el otro extremo de la habitación, se levantó rápidamente y, para sorpresa de Jenna, la cogió de la mano y la levantó del sofá.

—¡Oye! —protestó Jenna.

Marcia no hizo ni caso; se dirigió escalones arriba, arrastrando a Jenna tras de sí. A mitad de camino chocaron con Silas y Maxie, que corrían hacia abajo para ver a la rata mensaje.

—A ese perro no tendrían que dejarlo estar arriba —soltó Marcia mientras intentaba pasar por delante de Maxie sin llenarse la capa de babas de perro.

Maxie le babeó la mano emocionado y bajó corriendo tras Silas, pisando un pie de Marcia con una de sus grandes patazas. Maxie le prestaba muy poca atención a Marcia, no se molestaba en apartarse de su camino ni en hacer ningún caso de lo que decía porque, en su perruna forma de entender el mundo, Silas era el perro dominante y Marcia estaba justo en la base de la pirámide.

Por suerte para Marcia, estas sutilezas de la vida interior de Maxie le habían pasado desapercibidas, así que dio un empellón al perro y subió corriendo la escalera, arrastrando a Jenna, para apartarla del camino de la rata mensaje.

—¿Por qué... por qué haces esto? —preguntó Jenna recuperando el aliento cuando llegaban a la buhardilla de arriba.

—La rata mensaje —explicó Marcia sin aliento—. No sabemos qué clase de rata es. Podría no ser una rata confidencial oficial.

—¿Una rata qué? —preguntó Jenna perpleja.

—Bueno —suspiró Marcia, sentándose sobre la estrecha cama de tía Zelda, que estaba cubierta por un surtido de mantas de patchwork que eran el resultado de muchas noches solitarias junto al fuego. Dio una palmada al espacio que quedaba a su lado y Jenna también se sentó.

—¿Conoces las ratas mensaje? —le interrogó Marcia en voz baja.

—Creo que sí —respondió Jenna vacilante—, pero nunca tuve una en casa. Jamás. Creo que tienes que ser realmente importante para recibir una rata mensaje.

—No —le corrigió Marcia—, cualquiera puede recibir o enviar una.

—Tal vez la envíe mamá —expresó Jenna con voz esperanzada.

—Tal vez... —admitió Marcia—, o tal vez no. Necesitamos saber si es una rata confidencial antes de poder confiar en ella. Una rata confidencial siempre dirá la verdad y guardará todos los secretos en toda ocasión. También es extraordinariamente cara.

Jenna pensó abatida que, en ese caso, Sarah nunca podría haber enviado la rata.

—Así que nos limitaremos a esperar y ver —anunció Marcia—. Y mientras tanto, tú y yo aguardaremos aquí arriba por si acaso es una rata espía que ha venido a ver dónde se oculta la maga extraordinaria con la princesa.

Jenna asintió despacio. Otra vez esa palabra: «princesa». Aún la pillaba por sorpresa. Aún no podía creer del todo que esa fuera ella, pero se sentó en silencio junto a Marcia, fijándose en la buhardilla.

La habitación le pareció sorprendentemente espaciosa y aireada. Tenía un techo inclinado en el que se abría una ventanita desde la que se veían a lo lejos los marjales cubiertos de nieve. Gruesas y grandes vigas soportaban el tejado y de ellas colgaba un surtido de lo que parecían grandes tiendas de patchwork, hasta que Jenna se percató de que debían de ser los vestidos de tía Zelda. Había tres camas en la habitación. Jenna adivinó, por las colchas de patchwork, que estaban sentadas en la cama de tía Zelda, y la que estaba más baja en una alcoba formada por el hueco de la escalera y llena de pelo de perro probablemente perteneciera a Silas. En el otro rincón había una gran cama construida en la pared. A Jenna le recordaba su propia cama y verla le produjo una sensación de nostalgia. Supuso que era la de Marcia, pues al lado de la cama estaban su libro *La eliminación de la Oscuridad*, una fina pluma de ónice y un montón de pergamino de la mejor calidad, lleno de signos y símbolos mágicos.

Marcia siguió su mirada.

—Vamos, puedes probar mi pluma. Te gustará. Escribe del color que le pidas... si está de buen humor.

Mientras que, arriba, Jenna probaba la pluma de Marcia, que estaba siendo algo obstinada al insistir en escribir siempre otra letra en un verde desvaído, abajo Silas intentaba refrenar al impulsivo Maxie, que había visto a la rata mensaje.

—Nicko —dijo Silas distraídamente, al ver a su hijo mojado, que acababa de salir del agua caliente—, coge a Maxie y mantenlo alejado de la rata, ¿quieres?

Nicko y Maxie saltaron al sofá y, con la misma velocidad, el Muchacho 412 salió disparado.

—Bueno, ¿dónde está esa rata? —preguntó Silas.

Una gran rata marrón estaba sentada fuera de la ventana golpeando el cristal. Tía Zelda abrió la ventana y la rata entró de un salto, mirando alrededor de la habitación con sus ojos brillantes como centellas.

—¡Canta, rata! —le dijo Silas en **mágico**.

La rata le miró impaciente.

—¡Habla, rata!

La rata se cruzó de brazos y aguardó, dirigiendo a Silas una mirada fulminante.

—Ejem... lo siento. Hace años que no recibo una rata mensaje —se excusó Silas—. ¡Ah, ya lo tengo...! ¡Habla, **Rattus Rattus**!

—Vale —suspiró la rata—. Allá vamos, por fin. —Se irguió y dijo—: Primero tengo que preguntar si hay alguien aquí que responda al nombre de Silas Heap. —La rata miraba directamente a Silas.

—Sí, soy yo —le respondió Silas.

—Lo imaginaba —replicó la rata—. Encaja con la descripción. —Soltó una pequeña tos, como para darse importancia, se puso sobre dos patas, muy erguida, con las manos a la espalda—. He venido a entregar un mensaje a Silas Heap. El mensaje lo envió hoy a las ocho en punto de la mañana una tal Sarah Heap, que reside en la casa de Galen. Empieza el mensaje:

Hola, Silas, mi amor, y Jenna, lechoncilla, y Nicko, ángel.

He enviado a la rata a casa de Zelda con la esperanza de que os encuentre sanos y salvos. Sally nos contó que el cazador os perseguía y no pude dormir en toda la noche solo de pensarlo. Ese hombre tiene una reputación tan terrible. Por la mañana estaba desesperada y convencida de que os habían cogido a todos (aunque Galen me dijo que sabía que estabais bien), pero el querido Alther vino a vernos tan pronto como se hizo de día y nos dio la maravillosa noticia de que habíais escapado. Dijo que os vio por última vez partiendo para los marjales Marram. Le hubiera gustado ir con vosotros.

Silas, ha pasado algo. Simon desapareció cuando veníamos hacia aquí. Estábamos en el camino de la orilla del río que conduce a la parte del Bosque de Galen, cuando me di cuenta de que se había ido. No sé qué puede haberle pasado. No vimos ningún guardia ni nadie lo vio ni lo oyó marcharse. Silas, mucho me temo que haya caído en una de esas trampas que ponen esas horribles brujas. Hoy vamos a salir a buscarlo.

Los guardias incendiaron el café de Sally, pero ella consiguió escapar. No está segura de cómo lo hizo, pero me pidió que le dijera a Marcia que está muy agradecida por el **mantente a salvo** que le dio. De hecho, todos lo estamos. Ha sido muy generoso por parte de Marcia.

Silas, por favor, envíame la rata de vuelta y hazme saber cómo estás.

Todo el amor y nuestros pensamientos van para vosotros.

Tu Sarah, que os quiere.

»Fin del mensaje. —Exhausta, la rata se desplomó sobre el alféizar de la ventana—. Podría matar por una taza de té —confesó.

Silas estaba muy nervioso.

—Tengo que volver y buscar a Simon. Quién sabe lo que le puede haber pasado...

Tía Zelda intentó calmarle. Llevó dos tazas de té caliente y dulce, y le dio una a la rata y otra a Silas. La rata engulló su taza de un trago mientras que Silas se sentaba tristemente con la suya en la mano.

—Simon es muy fuerte, papá —intervino Nicko—. Estará bien. Espero que solo se haya perdido. Ahora ya debe de haber vuelto con mamá.

Silas no estaba convencido.

Tía Zelda decidió que lo único inteligente era hacer la cena. Las cenas de tía Zelda solían evadir a la gente de sus problemas. Era una cocinera hospitalaria a quien le gustaba tener a tanta gente sentada a su mesa como podía y, aunque sus invitados siempre disfrutaban de la conversación, la comida podía ser todo un reto. La descripción más frecuente era «interesante», como por ejemplo: «Ese pan y ese pastel de col eran muy... interesantes, Zelda. A mí nunca se me habría ocurrido», o «Bueno, yo diría que esa mermelada de fresa es una salsa muy... interesante para el *carpaccio* de anguila».

Procuraron distraer a Silas haciéndole poner la mesa e invitaron a la rata mensaje a cenar.

Tía Zelda sirvió guiso de rana y conejo con cabezas de nabo hervidas dos veces, seguidas de delicia de cerezas y chirivías. El Muchacho 412 dio cuenta de él con gran entusiasmo, pues constituía una maravillosa mejora con respecto al rancho del ejército joven, e incluso repitió por segunda y tercera vez, para agrado de tía Zelda. Nunca nadie le había pedido repetir y mucho menos una tercera vez.

Nicko estaba encantado con el hecho de que el Muchacho 412 comiera tanto; eso significaba que tía Zelda no notaría los pedazos de rana que había puesto en una hilera y ocultado bajo el cuchillo. O, si lo notaba, no se molestaría demasiado. Nicko también consiguió darle a Maxie la oreja entera de conejo que había encontrado en su plato, para alivio suyo y regocijo de Maxie.

Marcia había declinado bajar a cenar, excusándose ella y Jenna debido a la presencia de la rata mensaje. Silas pensó que era una débil excusa y sospechó que estaba haciendo algunos hechizos de comida sibarita en silencio.

A pesar de —o tal vez debido a la ausencia de— Marcia, la cena fue un acontecimiento agradable. La rata mensaje era una buena compañía. Silas no se había molestado en revocar la orden de «habla Rattus Rattus», así que la parlanchina rata abordó todos los temas que le pasaron por la imaginación, que oscilaban desde el problema de las ratas jóvenes de hoy, hasta el escándalo de las salchichas de rata en la cantina de los guardias, que había alterado a toda la comunidad rata, por no hablar de la de los guardias.

Cuando la cena se acercaba a su fin, tía Zelda preguntó a Silas si iba a enviar a la rata mensaje otra vez a Sarah esa noche.

La rata parecía aprensiva. Aunque era una rata grande y sabía, como le gustaba decir a todo el mundo, «cuidar de sí misma», los marjales Marram de noche no eran precisamente su lugar favorito. Las ventosas de un gran chupón podían suponer el fin de una rata, y ni los Brownies ni los Boggarts eran los mejores amigos de las ratas. Los Brownies arrastrarían a una rata hasta las arenas movedizas solo para divertirse, y un Boggart hambriento haría alegremente un guiso de rata para sus hijos Boggarts, que, en opinión de la rata mensaje, eran unas voraces pestecillas.

(Claro que el Boggart no se les habría unido a la cena, nunca lo hacía. Prefería comer los bocadillos de col hervida que tía Zelda preparaba para él, en la comodidad de su propia ciénaga de barro. Hacía tiempo que no comía una rata, no le gustaba demasiado el sabor y se le quedaban huesecitos entre los dientes.)

—Estaba pensando —comentó Silas despacio— que tal vez sea mejor enviar la rata por la mañana. Ha hecho un largo trayecto y debería dormir un poco.

La rata parecía complacida.

—Muy bien, señor. Muy prudente —dijo—. Se han perdido tantos mensajes por falta de un buen descanso y una buena cena... Y me atrevería a decir que esta ha sido una cena excepcionalmente... interesante, señora —inclinó la cabeza en dirección a tía Zelda.

—Ha sido un placer —sonrió tía Zelda.

—¿Es esta una rata confidencial? —preguntó el pimentero con la voz de Marcia. Todo el mundo dio un respingo.

—Podrías avisarnos si vas a empezar a soltar tu voz por ahí —se quejó Silas—. Casi me trago mi delicia de chirivía por la nariz.

—Bueno, ¿lo es? —insistió el pimentero.

—¿Lo eres? —preguntó Silas a la rata, que miraba fijamente el pimentero y, por un momento, parecía haberse quedado sin palabras—. ¿Eres una rata confidencial o no?

—Sí —dijo la rata, sin saber si responder a Silas o al pimentero. Se dirigió al pimentero—: Claro que lo soy, señorita pimentero. Soy una rata confidencial oficial de larga distancia. A su servicio.

—Bien, ahora bajo.

Marcia bajó los escalones de dos en dos y cruzó la habitación con un libro en la mano, barriendo el suelo con la túnica de seda y enviando por los aires una montaña de tarros de pociones. Jenna la siguió rápidamente, ansiosa por ver al fin a la rata mensaje con sus propios ojos.

—Esto es tan pequeño... —se quejó Marcia sacudiéndose irritada las mejores **Mezclas Brillantes** multicolores de su capa—. De veras, no sé cómo te las arreglas, Zelda.

—Me las arreglaba muy bien antes de que tú llegaras —masculló tía Zelda, mientras Marcia se sentaba a la mesa junto a la rata mensaje.

La rata palideció bajo su piel marrón. Ni en sus mejores sueños habría esperado conocer a la maga extraordinaria. Inclinó mucho la cabeza, tanto que perdió el equilibrio y se cayó en los restos de la delicia de cereza y chirivía.

—Quiero que vuelvas con la rata, Silas —anunció Marcia.

—¿Qué? —exclamó Silas—. ¿Ahora?

—No estoy certificada para admitir pasajeros, señoría. —La rata se dirigió a Marcia vacilante—. En realidad, su elevadísima gracia, y digo esto con el mayor de los respetos...

—**Deshabla, Rattus Rattus** —le espetó Marcia.

La rata mensaje abrió y cerró la boca en silencio durante unas palabras más, hasta que se dio cuenta de que no salía sonido alguno de ella. Luego se sentó a regañadientes, se lamió la delicia de cereza y chirivía de las patas y esperó. No le quedaba más remedio que esperar, pues una rata mensaje solo se puede ir con una respuesta o una negativa a una respuesta. Y hasta el momento a la rata mensaje no le habían dado ni la una ni la otra, así que, como buena profesional que era, se sentó con paciencia y recordó tristemente las palabras de su esposa aquella mañana, cuando él le había dicho que tenía que hacer un trabajo para un mago.

—Stanley —había dicho su mujer, Dawnie, señalándole con el dedo—, si yo fuera tú no me mezclaría demasiado con ellos, los magos. ¿Te acuerdas del marido de Elli, que acabó embrujado por aquella pequeña maga gorda en la torre y terminó atrapado en el estofado? No regresó hasta al cabo de dos semanas y volvió en un terrible estado. No vayas, Stanley. Por favor.

Pero Stanley se había enorgullecido en secreto de que la Oficina de Raticorreos le hubiera pedido que saliera para un trabajo en el exterior, en concreto para un mago, y se alegraba de haber cambiado de trabajo. Se había pasado una semana llevando mensajes entre dos hermanas que se estaban peleando. Los mensajes se habían vuelto cada vez más cortos y más groseros, hasta que el trabajo del día anterior había consistido en correr de una hermana a otra y no decir nada en absoluto, porque cada una quería decirle a la otra que ya no le hablaba. Se sintió extraordinariamente aliviado cuando su madre, horrorizada por la enorme factura que había recibido de la Oficina de Raticorreos, canceló el encargo.

Así que Stanley le había dicho con gusto a su esposa que, si lo necesitaban, tenía que acudir.

—Al fin y al cabo, soy —le notificó a Dawnie— una de las pocas ratas confidenciales de larga distancia del Castillo.

—Y una de las más tontas —le había replicado su mujer.

De modo que Stanley se sentaba a la mesa, entre los restos de la más extraña cena que hubiera comido nunca, y escuchaba a la sorprendentemente gruñona maga extraordinaria decirle a un mago ordinario lo que tenía que hacer. Marcia dio un golpe de libro sobre la mesa, que hizo trastabillar los platos.

—He estado repasando *La eliminación de la Oscuridad* de Zelda; me habría gustado tener una copia en la Torre del Mago. Es un incunable.

Marcia dio unos golpecitos de aprobación en el libro. El libro la malinterpretó y, de repente, salió de la mesa y voló de nuevo a su lugar en la montaña de libros de tía Zelda, para irritación de Marcia.

—Silas —dijo Marcia—, quiero que vayas y me traigas otra vez mi **mantente a salvo** que le presté a Sally, lo necesitamos aquí.

—Muy bien —admitió Silas.

—Debes ir, Silas —añadió Marcia—. Nuestra seguridad podría depender de él. Sin él, tengo menos poder del que pensaba.

—Sí, sí, muy bien, Marcia —repitió Silas con impaciencia, preocupado por sus propios pensamientos sobre Simon.

—De hecho, como maga extraordinaria, te estoy ordenando que vayas —insistió Marcia.

—¡Sí, Marcia, he dicho que sí! Iré. Pensaba ir de cualquier modo —admitió Silas exasperado—. Simon ha desaparecido. Voy a ir a buscarle.

—Bien —contestó Marcia, prestando poca atención, como siempre, a lo que Silas estaba diciendo—. ¿Dónde está la rata?

La rata, aún incapaz de hablar, levantó la patita.

—Tu mensaje es este mago, devuelto al remitente. ¿Lo entiendes?

Stanley asintió con inseguridad. Quería decirle a la maga extraordinaria que aquello iba contra los reglamentos de la Oficina de Raticorreos. Ellos no llevaban paquetes, ni humanos ni de ninguna otra clase. Suspiró. ¡Qué razón tenía su mujer!

—Enviarás a este mago sano y salvo por los medios adecuados a la dirección del remitente. ¿Lo entiendes?

Stanley asintió con disgusto. ¿Medios adecuados? Supuso que eso significaba que Silas no iba a poder nadar por el río, entonces, ni subir de hurtadillas al equipaje del primer vendedor ambulante que pase. ¡Genial!

Silas salió en defensa de la rata.

—No necesito que me facturen como un paquete, gracias Marcia. Tomaré la canoa, y la rata puede venir conmigo y mostrarme el camino.

—Muy bien —admitió Marcia—, pero quiero una confirmación del pedido. **Habla, Rattus Rattus**.

—Sí —afirmó débilmente la rata—. Pedido confirmado.

Silas y la rata mensaje partieron muy temprano a la mañana siguiente, poco antes del amanecer, en la canoa *Muriel 1*. El haar había desaparecido durante la noche y el sol de invierno proyectaba sombras alargadas sobre los marjales en la grisácea luz de las primeras horas de la mañana.

Jenna, Nicko y Maxie se habían levantado pronto para despedir a Silas y darle mensajes para Sarah y los niños. El aire de la mañana incipiente era frío y escarchado, y el vaho de su respiración creaba blancas nubes en el aire. Silas se arrebujó en su pesada capa de lana azul y se puso la capucha, mientras la rata mensaje temblaba un poco a su lado, y no solo de frío.

Muy cerca, detrás de ella, la rata oía los horribles ruidos sofocados que emitía Maxie mientras Nicko lo sujetaba fuerte del pañuelo y, como si eso no fuera suficiente, acababa de ver al Boggart.

—¡Ah, Boggart! —sonrió tía Zelda—. Muchas gracias, Boggart querido, por venir. Aquí hay algunos bocadillos que te darán fuerzas. Los pondré en la canoa. También hay algunos para ti y la rata, Silas.

—¡Oh! Bien, gracias, Zelda. ¿Qué tipo de bocadillos son exactamente?

—La mejor col hervida.

—¡Ah, bueno!, eso es de lo más... amable por tu parte. —Silas se alegraba de haber podido hurtar un poco de pan y queso y esconderlo en la manga. El Boggart flotaba malhumorado en el Mott y no estaba completamente aplacado por la mención de los bocadillos de col. No le gustaba salir durante el día, ni siquiera en mitad del invierno. La luz del sol hacía que los débiles ojos del Boggart le dolieran, y le quemaba las orejas si no iba con cuidado.

La rata mensaje se sentó con tristeza en la orilla del Mott, atrapada entre el aliento de perro a su espalda y el aliento del Boggart delante de él.

—Muy bien —le dijo Silas a la rata—, sube. Espero que quieras sentarte delante. Maxie siempre lo hace.

—Yo no soy un perro —replicó Stanley con desdén— y no viajo con Boggarts.

—Este Boggart es un Boggart seguro —le explicó tía Zelda.

—No existe ningún Boggart seguro —masculló Stanley, pero echó un vistazo a Marcia, que salía de la casa para despedir a Silas, y no dijo nada más; se limitó a saltar con paso rápido a la canoa y a esconderse debajo del asiento.

—Ten cuidado, papá —le dijo Jenna a Silas abrazándole fuerte.

Nicko también abrazó a Silas.

—Encuentra a Simon, papá. Y no te olvides de ir por un lado del río si avanzas contracorriente. La corriente siempre es más fuerte en el medio.

—No me olvidaré —sonrió Silas—. Cuidaos el uno al otro y cuidad de Maxie.

—¡Adiós, papá!

Maxie gimió y aulló al ver que, para su consternación, Silas se iba sin él.

—¡Adiós! —se despidió Silas mientras pilotaba de modo inseguro la canoa por el Mott, tras la familiar pregunta del Boggart:

—¿Me seguísss?

Jenna y Nicko vieron la canoa alejarse lentamente por los sinuosos canales, fuera de la amplia extensión de los marjales Marram, hasta que ya no pudieron distinguir la capucha azul de Silas.

—Espero que papá esté bien —dijo Jenna tranquilamente—. No es muy bueno encontrando lugares.

—La rata mensaje se asegurará de que llegue hasta allí —la calmó Nicko—. Sabe que tendrá que rendirle cuentas a Marcia si no lo hace.

En lo más profundo de los marjales Marram, la rata mensaje se sentaba en la canoa supervisando el primer paquete que tenía que entregar. Había decidido no mencionárselo a Dawnie, ni a las ratas de la Oficina de Raticorreos; todo era, suspiró para sí, muy irregular.

Pero al cabo de un rato, mientras Silas lo llevaba, de modo algo errático, a través de los serpenteantes canales del pantano, Stanley empezó a ver que aquel no era un modo tan malo de viajar. Al fin y al cabo, habría hecho de un tirón todo el camino hasta su destino. Y solo tendría que sentarse allí, contar unas cuantas historias y disfrutar del viaje, mientras Silas hacía todo el trabajo.

Y, mientras Silas se despedía del Boggart al final del Dique Profundo y empezaba a remar río arriba de camino hacia el Bosque, aquello fue exactamente lo que hizo la rata mensaje.

22

Magia

Aquella noche, el viento del este sopló en los marjales.

Tía Zelda cerró los postigos de madera de las ventanas y **cerró con hechizo** la puerta de la gatera, asegurándose antes de que Bert estuviera a salvo dentro. Luego caminó alrededor de la casa, encendió las lámparas y colocó velas de tormenta en las ventanas para mantener el viento a raya. Estaba deseando pasar una tarde tranquila en su escritorio, poniendo al día la lista de pociones.

Pero Marcia había llegado primero. Estaba hojeando algunos libros pequeños de **Magia** y tomando notas afanosamente. De vez en cuando probaba un hechizo para ver si aún funcionaba, y se producía un chasquido y una nube de humo con un olor peculiar. A tía Zelda tampoco le gustaba ver lo que Marcia había hecho con su mesa. Marcia había puesto a la mesa patas de pato para que dejara de cojear y un par de brazos que ayudaban a organizar los papeles.

–Cuando acabes, Marcia, me gustaría recuperar mi escritorio –comentó tía Zelda irascible.

–Todo tuyo, Zelda –respondió Marcia alegremente.

Cogió un pequeño libro cuadrado y se lo llevó junto a la chimenea, dejando una montaña desordenada en el escritorio. Tía Zelda tiró la montaña al suelo antes de que los brazos pudieran cogerla y se sentó a la mesa con un suspiro.

Marcia hizo compañía a Jenna, Nicko y al Muchacho 412 al lado del fuego. Se sentó junto a ellos y abrió el libro, que según Jenna pudo comprobar, se llamaba:

Hechizos seguros
y amuletos inocuos
para el uso del principiante
y de las mentes sencillas

*Compilado y garantizado por
la Liga de Seguros de los Magos*

–¿Mentes sencillas? –preguntó Jenna–. Es un poco grosero, ¿no?

–No prestes atención a eso –le recomendó Marcia–, está muy anticuado, pero los antiguos son siempre los mejores. Bonitos y sencillos, antes de que todos los magos intentaran poner su nombre a los hechizos solo con retocarlos un poco, que es cuando te dan problemas. Recuerdo que una vez encontré lo que parecía un fácil **hechizo para traer**. La última edición con montones de **amuletos** nuevos y sin usar, lo cual supongo, debería haberme servido de advertencia. Cuando una mañana lo usé para **traer** mis zapatos de pitón, me **trajo** también una horrible pitón de verdad. No es exactamente lo primero que quieres ver al despertarte. –Marcia estaba ocupada hojeando el libro–. Hay una versión fácil de **hazte invisible a ti mismo** en alguna parte, la encontré ayer... ¡Ah, sí, aquí está!

Jenna miraba de reojo, por encima del hombro de Marcia, la página amarilla que tenía abierta. Como todos los libros de **Magia**, cada página contenía un hechizo o sortilegio diferente y, en los libros más antiguos, estaban escritos a mano en varias tintas de extraños colores. Debajo de cada hechizo la página estaba plegada sobre sí misma, formando un bolsillo en el que se colocaban los **amuletos**. El **amuleto** contenía la impronta **mágica** del hechizo. Solía ser un trozo de pergamino, aunque podía ser cualquier cosa. Marcia había visto **amuletos** escritos en trocitos de seda, madera, conchas e incluso tostadas, aunque ese último no había funcionado bien, pues los ratones habían roído el final.

Y así era como funcionaba un libro de **Magia**: el primer mago que creaba el hechizo escribía las palabras e instrucciones donde tenía a mano. Era mejor escribirlo de inmediato, pues los magos son criaturas notoriamente olvidadizas y también la **Magia** se desvanece si no la capturas cuanto antes. Así que con toda probabilidad, si están en medio del desayuno cuando piensan el hechizo, podían usar un trozo de tostada (preferiblemente sin mantequilla). Este era el **amuleto**. El número total de **amuletos** dependería del número de veces que el mago escribiera el hechizo o del número de tostadas que hubieran hecho para desayunar.

Cuando un mago había recopilado suficientes hechizos normalmente los encuadernaba en un libro para salvaguardarlos, aunque muchos libros de **Magia** eran colecciones de libros más antiguos que se habían disgregado y remezclado de diversas formas. Un libro de **Magia** completo con todos sus **amuletos** aún en sus bolsillos era un raro tesoro; era mucho más corriente encontrar un libro prácticamente vacío con uno o dos **amuletos** de los menos populares aún en su sitio.

Algunos magos solo hacían uno o dos **amuletos** para sus hechizos más complicados y estos resultaban muy difíciles de encontrar, aunque la mayoría de los **amuletos** se podían encontrar en la biblioteca de la pirámide, en la Torre del Mago. Marcia añoraba la biblioteca más que ninguna otra cosa de la torre, pero le sorprendió y le complació mucho la colección de libros de **Magia** de tía Zelda.

—Aquí estás —dijo Marcia pasándole el libro a Jenna—. ¿Por qué no sacas un **amuleto**?

Jenna cogió el libro pequeño aunque sorprendentemente pesado. Estaba abierto en una página mugrienta y muy desgastada, escrita en una tinta púrpura desvaída y una caligrafía alargada y pulcra, muy fácil de leer.

Las palabras decían:

Hágase usted mismo invisible.
Un valioso y estimado hechizo
para todas aquellas personas que deseen
(por razones que solo conciernen a su
propietario o para salvaguardar la seguridad de otros)
perderse de la vista de aquellos
que les quieren causar daño.

Jenna leyó las palabras con un sentimiento de aprehensión —no quería pensar en quién quería causarle daño— y luego palpó el interior del grueso bolsillo de papel que contenía los **amuletos**. Dentro del bolsillo había lo que parecía un montón de fichas lisas y planas. Los dedos de Jenna se cerraron alrededor de una de las fichas y sacó una pequeña pieza de ébano pulido.

—Muy bonito —dijo Marcia en tono de aprobación—. Negro como la noche. Perfecto. ¿Puedes ver las palabras en el **amuleto**?

Jenna entornó los ojos en un esfuerzo por ver lo que estaba escrito en la esquirla de ébano. Las palabras eran pequeñas, escritas en una caligrafía antigua con tinta dorada desvaída. Marcia sacó una gran lupa plana de su cinturón que desplegó y tendió a Jenna.

—Prueba a ver si esto te ayuda.

Jenna lentamente pasó la lupa sobre las letras doradas y a medida que le saltaban a la vista las leyó en voz alta:

> *Que desaparezca en la atmósfera,*
> *que mis enemigos no sepan adónde he ido,*
> *que quienes me buscan a mi lado pasen,*
> *que su mal de ojo no me alcance.*

—Bonito y sencillo —opinó Marcia—. No demasiado difícil de recordar si las cosas se ponen peliagudas. Aunque algunos hechizos son coser y cantar, recordarlos en un momento de crisis, no es tan fácil. Ahora necesitas **grabar la impronta** en el hechizo.

—¿Hacer qué? —preguntó Jenna.

—Sostén el **amuleto** cerca de ti y di las palabras del hechizo mientras lo aguantas. Necesitas recordar las palabras exactas. Y mientras dices las palabras, tienes que imaginar que el hechizo realmente sucede, esa es la parte verdaderamente importante.

No era tan fácil como Jenna esperaba, sobre todo con Nicko y el Muchacho 412 mirándola. Si recordaba las palabras correctas se olvidaba de imaginar el trozo de **desaparecer en la atmósfera** y si pensaba demasiado en **desaparecer en la atmósfera** se olvidaba de las palabras.

—Prueba otra vez —la alentó Marcia después de que, para su desesperación, Jenna hubiera hecho todo bien salvo pronunciar una palabrita—. Todo el mundo cree que los hechizos son fáciles, pero no lo son. Aunque tú casi lo tienes.

Jenna respiró hondo.

—Dejad de mirarme —les ordenó a Nicko y al Muchacho 412.

Sonrieron y deliberadamente miraron a Bert. Bert se movió incómoda en su sueño. Siempre sabía cuándo alguien la estaba mirando.

Así que Nicko y el Muchacho 412 se perdieron la primera **desaparición** de Jenna.

Marcia aplaudió.

—¡Lo hiciste!

—¿Lo hice? ¿Yo? —La voz de Jenna salía del aire.

—Eh, Jen, ¿dónde estás? —preguntó Nicko riéndose.

Marcia miró su reloj.

—Ahora no lo olvides: la primera vez que haces un hechizo no dura mucho; **reaparecerás** en un minuto más o menos. Después de eso debería durar tanto como quisieras.

El Muchacho 412 miraba la forma borrosa de Jenna **materializarse** lentamente de las sombras parpadeantes que proyectaban las velas de tía Zelda. La contemplaba boquiabierto. Él quería hacer eso.

—Nicko —dijo Marcia—, tu turno.

El Muchacho 412 se enfadó consigo mismo. ¿Qué le hacía creer que Marcia se lo pediría a él? Claro que no. No pertenecía a su clase. Era solo un prescindible del ejército joven.

—Yo tengo mi propio **desaparecer**, gracias —le respondió Nicko—. No quiero armarme un lío con este.

Nicko tenía una aproximación muy funcional de la Magia. No tenía ninguna intención de ser mago, aunque procediera de una familia **mágica** y le hubieran enseñado **Magia básica**. No veía por qué necesitaba más de un hechizo de cada clase. ¿Por qué aturullarse el cerebro con todas esas cosas? Él opinaba que ya tenía en la cabeza todos los hechizos que iba a necesitar en su vida. Prefería usar el resto de su cerebro para cosas útiles, como el calendario de las mareas y las jarcias de los veleros.

—Muy bien —replicó Marcia, que lo conocía lo bastante como para no insistir en que Nicko hiciera algo que no le interesaba—, pero recuerda que solo aquellos con el mismo **invisible** pueden verse entre sí. Si tienes un hechizo diferente, Nicko, no serás visible para quienes tengan un hechizo distinto del tuyo, aunque ellos también sean **invisibles**. ¿De acuerdo?

Nicko asintió con la cabeza vagamente. No veía qué importancia tenía realmente eso.

—Entonces, ahora —Marcia se dirigió al Muchacho 412— es tu turno.

El Muchacho 412 se sonrojó. Se miró los pies. Se lo había pedido. Quería probar el hechizo más que nada en el mundo, pero odiaba la manera en que todos le miraban y estaba seguro de que iba a parecer estúpido si lo intentaba.

—Realmente deberías intentarlo —le aconsejó Marcia—. Quiero que todos vosotros seáis capaces de hacer esto.

El Muchacho 412 levantó la vista sorprendido. ¿Marcia quería decir que él era tan importante como los otros dos niños? ¿Los dos que pertenecían a su clase?

La voz de tía Zelda llegó desde el otro extremo de la habitación:

—Claro que lo intentará.

El Muchacho 412 se puso en pie torpemente. Marcia sacó otro **amuleto** del libro y se lo dio.

—Ahora **grábale la impronta** —le instó.

El Muchacho 412 sostuvo el **amuleto** en la mano. Jenna y Nicko le miraban, curiosos por ver lo que iba a hacer.

—Di las palabras —le animó amablemente Marcia.

El Muchacho 412 no dijo nada, pero las palabras del hechizo resonaban en su cabeza y se la llenaban de una extraña sensación zumbante. Por debajo de su sombrero rojo se le erizó el vello de la nuca. Podía notar el cosquilleo de la **Magia** en la mano.

—¡Se ha ido! —exclamó Jenna.

Nicko silbó de admiración.

—No se anda con chiquitas, ¿verdad?

El Muchacho 412 estaba enojado. No había necesidad de burlarse de él. ¿Y por qué le miraba Marcia de forma tan extraña? ¿Había hecho algo malo?

—Ahora vuelve —dijo Marcia muy bajito. Algo en su voz asustó un poco al Muchacho 412. ¿Qué había ocurrido?

Entonces una idea sorprendente cruzó por la mente del Muchacho 412. Con mucho sigilo, pasó por encima de Bert, pasó junto a Jenna sin tocarla y deambuló por la habitación. Nadie le veía andar. Aún estaban mirando el lugar donde él acababa de estar.

El Muchacho 412 sintió un escalofrío de emoción. Podía hacerlo. Podía hacer **Magia**. ¡Podía **desaparecer en la atmósfera**! Nadie podía verlo, ¡era libre!

El Muchacho 412 dio un saltito de emoción. Nadie lo notó. Levantó los brazos y los movió por encima de su cabeza. Nadie lo notó. Se puso los pulgares en las orejas y movió los dedos. Nadie lo notó. Luego, en silencio, saltó para apagar una vela, se tropezó con la alfombra y chocó contra el suelo.

—Ahí estás —dijo Marcia enojada.

Y allí estaba, sentado en el suelo sujetándose la rodilla amoratada y **apareciendo** lentamente ante su impresionado público.

—Eres bueno —dijo Jenna—. ¿Cómo te ha salido tan fácil?

El Muchacho 412 sacudió la cabeza. No tenía ni idea de cómo lo había hecho. Simplemente había ocurrido, pero le parecía fantástico.

Marcia estaba de un humor extraño. El Muchacho 412 pensó que estaría complacida con él, pero no parecía estarlo.

—No debes **grabar la impronta** de un hechizo tan deprisa. Puede ser peligroso. Podrías no haber regresado adecuadamente.

Lo que Marcia no dijo al Muchacho 412 era que nunca había visto a un novato dominar un hechizo tan rápido. Eso la turbó. Y se sintió aún más turbada cuando el Muchacho 412 le devolvió el **amuleto** y sintió el zumbido de la **Magia**, como una pequeña descarga de electricidad estática, saltar de su mano.

—No —le dijo, devolviéndoselo—, quédate el **amuleto**. Y Jenna también. Es mejor para los principiantes guardar los **amuletos** de los hechizos que quieran usar.

El Muchacho 412 se guardó el **amuleto** en el bolsillo del pantalón. Estaba confuso. Aún le daba vueltas la cabeza de la emoción de la **Magia** y sabía que había hecho el hechizo a la perfección. Entonces, ¿por qué estaba enfadada Marcia? ¿Qué había hecho mal? Tal vez el ejército joven tuviera razón. Tal vez la maga extraordinaria estuviera realmente loca... ¿Qué era lo que solían cantar todas las mañanas en el ejército joven, antes de ir a montar guardia a la Torre del Mago y espiar las idas y venidas de todos los magos, y en particular de la maga extraordinaria?

¡Loca como una cabra,
mala como una rata,
metedla en una lata
y echádsela a la gata!

Pero la rima ya no le hacía gracia al Muchacho 412 y no parecía tener nada que ver con Marcia. En realidad, cuanto más pensaba en el ejército joven, más se percataba de la verdad: el ejército joven sí estaba loco.

Marcia era **mágica**.

23

ALAS

Aquella noche, el viento del este sopló sin cesar, golpeando los postigos, zarandeando las puertas y turbando a toda la casa. Cada poco, una gran ráfaga de aire aullaba alrededor de la casa, volviendo a meter otra vez el humo negro por la chimenea y haciendo toser y escupir a los tres ocupantes de las colchas de al lado.

Arriba, Maxie se había negado a abandonar la cama de su amo y roncaba tan fuerte como siempre, para irritación de Marcia y de tía Zelda, impidiéndoles pegar ojo.

Tía Zelda se levantó en silencio y miró por la ventana, como siempre hacía las noches de tormenta, desde que su hermano menor, Theo, un **transmutador** como su hermano mayor, Benjamin Heap, decidiera que se había acabado eso de vivir bajo las nubes. Theo quería atravesarlas volando y elevarse para siempre hasta la luz del sol. Un día de invierno fue a despedirse de tía Zelda, y al alba del día siguiente tía Zelda se había sentado junto al Mott y observado cómo se transmutaba por última vez en su forma elegida: un petrel. Lo último que tía Zelda vio de Theo fue la poderosa ave volando por encima de los marjales Marram hacia el mar. Mientras miraba el pájaro alejarse sabía que era improbable que volviera a ver a su hermano, pues los petreles pasan toda su vida sobrevolando los océanos y rara vez regresan a tierra, a menos que un viento de tormenta los arrastre... Tía Zelda suspiró y volvió de puntillas a la cama.

Marcia acababa de taparse la cabeza con la almohada, en un esfuerzo por ahogar los ronquidos del perro y el aullido estridente del viento que barría los marjales y que, al encontrar la casa en su camino, intentaba abrirse paso a través de ella y salir por el otro lado. Pero no solo era el ruido lo que la mantenía desvelada. Había algo más en su mente. Algo que había visto aquella tarde y le había infundido cierta esperanza de futuro. Un futuro que se desarrollaría de nuevo en el Castillo, libre de la magia negra. Allí tumbada, planeaba su próximo movimiento.

Abajo, el Muchacho 412 no conseguía pegar ojo. Desde que había hecho el hechizo se había sentido extraño, como si un enjambre de abejas zumbara dentro de su cabeza. Imaginó que pequeños fragmentos de Magia que quedaban del hechizo se habían pegado en su cabeza y daban vueltas y más vueltas. Se preguntó por qué Jenna, que dormía a pierna suelta, no estaba despierta, por qué no tenía también ese zumbido en la cabeza. Se puso el anillo y el resplandor dorado iluminó la habitación y le dio una idea. Debía de ser el anillo. Por eso le zumbaba la cabeza y por eso había podido hacer el hechizo con tanta facilidad. Había encontrado un anillo **mágico**.

El Muchacho 412 empezó a pensar en lo que había ocurrido después de que él hubiera hecho el hechizo. Cómo se había sentado con Jenna a hojear el libro de hechizos, hasta que Marcia se había dado cuenta y los había echado, diciendo que no quería que anduvieran enredando, muchas gracias. Luego, más tarde, cuando no había nadie cerca, Marcia lo había llevado a un rincón y le había dicho que quería hablar con él al día siguiente a solas. Para el modo de pensar del Muchacho 412 eso solo significaba problemas.

El Muchacho 412 se sintió desgraciado; no podía pensar con claridad, así que decidió hacer una lista. La lista de hechos del ejército joven. Antes siempre le había funcionado.

Hecho uno: no pasaban revista por la mañana temprano. BUENO.
Hecho dos: comida mucho mejor. BUENO.
Hecho tres: tía Zelda agradable. BUENO.
Hecho cuatro: princesa simpática. BUENO.
Hecho cinco: tenía un anillo mágico. BUENO.
Hecho seis: maga extraordinaria enfadada. MALO.

El Muchacho 412 estaba sorprendido. Nunca en su vida los «buenos» habían superado a los «malos». Pero de algún modo, eso hacía el único «malo» aún peor, porque por primera vez en su vida el Muchacho 412 sentía que tenía algo que perder. Al final cayó en un sueño intranquilo y se despertó temprano con el alba.

A la mañana siguiente el viento del este se había extinguido y en la casa reinaba un aire de expectación generalizado.

Tía Zelda ya estaba fuera al amanecer comprobando si la noche ventosa había traído petreles de tormenta. No había ninguno, como era de esperar, aunque siempre tenía la esperanza de lo contrario.

Marcia esperaba que Silas volviera con su **mantente a salvo**.

Jenna y Nicko esperaban un mensaje de Silas.

Maxie esperaba su desayuno.

El Muchacho 412 esperaba problemas.

—¿No quieres tu plato de gachas? —le preguntó en el desayuno tía Zelda al Muchacho 412—. Ayer te serviste dos veces y hoy apenas las has tocado.

El Muchacho 412 sacudió la cabeza.

Tía Zelda parecía preocupada.

—Estás un poco paliducho. ¿Te encuentras bien?

El Muchacho 412 asintió, aunque no era así.

Después del desayuno, mientras el Muchacho 412 doblaba cuidadosamente su colcha como siempre había hecho con las mantas del ejército todas las mañanas de su vida, Jenna le preguntó si quería salir en el *Muriel 2* con ella y Nicko a esperar el regreso de la rata mensaje. Negó con la cabeza. A Jenna no le sorprendió; sabía que al Muchacho 412 no le gustaban los barcos.

—Nos vemos luego entonces —le gritó alegremente mientras corría para ir con Nicko en la canoa.

El Muchacho 412 observó a Nicko guiar la canoa por el Mott y adentrarse en los marjales. El pantano parecía inhóspito y frío aquella mañana, pensó, como si el viento de levante nocturno le hubiera dejado en carne viva. Se alegraba de que-

225

darse en casa, junto al fuego.

—¡Ah, estás ahí! —dijo la voz de Marcia a su espalda. El Muchacho 412 dio un brinco—. Me gustaría tener unas palabras contigo.

Al Muchacho 412 se le encogió el corazón. «Bueno, eso era —pensó—. Va a echarme, a enviarme de vuelta con el ejército joven.» Debería haberse percatado de que todo era demasiado bonito para que durara.

Marcia notó lo pálido que se había puesto el Muchacho 412 de repente.

—¿Estás bien? —le preguntó—. ¿Ha sido el pastel de pie de cerdo de anoche? Yo lo encontré un poco indigesto. Tampoco he dormido mucho, sobre todo con ese horrible viento de levante. Y, hablando de viento, no sé por qué ese asqueroso perro no puede dormir en otro sitio.

El Muchacho 412 sonrió. Por una vez se alegraba de que Maxie durmiera arriba.

—Creo que deberías enseñarme la isla —prosiguió Marcia—. Espero que ya te conozcas los alrededores.

El Muchacho 412 miró a Marcia alarmado. ¿Qué sospechaba? ¿Sabía que había encontrado el túnel?

—No pongas esa cara de preocupación —sonrió Marcia—. Vamos, ¿por qué no me enseñas la ciénaga del Boggart? Nunca he visto dónde vive un Boggart.

Dejando atrás con pesar la calidez de la casa, el Muchacho 412 partió con Marcia hacia la ciénaga del Boggart.

Juntos formaban una extraña pareja: al Muchacho 412, un ex prescindible del ejército joven, una pequeña y liviana figura incluso con su abultada chaqueta de borreguillo y sus pantalones anchos de marinero con la pernera enrollada, se le reconocía al instante gracias a su sombrero rojo vivo, que por el momento se negaba a quitarse, ni siquiera ante tía Zelda. Descollando sobre él, Marcia Overstrand, maga extraordinaria, caminaba a un paso tan ligero que el Muchacho 412 a veces tenía que ponerse a trotar para seguir su ritmo. Su cinturón de oro y platino destelleaba bajo la débil luz del sol de invierno, y sus pesadas ropas de seda y piel flotaban tras de sí como una rica estela púrpura.

Pronto llegaron a la ciénaga del Boggart.

—¿Es esto? —preguntó Marcia ligeramente impresionada por que una criatura pudiera vivir en un lugar tan frío y lleno de lodo.

El Muchacho 412 asintió, orgulloso de poder enseñarle a Marcia algo que ella no supiera.

—Bien, bien —comentó Marcia—. Todos los días se aprende algo. Y ayer... —dijo mirando al Muchacho 412 a los ojos, antes de que le diera tiempo a rehuir su mirada—, ayer aprendí algo también. Algo muy interesante.

El Muchacho 412 arrastraba los pies nervioso, y esquivaba la mirada. No le gustaba cómo sonaba.

—Aprendí —dijo Marcia en tono grave— que tienes un don **mágico** natural. Hiciste ese hechizo con tanta facilidad como si llevaras años estudiando **Magia**, pero nunca habías estado cerca de un hechizo en tu vida, ¿verdad?

El Muchacho 412 sacudió la cabeza y se miró los pies. Aún se sentía como si hubiera hecho algo malo.

—Exactamente —dijo Marcia—, no lo creía. Supongo que has estado en el ejército joven desde que tenías... ¿qué?... ¿dos años y medio? A esa edad es cuando suelen llevárselos.

El Muchacho 412 no tenía ni idea de cuánto tiempo llevaba en el ejército joven. No recordaba nada más de su vida, así que Marcia debía de tener razón. Volvió a asentir.

—Bueno, todos sabemos que el ejército joven es el último sitio donde encontrar la **Magia**. Y sin embargo, de alguna manera tú tienes tu propia energía **mágica**. Casi me da un pasmo cuando anoche me diste el **amuleto**.

Marcia sacó algo pequeño y brillante de un bolsillo de su cinturón y lo colocó en la mano del Muchacho 412. El Muchacho 412 bajó la vista y vio unas minúsculas alitas de plata en su mano sucia. Las alas brillaban a la luz; parecía como si pudieran echar a volar en cualquier momento. Las observó de cerca y vio unas letras minúsculas incrustadas en oro en cada ala. El Muchacho 412 sabía lo que eso significaba; estaba sosteniendo un **amuleto**, pero esta vez no era solo un trozo de madera, era una hermosa joya.

—Algunos **amuletos** para la alta **Magia** pueden ser muy hermosos —le explicó Marcia—. No todo son trozos de tostada reblandecidos. Recuerdo cuando Alther me enseñó este por primera vez; pensé que era uno de los más simples y hermosos **amuletos** que había visto en mi vida. Y aún lo creo.

El Muchacho 412 contempló las alas. En una preciosa ala de plata estaban las palabras VUELA LIBRE, y en la otra ala la palabra: CONMIGO.

Vuela conmigo, se dijo para sus adentros el Muchacho 412, encantado con el sonido de las palabras en el interior de su cabeza. Y entonces...

No pudo evitarlo. Realmente sabía que lo estaba haciendo. Simplemente dijo las palabras para sus adentros, el sueño de volar se le metió en la cabeza y...

—¡Sabía que lo harías! —exclamó Marcia emocionada—. ¡Lo

sabía!

El Muchacho 412 se preguntó a qué se refería. Hasta que se dio cuenta de que parecía ser de la misma estatura que Marcia o incluso algo más alto... En realidad, estaba flotando por encima de ella. El Muchacho 412 miró hacia abajo sorprendido, esperando a que Marcia lo echara, como había hecho la tarde anterior, a que le dijera que dejara de hacer el tonto y descendiera en aquel mismo instante, pero, para su sorpresa, tenía una gran sonrisa y sus ojos verdes centelleaban de emoción.

—¡Es sorprendente! —Marcia se protegió los ojos del sol de la mañana con la mano mientras los entornaba para mirar al Muchacho 412 flotando sobre la ciénaga del Boggart—. Esto es **Magia** avanzada. Esto es algo que tardas años en hacer. No me lo puedo creer.

Lo que probablemente era un error confesar, porque el Muchacho 412 tampoco lo creía. Realmente.

Con una gran salpicadura, el Muchacho 412 aterrizó en mitad de la ciénaga del Boggart.

—¡Ay! ¿Esss que no puede un pobre Boggart tener un poco de paz? —Un indignado par de ojos negros como botones miraban llenos de reproche al jadeante Muchacho 412.

—¡Aaaj...! —exclamó el Muchacho 412, luchando por salir a la superficie y cogerse al Boggart.

—Ayer essstuve despierto todo el día... —se quejó el Boggart mientras empujaba al resoplante Muchacho 412 sobre la orilla del lodazal— Llegué hasssta el misssmísssimo río con el sssol en losss ojosss y la rata a mi lado, cuchicheando sssin parar, y todo lo que esssperaba era dormir un poco hoy. No quiero visssitasss. Sssolo quiero dormir. ¿Lo comprendesss? ¿Estásss bien, chaval?

El Muchacho 412 asintió, resoplando todavía.

Marcia se había arrodillado y limpiaba la cara del Muchacho 412 con un pañuelo de seda púrpura bastante exquisito. El cegato Boggart pareció sorprendido.

—¡Oh, buenosss díasss, majestad! —saludó el Boggart con mucho respeto—. No esssperaba verla por aquí.

—Buenos días, Boggart. Siento mucho molestarte. Muchas gracias por tu ayuda. Ahora nos iremos y te dejaremos en paz.

—No ha sssido nada, ha sssido un placer.

Y diciendo eso, el Boggart se hundió hasta el fondo de la ciénaga, dejando solo unas pocas burbujas en la superficie.

Marcia y el Muchacho 412 regresaron despacito a la casa. Marcia decidió no hacer caso al hecho de que el Muchacho 412 iba cubierto de barro de la cabeza a los pies. Había algo que quería preguntarle, se había preparado mentalmente y no quería esperar.

—Me pregunto —empezó— si considerarías la posibilidad de ser mi aprendiz...

El Muchacho 412 se detuvo en seco y miró fijamente a Marcia: el blanco de sus ojos brillaba desde el rostro cubierto de barro. ¿Qué había dicho?

—Serías el primero. Nunca he encontrado a nadie apropiado.

El Muchacho 412 se limitó a mirar a Marcia con incredulidad.

—Lo que quiero decir es —trató de explicar Marcia— que nunca he encontrado a nadie con tanta chispa **Mágica** como tú. No sé por qué la tienes ni cómo la conseguiste, pero la tienes. Y con tu poder y el mío juntos creo que podemos disipar la **Oscuridad**, el **Otro** lado. Tal vez para siempre. ¿Qué dices, serás mi aprendiz?

El Muchacho 412 estaba aturdido. ¿Cómo podía él ayudar a Marcia, la maga extraordinaria? Lo tenía muy mal. Él era un fraude: era el anillo del dragón el que era **mágico**, no él. Por mucho que anhelara decir «Sí», no podía.

El Muchacho 412 sacudió la cabeza.

—¿No? —Marcia parecía conmocionada—. ¿Quieres decir que no?

El Muchacho 412 asintió lentamente.

—No...

Por una vez, Marcia no tenía palabras. Nunca se le había ocurrido que el Muchacho 412 no aceptara. Nadie rechazaba la oportunidad de ser aprendiz de un mago extraordinario, salvo ese idiota de Silas, claro.

—¿Eres consciente de lo que estás diciendo? —le preguntó.

El Muchacho 412 no respondió. Se sentía desdichado. Se las había arreglado para volver a hacer algo malo otra vez.

—Te estoy pidiendo que lo pienses —dijo Marcia con una voz más amable. Había notado lo asustado que parecía el Muchacho 412—. Es una decisión importante para ambos... y para el Castillo. Espero que cambies de idea.

El Muchacho 412 no veía cómo iba a cambiar de idea. Le tendió el **amuleto** a Marcia para devolvérselo. Resplandecía limpio y brillante en medio de la mano llena de barro del chico.

Esta vez fue Marcia quien sacudió la cabeza.

—Es un símbolo de la oferta que te he hecho y que aún sigue en pie. Alther me lo dio cuando me pidió que fuera su aprendiz. Claro que yo dije «Sí» de inmediato, pero veo que para ti es diferente. Necesitas tiempo para pensarlo. Me gustaría que te quedaras el **amuleto** mientras lo meditas.

Marcia decidió cambiar de tema.

—Bueno —dijo con brío—, ¿qué tal se te da cazar insectos?

Al Muchacho 412 se le daba muy bien cazar insectos. En el transcurso de los años había tenido numerosos insectos como mascota. Ciervi, un ciervo volante, Milly, un milpiés, y Tije, una gran tijereta, habían sido sus favoritos, pero también había tenido una gran araña viuda negra con patas peludas que recibió el nombre de Siete Patas Joe. Siete Patas Joe vivía en el agujero de la pared que había encima de su cama. Eso fue hasta que el Muchacho 412 sospechó que Joe se había comido a Tije y probablemente a toda la familia de Tije también. Después de eso, a Joe le tocó vivir debajo de la cama del cadete jefe, al que le daban pánico las arañas.

Marcia estuvo muy satisfecha de la redada de insectos. Cincuenta y siete insectos surtidos estaban muy bien y eran casi tantos como el Muchacho 412 podía acarrear.

—Sacaremos los **tarros de conserva** cuando regresemos y los meteremos enseguida —le explicó Marcia.

El Muchacho 412 tragó saliva. «Así que para eso son: mermelada de insecto.»

Mientras seguía a Marcia de regreso hacia la casa, el Muchacho 412 esperaba que el cosquilleo que le subía por el brazo no fuera algo con demasiadas patas.

24

Insectos escudo

Un horrible olor a rata cocida y pescado podrido salía de la casa cuando Jenna y Nicko remaban en el *Muriel 2* de regreso por el Mott, después de haber pasado un largo día en el pantano sin hallar ningún rastro de la rata mensaje.

—¿No crees que la rata ha llegado antes que nosotros y tía Zelda la está cociendo para cenar? —bromeó Nicko mientras amarraban la canoa y se preguntaban si sería prudente aventurarse dentro de la casa.

—¡Oh, no, Nicko! Me gustaba la rata mensaje. Espero que papá la mande de vuelta pronto.

Tapándose firmemente la nariz con la mano, Jenna y Nicko caminaron sendero arriba hasta la casa. Con cierta preocupación, Jenna abrió la puerta.

—¡Puaj!

El olor era aún peor dentro. A los poderosos aromas a rata cocida y pescado podrido se añadía un definitivo pestazo a caca de gato viejo.

—Entrad, queridos, precisamente estábamos cocinando. —La voz de tía Zelda salía de la cocina, de donde, Jenna se acababa de dar cuenta, procedía el espantoso olor.

Si aquello era la cena, Nicko pensó que preferiría comerse los calcetines.

—Llegáis justo a tiempo —anunció tía Zelda alegremente.

—¡Oh, estupendo! —exclamó Nicko, preguntándose si tía Zelda tenía algún sentido del olfato o si tantos años hirviendo coles se lo habían embotado.

Jenna y Nicko se acercaron a regañadientes a la cocina, preguntándose qué tipo de cena podía oler tan mal.

Para su sorpresa y alivio, no era la cena. Y ni siquiera era tía Zelda quien cocinaba: era el Muchacho 412.

El Muchacho 412 tenía un extraño aspecto. Vestía un traje de punto multicolor que le quedaba fatal y consistía en un jersey ancho de patchwork y unos pantalones cortos y holgados de punto. Pero conservaba su sombrero rojo firmemente calado en la cabeza y el vapor se le evaporaba ligeramente en el calor de la cocina, mientras el resto de sus ropas se secaba junto al fuego.

Tía Zelda había ganado por fin la batalla del baño, debido solo al hecho de que el Muchacho 412 se sentía tan incómodo cuando regresó cubierto de pegajoso barro negro de la ciénaga del Boggart, que se alegraba de veras de desaparecer en la cabaña del baño y quitarse el barro de encima. Pero no soltaba su sombrero rojo. Tía Zelda había perdido esa batalla. Aun así, estaba satisfecha de haberle lavado la ropa por fin y pensaba que le quedaba muy gracioso el viejo traje de punto de Silas, que había llevado cuando era niño. El Muchacho 412 pensaba que tenía un aspecto muy estúpido y evitaba mirar a Jenna cuando entró.

Estaba concentrado revolviendo la papilla hedionda, aunque no estaba del todo convencido de que tía Zelda no fuese a hacer mermelada de insecto, ya que estaba sentada a la mesa de la cocina con una pila de tarros vacíos delante. Estaba ocupada destapándolos y pasándole los tarros a Marcia, que se sentaba al otro lado de la mesa cogiendo **amuletos** de un libro de hechizos muy gordo titulado:

Conservas de insectos escudo.
Quinientos amuletos,
cada uno garantizado idéntico y cien por cien eficaz.
Ideal para el mago actual consciente de la seguridad

—Venid y sentaos —los invitó tía Zelda, haciendo espacio en la mesa para ellos—. Estamos preparando **tarros de conserva**. Marcia está haciendo los **amuletos** y vosotros podéis encargaros de los insectos si queréis.

Jenna y Nicko se sentaron a la mesa, cuidándose mucho de respirar solo por la boca. Se percataron de que el olor emanaba de la sartén con la papilla de intenso color verde que el Muchacho 412 estaba removiendo lentamente, con gran concentración y cuidado.

—Aquí estáis vosotros. Aquí están los insectos. —Tía Zelda puso un gran cuenco delante de Jenna y Nicko. Jenna miró su interior. El cuenco estaba lleno de insectos de todos los tamaños y formas posibles.

—¡Glups! —se estremeció Jenna, a quien no le gustaban en absoluto los bichos. Nicko tampoco estaba lo que se dice complacido; desde que Edd y Erik le habían metido un milpiés por el pescuezo cuando era pequeño, evitaba todo lo que reptara o correteara. Pero tía Zelda no les prestó atención.

—Qué tontería, solo son pequeñas criaturas con muchas patas. Y están más asustados de vosotros que vosotros de ellos. Vamos, primero Marcia os pasará el **amuleto**. Cada uno sostendremos el **amuleto** para que el insecto nos **grabe** y nos reconozca cuando sea liberado; luego ella meterá el **amuleto** en un frasco. Vosotros dos podéis añadir un insecto y pasárselo al... ejem... Muchacho 412. Él llenará el tarro con la **conserva** y yo los taparé otra vez para que queden bonitos y apretados. De esta manera acabaremos en un santiamén.

Y así lo hicieron, salvo que Jenna acabó tapando los tarros después de que el primer insecto que cogió se le subiera por el brazo y solo se le pudiese espantar cuando ella se puso a saltar profiriendo alaridos.

Fue un alivio cuando llegaron al último frasco. Tía Zelda lo destapó y se lo pasó a Marcia, que volvió la página del libro de hechizos y sacó aún otro pequeño **amuleto** en forma de escudo. Pasó el **amuleto** a los demás para que cada uno pudiera sostenerlo durante un momento; luego lo dejó caer en el frasco de mermelada y se lo pasó a Nicko. Nicko no esperaba uno así. En el fondo del cuenco se removía el último insecto, un gran milpiés rojo, precisamente igual que el que le habían metido por el pescuezo hacía años. Corría frenéticamente recorriendo el cuenco en círculos en busca de algún lugar donde esconderse. De no darle tanto repelús a Nicko, hubiera sentido mucha pena, pero solo podía pensar en que tenía que cogerlo. Marcia estaba esperando con el **amuleto** casi en el frasco. El Muchacho 412 estaba plantado con el último asqueroso cucharón de **conserva** de papilla y todo el mundo estaba aguardando.

Nicko respiró hondo, cerró los ojos y metió la mano en el cuenco. El milpiés vio que se acercaba y corrió al lado contrario. Nicko palpó alrededor del cuenco, pero el milpiés era demasiado rápido para él, se escabullía por aquí y por allá, hasta que vio el refugio de la manga colgante de Nicko y corrió por ella.

—¡Ya lo tienes! —le indicó Marcia—. Está en tu manga. Rápido, al frasco.

Sin atreverse a mirar, Nicko sacudió frenéticamente la manga sobre el jarro y lo cerró de un golpe. El **amuleto** resbaló por la mesa, cayó al suelo y **desapareció**.

—Qué fastidio —dijo Marcia—, son un poco inestables.

Sacó otro **amuleto** y rápidamente lo echó en el tarro, olvidándose **grabarle la impronta**.

—Corre, hazlo —le instó Marcia con irritación—, la **conserva** se echa a perder rápido. Vamos.

Extendió la mano y hábilmente sacudió el milpiés de la manga de Nicko, directamente en el frasco. El Muchacho 412 lo cubrió rápidamente con la pegajosa conserva verde. Jenna lo tapó fuerte, dejó el frasco en la mesa con una floritura y todo el mundo observó transformarse el último **tarro de conserva**.

El milpiés estaba dentro del **tarro de conserva** en estado de choque. Estaba durmiendo bajo su piedra favorita cuando algo enorme con un sombrero rojo había levantado la piedra y lo había alzado. Lo peor estaba por llegar: el milpiés, que era una criatura solitaria, había sido arrojado a una montaña de insectos ruidosos, sucios y directamente groseros, que chocaban, empujaban e incluso intentaban morderle las patas. Al milpiés no le gustaba nada que le fastidiasen las patas; tenía un montón de patas y cada una debía mantenerse en perfecto funcionamiento, o de otro modo tendría problemas. Una pata mal y se acabó: te pasabas la vida corriendo en círculos. Así que el milpiés se había dirigido hacia el fondo de la montaña de insectos de dudosa reputación y se había enfurruñado. Hasta que de repente se dio cuenta de que todos los insectos se habían ido y no quedaba ningún lugar donde esconderse. Todo milpiés sabe que ningún lugar donde esconderse significaba el fin del mundo, y ahora el milpiés sabía que realmente era cierto, porque casi seguro que allí estaba, flotando en una espesa papilla verde, y algo terrible le estaba ocurriendo: una a una estaba perdiendo sus patas.

Y no solo eso, sino que ahora su largo y delgado cuerpo se hacía más corto y gordo, y el milpiés tenía ahora forma de un triángulo retacón con una cabecita apuntada. En su espalda tenía un robusto par de coriáceas alas verdes y por delante estaba cubierto de poderosas escamas verdes. Y por si eso fuera poco, el milpiés tenía ahora solo cuatro patas. Cuatro gruesas patas verdes, «Si a eso se le puede llamar patas», pensó el milpiés; ciertamente no eran lo que él llamaría patas. Tenía dos delante y dos detrás. Las patas de delante eran más cortas y acababan en cinco terminaciones afiladas que el milpiés podía mover, y una de las patas delanteras sostenía un palito metálico y afilado. Las dos patas de atrás tenían grandes cosas verdes y planas en el extremo y cada una de estas tenía cinco cositas más, verdes y puntiagudas. Era un completo desastre. ¿Cómo se podía vivir solo con cuatro patas planas que acababan en extremos picudos? ¿Qué clase de criatura era esa?

Esa clase de criatura, aunque el milpiés no lo supiera, era un insecto escudo.

El antiguo milpiés, ahora un insecto escudo de pies a cabeza, yacía suspendido en la espesa **conserva** verde. El insecto se movía despacio, como si estuviera probando su nueva forma. Con una expresión de sorpresa contemplaba el mundo a través de su neblina verde, esperando el momento de ser liberado.

–El perfecto insecto escudo –reconoció Marcia con orgullo, levantando el frasco de mermelada hacia la luz y admirando al antiguo milpiés. Este es el mejor que he hecho en mi vida. Bueno, buen trabajo a todos.

Pronto, los cincuenta y siete frascos de mermelada estaban alineados en los alféizares, guardando la casa. Constituían una misteriosa visión: sus ocupantes de color verde intenso flotaban de manera irreal en la papilla verde, durmiendo todo el tiempo hasta que alguien abriera la tapa de su frasco y los liberase. Jenna preguntó a Marcia qué ocurriría cuando destapara el tarro, y Marcia le dijo que el insecto escudo saltaría y la defendería hasta su último aliento, o hasta que consiguiera cazarlo y volver a meterlo en el tarro, lo cual no solía suceder. Un insecto escudo liberado no tenía intención de regresar a ningún frasco nunca más.

Mientras tía Zelda y Marcia limpiaban las ollas y sartenes de la cocina, Jenna se sentó junto a la puerta, escuchando el murmullo procedente de la cocina. Al caer la noche, observó los cincuenta y siete charquitos de luz verde reflejados en el pálido suelo de piedra, y vio en cada uno una pequeña sombra que se movía lentamente, aguardando a que llegara su momento de libertad.

25

LA BRUJA DE WENDRON

A medianoche todo el mundo en la casa estaba durmiendo, salvo Marcia.

El viento del este volvía a soplar, esta vez trayendo consigo la nieve. A lo largo de los alféizares los **tarros de conserva** tintineaban lastimeramente, mientras las criaturas se movían en su interior, inquietas por la tormenta de nieve que soplaba fuera.

Marcia estaba sentada en el escritorio de tía Zelda con una pequeña vela parpadeante para no despertar a los que dormían junto al fuego. Estaba enfrascada en su libro *La eliminación de la Oscuridad*.

Fuera, flotando justo por debajo de la superficie del Mott

para guarecerse de la nieve, el Boggart hacía una solitaria guardia de medianoche.

Lejos, en el Bosque, Silas también pasaba una solitaria vigilia de medianoche en medio de la tormenta de nieve, que era lo bastante pesada como para abrirse camino a través de las ramas desnudas y enmarañadas de los árboles. Estaba de pie, tiritando, bajo un olmo alto y robusto, aguardando la llegada de Morwenna Mould.

Morwenna Mould y Silas se conocían desde hacía mucho tiempo. Silas era solo un joven aprendiz que una noche hacía un recado para Alther en el Bosque, cuando oyó los escalofriantes sonidos de una manada de zorros aulladores. Sabía lo que significaba: habían encontrado una presa nocturna y se acercaban para matarla. Silas se compadeció del pobre animal, él sabía muy bien lo terrorífico que era estar rodeado por un círculo de centelleantes ojos amarillos de zorro. Le había ocurrido una vez y nunca lo había olvidado, pero, al ser un mago, había tenido suerte: le había bastado con formular un rápido **congelar** y se había escapado corriendo.

Sin embargo, la noche de su recado, Silas oyó una débil voz en su cabeza: «¡Socorro...!».

Alther le había enseñado a prestar atención a estas cosas, así que Silas fue a donde la voz le llevaba y se encontró en el exterior de un círculo de zorros. En el interior había una joven bruja. **Congelada**.

Al principio Silas había creído que la joven bruja estaba simplemente helada de miedo. Estaba plantada en mitad del círculo, con los ojos muy abiertos de terror, el pelo enredado de correr a través del Bosque para escapar de la manada de zorros y su pesada capa negra muy pegada a ella.

Silas tardó unos instantes en darse cuenta de que, en un momento de pánico, la joven bruja se había **congelado** a sí misma en lugar de **congelar** a los zorros, dejándoles la cena más fácil que la manada había tenido desde el último ejercicio nocturno a vida o muerte del ejército joven. Mientras Silas estaba allí mirando, los zorros empezaron a acechar para matar a su presa. Lenta y deliberadamente, disfrutando de la perspectiva de una buena comida, rodeaban a la joven bruja, estrechando cada vez más el cerco. Silas aguardó hasta tener a los zorros a la vista, y luego **congeló** a toda la manada. Sin saber cómo se **deshacía** un hechizo de bruja, Silas aupó a la bruja, que por suerte era una de las más pequeñas y ligeras de Wendron, y la llevó a lugar seguro. Luego esperó toda la noche a que se **descongelara**.

Morwenna Mould nunca había olvidado lo que Silas había hecho por ella. A partir de entonces, siempre que se aventuraba en el Bosque, Silas sabía que tenía a las brujas Wendron de su lado. Y también sabía que Morwenna Mould estaría allí para ayudarle si la necesitaba. Lo único que tenía que hacer era aguardar junto a su árbol a medianoche. Que era lo que, después de todos aquellos años, estaba haciendo.

—Bueno, creo que es mi querido y valiente mago. Silas Heap, ¿qué te trae por aquí esta noche entre todas las noches, la víspera de nuestra fiesta del invierno? —Una voz bajita con un leve acento del Bosque, que era como el rumor de las hojas de los árboles, habló desde la oscuridad.

—Morwenna, ¿eres tú? —preguntó Silas un poco nervioso, poniéndose en pie y mirando a su alrededor.

—Claro que sí —confirmó Morwenna, surgiendo de la noche rodeada de una ráfaga de copos de nieve.

Su manto negro de piel estaba cubierto de nieve, como también su largo cabello negro, que sujetaba la tradicional cinta de piel verde de las brujas de Wendron. Sus brillantes ojos azules resplandecían en la oscuridad, como hacen los ojos de todas las brujas; habían estado observando a Silas apostado bajo el olmo durante algún tiempo, antes de que Morwenna decidiera que era seguro aparecer.

—Hola, Morwenna —saludó Silas con una repentina timidez—. No has cambiado nada.

En realidad Morwenna había cambiado mucho. Había mucho más de ella desde la última vez que Silas la había visto. Ciertamente ya no podría auparla y sacarla de un babeante círculo de zorros.

—Tú tampoco, Silas Heap. Veo que aún tienes tu alocado pelo trigueño y esos adorables y profundos ojos verdes. ¿Qué puedo hacer por ti? He esperado mucho tiempo para devolverte el favor. Una bruja de Wendron nunca olvida.

Silas estaba muy nervioso. No estaba seguro de por qué, pero tenía que ver con el hecho de que Morwenna se acercara a él. Esperaba haber hecho lo correcto reuniéndose con ella.

—Esto... ejem... ¿Recuerdas a mi hijo mayor, Simon?

—Bueno, Silas, recuerdo que tuviste un bebé llamado Simon. Me lo contaste todo mientras yo me **descongelaba**. Recuerdo que tenía problemas con los dientes. Y que tú no podías dormir. ¿Cómo están sus dientes ahora?

—¿Los dientes? ¡Oh, bien!, por lo que yo sé. Ahora tiene dieciocho años, Morwenna. Y hace dos noches desapareció en el Bosque.

—¡Ah! Eso no es bueno. Ahora andan **cosas** foráneas por el Bosque. **Cosas** que vienen del Castillo. **Cosas** que no habíamos visto antes. No es bueno para un chico andar por ahí fuera entre ellas, ni para un mago, Silas Heap. —Morwenna posó la mano en el brazo de Silas y este dio un salto.

Morwenna bajó la voz hasta que no fue más que un hondo suspiro.

—Nosotras, las brujas, somos sensibles, Silas.

Silas no consiguió hacer más que un leve ruidito como respuesta. Morwenna era realmente embriagadora. Había olvidado lo **poderosa** que puede ser una verdadera bruja de Wendron adulta.

—Sabemos que una terrible **Oscuridad** ha entrado en el centro del Castillo. Nada menos que en la Torre del Mago. Puede haber **capturado** a tu hijo.

—Tenía la esperanza de que lo hubieras visto —le explicó Silas abatido.

—No —se lamentó Morwenna—, pero lo buscaré. Si lo encuentro te lo devolveré sano y salvo, no temas.

—Gracias, Morwenna —le dijo Silas agradecido.

—No es nada, Silas, comparado con lo que tú hiciste por mí. Estoy muy contenta de estar aquí para ayudarte, si puedo.

—Si... si tienes alguna noticia, puedes encontrarnos en la casa del árbol de Galen. Me estoy alojando allí con Sarah y los niños.

—¿Tienes más niños?

—Esto... sí. Cinco más. En total tenemos siete, pero...

—Siete. Un regalo. El séptimo hijo del séptimo hijo. Realmente **mágico**.

—Murió.

—¡Oh! Lo siento, Silas. Una gran pérdida. Para todos nosotros. Nos haría falta ahora.

—Sí.

—Ahora me voy, Silas. Tomaré la casa del árbol, y a todos los que están dentro, bajo nuestra protección. Vale la pena hacerlo, con toda la **Oscuridad** que nos rodea. Y mañana, todos los de la casa del árbol estáis invitados a nuestra fiesta del invierno.

Silas estaba conmovido.

—Gracias, Morwenna. Eres muy amable.

—Hasta la próxima vez, Silas. Te deseo una buena marcha y un alegre día de fiesta mañana. —Y diciendo esto, la bruja de Wendron desapareció de nuevo en el Bosque, dejando a Silas solo y plantado bajo el alto olmo.

—Adiós, Morwenna —susurró en la oscuridad, y corrió a través de la nieve, de regreso a la casa del árbol, donde Sarah y Galen esperaban oír lo que había ocurrido.

A la mañana siguiente Silas había decidido que Morwenna tenía razón. Simon debía de haber sido **capturado** y llevado al Castillo. Algo le decía que Simon estaba allí.

Sarah no estaba convencida.

—No veo por qué vas a hacerle tanto caso a esa bruja, Silas. No lo sabe todo a ciencia cierta. Suponiendo que Simon esté en el Bosque y tú acabaras **capturado**, entonces, ¿qué?

Pero Silas no se dejó convencer. **Cambió** sus ropas por la túnica corta y gris con capucha de obrero, se despidió de Sarah y de los chicos y bajó de la casa del árbol. El olor a comida de la fiesta del invierno de las brujas de Wendron casi persuadió a Silas de quedarse, pero partió resueltamente en busca de Simon.

–¡Silas! –le llamó Sally cuando llegaba al suelo del Bosque–, ¡cógelo!

Sally le lanzó el **mantente a salvo** que Marcia le había dado. Silas lo cogió.

–Gracias, Sally –gritó.

Sarah miró cómo Silas se calaba la capucha hasta los ojos y partía a través del Bosque hacia el Castillo, pronunciando las palabras de despedida por encima del hombro:

–No te preocupes, volveré pronto. Con Simon.

Pero Sarah se preocupó.

Y él ya no estaba.

26

El día de la fiesta del invierno

—No gracias, Galen, no voy a ir a la fiesta del invierno de esas brujas. Los magos no la celebramos —le dijo Sarah a Galen después de que Silas se marchara aquella mañana.

—Bueno, yo debería ir —respondió Galen—, y creo que todos deberíamos ir. No se rechaza la invitación de una bruja de Wendron a la ligera, Sarah. Es un honor que te inviten. En realidad no consigo imaginar cómo se las ha arreglado Silas para que nos invitaran a todos.

Sarah profirió una exclamación de desdén por respuesta.

Pero a medida que la tarde traía el delicioso aroma de zorro asado a través del Bosque hasta la casa del árbol, los niños se iban poniendo cada vez más nerviosos. Galen solo comía verduras, raíces y nueces, lo cual era, como Erik había comentado en voz alta después de su primera comida con Galen, exactamente lo mismo con que alimentaban a los conejos en casa.

La nieve caía pesadamente a través de los árboles cuando Galen abrió la trampilla de la casa del árbol y, mediante un inteligente sistema de poleas que ella misma había diseñado, la larga escalera de madera bajó hasta descansar sobre el manto de nieve que ahora cubría el suelo. La propia casa del árbol estaba construida sobre una serie de plataformas que atravesaban tres antiguos robles y habían formado parte de ellos desde que estos crecieron en todo su esplendor, hacía cientos de años. Con el transcurso de los años, sobre la plataforma se había ido edificando una desordenada colección de cabañas. Estaban cubiertas de hiedra y se mimetizaban tan bien con los árboles que resultaban invisibles desde el suelo del Bosque.

Sam, Edd y Erik, y Jo-Jo compartían la cabaña de invitados en lo más alto del árbol de en medio y tenían su propia cuerda para bajar al Bosque. Así que, mientras los niños se peleaban para ver quién bajaba primero por la cuerda, Galen, Sarah y Sally bajaban de una manera más reposada por la escalera principal.

Galen se había vestido para la fiesta del invierno. Una vez, muchos años atrás, la habían invitado después de haber curado al hijo de una bruja y sabía que era una ocasión de postín. Galen era una mujer menuda, algo ajada tras años de vivir al aire libre en el Bosque. Tenía un cabello rojo corto y alborotado, risueños ojos castaños y casi siempre vestía una sencilla túnica corta verde, leotardos y una capa, pero aquel día llevaba su vestido de la fiesta del invierno.

—Santo Dios, Galen, te vas a meter en un montón de líos —exclamó Sarah en un tono ligeramente desaprobador—. No te había visto ese vestido. Es... muy... «nosequé».

Galen no salía mucho, pero cuando lo hacía, realmente se vestía para la ocasión. Su vestido parecía estar hecho de cientos de hojas multicolores, ceñido por un cinturón de color verde brillante.

—¡Oh, gracias! —exclamó Galen—. Lo hice yo misma.

—Eso me pareció —respondió Sarah.

Sally Mullin empujó la escalera para que subiera de nuevo por la trampilla, y el grupo partió a través del Bosque, siguiendo el delicioso olor a zorro asado.

Galen los guiaba a través de los senderos del Bosque, que estaban cubiertos de una espesa capa de nieve nueva, sobre la que se entrecruzaban huellas de animales de todo tipo y tamaño. Después de una larga caminata a través de un laberinto de huellas, zanjas y surcos llegaron a lo que en otro tiempo había sido una cantera de pizarra para el Castillo. Allí era donde ahora tenían lugar las asambleas de las brujas de Wendron.

Treinta y nueve brujas, todas vestidas con sus atuendos rojos de la fiesta del invierno, estaban reunidas alrededor de una impetuosa hoguera en mitad de la cantera. Esparcida por el suelo, la vegetación recién cortada estaba salpicada de la nieve que caía suavemente alrededor de ellas, y que se fundía y crepitaba al calor del fuego. En el aire flotaba un embriagador aroma a comida especiada: los espetos giraban, los zorros se estaban asando, los conejos se guisaban en calderos burbujeantes y las ardillas se tostaban en hornos subterráneos. Había una gran mesa abarrotada de todo tipo de dulces y comida muy condimentada. Las brujas habían conseguido estas delicias mediante trueques con los mercaderes del norte y las habían guardado para el día más importante del año. Los niños abrieron los ojos de asombro. Nunca en su vida habían visto tanta comida junta. Incluso Sarah tuvo que admitir que estaba impresionada.

Morwenna Mould los divisó vacilando indecisos a la entrada de la cantera. Se envolvió en sus ropajes rojos de piel y se apresuró a saludarles:

—Sed todos bienvenidos. Por favor, acompañadnos.

Las brujas reunidas se apartaron respetuosamente para permitir que Morwenna, la bruja madre, acompañase a sus algo intimidados comensales a los mejores lugares junto al fuego.

—Me alegro tanto de conocerte por fin, Sarah... —sonrió Morwenna—. Me siento como si ya te conociera. Silas me habló mucho de ti la noche que me salvó.

—¿Ah sí? —preguntó Sarah.

—¡Oh, sí! Habló de ti y del bebé toda la noche.

—¿En serio?

Morwenna pasó el brazo alrededor de los hombros de Sarah.

—Todas estamos buscando a tu chico. Estoy segura de que todo saldrá bien. Y también con tus otros tres, que están lejos de ti ahora; todo irá bien.

—¿Mis otros tres? —preguntó Sarah.

—Tus otros tres hijos.

Sarah contó rápidamente. A veces no podía recordar cuántos eran.

—Dos —la corrigió—, mis otros dos.

La fiesta del invierno se alargó hasta bien avanzada la noche y, después de una buena cantidad de brebaje de las brujas, Sarah olvidó por completo sus preocupaciones por Simon y Silas. Por desgracia, todas volvieron a la mañana siguiente, junto con un terrible dolor de cabeza.

El día de la fiesta del invierno de Silas fue mucho más apagado.

Tomó el sendero de la orilla del río que corría limítrofe al Bosque y luego bordeaba las murallas del Castillo y, azotado por helados copos de nieve, se dirigió hacia la puerta norte. Quería familiarizarse con el terreno antes de decidir qué iba a hacer. Silas se caló la capucha gris sobre sus ojos verdes de brujo, respiró hondo y caminó por el puente levadizo alfombrado de nieve que conducía hasta la puerta norte.

Gringe estaba de guardia en la garita del centinela y estaba de mal humor. Las cosas no iban bien en el hogar de Gringe precisamente entonces, y Gringe había estado meditando sobre sus problemas domésticos toda la mañana.

—¡Eh, tú! —gruñó Gringe dando una patada en la fría nieve—, muévete. Llegas tarde para la limpieza callejera obligatoria.

Silas se apresuró.

—¡No tan deprisa! —voceó Gringe—. Serán cuatro peniques.

Silas hurgó en su bolsillo y sacó una moneda de cuatro peniques, pegajosa de la delicia de cereza y chirivía de tía Zelda, que se había metido en el bolsillo para evitar comérsela. Gringe cogió la moneda y la olió como si sospechara algo; luego la frotó contra su jubón y la dejó a un lado. La señora Gringe tenía la deliciosa tarea de lavar el dinero pegajoso cada noche, así que lo añadió al montón y dejó pasar a Silas.

—Oye, ¿no te conozco de algo? —le gritó Gringe, mientras Silas pasaba raudo por su lado.

Silas sacudió la cabeza.

—¿El baile de Morris?

Silas volvió a sacudir la cabeza y siguió caminando.

—¿Lecciones de laúd?

—¡No! —Silas se deslizó en las sombras y desapareció por un callejón.

«Lo conozco —murmuró para sí Gringe—. Y tampoco es un trabajador. No con esos ojos verdes brillando como un par de luciérnagas en una carbonera. —Gringe pensó unos instantes—. ¡Es Silas Heap! ¡Tiene narices al venir aquí! Pronto lo pondré en vereda.»

Gringe no tardó en encontrar a un guardia que pasaba y pronto el custodio supremo estuvo informado de que Silas había vuelto al Castillo. Pero por mucho que lo intentara, no podía encontrarlo. El **mantente a salvo** de Marcia estaba haciendo bien su trabajo.

Entretanto, Silas se escabulló por los viejos Dédalos, agradeciendo haberse librado tanto de Gringe como de la nieve. Sabía adónde se dirigía; no estaba seguro del porqué, pero quería ver su antiguo hogar una vez más. Silas atravesó sigilosamente los corredores oscuros y familiares. Estaba contento de su disfraz, pues nadie prestaba atención a un humilde trabajador, pero Silas no se había percatado del poco respeto que les tenían. Nadie le cedía el paso, la gente lo apartaba de su camino de un empellón, dejaba que las puertas se cerraran en sus narices y dos veces le dijeron de mala manera que debía estar limpiando las calles. Quizá, pensó Silas, ser solo un mago ordinario no estaba tan mal al fin y al cabo.

La puerta de la habitación de los Heap estaba desoladoramente abierta. Pareció no reconocer a Silas cuando entró de puntillas en la habitación en la que había pasado la mayor parte de los últimos veinticinco años de su vida. Silas se sentó en su silla favorita de fabricación casera y supervisó con tristeza la habitación, sumido en sus pensamientos. Parecía extrañamente pequeña sin la ruidosa presencia de los niños y de Sarah presidiendo las idas y venidas diarias. También parecía embarazosamente sucia, incluso para Silas, a quien nunca le había importado un poco de suciedad por los rincones.

—Vivían en una pocilga, ¿verdad? Sucios magos. Nunca tienen tiempo para ellos —dijo una voz ronca detrás de Silas.

Silas se giró sobre saltado y vio a un hombre corpulento de pie en el umbral. Detrás de él podía ver un gran carro de madera en el corredor.

—No creí que me enviarían a alguien para ayudar. Buena cosa han hecho. Yo solo iba a tardar todo el día. Bien, el carro está fuera, todo va al vertedero. Los libros de **Magia** serán quemados. ¿Lo captas?

—¿Qué?

—¡Jolines! Me han enviado a un tonto. Basura. Carro. Vertedero. No es exactamente Alquimia. Ahora pásame ese montón de leña donde estás sentado y pongámonos manos a la obra.

Silas se levantó de la silla como si estuviera soñando y se la dio al hombre de la mudanza, que la cogió y la echó al carro. La silla se rompió y cayó hecha pedazos en el fondo del carro. En breve estuvo debajo de la enorme montaña en la que se acumulaban las posesiones de toda una vida de los Heap, y la carreta se llenó hasta rebosar.

—Muy bien —dijo el transportista—, llevaré esto al vertedero antes de que cierre, mientras tú sacas los libros de **Magia**. Los bomberos los recogerán mañana cuando hagan su ronda. —Le ofreció a Silas una gran escoba—. Te dejaré para que barras todo ese asqueroso pelo de perro y lo que sea. Luego podrás irte a casa. Pareces un poco cansado. No estás acostumbrado al trabajo duro, ¿eh?

El hombre se carcajeó y le dio un trompazo a Silas en la espalda, lo que significaba un gesto de amistad. Silas tosió y sonrió lánguidamente.

—No olvides los libros de **Magia** —fue el último consejo del hombre mientras el traqueteante carro salía por el corredor en su viaje al vertedero de la orilla del río.

En un instante, Silas barrió el equivalente a veinticinco años de polvo, pelo de perro y suciedad, y lo dejó apilado en un pulcro montón. Luego miró apesadumbrado sus libros de **Magia**.

—Te echaré una mano si quieres —le sorprendió la voz de Alther a su lado. El fantasma le puso a Silas el brazo sobre el hombro.

—¡Ah, hola, Alther! —saludó Silas mustio—. ¡Vaya día!

—Sí, esto no es nada agradable. Lo siento mucho, Silas.

—Todo... se ha ido —murmuró Silas—, y ahora los libros también. Teníamos unos muy buenos aquí. Un montón de **amuletos** raros... Todo acabará reducido a cenizas.

—No necesariamente —le contradijo Alther—. Caben todos perfectamente en tu dormitorio del tejado. Yo te ayudaré con el **hechizo mudar** si quieres.

Silas se animó un poco.

—Solo recuérdame cómo va, Alther; luego lo podré hacer yo mismo. Estoy seguro de que puedo.

El mudar de Silas funcionó bien. Los libros se pusieron ordenadamente en fila, la trampilla se abrió y, un libro tras otro, volaron por ella y se apilaron en el antiguo dormitorio de Silas y Sarah. Uno o dos de los libros más díscolos salieron por la puerta y llegaron a la mitad del corredor antes de que Silas consiguiera llamarlos para que volvieran, pero, al final del hechizo, todos los libros de Magia estaban a buen recaudo en el tejado y Silas incluso había disimulado la trampilla. Ahora nadie podía adivinar lo que había allí.

Y de este modo, Silas salió de su vacío y resonante cuarto por última vez y tomó el corredor 223. Alther flotaba con él.

—Ven y siéntate con nosotros un rato —le ofreció Alther—, en El Agujero de la Muralla.

—¿Dónde?

—Yo mismo lo acabo de descubrir. Me lo enseñó uno de los Antiguos. Es una vieja taberna dentro de las murallas del Castillo. La tapió una de las reinas que desaprobaba la cerveza. Los fantasmas pueden entrar, así que está lleno, y hay un ambiente estupendo. Te alegrará.

—No sé si me apetece realmente. Gracias de todos modos, Alther. ¿No es donde tapiaron a la monja?

—¡Oh, es muy divertida la hermana Bernadette! Le encantan las pintas de cerveza. Es el alma de la fiesta, por así decirlo. En cualquier caso, tengo noticias de Simon que creo que deberías oír.

—¡Simon! ¿Está bien? ¿Dónde está? —preguntó Silas.

—Está aquí, Silas. En el Castillo. Ven a El Agujero de la Muralla; hay alguien con quien tienes que hablar.

El Agujero de la Muralla era un hervidero.

Alther había llevado a Silas hasta una montaña de piedras en ruinas apilada contra la muralla del Castillo justo delante de la puerta norte. Le había enseñado un pequeño orificio en la pared oculto tras la pila de escombros y, a duras penas, Silas había conseguido entrar por él. Una vez dentro se encontró en otro mundo.

El Agujero de la Muralla era una antigua taberna construida dentro de la amplia muralla del Castillo. Cuando Marcia había tomado el atajo hacia el lado norte días atrás, parte de su viaje había transcurrido sobre el tejado de la taberna, pero no había sido consciente de la variopinta colección de fantasmas que hablaban sin cesar del tiempo pasado, justo debajo de sus pies.

Los ojos de Silas tardaron unos minutos en acomodarse del brillo de la nieve al mortecino resplandor de las lámparas de la taberna, que parpadeaban en las paredes. Pero cuando lo hicieron, fue consciente de la más asombrosa colección de fantasmas. Estaban reunidos alrededor de largas mesas de caballete, de pie en pequeños grupos junto al fuego espectral o sentados en solitaria contemplación en un rincón tranquilo. Había un gran contingente de magos extraordinarios y sus capas y túnicas púrpura abarcaban los diferentes estilos de la moda centenaria. Había caballeros con su armadura completa, pajes con extravagantes libreas, mujeres con griñón, jóvenes reinas con ricos vestidos de seda y reinas más ancianas de negro, todos disfrutando de la compañía de los demás.

Alther guió a Silas a través de la multitud. Silas se esforzó en no pasar a través de ninguno de ellos, pero una o dos veces notó una fría brisa mientras traspasaba un fantasma. A nadie pareció importarle; algunos le saludaron de manera amistosa y otros estaban demasiado enfrascados en la conversación para notarlo. Y Silas tenía la impresión de que cualquier amigo de Alther sería un huésped bienvenido en El Agujero de la Muralla.

El fantasmal patrón de la taberna hacía tiempo que había renunciado a rondar por los barriles de cerveza, pues todos los fantasmas sostenían la misma jarra de cerveza que les habían dado al llegar y algunas jarras duraban varios cientos de años. Alther saludó alegremente al patrón, que estaba manteniendo una profunda conversación con tres magos extraordinarios y un viejo vagabundo que tiempo atrás se había quedado dormido bajo una de las mesas y nunca despertó. Luego condujo a Silas hacia un rincón tranquilo, donde una figura regordeta con hábito de monja estaba sentada esperándolos.

—Te presento a la hermana Bernadette —anunció Alther—. Hermana Bernadette, este es Silas Heap, del que le he hablado. Es el padre del muchacho.

A pesar de la rotunda sonrisa de la hermana Bernadette, Silas tenía un mal presentimiento.

La monja de cara redonda dirigió sus parpadeantes ojos hacia Silas y dijo en una voz suave y cantarina:

—Tu hijo es una buena pieza, ¿no? Sabe lo que quiere y no teme salir a buscarlo.

—Bueno, supongo. Tiene claro que quiere ser mago, eso lo sé. Quiere ser aprendiz, pero claro, tal como están las cosas ahora...

—Ah, seguro que no corren buenos tiempos para un joven

mago lleno de ilusiones —coincidió la monja—, pero no ha venido al Castillo por eso, ¿sabes?

—Así que ha vuelto. ¡Oh, vaya alivio! Pensé que lo habían capturado o... o asesinado.

Alther le puso a Silas la mano en el hombro.

—Por desgracia, Silas, lo capturaron ayer. La hermana Bernadette estaba allí. Ella te lo contará.

Silas hundió el rostro entre las manos y gimió.

—¿Cómo? —preguntó—. ¿Qué ha pasado?

—A ver, parece que el joven Simon tenía una novia —explicó la monja.

—¿Una novia?

—Sí, se llama Lucy Gringe.

—¿No será la hija del guardián de la puerta? ¡Oh, no!

—Estoy segura de que es una buena chica, Silas —lo reconvino la hermana Bernadette.

—Bueno, espero que no tenga nada que ver con su padre, eso es todo lo que puedo decir. Lucy Gringe. ¡Oh, cielos!

—A ver, Silas, parece que Simon volvió al Castillo por una razón acuciante. Tenía una cita secreta con Lucy en la capilla para casarse. Es tan romántico... —La monja sonrió con aire soñador.

—¿Casarse? No puedo creerlo. ¡Estoy emparentado con el repugnante Gringe! —Silas estaba más pálido que algunos de los ocupantes de la taberna.

—No, Silas, no lo estás —concretó la hermana Bernadette en tono de desaprobación—. Porque, por desgracia, el joven Simon y Lucy no llegaron a casarse.

—¿Por desgracia?

—Gringe lo descubrió y sobornó a los guardias custodios.

Él tampoco quería que su hija se casara con un Heap, igual que tú no quieres que Simon se case con una Gringe. Los guardias irrumpieron en la capilla, enviaron a la apesadumbrada Lucy a casa y se llevaron a Simon —suspiró la monja—. ¡Tan cruel, tan cruel...!

—¿Adónde lo han llevado? —preguntó Silas tranquilamente.

—Bueno, verás, Silas —dijo la hermana Bernadette en voz baja—, yo estaba en la capilla para la boda. Me encantan las bodas. Y el guardia que había capturado a Simon caminó directamente a través de mí, y así supe lo que estaba pensando en aquel preciso momento. Estaba pensando en que iba a llevar a tu hijo al juzgado, ante el custodio supremo, nada menos. Siento tener que decírtelo, Silas. —La monja puso su mano de fantasma en el brazo de Silas. Era una caricia cálida, pero poco consoló a Silas.

Era la noticia que Silas había estado temiendo. Se pasó el resto del día en El Agujero de la Muralla esperando, mientras Alther enviaba a todos los fantasmas que podía al juzgado, para que buscaran a Simon y descubrieran lo que le estaba pasando.

Ninguno de ellos tuvo suerte; era como si Simon se hubiera esfumado.

27

El viaje de Stanley

A primera hora de la mañana del día de la fiesta del invierno, a Stanley le despertó su esposa. Tenía un mensaje urgente de la Oficina de Raticorreos.

—No sé por qué no te dan al menos hoy el día libre —se quejó su esposa—. Contigo todo es trabajo, trabajo y trabajo. Necesitamos unas vacaciones.

—Dawnie, querida —respondió Stanley pacientemente—. Si no hago el trabajo, no tendremos vacaciones. Tan sencillo como eso. ¿Dijeron para qué me querían?

—No pregunté —Dawnie se encogió de hombros, malhumoradamente—. Creo que volverán a ser esos endemoniados magos.

—No son tan malos. Incluso la maga extraord... ¡ay!

—¡Ah!, ¿es ahí donde has estado?

—No.

—Sí, ahí es. No puedes ocultarme nada, aunque seas confidencial. Bueno, déjame darte un consejo, Stanley.

—¿Solo uno?

—No te mezcles con los magos, Stanley. Solo dan problemas. Confía en mí, lo sé. La última, esa mujer, Marcia, ¿sabes lo que hizo? Raptó a la única hija de una pobre familia de magos y huyó con ella. Nadie sabe por qué. Y ahora el resto de la familia, ¿cómo se llamaban? ¡Ah, sí!, Heap... Bueno, ahora están todos revolviendo cielo y tierra buscándola. Claro que lo bueno que hemos sacado con ello es que tenemos un nuevo mago extraordinario estupendo, pero Dios sabe que ya tiene bastante arreglando el desastre que dejó la última, de modo que no lo veremos durante una temporada. ¿Y no es horrible lo de todas esas ratas pobres sin hogar?

—¿Qué ratas pobres sin hogar? —inquirió Stanley con aburrimiento, deseando salir para la Oficina de Raticorreos y ver cuál era su próximo trabajo.

—Todas esas del salón de té de Sally Mullin. Ya sabes, la noche que tuvimos nuevo mago extraordinario. Bueno, Sally Mullin dejó ese repugnante pastel de cebada en el horno demasiado tiempo y se le quemó todo el local. Ahora hay treinta familias rata sin hogar. Algo terrible con este clima.

—Sí, terrible. Bueno, ahora me voy, querida. Te veré a mi regreso.

Stanley corrió a la Oficina de Raticorreos.

La Oficina de Raticorreos estaba en lo alto de la torre de vigilancia de la puerta este. Stanley tomó el camino rápido, que discurría por la parte alta de la muralla del Castillo, por encima de la taberna El Agujero de la Muralla, de la que ni siquiera Stanley conocía su existencia. La rata llegó rápidamente a la torre de vigilancia y se metió dentro de una gran cañería que subía por un costado. Pronto salió por arriba, saltó el parapeto y llamó a la puerta de una pequeña caseta donde se leían las palabras:

Oficina de Raticorreos Oficial
Solo ratas mensaje
Información en la planta baja,
junto a los contenedores de basura

−¡Adelante! −dijo una voz que Stanley no reconoció. Stanley entró de puntillas. No le gustaba nada el sonido de la voz.

A Stanley tampoco le gustó demasiado el aspecto de la propietaria de la voz: una desconocida rata grande y negra se sentaba detrás del mostrador de los mensajes. Su larga cola rosada formaba un bucle sobre la mesa y coleteaba con impaciencia, mientras Stanley reaccionaba ante su nuevo jefe.

−¿Eres la rata confidencial que he pedido? −gruñó la rata negra.

−Sí −respondió Stanley algo vacilante.

−Sí, señor −le corrigió la rata negra.

−¡Oh! −exclamó Stanley desconcertado.

−¡Oh, señor! −volvió a corregir la rata negra−. Correcto, rata 101...

−¿Rata 101?

−Rata 101, señor. Pido cierto respeto aquí, rata 101, y pretendo obtenerlo. Empezaremos por los números. Cada rata mensaje se llamará solo por un número. Una rata numerada es una rata eficiente en el lugar de donde procedo.

—¿De dónde procede? —se aventuró Stanley.

—Señor. No te importa —le bramó la rata negra—. Venga, tengo un trabajo para ti, 101.

La rata negra sacó un trozo de papel de la cesta que había subido de la oficina de información. Era el pedido de un mensaje, y Stanley observó que estaba escrito en un papel con el membrete del palacio de los custodios. Y estaba firmado nada menos que por el custodio supremo.

Pero por alguna razón que Stanley no comprendía, el mensaje que estaba a punto de entregar no era del custodio supremo, sino de Silas Heap. Y debía ser entregado a Marcia Overstrand.

—¡Qué fastidio! —se lamentó Stanley, a quien se le cayó el alma a los pies. Otro viaje a través de los marjales Marram eludiendo de nuevo a la pitón de los marjales, no era lo que esperaba.

—¡Qué fastidio, señor! —le corrigió la rata negra—. La aceptación de este trabajo no es opcional —le espetó—. Y una última cosa, rata 101. El estatus de confidencial retirado.

—¿Qué? ¡No puede hacer eso!

—Señor. No puede hacer eso, señor. Claro que puedo. En realidad, ya lo he hecho. —La rata negra esbozó una sonrisa petulante que le recorrió los bigotes.

—Pero he pasado todos los exámenes, acabo de hacer el Confidencial Superior y he quedado primero...

—Y he quedado el primero, señor. ¡Qué lástima! Estatus de confidencial revocado. Fin de la historia. Destituido.

—Pero... pero... —balbuceó Stanley.

—Ahora lárgate —soltó la rata negra, dando enojados coletazos.

Stanley se largó.

Una vez abajo, Stanley soltó el papeleo en la oficina de información, como de costumbre. La rata administrativa examinó la hoja del mensaje y puso una pata regordeta encima del nombre de Marcia.

–Sabes dónde encontrarla, ¿verdad? –le preguntó.

–Claro –respondió Stanley.

–Bien, eso es lo que queríamos oír –dijo la rata.

«¡Qué raro!», murmuró Stanley para sí. No le gustaba demasiado el nuevo equipo de la Oficina de Raticorreos y se preguntaba qué habría ocurrido con las amables ratas que solían gestionarla.

Fue un viaje largo y peligroso el que Stanley emprendió ese día de la fiesta del invierno.

Primero lo recogió una pequeña gabarra que transportaba madera hasta el puerto. Por desgracia para Stanley, el capitán de la gabarra creía que debía mantener al flaco y feroz gato del barco, y de veras que era feroz. Stanley pasó el viaje tratando desesperadamente de evitar al gato, un animal extraordinariamente grande y de color anaranjado con enormes colmillos amarillentos y un aliento espantoso. Su suerte se acabó justo antes del Dique Profundo, donde fue acorralado por el gato y un fornido marinero armado de una gran tabla, y Stanley se vio obligado a abandonar precipitadamente la gabarra.

El agua del río estaba helada y la corriente era tan fuerte que arrastró a Stanley río abajo, mientras se debatía por mantener la cabeza fuera del agua. Hasta que Stanley llegó al Puerto, no pudo alcanzar por fin la costa en la dársena.

Stanley se tumbó en el escalón inferior del muelle. Parecía solo un jirón inerte de piel mojada. Estaba demasiado agotado para seguir. Las voces pasaban por encima de él, en la muralla del Puerto.

—¡Oh, mamá, mira! Hay una rata muerta en la escalera. ¿Puedo llevármela a casa y hervirla para quedarme el esqueleto?

—No, Petunia, no puedes.

—Pero yo no tengo esqueleto de rata, mamá.

—Ni vas a tenerlo. Vamos.

Stanley pensó para sus adentros que si Petunia se lo hubiera llevado a su casa, no habría puesto ninguna objeción a un buen remojón en una olla de agua hirviendo. Al menos le habría calentado un poco.

Cuando por fin se puso en pie, tambaleándose y arrastrándose por los escalones del muelle, supo que tenía que calentarse y encontrar comida antes de proseguir su viaje. Y de este modo, su nariz le llevó hasta una panadería y se coló dentro, donde se tumbó temblando al lado de los hornos y fue entrando lentamente en calor. Un grito de la mujer del panadero y un fuerte escobazo lo pusieron otra vez en camino, no sin antes engullir buena parte de una rosquilla con mermelada y miguitas de al menos tres rebanadas de pan y una tarta de crema.

Sintiéndose reanimado, Stanley empezó a buscar un medio de transporte hacia los marjales Marram. No fue fácil. Aunque la mayoría de la gente del Puerto no celebraba la fiesta del invierno, muchos de sus habitantes lo habían tomado como excusa para darse una comilona y hacer la siesta durante casi toda la tarde. El Puerto estaba casi desierto. El gélido viento del norte, que lanzaba ráfagas de nieve, disuadía a todo aquel que no tuviera que estar allí, y Stanley empezaba a preguntarse si encontraría a alguien tan loco como para viajar por los marjales.

Y entonces encontró a Jack el Loco y su carro tirado por un burro.

Jack el Loco vivía en un tugurio en los confines de los marjales Marram. Se ganaba la vida cortando juncos para construir los tejados de las casas del Puerto. Acababa de hacer la última entrega del día y se dirigía a casa, cuando vio a Stanley merodeando por unos cubos de basura, tiritando a causa del viento helado. A Jack el Loco se le levantó el ánimo. Le encantaban las ratas y anhelaba el día que alguien le enviara un mensaje por medio de una rata mensaje; pero no era el mensaje lo que Jack el Loco realmente anhelaba, sino la rata.

Jack el Loco detuvo la carreta junto a los cubos.

—¡Eeeh, Rati!, ¿necesitas que te lleven? Aquí tienes un bonito y cálido carro que va hasta el límite de los marjales.

Stanley pensó que estaba delirando. «Son ilusiones tuyas, Stanley —se dijo con severidad—. Basta.»

Jack el Loco se asomó desde el carro y dirigió su mejor sonrisa desdentada a la rata.

—Bueno, no seas tímido, chico. Salta dentro.

Stanley vaciló solo un momento antes de saltar al carro.

—Ven y siéntate aquí arriba conmigo, Rati —se carcajeó Jack el Loco—. Ten, toma esta manta y tápate con ella. Te resguardará de los rigores del invierno.

Jack el Loco envolvió a Stanley en una manta que olía fuertemente a burro y arreó el carro. El asno echó sus largas orejas hacia atrás y echó a andar lenta y pesadamente a través de las ráfagas de nieve, tomando la calzada que conocía tan bien, en la ruta de regreso hacia el tugurio que compartía con Jack el Loco. Cuando llegaron, Stanley había entrado en calor otra vez y se sentía agradecido.

—Ya hemos llegado. En casa por fin —anunció Jack alegremente, quitando los arneses al asno y conduciendo al animal al interior de la casucha. Stanley se quedó en el carro, reticente a abandonar la calidez de la manta, aunque sabía que debía hacerlo—. Eres bienvenido a entrar y quedarte un rato —ofreció Jack el Loco—. Me gustaría tener una rata en casa. Me alegraría la vida un poco. Un poco de compañía. ¿Sabes lo que quiero decir?

Stanley sacudió la cabeza con gran pesar. Tenía un mensaje que entregar y él era un verdadero profesional, aun cuando le hubieran retirado su estatus de confidencial.

—Ah, bueno, espero que seas una de ellas... —Jack el Loco bajó la voz y miró a su alrededor como para comprobar que no hubiera nadie escuchando—. Espero que seas una de esas ratas mensaje. Sé que mucha gente no cree en ellas, pero yo sí. Ha sido un placer conocerte. —Jack el Loco se arrodilló y le tendió la mano a Stanley, y este no pudo resistir ofrecerle su patita. Jack el Loco se la cogió—. Lo eres, ¿verdad? Eres una rata mensaje... —susurró.

Stanley asintió. Lo siguiente que supo es que Jack el Loco, agarrando su pata derecha con sus manos como tenazas, le había echado la manta del asno por encima, lo había envuelto tan estrechamente en ella que ni siquiera podía moverse y lo había llevado a la casucha.

Con un fuerte ruido metálico dejó caer a Stanley en la jaula que le aguardaba. La puerta estaba cerrada a cal y canto con llave. Jack el Loco se rió, se metió la llave en el bolsillo y se sentó, examinando a su cautivo con entusiasmo.

Stanley sacudió con furia los barrotes de la jaula. Furia contra sí mismo y no contra Jack el Loco. ¿Cómo podía haber sido tan estúpido? ¿Cómo podía haber olvidado su entrenamiento? «Una rata mensaje viaja siempre de incógnito. Una rata mensaje nunca se da a conocer a los extraños.»

—¡Ah, Rati, qué buenos ratos vamos a pasar juntos! —exclamó Jack el Loco—. Solos tú y yo, Rati. Iremos juntos a cortar juncos y, si eres bueno, iremos al circo cuando venga al pueblo, a ver a los payasos. Me encantan los payasos, Rati. Nos daremos una buena vida, juntos. Sí, ya verás, ¡oh, sí! —reía felizmente para sí.

Jack el Loco sacó dos manzanas pochas de un saco que colgaba del techo. Le dio una al burro; luego abrió su navaja, partió minuciosamente la segunda manzana en dos y le ofreció la mitad más grande a Stanley, que se negó a tocarla.

—Pronto te la comerás, Rati —dijo Jack el Loco con la boca llena, escupiendo trocitos de manzana sobre Stanley—. No vas a tener otra comida hasta que pare de nevar. Y tardará un poco. El viento ha cambiado hacia el norte: se acerca la gran helada. Siempre ocurre más o menos por la fiesta del día de mitad del invierno. Tan seguro como que los huevos son huevos y las ratas son ratas.

Jack el Loco se rió de su propio chiste; luego se envolvió en la manta que olía a asno y que había sido la perdición de Stanley, y se quedó profundamente dormido.

Stanley dio una patada a los barrotes de su jaula y se preguntó cuánto tendría que adelgazar para poder colarse a través de ellos.

Stanley suspiró. «Mucho», fue la respuesta.

28

La gran helada

Los restos de la fiesta del invierno —col hervida, cabezas de anguila estofada y cebollas adobadas— descansaban desperdigados sobre la mesa mientras tía Zelda intentaba atizar el chisporroteante fuego de la casa de la conservadora. El interior de las ventanas estaba empañado por la escarcha y la temperatura en la casa descendía en picado, pero aun así tía Zelda no conseguía avivar el fuego. Bert se tragó su orgullo y se acurrucó junto a Maxie para entrar en calor. Todos los demás se sentaron envueltos en sus colchas, contemplando el díscolo fuego.

—¿Por qué no me dejas que pruebe con el fuego, Zelda? —preguntó Marcia enojada—. No veo por qué tenemos que sentarnos aquí y congelarnos cuando todo lo que tengo que hacer es esto. —Marcia chasqueó los dedos y el fuego prendió en llamaradas en la chimenea.

—Ya sabes que no estoy de acuerdo con interferir en los elementos, Marcia —objetó tía Zelda—. Vosotros los magos no respetáis a la madre naturaleza.

—No cuando la madre naturaleza me está convirtiendo los pies en bloques de hielo —refunfuñó Marcia.

—Bueno, si llevaras unas botas prácticas y cómodas en lugar de pavonearte por ahí con esas cositas púrpura de serpiente, tendrías los pies en condiciones —observó tía Zelda.

Marcia no le hizo caso. Se sentó para calentarse los pies serpentinos junto al fuego, ahora vivo, y notó con cierta satisfacción que tía Zelda no había hecho intento alguno de devolver el fuego a su chisporroteante y lamentable estado natural.

Fuera de la casa, el viento del norte aullaba con grito lastimero. Las ráfagas de nieve de primera hora del día se habían espesado, y ahora el viento traía consigo una tupida y borrascosa ventisca que soplaba sobre los marjales Marram y empezaba a cubrir la tierra con altas masas de nieve. A medida que avanzaba la noche y el fuego de Marcia por fin empezaba a calentarlos, el rumor del viento iba quedando amortiguado por los ventisqueros que se amontonaban en el exterior. Pronto el interior de la casa se llenó de un silencio blando, como de nieve. El fuego ardía sin cesar en la chimenea y, uno a uno, siguieron el ejemplo de Maxie, y cayeron dormidos junto al fuego.

Tras haber dejado la casa sepultada en la nieve hasta el tejado, la gran helada prosiguió su viaje. Viajaba por encima de los marjales, cubriendo la salobre agua de la marisma con una gruesa capa blanca de hielo, helando ciénagas y lodazales, haciendo que las criaturas del marjal escarbaran hasta las profundidades del lodo, donde el hielo no pudiera alcanzarlas. Barría el río y se esparcía por la tierra de ambas riberas, enterrando establos de vacas y casas y a algunas ovejas.

A medianoche llegó al Castillo, donde todo estaba preparado.

Durante el mes anterior a la llegada de la gran helada, los habitantes del Castillo habían hecho acopio de comida, se habían aventurado a internarse en el Bosque y recogido tanta leña como pudieron acarrear, y habían invertido una buena cantidad de tiempo tricotando y tejiendo mantas. Era la época del año en que llegaban los mercaderes del norte, trayendo sus provisiones de pesadas telas de lana, gruesas pieles del Ártico y pescados en salazón, sin olvidar los sabrosos alimentos que tanto gustaban a las brujas de Wendron. Los mercaderes del norte tenían un instinto asombroso para adivinar el advenimiento de la gran helada; llegaban un mes antes y se iban justo antes de que comenzara. Los cinco mercaderes que se habían sentado en el café de Sally Mullin la noche del incendio habían sido los últimos en marcharse, así que por eso nadie en el Castillo se sorprendió del arribo de la gran helada. En realidad, la opinión general era que se había retrasado un poco, aunque la verdad era que los últimos mercaderes del norte se habían ido un poco antes de lo esperado, debido a circunstancias imprevistas.

Silas, como siempre, había olvidado que la gran helada estaba a las puertas y se encontró aislado en la taberna El Agujero de la Muralla después de que un inmenso ventisquero bloqueara la entrada. Como no tenía ningún otro lugar adonde ir, decidió acomodarse y pasarlo lo mejor posible, mientras

Alther y unos pocos de los Antiguos perseveraban en su tarea de buscar a Simon.

La rata negra de la Oficina de Raticorreos, que estaba aguardando con impaciencia el regreso de Stanley, se encontró aislada encima de la helada torre de vigilancia de la puerta este, después de que el bajante se llenara de agua de una tubería reventada y rápidamente se helara, bloqueándole la salida. Las ratas de la oficina de información de la planta baja la dejaron allí y se fueron a casa.

El custodio supremo también aguardaba el regreso de Stanley. No solo quería cierta información de la rata el lugar preciso donde se hallaba Marcia Overstrand, sino que también esperaba ansioso el resultado del mensaje que la rata tenía que entregar. Pero nada ocurría. Desde el día en que enviaron a la rata, un pelotón de guardias custodios armados quedó apostado a la puerta del palacio, dando patadas con sus congelados pies y contemplando la ventisca, esperando a que **apareciera** la maga extraordinaria. Pero Marcia no regresaba.

La gran helada llegó. El custodio supremo, que se había pasado muchas horas jactándose ante DomDaniel de su brillante idea de arrebatar a la rata mensaje su estatus confidencial y enviar un falso mensaje a Marcia, ahora hacía lo posible por evitar a su amo. Pasaba tanto tiempo como podía en el lavabo de señoras. El custodio supremo no era un hombre supersticioso, pero tampoco era estúpido y no se le había escapado el detalle de que cualquier plan que tramase mientras estaba en el tocador de señoras solía funcionar, aunque no tenía ni idea de por qué. También disfrutaba de la comodidad de una pequeña estufa, pero sobre todo aprovechaba la oportunidad para espiar. Al custodio supremo le encantaba espiar. Había sido uno de esos niños que siempre anda escuchando por las esquinas las conversaciones de la gente y, en consecuencia, siempre tenía información sobre alguien, y no temía utilizarla en su favor. Le había sido de gran utilidad durante su ascenso por las filas de la guardia custodia y había desempeñado un papel muy importante en su nombramiento como custodio supremo.

Y así, durante la gran helada, el custodio supremo se había refugiado en el tocador, encendido la estufa y había espiado con fruición a la gente que pasaba, ocultándose detrás de la puerta aparentemente inocente con sus descoloridas letras doradas. ¡Era tan grande el placer de verlos mudar el color del rostro cuando se plantaba ante ellos de un salto y los confrontaba con cualquiera que fuese el comentario insultante que acababan de hacer sobre él! Y aún más placentero era llamar a la guardia y hacer que los llevara directamente a las mazmorras, sobre todo si suplicaban un poco. Al custodio supremo le gustaba que le suplicaran un poco. Hasta el momento habían arrestado a veintiséis personas y los habían arrojado a los calabozos por hacer comentarios groseros sobre él, pero nunca, ni siquiera una vez, se le había pasado por la imaginación preguntarse por qué aún no había sorprendido ningún comentario favorable sobre su persona.

Pero el proyecto más interesante que ocupaba al custodio supremo era Simon Heap. Simon había sido llevado directamente desde la capilla hasta el tocador de señoras y encadenado a una tubería. Como hermano adoptivo de Jenna, el custodio supremo suponía que sabría adónde había ido y esperaba con ilusión persuadir a Simon para que se lo dijera.

Mientras la gran helada se asentaba y ni la rata mensaje ni Marcia regresaban al Castillo, Simon languidecía en el tocador de señoras, interrogado constantemente sobre el paradero de Jenna. Al principio estaba demasiado asustado para hablar, pero el custodio supremo era un hombre sutil y se intentaba ganar la confianza de Simon. Siempre que tenía un momento libre, el desagradable hombrecito desfilaba hasta el tocador y parloteaba, dale que te pego, con Simon sobre su tedioso día, y Simon lo escuchaba educadamente, demasiado asustado como para hablar. Al cabo de un tiempo, Simon se atrevió a hacer unos pocos comentarios, y el custodio supremo parecía encantado de obtener una respuesta de él, y empezó a darle comida y bebida extra. Así que Simon se relajó un poco y no tardó en confiarle su deseo de convertirse en el próximo mago extraordinario y su decepción ante el modo en que Marcia había huido. No era, le dijo al custodio supremo, el tipo de cosa que él hubiera hecho.

El custodio supremo escuchaba con aprobación. Al menos había un Heap con sentido común. Y cuando ofreció a Simon la posibilidad de un aprendizaje con el nuevo mago extraordinario —«Verás, y sé que esto quedará solo entre tú y yo, joven Simon: el actual chico está demostrando ser muy poco satisfactorio, a pesar de las grandes esperanzas que habíamos depositado en él...»—, Simon Heap empezó a vislumbrar un nuevo futuro para él. Un futuro en que podía ser respetado y utilizar su talento mágico, y no tratado como a «uno de esos miserables Heap». Así que, una noche, ya tarde, después de que el custodio supremo se sentara amigablemente a su lado y le ofreciera una bebida caliente, Simon Heap le dijo al custodio supremo lo que quería saber: que Marcia y Jenna habían ido a casa de tía Zelda en los marjales Marram.

—Y exactamente, ¿dónde está eso, chaval? —preguntó el

custodio supremo con una afilada sonrisa en el rostro.

Simon tuvo que confesar que no lo sabía exactamente.

En un ataque de furia, el custodio supremo montó en cólera y fue a ver al cazador, quien le escuchó en silencio despotricar contra la estupidez de todos los Heap en general y de Simon Heap en particular.

—Quiero decir, Gerald... (pues así se llamaba el cazador. Era algo que le gustaba callar, pero, para su irritación, el custodio supremo usaba a Gerald siempre que tenía ocasión). Quiero decir —empezó el custodio supremo indignado, mientras deambulaba de un lado a otro del barracón escasamente amueblado del cazador, gesticulando teatralmente con los brazos—, ¿cómo puede alguien no saber exactamente dónde vive su tía? ¿Cómo, Gerald, pueden visitarla si no saben exactamente dónde vive?

El custodio supremo era un visitante, muy cumplidor, de sus numerosas tías, la mayoría de las cuales hubieran preferido que su sobrino no supiera exactamente dónde vivían.

Pero Simon le había proporcionado suficiente información al cazador. En cuanto el custodio supremo se hubo marchado, el cazador se puso a trabajar con detallados mapas y planos de los marjales Marram y enseguida localizó el paradero aproximado de la casa de tía Zelda. De nuevo estaba preparado para la cacería.

Y de este modo, con cierta inquietud, el cazador fue a ver a DomDaniel.

DomDaniel merodeaba en lo alto de la Torre del Mago, dedicándose durante la gran helada a desenterrar los viejos libros de **nigromancia** que Alther había encerrado en el armario y **convocando** a sus bibliotecarios, dos bajitos y absolutamente asquerosos Magogs. DomDaniel había encontrado a los Magogs después de saltar desde la torre. Normalmente viven en las profundidades de la tierra y, por lo tanto, se parecen mucho a enormes luciones, con unos brazos largos y sin huesos. No tienen piernas, pero reptan por el suelo sobre un reguero de babas con un movimiento parecido al de una oruga y son sorprendentemente rápidos cuando quieren. Los Magogs no tienen pelo, son de un color de un amarillo blanquecino y parecen no tener ojos. En realidad tienen un ojo pequeño, también amarillento blanquecino, justo encima de los únicos rasgos de su cara, que son dos brillantes agujeros redondos donde debería estar la nariz y una rajita por boca. La baba que sueltan es desagradablemente pegajosa y apestosa, aunque a DomDaniel le parecía bastante agradable.

Cada Magog mediría un metro de alto más o menos si lo extendiéramos en toda su longitud, aunque eso era algo que nadie había intentado nunca. Había mejores maneras de matar el tiempo, como arañar una pizarra con las uñas o comerse un cubo de huevos de rana. Nadie había tocado nunca a un Magog, salvo por error. Su baba tenía una textura repugnante, y el mero recuerdo de su olor era suficiente para hacer que mucha gente vomitara en el acto. Los Magogs nacían bajo tierra de larvas que anidaban en desprevenidos animales en hibernación, como erizos o lirones. Evitaban las tortugas, pues a los Magogs pequeños les costaba mucho salir de sus caparazones. En cuanto los primeros rayos del sol de primavera calentaban la tierra, salían las larvas, se comían lo que quedaba del animal y luego escarbaban hondo en la tierra hasta alcanzar la cámara Magog. DomDaniel tenía cientos de cámaras Magogs alrededor de su escondite en las Malas Tierras y siempre tenía gran provisión de ellos. Eran formidables guardianes, podían dar un mordisco capaz de envenenar con la mayor rapidez la sangre de la mayoría de la gente y se deshacían de sus víctimas en pocas horas, y aunque estas no murieran, una herida de colmillo de Magog se infectaba tanto que nunca llegaba a sanar. Pero su mayor elemento disuasorio era su aspecto: la bulbosa cabeza amarilla, aparentemente ciega, y el constante movimiento de mandíbula, con sus hileras de dientes afilados y amarillos, resultaban horripilantes y mantenían a raya a la mayoría de la gente.

Los Magogs habían llegado justo antes de la gran helada. Habían dado al aprendiz un susto de muerte, cosa que había proporcionado a DomDaniel cierta diversión y una excusa para dejar al chico temblando en el descansillo mientras él intentaba, otra vez, aprender la **tabla del trece**.

Al cazador también le producían una cierta aprensión. Mientras llegaba a lo más alto de la escalera espiral y, una vez en el descansillo, pasaba a grandes zancadas por delante del aprendiz sin prestarle atención al chico deliberadamente, el cazador resbaló en el reguero de baba de Magog que conducía al aposento de DomDaniel. Recuperó el equilibrio justo a tiempo, no sin antes oír una risita procedente del aprendiz.

Poco después el aprendiz tuvo aún más motivos para reírse, pues por fin DomDaniel estaba gritando a alguien que no era él. Escuchaba con deleite la furiosa voz de su maestro, que traspasaba con toda nitidez la maciza puerta de púrpura.

—¡No, no y no! —gritaba DomDaniel—. Debes pensar que estoy completamente loco si crees que voy a dejarte ir otra vez de caza por tu cuenta. Eres un idiota incompetente y si pudiera enviar a otro a hacer el trabajo, créeme que lo haría. Esperarás hasta que yo te diga cuándo ir. Y luego irás bajo mi supervisión. ¡No me interrumpas! ¡No! ¡No pienso escucharte! Ahora vete, ¿o prefieres que te ayude uno de mis Magogs?

El aprendiz contempló cómo la puerta púrpura se abría y el cazador salía corriendo, patinando sobre las babas y bajando a trompicones la escalera tan rápido como podía. Después de eso, el aprendiz casi consiguió aprender la **tabla del trece**. Bueno, consiguió aprender hasta trece veces siete, que era lo máximo a lo que había llegado.

Alther, que había estado ocupado mezclando los pares de calcetines de DomDaniel, lo oyó todo. Apagó el fuego y siguió al cazador fuera de la torre, donde **hizo** que una gran nevada cayera desde el gran arco justo cuando el cazador pasaba debajo de él. Pasaron horas antes de que nadie se molestara en desenterrar al cazador, pero esto sirvió de poco consuelo para Alther. Las cosas no pintaban bien.

En lo más profundo del Bosque helado, las brujas de Wendron ponían sus trampas con la esperanza de cazar uno o dos zorros desprevenidos con los que arreglárselas durante los malos tiempos que se les avecinaban. Luego se retiraron a su cueva de invierno comunal en la cantera de pizarra, donde se enterraban en pieles, se contaban historias y mantenían un fuego encendido día y noche.

Los ocupantes de la casa del árbol se reunían alrededor de la estufa de leña en la cabaña grande y se comían las provisiones de nueces y bayas de Galen. Sally Mullin se acurrucaba en una montaña de pieles de zorro y se lamentaba en silencio por la pérdida de su café, mientras se consolaba comiendo de un montón enorme de avellanas. Sarah y Galen mantenían la estufa funcionando y hablaban sobre hierbas y pociones durante los largos días de frío.

Los cuatro chicos Heap hicieron un campamento en la nieve, en el suelo del Bosque, a cierta distancia de la casa del árbol, y vivían como salvajes. Atrapaban y asaban ardillas y todo lo que pillaban, para la soberana desaprobación de Galen, que sin embargo no decía nada. A fin de cuentas, eso mantenía a los niños ocupados y fuera de la casa del árbol, al tiempo que conservaba intactas sus provisiones para el invierno, que estaban mermando rápidamente por obra y gracia de Sally Mullin. Sarah visitaba a los niños a diario y, aunque al principio le preocupaba que vivieran solos en el Bosque, le impresionaba la red de iglús que habían construido y se había percatado de que algunas de las brujas de Wendron más jóvenes solían dejarse caer por allí con pequeños regalos de comida y bebida. Pronto a Sarah se le hizo raro ver a sus hijos sin al menos dos o tres jóvenes brujas ayudándolos a preparar la comida o simplemente sentadas alrededor de la hoguera riendo y contando chistes. A Sarah le sorprendió cómo el hecho de tener que valerse por sí mismos había cambiado a los chicos; todos parecían haber crecido de repente, incluso el más pequeño, Jo-Jo, que solo tenía trece años. Después de un rato, Sarah empezó a sentirse un poco como una intrusa en su campamento, pero siguió visitándolos todos los días, en parte para vigilarlos y en parte porque había desarrollado cierto gusto por la ardilla asada.

··➤ 29 ◄··

PÍTONES Y RATAS

La mañana después de la llegada de la gran helada, Nicko abrió la puerta principal de la casa para encontrarse frente a una pared de nieve. Se puso a trabajar con la pala del carbón de tía Zelda y excavó un túnel de unos dos metros de largo a través de la nieve hasta el resplandeciente sol de invierno. Jenna y el Muchacho 412 salieron por el túnel, guiñando los ojos ante la luz del sol.

—¡Qué brillante! —dijo Jenna. Se protegió los ojos de la nieve que destelleaba casi dolorosamente contra una centelleante escarcha. La gran helada había transformado la casa en un enorme iglú. Las marismas que la rodeaban se habían convertido en un amplio paisaje ártico; todos sus rasgos habían cambiado por los ventisqueros modelados por el viento y las largas sombras que proyectaba el bajo sol invernal. Maxie completaba el cuadro saltando y rodando por la nieve hasta que pareció un oso polar exaltado.

Jenna y el Muchacho 412 ayudaron a Nicko a abrir un camino en la nieve hasta el helado Mott. Luego se llevaron la larga colección de escobas de tía Zelda con la intención de barrer la nieve de encima del hielo para poder patinar por el Mott. Jenna empezó la tarea mientras los dos chicos se lanzaban bolas de nieve. El Muchacho 412 resultó ser un buen tirador y Nicko acabó pareciéndose a Maxie.

Bajo los pies de Jenna el hielo tenía un grosor de casi quince centímetros y estaba liso y resbaladizo como el cristal. Una miríada de minúsculas burbujas había quedado suspendida en el agua helada, dando al hielo un aspecto empañado, pero aún estaba lo bastante transparente como para ver las hebras de hierba congeladas que habían quedado atrapadas en su interior e incluso lo que había debajo. Y lo que había bajo los pies de Jenna cuando quitó la primera capa de nieve eran los ojos amarillos impasibles de una serpiente gigante que la miraban fijamente.

—¡Arjjj! —gritó Jenna.

—¿Qué es eso, Jen? —le preguntó Nicko.

—Ojos. Ojos de serpiente. Hay una serpiente inmensa debajo del hielo.

El Muchacho 412 y Nicko se acercaron.

—¡Uau! Es enorme.

Jenna se arrodilló y apartó un poco más de nieve.

—Mirad, allí está su cola. Justo junto a la cabeza. Debe extenderse por todo el Mott.

—No puede ser.

—Sí, tiene que serlo.

—Supongo que debe de haber más de una.

—Bueno, solo hay una manera de averiguarlo. —Jenna cogió la escoba y empezó a barrer—. Venga, a trabajar —les instó a los chicos.

Nicko y el Muchacho 412 cogieron a regañadientes las escobas y se pusieron manos a la obra.

Al final de la tarde habían descubierto que en realidad había solo una serpiente.

—Debe de tener un kilómetro y medio de largo —anunció Jenna cuando por fin volvieron al punto de inicio.

La pitón de los marjales los miraba malcarada a través del hielo. No le gustaba que la mirasen así, y menos que la comida la mirase así. Aunque la serpiente prefería cabras y linces, consideraba comida todo lo que tuviera patas y en ocasiones consumía algún viajero ocasional que había sido tan descuidado como para caerse en una zanja y chapotear con escándalo. Pero en general, evitaba la especie de dos patas; sus numerosos envoltorios le resultaban indigestos y le desagradaban particularmente las botas.

La gran helada se instaló. Tía Zelda se preparaba para aguardar el deshielo, tal como hacía todos los años, e informó a la impaciente Marcia de que ahora Silas no podría regresar de ninguna manera para devolverle su **mantente a salvo**. Los marjales Marram estaban completamente aislados. Marcia tendría que esperar al gran deshielo como todos los demás.

Pero el gran deshielo no daba muestras de llegar; cada noche el viento del norte traía otra aullante ventisca que hacía las masas de nieve aún más altas.

Las temperaturas bajaban en picado y el Boggart tuvo que salir de su ciénaga helada y resguardarse en la fuente termal de la caseta del baño, donde dormitaba satisfecho en el vapor.

La pitón de los marjales yacía atrapada en el Mott. Se las apañaría comiendo cualquier pez o anguila desprevenidos que se le pusieran a tiro, mientras soñaba con el día que quedaría libre para tragarse tantas cabras como pudiera.

Nicko y Jenna fueron a patinar. Al principio estaban felices trazando círculos alrededor del helado Mott e irritando a la pitón de los marjales, pero al cabo de un rato empezaron a aventurarse hacia el blanco paisaje del marjal. Pasaron horas corriendo por los canales helados, escuchando el crujido del hielo debajo de ellos y a veces el lastimero aullido del viento, que amenazaba con acarrear otra nevada. Jenna notó que todos los sonidos de las criaturas de los marjales habían desaparecido. Ya no oía los bulliciosos rumores de los ratones de pantano ni los silbantes siseos de las serpientes de agua. Los Brownies de las arenas movedizas estaban a buen recaudo, helados muy por debajo del suelo, y no proferían ni un solo grito, mientras que los chupones se habían quedado profundamente dormidos, con las ventosas congeladas bajo la cara interna del hielo, aguardando a que se derritiera.

Largas y tranquilas semanas transcurrían en la casa de la conservadora, y la nieve seguía soplando del norte. Mientras Jenna y Nicko pasaban horas fuera, en la nieve, patinando y haciendo excursiones alrededor del Mott, el Muchacho 412 se quedaba en casa; aún se enfriaba si permanecía al aire libre mucho tiempo. Era como si una pequeña parte de él aún no hubiera entrado en calor desde la vez que había estado enterrado en la nieve en el exterior de la Torre del Mago. A veces, Jenna se sentaba a su lado junto al fuego. Le gustaba el Muchacho 412, aunque no sabía por qué, dado que nunca le hablaba, pero no se lo tomaba como una cuestión personal, pues Jenna sabía que no había pronunciado ninguna palabra a nadie desde que llegó a la casa. El principal tema de conversación de Jenna con él era Petroc Trelawney, al que el Muchacho 412 le había encontrado el gusto.

Algunas tardes Jenna se sentaba en el sofá al lado del Muchacho 412 mientras él la miraba sacar la piedra mascota del bolsillo. Jenna solía sentarse junto al fuego con Petroc. Le recordaba a Silas y había algo en el acto de sostener la piedra que la hacía estar segura de que Silas volvería sano y salvo.

—Toma, sostén a Petroc —decía Jenna poniendo el liso guijarro gris en la mano sucia del Muchacho 412.

A Petroc Trelawney le gustaba el Muchacho 412. Le gustaba porque solía tener la mano un poco pegajosa y con olor a comida. Petroc Trelawney estiraba sus cuatro patitas regordetas, abría los ojos y le lamía la mano al Muchacho 412. «Hum —pensaba—, no está mal.» Podía saborear perfectamente el sabor de la anguila y ¿no tenía también un regusto sutil a una pizca de col? A Petroc Trelawney le gustaba la anguila, así que daba otro lametón a la palma del Muchacho 412. Tenía la lengua seca y un poco rasposa, como una diminuta lengua de gato, y eso hacía reír al Muchacho 412; le hacía cosquillas.

—Le gustas —sonreía Jenna—. A mí nunca me ha lamido la mano.

Muchos días el Muchacho 412 se sentaba junto al fuego leyendo pilas de libros de tía Zelda y se sumergía en un mundo nuevo para él. Antes de llegar a la casa de la conservadora, el Muchacho 412 no había leído nunca un libro. En el ejército joven le habían enseñado a leer, pero solo le habían permitido leer largas listas de enemigos, órdenes del día y planes de batalla. Pero, ahora, tía Zelda le proporcionaba una feliz mezcla de historias de aventuras y libros de **Magia**, de los que el Muchacho 412 se empapaba como una esponja. Fue en uno de esos días, después de seis semanas de gran helada, en que Jenna y Nicko decidieron ver si podían llegar patinando hasta el Puerto, cuando el Muchacho 412 notó algo.

Ya sabía que cada mañana, por alguna razón, tía Zelda encendía dos faroles y desaparecía en el armario de las pociones de debajo de la escalera. Al principio, el Muchacho 412 no le dio importancia. Después de todo, el armario de las pociones estaba oscuro y tía Zelda tenía muchas pociones que supervisar. Sabía que las pociones debían conservarse en la oscuridad, donde las más inestables necesitaban atención constante; solo el día antes, tía Zelda se había pasado horas filtrando un lodoso **antídoto amazónico** que se había llenado de grumos con el frío. Pero aquella mañana en particular, el Muchacho 412 notó lo silencioso que estaba el armario de las pociones. Sabía que tía Zelda no solía ser una persona silenciosa. Cada vez que pasaba ante los **tarros de conserva**, estos tintineaban y saltaban, y cuando estaba en la cocina las ollas y sartenes entrechocaban, así que ¿cómo, se preguntó el Muchacho 412, se las había arreglado para mantenerse tan sigilosa en los pequeños confines del armario de las pociones? ¿Y para qué necesitaba dos faroles?

Dejó su libro y se acercó de puntillas a la puerta del armario de las pociones. Estaba extrañamente silencioso considerando que contenía a tía Zelda en estrecha proximidad con cientos de botellas tintineantes. El Muchacho 412 llamó algo vacilante a la puerta. No hubo respuesta. Volvió a escuchar. Silencio. El Muchacho 412 sabía que debía volver a su libro, pero, de algún modo, *Taumaturgia y sortilegio: ¿por qué preocuparse?* no era tan interesante como lo que estaba haciendo tía Zelda. Así que el Muchacho 412 abrió la puerta del armario de las pociones y echó una ojeada.

El armario de las pociones estaba vacío.

Por un momento, el Muchacho 412 temía que fuera una broma y que Zelda estuviera a punto de saltar sobre él, pero pronto se dio cuenta de que no estaba allí. Y vio por qué: la trampilla estaba abierta y hasta él llegaba el olor a moho húmedo del túnel que tan bien recordaba. El Muchacho 412 vaciló en la puerta del armario de las pociones sin saber qué hacer. Le pasó por la mente que tía Zelda podía haberse caído a través de la trampilla por error y tal vez necesitara ayuda, pero pensó que si se hubiera caído, se habría quedado atorada en la mitad, pues tía Zelda parecía mucho más ancha que la trampilla.

Mientras se preguntaba cómo había conseguido tía Zelda colarse a través de la trampilla, el Muchacho 412 vio el pálido resplandor amarillo del farol brillar a través del espacio abierto en el suelo. Pronto oyó las fuertes pisadas de las prácticas y cómodas botas de tía Zelda en el suelo arenoso del túnel y su respiración fatigada mientras subía la pronunciada cuesta hacia la escalera de madera. Mientras tía Zelda empezaba a ascender por la escalera, el Muchacho 412 cerró en silencio la puerta del armario de las pociones y volvió rápidamente a su asiento junto al fuego.

Pasaron pocos minutos hasta que una tía Zelda sin aliento asomara la cabeza por el armario de las pociones de modo sospechoso y viera al Muchacho 412 leyendo *Taumaturgia y sortilegio: ¿por qué preocuparse?* con ávido interés.

Antes de que a tía Zelda le diera tiempo de desaparecer otra vez en el armario, la puerta principal se abrió. Nicko apareció, con Jenna detrás. Arrojaron sus patines y levantaron lo que parecía una rata muerta.

—Mirad lo que hemos encontrado —anunció Jenna.

El Muchacho 412 hizo una mueca. No le gustaban las ratas. Había tenido que vivir con demasiadas como para disfrutar de su compañía.

—Dejadla fuera —les ordenó tía Zelda—. Trae mala suerte cruzar el umbral con algo muerto, a menos que te lo vayas a comer. Y no me hace mucha gracia comerme eso.

—No está muerta, tía Zelda —le corrigió Jenna—. Mira.

Le tendió la tira de piel marrón para que la examinara tía Zelda, que la tocó con precaución.

—La encontramos fuera de esa casucha vieja —explicó Jenna—. Ya sabes, la que no está lejos del Puerto, al final del marjal. Allí hay un hombre que vive con un asno. Y un montón de ratas muertas en jaulas. Miramos a través de la ventana, fue horrible. Entonces él se despertó y nos vio, así que Nicko y yo nos preparamos para correr y vimos esta rata. Creo que acababa de escapar. Así que la cogí, la escondí en mi chaqueta y apretamos a correr. Bueno, a patinar. Y el viejo salió y nos gritó por robarle su rata. Pero no pudo alcanzarnos, ¿verdad, Nicko?

—No —dijo Nicko, que era un hombre de pocas palabras.

—De todos modos, creo que es la rata mensaje con un mensaje de papá —declaró Jenna.

—Imposible —la contradijo tía Zelda—. La rata mensaje estaba gorda.

En las manos de Jenna, la rata soltó un débil gritito de protesta.

—Y esta —dijo tía Zelda, hundiéndole a la rata el dedo en las costillas— está flaca como un palillo. Bueno, supongo que habéis hecho mejor trayéndola, sea el tipo de rata que sea.

Y así es como Stanley llegó por fin a su destino, seis semanas después de haber sido expedida desde la Oficina de Raticorreos. Como toda buena rata mensaje había hecho honor al eslogan de Raticorreos: «Nada detiene a una rata mensaje».

Pero Stanley no estaba lo bastante fuerte como para entregar su mensaje. Yacía, debilitado, en un almohadón delante del fuego mientras Jenna lo alimentaba con puré de anguila. La rata nunca había sido muy aficionada a la anguila, en concreto al puré de anguila, pero después de seis semanas en una jaula bebiendo solo agua y sin comer nada en absoluto, hasta el puré de anguila sabía a gloria. Y tumbarse en un almohadón frente al fuego, en lugar de tiritar en el fondo de una sucia jaula, aún era más glorioso. Aun cuando Bert le picotease a hurtadillas cuando nadie miraba.

Marcia le dio la orden de **habla, Rattus Rattus** tras la insistencia de Jenna, pero Stanley no pronunció palabra, pues estaba demasiado débil para levantarse de su almohadón.

—Aún no estoy convencida de que sea la rata mensaje —opinó Marcia días después de la llegada de Stanley y de que la rata siguiera sin hablar—. Esa rata mensaje no paraba de hablar, si no recuerdo mal. Sobre todo no paró de soltar una sarta de tonterías.

Stanley frunció el ceño a Marcia, pero ella no lo notó.

—Es él, Marcia —le aseguró Jenna—. He tenido montones de ratas y se me da bien reconocerlas. Esta es definitivamente la rata mensaje que estuvo aquí antes.

Y así, todos esperaban nerviosamente a que Stanley reuniera fuerzas suficientes para **hablar** y transmitir el mensaje de Silas que durante tanto tiempo habían esperado. Había una tensa expectación. La rata tuvo fiebre y empezó a delirar, a murmurar incoherencias durante horas interminables y casi volvió loca a Marcia. Tía Zelda hizo cantidades ingentes de infusión de corteza de sauce, que Jenna daba pacientemente a la rata con un pequeño cuentagotas. Después de una larga y quejosa semana, la fiebre de la rata por fin cedió.

Al final de una tarde, mientras tía Zelda estaba encerrada en el armario de las pociones (solía cerrar la puerta después del día en que el Muchacho 412 mirara en el interior) y Marcia trabajaba en unos hechizos matemáticos en el escritorio de tía Zelda, Stanley carraspeó y se sentó. Maxie ladró y Bert soltó un bufido de sorpresa, pero la rata mensaje no les hizo caso.

Tenía un mensaje que entregar.

⊷ 30 ⊷

Mensaje para Marcia

Stanley tuvo pronto un público expectante reunido a su alrededor. Renqueó hasta salir del almohadón, se puso en pie y respiró hondo. Entonces dijo con voz temblorosa:

—Primero debo preguntar si hay alguien que responda al nombre de Marcia Overstrand.

—Ya sabes que sí —contestó Marcia con impaciencia.

—Aun así debo preguntarlo, señoría. Es parte del procedimiento —explicó la rata mensaje y prosiguió—: He venido a entregar un mensaje a Marcia Overstrand, la ex maga extraordinaria.

—¿Qué? —exclamó Marcia—. ¿Ex? ¿Qué quiere decir esta rata idiota con ex maga extraordinaria?

—Cálmate, Marcia —la instó tía Zelda—. Espera a ver lo que tiene que decir.

Stanley continuó:

—El mensaje ha sido enviado a las siete en punto de la mañana... —La rata hizo una pausa para calcular cuántos días atrás
había sido enviado. Como un verdadero profesional, Stanley
mantuvo un recuento del tiempo que estuvo prisionero en la
jaula, haciendo una raya por cada día que pasaba en uno de
los barrotes. Sabía que había pasado treinta y nueve días con
Jack el Loco, pero no tenía ni idea de cuántos días había pasado delirando delante del fuego en la casa de la cuidadora—.
Esto... hace mucho tiempo, en representación de un tal Silas
Heap, residente en el Castillo...

—¿Qué significa «en representación»? —le interrumpió Nicko.

Stanley daba golpecitos con el pie impacientemente. No le
gustaban las interrupciones, sobre todo cuando el mensaje era
tan antiguo que tenía miedo de no acordarse. Tosió con impaciencia.

—El mensaje empieza:

Querida Marcia:
Espero que estés bien. Yo estoy bien y en el Castillo. Te
agradecería que te reunieras conmigo en el exterior del palacio
lo antes posible. Ha ocurrido algo. Estaré en las puertas de pala-
cio a medianoche, cada noche, hasta que llegues.
Con ganas de verte pronto, cordialmente,
Silas Heap
Fin del mensaje.

Stanley se volvió a sentar erguido en su almohadón y respiró con una señal de alivio. Trabajo concluido. Aunque había tardado más de lo que ninguna rata mensaje había tardado
nunca en entregar un mensaje, al final lo había entregado. Se
permitió una sonrisita aun estando de servicio.

Durante un momento hubo un silencio y Marcia explotó:

—¡Típico, es típico de él! Ni siquiera se esfuerza en volver antes de la gran helada. Luego, cuando por fin se digna enviar un mensaje, no se molesta siquiera en mencionar mi **mantente a salvo**. Me rindo. Tendré que ir yo.

—¿Y qué hay de Simon? —preguntó Jenna con ansiedad—. ¿Y por qué no nos ha enviado papá un mensaje a nosotros también?

—No parece papá —refunfuñó Nicko.

—No —coincidió Marcia—. Demasiado educado.

—Bueno, supongo que fue en representación —dijo tía Zelda insegura.

—¿Qué significa «en representación»? —repitió Nicko.

—Significa un sustituto. Otra persona entregó el mensaje a la Oficina de Raticorreos. Silas no debía de poder llegar hasta allí. Lo cual era de esperar, supongo. Me pregunto quién habrá sido el representante.

Stanley no dijo nada, aun cuando sabía perfectamente bien que el representante era el custodio supremo. Aunque ya no era una rata confidencial, aún se sentía obligado a cumplir con el código de la Oficina de Raticorreos. Y eso significaba que todas las conversaciones dentro de la Oficina de Raticorreos eran altamente confidenciales. Pero la rata mensaje se sentía incómodo; aquellos magos la habían rescatado, cuidado y probablemente le habían salvado la vida. Stanley cambió de postura y miró al suelo. Algo no iba bien, pensó, y no quería formar parte de ello. Aquel mensaje había sido una pesadilla desde el principio al fin.

Marcia se acercó al escritorio y dio un fuerte golpe con un libro.

—¿Cómo se atreve Silas a menospreciar algo tan importante como mi **mantente a salvo**? —observó enojada—. ¿No sabe que la misión de un mago ordinario es servir a la maga extraordinaria? No toleraré su insubordinada actitud ni un minuto más. Tengo la intención de ir a buscarlo y decirle lo que pienso.

—¿Es eso prudente, Marcia? —le preguntó tranquilamente tía Zelda.

—Aún soy la maga extraordinaria y no me mantendré al margen —declaró Marcia.

—Bueno, sugiero al menos que te quedes a dormir esta noche —le aconsejó tía Zelda con sensatez—. Las cosas siempre se ven mejor por la mañana.

Más tarde, esa misma noche, el Muchacho 412 estaba tumbado junto a la parpadeante luz del fuego, escuchando los resoplidos de Nicko y la respiración regular de Jenna. Le habían despertado los fuertes ronquidos de Maxie, que resonaban a través del techo. Maxie habría tenido que dormir abajo, pero seguía yendo a hurtadillas a dormir en la cama de Silas si creía que podía salirse con la suya. En realidad, cuando Maxie empezaba a roncar abajo, el Muchacho 412 solía darle al perro un codazo y lo ponía en camino. Pero esa noche, el Muchacho 412 se percató de que estaba escuchando otra cosa además de los ronquidos de un perro con problemas respiratorios.

Los tablones traqueteaban encima de su cabeza: pisadas furtivas en la escalera... el crujido estaba en el antepenúltimo escalón... ¿Quién era ese? ¿*Qué* era eso? Todas las historias de fantasmas que había oído acudieron a la mente del Muchacho 412, mientras escuchaba el amortiguado siseo de una capa arrastrándose sobre el suelo de piedra y sabía que quienquiera, o lo que quiera, que fuese, estaba en la misma habitación.

El Muchacho 412 se sentó muy despacio, con el corazón latiéndole fuerte, y miró hacia la penumbra. Una oscura figura se movía a escondidas hacia el libro que Marcia había dejado en el escritorio. La figura cogió el libro y lo metió bajo la capa; luego vio el blanco de los ojos del Muchacho 412 mirándola en la oscuridad.

—Soy yo —susurró Marcia, haciéndole señas para que se acercara. El Muchacho 412 se retiró la colcha en silencio y caminó sin hacer ruido por el suelo de piedra para ver qué quería.

—Cómo se supone que alguien pueda dormir en la misma habitación que ese animal, es algo que no entiendo —susurró Marcia enojada.

El Muchacho 412 sonrió tímidamente. Para empezar, no le dijo que había sido él quien había incitado a Maxie a subir la escalera.

—Esta noche voy a **regresar** —le anunció Marcia—. Voy a usar los **minutos de la medianoche**, solo para asegurarme. Recuerda que los minutos antes y después de la medianoche son el mejor momento para **viajar** sano y salvo. Sobre todo si hay alguien por ahí que desea hacerte daño, como sospecho que ocurre. Iré a las puertas de palacio y veré si Silas está realmente allí. Veamos qué hora es. —Marcia sacó su reloj—. Dos minutos para la medianoche. Volveré pronto. Tal vez podrías explicárselo a Zelda. —Marcia miró al Muchacho 412 y recordó que no había pronunciado palabra desde que les había dicho su rango y número en la Torre del Mago—. ¡Oh!, bueno, no importa si no se lo explicas. Adivinará adónde he ido.

De repente, el Muchacho 412 pensó en algo importante.

Hurgó en el bolsillo de su jersey y sacó el **amuleto** que Marcia le había dado cuando le pidió que fuera su aprendiz. Sostuvo el pequeño par de alas de plata en la mano y las miró con cierto pesar. Despedían destellos de oro y plata bajo la **mágica** luz que empezaba a rodear a Marcia. El Muchacho 412 le ofreció el **amuleto** a Marcia; pensó que ya no debía tenerlo, pues no había manera de que alguna vez fuera su aprendiz, pero Marcia sacudió la cabeza y se arrodilló a su lado.

—No —susurró—. Aún tengo la esperanza de que cambies de opinión y decidas ser mi aprendiz. Piénsalo mientras yo estoy fuera. Bueno, falta un minuto para la medianoche... Apártate.

El aire alrededor de Marcia se enfrió; un estremecimiento de fuerte **Magia** se extendió a su alrededor y cargó el aire de electricidad. El Muchacho 412 se retiró hacia la chimenea, algo asustado pero fascinado. Marcia cerró los ojos y empezó a murmurar algo largo y complicado en un lenguaje que no había oído nunca y, mientras la observaba, el Muchacho 412 vio aparecer la misma neblina **mágica** que había visto por primera vez cuando estaba sentado en el *Muriel* en medio del Dique Profundo. De repente, Marcia se puso la capa por encima de manera que la cubría de la cabeza a los pies y, al hacerlo, el púrpura de la neblina **mágica** y el púrpura de su capa se mezclaron. Se produjo un fuerte sonido, como de agua cayendo sobre metal ardiente, y Marcia desapareció, dejando solo una débil sombra ondeando durante unos momentos.

En las puertas de palacio, veinte minutos antes de la medianoche, un pelotón de guardias hacían la ronda, tal como habían hecho todas las noches durante las últimas cincuenta heladoras noches. Los guardias estaban muertos de frío y esperaban otra larga y aburrida noche sin hacer nada más que dar patadas al suelo y burlarse del custodio supremo, que tenía la extraña idea de que la ex maga extraordinaria aparecería precisamente allí. Así de sencillo. Claro que nunca había aparecido ni esperaban que lo hiciese. Pero, aun así, cada noche los enviaba a esperarla y a que los dedos de los pies se les convirtieran en cubitos de hielo.

Así que, cuando una débil sombra púrpura empezó a surgir ante sus narices, ninguno de los guardias se creía realmente lo que estaba ocurriendo.

—Es ella —susurró uno, algo temeroso de la **Magia** que de repente se arremolinaba en el aire y enviaba incómodas descargas eléctricas a través de sus negros cascos metálicos. Los guardias desenvainaron las espadas y observaron cómo la sombra neblinosa formaba una alta figura envuelta en el manto púrpura de maga extraordinaria.

Marcia Overstrand había **aparecido** en mitad de la trampa del custodio supremo. La pilló por sorpresa, y sin su **mantente a salvo** ni la protección de los **minutos de la medianoche** —pues Marcia llegaba veinte minutos tarde—, no pudo impedir que el capitán de la guardia le arrancara el amuleto Akhu del cuello.

Diez minutos más tarde, Marcia yacía en el fondo de la mazmorra número uno, que era una honda y oscura chimenea enterrada en los cimientos del Castillo. Marcia yacía aturdida, atrapada en medio de un **vórtice de sombras y espectros** que DomDaniel, con gran placer, había preparado especialmente para ella. Aquella fue la peor noche de la vida de Marcia. Yacía indefensa en un charco de agua sucia, descansando sobre un montón de huesos de anteriores ocupantes de la mazmorra, atormentada por el lamento y el gemido de las **sombras y espectros** que giraban a su alrededor y la vaciaban de sus poderes **mágicos**. Hasta la mañana siguiente —cuando, por suerte, un fantasma Antiguo que se había perdido pasó por casualidad a través de la pared de la mazmorra número uno—, nadie salvo DomDaniel y el custodio supremo sabía que estaba allí.

El Antiguo llevó a Alther hasta ella, pero lo único que podía hacer era sentarse y alentarla a seguir viviendo. Alther necesitó de todas sus dotes de persuasión, pues Marcia estaba desesperada. En un arrebato contra Silas, supo que había perdido todo aquello por lo que Alther había luchado cuando derrocó a DomDaniel. Una vez más, DomDaniel tenía el amuleto Akhu colgado de su gordo cuello, y ahora él era verdaderamente, y no Marcia Overstrand, el mago extraordinario.

31

El regreso de la rata

Tía Zelda no tenía ningún tipo de reloj. Los relojes nunca funcionaban correctamente en casa de la conservadora, pues también había mucha **perturbación** por debajo del suelo. Por desgracia, eso era algo que tía Zelda nunca se había molestado en mencionar a Marcia, pues a ella no le preocupaba demasiado qué hora era exactamente. Si tía Zelda quería saber la hora, se contentaba con mirar el reloj de sol y esperar a que hiciera sol, pero le interesaba más el transcurso de las fases de la luna.

El día que rescataron a la rata mensaje, tía Zelda llevó a Jenna a dar un paseo por la isla después de que oscureciera. La nieve estaba más profunda que nunca y tenía una capa crujiente de hielo por la que Jenna podía correr, aunque tía Zelda se hundía en ella con sus grandes botas. Caminaron hasta el final de la isla, lejos de las luces de la casa, y tía Zelda le señaló el oscuro cielo de la noche que estaba salpicado de cientos de miles de estrellas brillantes, más de las que Jenna había visto en su vida.

—Esta noche —dijo tía Zelda— hay luna negra.

Jenna se estremeció. No del frío sino de la extraña sensación que le produjo estar allí en la isla, en medio de tal magnitud de estrellas y oscuridad.

—Esta noche, por mucho que mires, no verás la luna —avanzó tía Zelda—. Nadie en la tierra verá la luna esta noche. No es una noche para aventurarse solo en el pantano, y si todas las criaturas y espíritus de los marjales no estuvieran congelados bajo el suelo, ahora mismo estaríamos encerrados en casa mediante un **hechizo**. Pero pensé que te gustaría ver las estrellas sin la luz de la luna. A tu madre siempre le gustaba mirar las estrellas.

Jenna tragó saliva.

—¿Mi madre? ¿Te refieres a la madre que me trajo al mundo?

—Sí —confirmó tía Zelda—. Me refería a la reina. Le encantaban las estrellas. Pensé que a ti también te gustarían.

—Me gustan. —Jenna respiró hondo—. Siempre solía contarlas desde la ventana de casa, cuando no podía dormir. Pero... ¿cómo es que conociste a mi madre?

—Solía verla cada año —explicó tía Zelda—. Hasta que ella... bueno, hasta que las cosas cambiaron. Y a su madre, tu adorable abuela, también la veía cada año.

Madre, abuela... Jenna empezó a darse cuenta de que tenía toda una familia de la que no sabía nada, pero, de algún modo, tía Zelda sí.

—Tía Zelda... —empezó a decir Jenna despacio, atreviéndose por fin a formular la pregunta que la había estado importunando desde que se enteró de quién era en realidad.

—¿Hum? —Tía Zelda miraba hacia los marjales.

—¿Y qué hay de mi padre?

—¿Tu padre? ¡Ah!, era de los países lejanos. Se fue antes de que nacieras.

—¿Se fue?

—Tenía un barco. Se fue a buscar algo o no sé qué —expuso tía Zelda vagamente—. Volvió al Puerto justo después de que nacieras con una nave llena de tesoros para ti y tu madre, eso he oído. Pero cuando le contaron las terribles noticias, zarpó con la siguiente marea...

—¿Cómo... cómo se llamaba? —preguntó Jenna.

—Ni idea —respondió tía Zelda, quien, junto con la mayoría de la gente, había prestado poca atención a la identidad del consorte de la reina. La sucesión pasaba de madre a hija, dejando que los hombres de la familia vivieran sus vidas como mejor les pareciese.

Algo en la voz de tía Zelda llamó la atención de Jenna y apartó la vista de las estrellas para mirarla. Jenna tomó aliento; nunca antes había reparado en los ojos de tía Zelda, pero ahora el intenso azul penetrante de sus ojos de bruja blanca destacaba en la noche, brillando a través de la oscuridad y contemplando intensamente el marjal.

—Bueno —soltó tía Zelda de repente—, es hora de marcharnos.

—Pero...

—Te contaré más en verano. Entonces es cuando solían venir, el día de mitad del verano. También te llevaré allí.

—¿Dónde? —preguntó Jenna—. ¿Dónde me vas a llevar?

—Vamos —la instó tía Zelda—. No me gusta el aspecto que tiene esa sombra de allá...

Tía Zelda cogió la mano de Jenna y regresó corriendo con ella sobre la nieve. Fuera, en el marjal, un hambriento lince de los marjales había dejado de acecharlas y se daba media vuelta. Estaba demasiado débil para darles caza, aunque de haber sido unos días antes, se las habría zampado y le hubieran alcanzado para pasar el invierno. Pero, ahora, el lince regresó con el rabo entre las piernas a su madriguera en la nieve y débilmente se comió su último ratón congelado.

Después de la luna negra, la primera fina raja de la luna llena apareció en el cielo. Cada noche crecía un poco. El cielo estaba despejado ahora que la nieve había dejado de caer, y todas las noches Jenna miraba la luna desde la ventana, mientras los **insectos escudo** se movían de manera irreal en los **tarros de conserva**, esperando el momento de su liberación.

—Sigue vigilando —le dijo tía Zelda—. Mientras la luna crece acerca las cosas del suelo. Y la casa atrae a la gente que desea venir aquí. La atracción es más fuerte con la luna llena, que es cuando vosotros vinisteis.

Pero, cuando la luna estaba en cuarto creciente, Marcia se había ido.

—¿Cómo es que Marcia se ha ido? —preguntó Jenna a tía Zelda la mañana en que descubrieron su partida—. Pensé que las cosas volvían cuando la luna estaba creciente, no que se iban.

Tía Zelda parecía algo malhumorada ante la pregunta de Jenna. Estaba enojada con Marcia por irse sin decir nada, y tampoco le gustaba que nadie echase por tierra sus teorías sobre la luna.

—A veces —comentó tía Zelda con un aire de misterio—, las cosas deben irse para poder volver.

Salió pisando fuerte del armario de las pociones y cerró bien la puerta tras de sí.

Nicko le puso a Jenna una expresión de complicidad y le señaló los patines.

—Te echo una carrera hasta la gran ciénaga —sonrió.

—El último es una rata muerta —rió Jenna.

Stanley se despertó sobresaltado al oír las palabras «rata muerta» y tuvo tiempo de abrir los ojos para ver a Nicko y a Jenna cómo cogían sus patines y desaparecían durante todo el día.

Cuando llegó el tiempo de la luna llena y Marcia aún no había regresado, todo el mundo se preocupó.

—Le dije a Marcia que se quedara a dormir —masculló tía Zelda—, pero, oh, no, ella se enojó con Silas y simplemente se levantó y se fue en mitad de la noche, y se acabó. Desde entonces, ni una palabra. Realmente es preocupante. Puedo comprender que Silas no volviera con la gran helada, pero no Marcia.

—Tal vez vuelva esta noche —conjeturó Jenna—, como es luna llena...

—Tal vez —dijo tía Zelda—, o tal vez no.

Claro que Marcia no volvió esa noche. La pasó tal como había pasado las últimas diez noches, en medio del **vórtice de sombras y espectros**, tumbada débilmente en el charco de agua sucia en el fondo de la mazmorra número uno. Sentado a su lado estaba Alther Mella, usando toda la **Magia** fantasmal que podía para mantener a Marcia con vida. La gente rara vez sobrevive al paso por la mazmorra número uno y, si lo hacen, no duran mucho, sino que pronto se hunden en el agua estancada para unirse a los huesos que reposan bajo la superficie. Sin Alther, no cabía duda de que Marcia habría corrido, tarde o temprano, la misma suerte.

Esa noche, la noche de la luna llena, mientras el sol se ponía y la luna se alzaba en el cielo, Jenna y tía Zelda se envolvieron en unas colchas y siguieron vigilando a través de la ventana, por si venía Marcia. Jenna se quedó pronto dormida, pero tía Zelda siguió vigilando toda la noche hasta que salió el sol y la puesta de la luna llena puso fin a cualquier débil esperanza que aún albergara acerca del retorno de Marcia.

Al día siguiente, la rata mensaje decidió que ya estaba lo bastante fuerte para irse. La cantidad de puré de anguila que —incluso un estómago de rata— podía comer tenía un límite, y Stanley pensó que había rebasado con creces ese límite.

Sin embargo, para que Stanley se fuera, tenían que ordenarle otro mensaje o expedirlo sin ningún mensaje. Así que esa mañana, con una tosecita educada, dijo:

—Discúlpenme todos. —Todo el mundo miró a la rata. Había estado muy callada mientras se estaba recuperando y no estaban acostumbrados a oírla hablar—. Es hora de que regrese a la Oficina de Raticorreos. Ya debería haberme ido antes, pero debo preguntar: ¿necesitan que les lleve algún mensaje?

—¡Papá! —exclamó Jenna—. ¡Llévale uno a papá!

«¿Quién sería papá? —se preguntó la rata—. ¿Y dónde podría encontrarlo?»

—No lo sabemos —apuntó tía Zelda rápidamente—. No hay mensaje, gracias, rata mensaje. Estás dispensada.

Stanley inclinó la cabeza muy aliviado.

—Gracias, señora. Y, ejem, gracias por su amabilidad. Gracias a todos. Les estoy muy agradecido.

Todos miraron a la rata corretear por encima de la nieve, dejando tras de sí un rastro de pequeñas huellas de patas y cola de rata.

—Me habría gustado enviar un mensaje —comentó Jenna con nostalgia.

—Es mejor que no —opinó tía Zelda—, hay algo en esa rata que no está bien. Algo diferente desde la última vez.

—Bueno, estaba mucho más delgada —señaló Nicko.

—Hum... —murmuró tía Zelda—. Algo se avecina. Puedo notarlo.

Stanley tuvo un buen viaje de regreso al Castillo, hasta que llegó a la Oficina de Raticorreos, donde las cosas empezaron a ir mal. Correteó por el bajante recién descongelado y llamó a la puerta de la oficina.

—¡Pase! —refunfuñó la rata negra, que acababa de regresar a su puesto después de un tardío rescate de la helada oficina.

Stanley entró sigilosamente, consciente de que iba a tener que dar explicaciones.

—¡Tú! —gritó la rata negra—. Por fin. ¿Cómo te atreves a

burlarte de mí? ¿Eres consciente de cuánto tiempo has estado fuera?

—Mmm… dos meses —murmuró Stanley, que era demasiado consciente del tiempo que había tardado y empezaba a preguntarse qué pensaría Dawnie de ello.

—¡Mmm… dos meses, señor! —aulló la rata negra dando un furioso coletazo sobre la mesa—. ¿Eres consciente de que me has hecho pasar por un estúpido?

Stanley no dijo nada, pensando que al menos había sacado algo bueno de su terrorífico viaje.

—Pagarás por esto —voceó la rata negra—. Yo personalmente me encargaré de que no tengas otro trabajo mientras esté al mando.

—Pero…

—¡Pero, señor! —gritó la rata negra—. ¿Qué te tengo dicho? ¡Llámame señor!

Stanley permanecía en silencio. Se le ocurrían muchas cosas que llamarle a la rata negra, pero «señor» no era ninguna de ellas. De repente, Stanley notó algo detrás de él y se dio media vuelta, para sorprenderse al ver el par más enorme de musculosas ratas que había visto en su vida. Estaban apostadas amenazadoramente en el umbral de la Oficina de Raticorreos, tapando la luz y también la posibilidad de que Stanley saliera corriendo, algo que de repente sintió unas ganas locas de hacer.

Pero la rata negra parecía alegrarse de verlas.

—¡Ah, bien! Han llegado los muchachos. Lleváoslo, muchachos.

—¿Adónde? —gritó Stanley—. ¿Adónde me llevan?

—Adónde… me… llevan… señor —repitió la rata negra a través de sus dientes apretados—. Al representante que envió este mensaje, para empezar. Desea saber exactamente dónde encontraste al destinatario. Y como ya no eres un confidencial, por supuesto que tendrás que decírselo.

»Llevadlo ante el custodio supremo.

32

E∟ gran deshielo

El día después de la partida de la rata mensaje, llegó el gran deshielo. Empezó en los marjales, donde siempre hacía un poco más de calor que en ningún otro sitio, y luego se extendió río arriba, a través del Bosque y hasta el Castillo. Fue un gran alivio para todos los habitantes del Castillo, pues se estaban quedando sin víveres, debido a que el ejército custodio había saqueado muchas de las despensas para el invierno con objeto de proporcionarle a DomDaniel los ingredientes necesarios para sus frecuentes banquetes.

El gran deshielo también supuso un gran alivio para cierta rata mensaje, que tiritaba apesadumbrada de frío en una ratonera debajo del suelo del nuevo despacho del custodio supremo: el tocador de señoras. A Stanley lo habían dejado allí ante su negativa a revelar el paradero de la casa de tía Zelda. Tampoco sabía que el cazador ya lo había averiguado a raíz de lo que Simon Heap le había contado al custodio supremo. Ni tampoco sabía que no tenía ninguna intención de liberarlo, aunque Stanley llevaba por allí lo bastante como para adivinar eso. Se mantenía como mejor podía: comía lo que conseguía atrapar, principalmente arañas y cucarachas; chupaba gotas heladas de la tubería, y se sorprendía a sí mismo pensando casi con cariño en Jack el Loco. Mientras tanto, Dawnie lo había dado por desaparecido y se había ido a vivir con su hermana.

Los marjales Marram estaban ahora inundados de agua del rápido deshielo de la nieve. Pronto el verdor de la hierba empezó a asomar a través de la nieve y, debajo de los pies, el suelo estaba pesado y húmedo. El hielo del Mott y de los canales fue el último en fundirse, pero cuando la pitón de los marjales empezó a sentir que la temperatura de su alrededor subía, comenzó a moverse, a coletear impacientemente y a flexionar sus cientos de anillos anquilosados. Todo el mundo en la casa esperaba, aguantando la respiración, a que la serpiente gigante se liberase; no estaban seguros de lo hambrienta o enojada que podría estar. Por si acaso, Maxie se quedó dentro. Nicko había atado al perro a la pata de la mesa con una cuerda gruesa. Estaba seguro de que ese perro crudo sería el plato fuerte del menú de la pitón de los marjales una vez que se liberase de su cárcel de hielo.

Eso sucedió la tercera tarde del gran deshielo. De repente se oyó un fuerte crujido, y el hielo sobre la poderosa cabeza de la pitón de los marjales se hizo añicos y salió despedido por los aires. La serpiente se encabritó, y Jenna, que era la única que estaba por los alrededores, se refugió detrás de la barca de las gallinas. La pitón de los marjales echó una ojeada en dirección a ella, pero no tenía ganas de tener que comerse primero sus pesadas botas para luego dar cuenta del resto, así que con bastante esfuerzo dio vueltas alrededor del Mott hasta que encontró la salida. Fue entonces cuando se percató del problemita que tenía: la serpiente gigante se había quedado agarrotada. Estaba hecha un círculo. Cuando intentaba girar en la otra dirección nada parecía funcionar; lo único que podía hacer era dar vueltas alrededor del Mott. Cada vez que intentaba virar para meterse en la zanja que la conduciría fuera al marjal, sus músculos se negaban a funcionar.

Durante días, la serpiente se vio obligada a yacer en el Mott, pescando peces y mirando furiosamente a cualquiera que se le acercase. Lo cual nadie hacía después de que proyectase su lengua bífida contra el Muchacho 412 y lo lanzase por los aires. Por fin, una mañana, salió el primer sol de primavera y calentó a la serpiente lo bastante para que sus anquilosados músculos se relajasen. Chirriando como una verja oxidada, nadó dolorosamente en busca de unas cuantas cabras y poco a poco, a lo largo de los días sucesivos, casi se enderezó, pero no del todo. Hasta el fin de sus días, la pitón de los marjales tuvo tendencia a nadar hacia la derecha.

Cuando el gran deshielo llegó hasta el Castillo, DomDaniel llevó a sus dos Magogs río arriba hasta Bleak Creek, donde, a altas horas de la madrugada, los tres cruzaron una pasarela estrecha y mohosa y, una vez más, subieron a bordo de su nave **oscura**, la *Venganza*. Allí aguardaron unos días hasta la llegada de la marea alta de primavera, que DomDaniel necesitaba para sacar su barco del riachuelo y navegar libremente.

La mañana del gran deshielo, el custodio supremo convocó una reunión del consejo de los custodios, sin reparar en que el día anterior se había olvidado de cerrar con llave la puerta del tocador de señoras. Simon ya no estaba encadenado a una tubería; el custodio supremo había empezado a verlo más como un compañero que como un rehén, y Simon se sentaba y esperaba pacientemente su habitual visita de media mañana. A Simon le gustaba oír las murmuraciones sobre las irrazonables exigencias y rabietas de DomDaniel, y se sintió contrariado cuando el custodio supremo no volvió a la hora habitual. No sabía que el custodio supremo, que recientemente se aburría un poco en compañía de Simon Heap, estaba en aquel momento tramando lo que DomDaniel llamaba «Operación Compost Heap», que incluía la eliminación no solo de Jenna, sino de toda la familia Heap, incluido Simon.

Al cabo de un rato, más por aburrimiento que por deseo de escapar, Simon probó a abrir la puerta. Para su sorpresa se abrió y se encontró en un pasillo vacío. Simon volvió a entrar de un salto en el tocador y cerró la puerta con pánico. ¿Qué iba a hacer? ¿Iba a escapar? ¿Quería escapar?

Se apoyó contra la puerta y pensó. La única razón para quedarse era la vaga oferta del custodio supremo de convertirse en el aprendiz de DomDaniel. Pero no se la había repetido. Y Simon Heap había aprendido mucho del custodio supremo en aquellas seis semanas que había pasado en el tocador de señoras. La primera regla de la lista era no confiar en nadie, decía el custodio supremo. La siguiente era cuidar al número uno. Y, de ahora en adelante, el número uno en la vida de Simon Heap era definitivamente Simon Heap.

Simon volvió a abrir la puerta. El pasillo aún estaba desierto. Se decidió y salió a grandes zancadas del tocador.

Silas estaba vagando de forma lastimera por la Vía del Mago, levantando la vista hacia las mugrientas ventanas que había por encima de las tiendas y oficinas a lo largo de la avenida, preguntándose si Simon podía estar prisionero en alguno de los oscuros recovecos que había detrás de ellas. Un pelotón de guardias desfilaba a paso ligero, y Silas se apretó contra una entrada, estrujando el **mantente a salvo** de Marcia, con la esperanza de que aún funcionase.

—Psst —le llamó Alther.

—¿Qué? —Silas dio un brinco de sorpresa. No había visto a Alther recientemente, pues el fantasma se pasaba la mayor parte del tiempo con Marcia en la mazmorra número uno.

—¿Cómo está Marcia hoy? —susurró Silas.

—Está mejor —comentó Alther de manera sombría.

—Realmente creo que deberíamos hacérselo saber a Zelda.

—Sigue mi consejo, Silas, y no te acerques a la Oficina de Raticorreos. Ha sido tomada por las ratas de DomDaniel de las Malas Tierras —le recomendó Alther—. ¡Despiadado hatajo de matones! Pero no te preocupes, pensaré en algo. Debe de haber un modo de rescatarla.

Silas parecía abatido. Añoraba más a Marcia de lo que quería admitir.

—Alégrate, Silas —le animó Alther—. Tengo a alguien esperándote en la taberna. Lo encontré vagando alrededor del juzgado cuando volvía de ver a Marcia. Lo hice entrar a escondidas en el túnel. Será mejor que te des prisa antes de que cambie de opinión y se vuelva a ir. Es un muchacho difícil, tu Simon.

—¡Simon! —En el rostro de Silas se dibujó una gran sonrisa—. Alther, ¿por qué no me lo has dicho antes? ¿Está bien?

—Parece estar muy bien —dijo Alther lacónicamente.

Simon llevaba casi dos semanas con su familia cuando, el día antes de la luna llena, tía Zelda se encontraba en el escalón de la puerta **escuchando** algo en la lejanía.

—Chicos, chicos, ahora no —les dijo a Nicko y al Muchacho 412, que estaban simulando un duelo con unos palos de escoba que sobraban—. Necesito concentrarme.

Nicko y el Muchacho 412 suspendieron su lucha mientras tía Zelda se quedaba muy quieta, con una expresión distante en los ojos.

—Alguien viene —anunció al cabo de un rato—. Voy a enviar al Boggart.

—¡Por fin! —exclamó Jenna—. ¿Me pregunto si es papá o Marcia? ¿Tal vez venga Simon con ellos? ¿O mamá? ¡Quizá vengan todos!

Maxie saltaba y daba brincos alrededor de Jenna, moviendo furiosamente la cola. A veces Maxie parecía comprender exactamente lo que Jenna estaba diciendo. Salvo cuando era algo como «¡Al baño, Maxie!» o «¡Basta de galletas, Maxie!».

—Cálmate, Maxie —le ordenó tía Zelda, acariciando las sedosas orejas del perro—. El problema es que no parece nadie que yo conozca.

—¡Oh! —se lamentó Jenna—. Pero ¿quién más sabe que estamos aquí?

—No lo sé —respondió tía Zelda—. Pero quienesquiera que sean, están ahora mismo en los marjales. Acaban de llegar. Puedo sentirlo. Ve y túmbate, Maxie. Buen chico. Ahora, ¿dónde está el Boggart?

Tía Zelda soltó un penetrante silbido. La rechoncha figura del Boggart salió del Mott y subió con andares patosos el camino hacia la casa.

—No tan fuerte —se quejó frotándose sus orejitas redondas—. Eso me perfora los oídos. —Saludó a Jenna con la cabeza—. Buenasss tardes, ssssseñorita.

—Hola, Boggart —sonrió Jenna. El Boggart siempre la hacía reír.

—Boggart —dijo tía Zelda—, se acerca alguien a través de los marjales. Quizá sean más de uno. No estoy segura. ¿Puedes salir un momento y averiguar quiénes son?

—No hay problema. Puedo hacerlo de una nadada. No tardaré —anunció el Boggart. Jenna lo observó bajar con sus andares de pato hasta el Mott y desaparecer en el agua con una silenciosa zambullida.

—Mientras esperamos al Boggart, deberíamos tener preparados los **tarros de conserva** —aconsejó tía Zelda—. Por si acaso.

—Pero papá dijo que tenías la casa **encantada** después de la incursión de los Brownies —protestó Jenna—. ¿Eso no significa que estamos a salvo?

—Solo de los Brownies —aclaró tía Zelda—, e incluso ese hechizo se está agotando ya. En cualquier caso, a mí me parece que quienquiera que esté viniendo por el marjal parece mayor que un Brownie.

Tía Zelda fue a buscar el libro de hechizos de las conservas de insectos escudo.

Jenna miró los **tarros de conserva** que aún estaban en fila en los alféizares. Dentro de la espesa papilla verde, los insectos escudo aguardaban. La mayoría estaban durmiendo, pero algunos empezaban a moverse despacio como si supieran que podían necesitarlos. «¿Para quién? —se preguntó Jenna—. ¿O para qué?»

—Aquí estamos —proclamó tía Zelda mientras aparecía con el libro de hechizos y lo dejaba caer sobre la mesa.

Lo abrió por la primera página y sacó un pequeño martillo de plata que le tendió a Jenna.

—Perfecto, aquí está la **activación** —le dijo—. Si puedes ir pasando y dar un golpecito en cada **tarro** con esto, entonces estarán **preparados**.

Jenna cogió el martillo de plata y caminó por las hileras de **tarros**, dando un golpecito en cada tapa. Y al hacerlo, cada habitante del tarro se despertó y se puso en situación de alerta. En breve, había un ejército de cincuenta y seis insectos escudo esperando a ser liberados. Jenna llegó al último **tarro**, que contenía al ex milpiés. Golpeó la tapa con el martillo de plata. Para su sorpresa, la tapa voló por los aires, y el insecto escudo salió disparado en medio de una lluvia de papilla verde y aterrizó en el brazo de Jenna.

Jenna chilló.

El liberado insecto escudo se agazapó, con la espada en ristre, en el antebrazo de Jenna. Ella se quedó petrificada en el acto, esperando a que el insecto se volviera y la atacara, olvidando que la única misión del insecto era defender a su libertador de sus enemigos, a quienes buscaba con fruición.

Las acorazadas escamas verdes del insecto escudo se movían con fluidez mientras se levantaba, para hacerse una composición de lugar. En el grueso brazo derecho sostenía una espada afilada como una cuchilla que destelleaba a la luz de las velas, y movía incesantemente las cortas y poderosas patas mientras cambiaba el peso de un gran pie a otro y evaluaba a los enemigos potenciales.

Pero los enemigos potenciales eran muy decepcionantes: había una gran tienda de patchwork con ojos azules mirándole.

—Pon la mano sobre el insecto —susurró la tienda a la libertadora—. Se acurrucará y se hará una bola. Luego intentaremos volver a meterlo en el tarro.

La libertadora miró la pequeña y afilada espada que el insecto movía y dudó.

—Lo haré si lo prefieres —se ofreció la tienda, y avanzó hacia el insecto.

El insecto giró amenazador y la tienda se detuvo en seco, preguntándose qué había salido mal. Habían grabado la impronta a todos los insectos, ¿no? Debería darse cuenta de que ninguno de ellos era el enemigo. Pero aquel insecto no se percataba de tal cosa. Agazapado en el brazo de Jenna seguía buscando.

Ahora vio lo que estaba buscando: dos jóvenes guerreros con picas, preparados para atacar. Y uno de ellos llevaba un sombrero rojo. El insecto escudo recordaba aquel sombrero rojo de una vaga y distante vida anterior. Le había hecho daño. El insecto no sabía exactamente cuál había sido el daño, pero eso no importaba.

Había divisado al enemigo.

Con un grito temible, el insecto saltó del brazo de Jenna, batiendo sus fuertes alas, surcando el aire con un repiqueteo metálico. El insecto iba directamente a por el Muchacho 412 como un minúsculo misil teledirigido, blandiendo la espada por encima de la cabeza. Chillaba fuerte, con la boca abierta, mostrando filas de pequeños y afilados dientes verdes.

—¡Golpeadle! —gritó tía Zelda—. ¡Rápido, dadle un coscorrón en la cabeza!

El Muchacho 412 dio un fuerte golpe con el mango de la escoba al insecto que se acercaba, pero falló. Nicko intentó otro golpe, pero el insecto lo esquivó en el último momento, gritando y amenazando con su espada al Muchacho 412. El Muchacho 412 contemplaba incrédulo al insecto, terriblemente consciente de la afilada espada del insecto.

—¡Quedaos quietos! —dijo tía Zelda en un ronco susurro—. Haga lo que haga, no os mováis.

El Muchacho 412 miraba horrorizado cómo el insecto aterrizaba en su hombro y avanzaba decididamente hacia su cuello, levantando la espada como una daga.

Jenna saltó hacia delante.

—¡No! —vociferó.

El insecto se volvió hacia su libertadora. No comprendía lo que Jenna decía, pero cuando le puso la mano encima, el insecto envainó la espada y se acurrucó obedientemente en una bola. El Muchacho 412 se desplomó en el suelo y se quedó sentado.

Tía Zelda estaba preparada con el **tarro** vacío y Jenna intentó meter al acurrucado insecto escudo dentro. No quería. Primero sacó un brazo, luego otro. Jenna le metió los dos brazos, solo para descubrir que un gran pie verde había conseguido salir del frasco. Jenna empujaba y apretaba, pero el insecto escudo se debatía y luchaba con todas sus fuerzas para no volver al tarro.

Jenna temía que de repente se volviera malo y empleara su espada, pero por muy desesperado que estaba el insecto por salir del tarro, nunca desenvainó la espada. La seguridad de su libertadora era su principal interés. ¿Y cómo podía la libertadora estar a salvo si el insecto volvía a su tarro?

—Tienes que dejarle salir —suspiró tía Zelda—. Nunca he conocido a nadie capaz de volver a encerrar a uno. A veces pienso que dan más problemas de lo que valen. Aun así, Marcia insistió mucho, como siempre.

—Pero ¿qué pasará con el Muchacho 412? —preguntó Jenna—. Si sale, ¿no seguirá atacándole?

—No ahora que se lo has quitado de encima. Debería estar a salvo.

El Muchacho 412 no parecía impresionado. «Debería» no era exactamente la palabra que quería oír. «Seguro» se acercaba más a lo que tenía en mente.

El insecto escudo se acomodó en el hombro de Jenna. Durante unos minutos miró con suspicacia a todo el mundo, pero cada vez que hacía un movimiento, Jenna le ponía la mano encima y pronto se tranquilizaba.

Hasta que algo arañó la puerta.

Todos se quedaron helados.

Al otro lado de la puerta, algo la estaba arañando con sus garras.

Rac... rac... rac...

Maxie gimió.

El insecto se puso en pie y desenvainó la espada. Esta vez

319

Jenna no lo detuvo. El insecto se agazapó sobre su hombro preparado para saltar.

—Ve a ver si es un amigo, Bert —ordenó tía Zelda con calma. El pato se acercó a la puerta, ladeó la cabeza y escuchó; luego profirió un corto maullido.

—Es un amigo —anunció tía Zelda—. Debe de ser el Boggart. Pero no sé por qué está arañando así.

Tía Zelda abrió la puerta y gritó:

—¡Boggart! ¡Oh, Boggart!

El Boggart yacía sangrando en el escalón de la puerta.

Tía Zelda se arrodilló junto al Boggart y todos lo rodearon.

—Boggart, Boggart, querido. ¿Qué ha pasado?

El Boggart no dijo nada. Tenía los ojos cerrados y la piel sin brillo y manchada de sangre. Se desplomó en el suelo; había utilizado el último aliento de fuerza que le quedaba para llegar hasta la casa.

—¡Oh, Boggart..., abre los ojos, Boggart!... —gritó tía Zelda. No obtuvo respuesta—. Que me ayude alguien a levantarlo, vamos, rápido.

Nicko se adelantó y ayudó a tía Zelda a sentar al Boggart, pero era una criatura resbaladiza y pesada y se necesitó la ayuda de todos para meterlo dentro. Llevaron al Boggart a la cocina, intentando no fijarse en el rastro de sangre que se extendía en el suelo mientras lo llevaban, y lo tumbaron sobre la mesa de la cocina.

Tía Zelda puso la mano en el pecho del Boggart.

—Aún respira, pero apenas. Y su corazón late como el de un pájaro. Está muy débil... —Reprimió un sollozo; luego se sacudió y se puso manos a la obra—. Jenna, habla con él mientras traigo el cofre de las medicinas. Sigue hablándole y hazle saber que estamos aquí. No dejes que se desmaye. Nicko, trae un poco de agua caliente de la olla.

El Muchacho 412 fue a ayudar a tía Zelda con el cofre de las medicinas, mientras Jenna cogía las húmedas y enfangadas manazas del Boggart y le hablaba en voz baja, esperando que su voz pareciera más tranquila de lo que en realidad se sentía.

—Boggart, está todo bien, Boggart. Pronto te pondrás bien. Ya verás. ¿Me oyes, Boggart? Boggart, apriétame la mano si puedes oírme.

Un movimiento muy débil de los dedos palmípedos del Boggart rozó la mano de Jenna.

—Eso es, Boggart. Aún estamos aquí. Te pondrás bien, ya verás...

Tía Zelda y el Muchacho 412 regresaron con un gran arcón de madera que dejaron en el suelo. Nicko puso un cuenco de agua caliente encima de la mesa.

—Muy bien —dijo tía Zelda—. Gracias a todos. Ahora me gustaría que nos dejarais al Boggart y a mí seguir con esto. Marchaos y haced compañía a Bert y a Maxie.

Pero se resistían a dejar al Boggart.

—Vamos —insitió tía Zelda.

A regañadientes, Jenna soltó la manaza flácida del Boggart; luego siguió a Nicko y al Muchacho 412, que salieron de la cocina. La puerta se cerró con firmeza detrás de ellos.

Jenna, Nicko y el Muchacho 412 se sentaron apesadumbrados en el suelo junto al fuego. Nicko se abrazó a Maxie; Jenna y el Muchacho 412 se limitaron a contemplar el fuego, perdidos en sus propios pensamientos.

El Muchacho 412 pensaba en su anillo **mágico**. Si le daba

el anillo a tía Zelda, pensó, tal vez curaría al Boggart. Pero si le daba el anillo, querría saber dónde lo había encontrado. Y algo le decía al Muchacho 412 que si sabía dónde lo había encontrado, se enfadaría. Se enfadaría de veras. Y quizá lo echase. Además, eso era robar, ¿no? Había robado el anillo. No era suyo, pero podría salvar al Boggart...

Cuanto más pensaba en ello, más sabía lo que tenía que hacer: tenía que dar a tía Zelda el anillo del dragón.

—Tía Zelda ha dicho que la dejáramos sola —dijo Jenna cuando el Muchacho 412 se levantó y se dirigió hacia la puerta cerrada de la cocina.

El Muchacho 412 no hizo caso.

—No —soltó Jenna. Se puso en pie de un salto para detenerlo, pero en ese momento la puerta de la cocina se abrió.

Salió tía Zelda con el rostro demudado y demacrado y el delantal lleno de sangre.

—Han disparado al Boggart —dijo.

∞ 33 ∞

VIGILA Y ESPERA

La bala descansaba sobre la mesa. Una pequeña bala de plomo, con una tira de piel de Boggart aún incrustada en ella, se erguía amenazadoramente en mitad de la mesa recién fregada de tía Zelda.

El Boggart yacía plácidamente en un barreño en el suelo, pero se veía tan pequeño, delgado e insólitamente limpio que no parecía el Boggart que todos conocían y al que todos querían. Tenía un ancho vendaje hecho con jirones de sábana alrededor de la cintura, pero la mancha roja ya empezaba a extenderse por la blancura de la tela.

Parpadeó ligeramente cuando Jenna, Nicko y el Muchacho 412 entraron con cuidado en la cocina.

–Hay que limpiarlo con una esponja y agua caliente tan a menudo como se pueda –explicó tía Zelda–, no podemos dejar que se seque. Pero la herida de bala no se puede mojar.

Y necesita que la mantengamos limpia. Nada de barro durante al menos tres días. Le he puesto unas hojas de milenrama debajo del vendaje y estoy hirviéndole una infusión de corteza de sauce, que le aliviará el dolor.

—Pero ¿se pondrá bien? —preguntó Jenna.

—Sí, se pondrá bien. —Tía Zelda se permitió esbozar una pequeña y tensa sonrisa mientras calentaba la corteza de sauce en una gran olla de cobre.

—Pero la bala... Me pregunto quién haría eso.

Los ojos de Jenna se dirigieron hacia la bola de plomo negro que descansaba sobre la mesa, una intrusa poco grata y amenazadora que planteaba demasiadas preguntas desagradables.

—No lo sé —respondió tía Zelda en voz baja—. Se lo he preguntado a Boggart, pero no está en situación de poder hablar. Creo que deberíamos montar guardia esta noche.

Así, mientras tía Zelda cuidaba del Boggart, Jenna, Nicko y el Muchacho 412 se quedaron fuera con los **tarros de conserva**.

Cuando estuvieron fuera en contacto con el frío aire nocturno, las horas de entrenamiento del ejército joven del Muchacho 412 se pusieron de manifiesto. Exploró a su alrededor en busca de algún lugar que les ofreciera una buena panorámica desde todos los ángulos de la isla y que al mismo tiempo les proporcionara un escondite. Pronto encontró lo que andaba buscando: la barca de las gallinas.

Era una buena opción. De noche, las gallinas estaban encerradas en la seguridad de la bodega del barco y dejaban la cubierta despejada. El Muchacho 412 trepó y se agazapó detrás de la desvencijada timonera; luego hizo gestos a Jenna y a

Nicko para que se acercaran. Subieron al corral de las gallinas y le pasaron los **tarros de conserva** al Muchacho 412. Luego se reunieron con él en la timonera.

Era una noche nublada y la luna estaba casi escondida, pero de vez en cuando aparecía y proyectaba una luz blanca sobre los marjales, ofreciéndoles una visión nítida de muchos kilómetros a la redonda. El Muchacho 412 miraba el paisaje con ojos expertos, comprobando si había movimiento y signos delatadores de alteración, tal como le había enseñado el horrible ayudante del cazador: Catchpole. El Muchacho 412 aún recordaba a Catchpole con escalofríos. Era un hombre extraordinariamente alto, lo cual era una de las razones por las que nunca podría ser cazador: era demasiado visible. También había muchas otras razones, como su humor impredecible, el hábito de crujirse los dedos cuando se ponía nervioso y que siempre le delataba cuando alcanzaba a su presa, y su poca afición al baño, lo cual, si el viento soplaba en la dirección correcta, también salvaba a quienes perseguía debido al intenso olor que desprendía. Pero el principal motivo por el que no había sido nombrado cazador era tan simple como que no le gustaba a nadie.

Al Muchacho 412 tampoco le gustaba, pero había aprendido mucho de él una vez que se hubo acostumbrado a sus repentinos cambios de humor, a su olor y a su crujido de dedos. Y una de las enseñanzas que el Muchacho 412 recordaba era «Vigila y espera». Eso era lo que Catchpole solía decir sin cesar, hasta que se le grabó en la cabeza como una molesta cancioncilla: «Vigila y espera, vigila y espera, vigila y espera, muchacho».

La teoría era que si el vigilante esperaba lo bastante, la presa tarde o temprano acabaría por delatarse: podía ser solo el leve movimiento de una pequeña rama, el momentáneo rumor de hojas pisoteadas o el súbito alboroto de un animal o un pájaro, pero la señal al final se daría. Todo lo que tenía que hacer el observador era esperar. Y luego, claro está, reconocer la señal cuando se producía. Esa era la parte más difícil y la que peor se le daba al Muchacho 412. Pero esta vez, pensó, esta vez sin el repugnante olor del repulsivo Catchpole en la nuca, podría hacerlo. Estaba seguro de que podría.

En la timonera hacía frío, pero había un montón de sacos apilados allí, así que se envolvieron con ellos y se acomodaron para esperar, vigilar y esperar.

Aunque los marjales estaban silenciosos y tranquilos, las nubes en el cielo se arremolinaban veloces sobre la luna: tan pronto la tapaban y sumían el paisaje en una absoluta penumbra, como al cabo de un momento se disipaban y permitían que la luz de la luna inundase el marjal. Fue en uno de esos momentos, cuando la luz de la luna iluminó el entramado de canales de drenaje que cubría los marjales Marram, cuando el Muchacho 412 vio algo. O pensó que lo había visto. Excitado, agarró a Nicko y señaló en la dirección donde creía que había visto algo, pero justo en aquel instante las nubes volvieron a tapar la luna. Así que, agazapados en la timonera, esperaron. Y vigilaron y esperaron un poco más.

El paso de una larga y fina nube por encima de la luna pareció durar una eternidad y, mientras esperaban, Jenna supo que lo último que deseaba era ver a alguien, o algo, avanzando a través del marjal. Solo quería que quienquiera que hubiese disparado al Boggart hubiera recordado que se había olvidado el hervidor en el fuego y decidiera volver a casa y apagarlo antes de que se le quemase la casa. Pero sabía que no lo haría, porque de repente la luna había salido de debajo de la nube y el Muchacho 412 volvía a señalar algo.

Al principio Jenna no podía ver nada en absoluto. La llana marisma se extendía debajo de ella cuando oteaba a través de la vieja timonera, como un pescador buscando en el mar alguna señal de un banco de peces. Y entonces vio algo. Lenta e inexorablemente, una alargada forma negra avanzaba por uno de los lejanos canales de drenaje.

—Es una canoa... —susurró Nicko.

A Jenna se le levantó el ánimo.

—¿Es papá?

—No... —susurró Nicko—, son dos personas, tal vez tres, no estoy seguro.

—Iré a decírselo a tía Zelda —dijo Jenna. Estaba a punto de levantarse para irse, cuando el Muchacho 412 le puso la mano en el brazo y la frenó.

—¿Qué? —susurró Jenna.

El Muchacho 412 sacudió la cabeza y se llevó un dedo a los labios.

—Creo que él se imagina que haremos algún ruido y nos delataremos —susurró Nicko—. El sonido se propaga a mucha distancia de noche en el marjal.

—Bueno, me gustaría que lo hubiera dicho él —dijo Jenna con tensión en la voz.

Así que Jenna se quedó en la timonera y observó la canoa acercarse a buen ritmo, eligiendo certeramente la ruta a través del laberinto de canales, dejando atrás todas las demás islas y dirigiéndose directamente a la suya. A medida que se iba aproximando, Jenna se percató de que las figuras tenían algo que le resultaba horriblemente familiar. La figura de mayor envergadura que estaba en la proa de la canoa tenía la expresión concentrada de un tigre acechando a su presa. Por un momento, Jenna sintió pena por la presa, hasta que, sobresaltada, cayó en la cuenta de que la presa era ella.

Era el cazador y venía en su busca.

Emboscada

C uando la canoa se acercó más, los vigilantes del barco de las gallinas pudieron ver claramente al cazador y a sus compañeros. El cazador iba sentado delante de la canoa, remando a ritmo veloz, y detrás de él estaba el aprendiz. Y detrás del aprendiz estaba una... **cosa**. La **cosa** estaba agachada encima de la canoa, mirando alrededor del marjal y agarrando de vez en cuando un insecto o un murciélago que pasaba. El aprendiz se encogía delante de la **cosa**, pero el cazador parecía no hacerle caso. Tenía cosas más importantes en las que pensar.

Jenna se estremeció cuando vio la **cosa**. Le daba casi más miedo que el cazador. Al menos el cazador era humano, si bien es cierto que un humano mortífero. Pero ¿qué era exactamente la criatura que se acuclillaba en la parte trasera de la canoa? Para calmarse cogió al insecto escudo por los hombros, donde había estado sentado tranquilamente y, sosteniéndolo cuidadosamente en la palma de la mano, le señaló la canoa que se acercaba y su nefasto trío.

—Enemigos —susurró. El insecto escudo comprendió. Siguió el dedo levemente tembloroso de Jenna que los señalaba y fijó sus penetrantes ojos verdes, que tenían una perfecta visión nocturna, en las figuras de la canoa.

El insecto escudo estaba contento.

Tenía un enemigo.

Tenía una espada.

Pronto la espada se encontraría con el enemigo.

La vida es simple cuando eres un insecto escudo.

Los chicos soltaron el resto de los insectos escudo. Uno tras otro, destaparon los **tarros de conserva**. Al abrir cada tapa saltaba un insecto escudo en medio de una ducha de papilla verde, con la espada presta. A cada insecto, Nicko o el Muchacho 412 le señalaban la canoa que se acercaba rápidamente. Pronto cincuenta y seis insectos escudo estuvieron en formación, agazapados como muelles apretados en la borda del barco de las gallinas. El quincuagésimo séptimo permanecía en el hombro de Jenna, irremisiblemente fiel a su libertadora.

Y así las cosas, lo único que tenían que hacer los de la barca de las gallinas era esperar. Y vigilar. Y eso era lo que, con el latido de sus corazones palpitando fuertemente en las sienes, hacían. Observaban cómo las vagas formas se iban perfilando en las temibles figuras del cazador y el aprendiz que habían visto meses antes en la embocadura del Dique Profundo, y les parecieron tan amenazadoras y peligrosas como entonces.

Pero la **cosa** seguía siendo una forma imprecisa.

La canoa había llegado a un exiguo canal que los conduciría, a la vuelta de la curva, hasta el Mott. Los tres vigilantes contenían el aliento mientras esperaban que doblasen el recodo. «Quizá el **encantamiento** funcione mejor de lo que piensa tía Zelda y el cazador no pueda ver la casa», pensó Jenna, aferrándose desesperadamente a una ilusión.

La canoa viró hasta entrar en el Mott. El cazador podía ver muy bien la casa.

El cazador repasó mentalmente los tres pasos del plan:

PASO UNO: Atrapar a la **Realícia**. Hacerla prisionera e instalarla en la canoa bajo custodia del Magog que le acompañaba. Disparar solo en caso de necesidad. De otro modo, devolvérsela a DomDaniel, que deseaba «hacer el trabajo él mismo» esta vez.

PASO DOS: Disparar a los indeseables, es decir, a la bruja y al niño mago, y al perro.

PASO TRES: Una empresa privada. Hacer prisionero al desertor del ejército joven. Devolverlo al ejército joven. Cobrar la recompensa.

Satisfecho con el plan, el cazador remaba ruidosamente por el Mott en dirección al embarcadero.

El Muchacho 412 lo vio acercarse e hizo señas a Jenna y Nicko para que se quedaran quietos. Sabía que cualquier movimiento los delataría. En la mente del Muchacho 412 habían pasado de «Vigilar y esperar» a «Emboscada». Y en la "emboscada", el Muchacho 412 recordaba a Catchpole diciéndole que respirase por dentro, «La quietud lo es todo».

Hasta el «Instante de la acción».

Los cincuenta y seis insectos escudo, que se alineaban en cubierta, comprendían exactamente lo que el Muchacho 412 estaba haciendo. Gran parte del amuleto con el que habían sido creados en realidad había sido tomado del manual de entrenamiento del ejército joven. El Muchacho 412 y los insectos escudo actuaban como un solo hombre.

El cazador, el aprendiz y el Magog no tenían ni idea de que muy pronto serían parte de un «instante de la acción». El cazador había amarrado la canoa al embarcadero y estaba ocupado intentando que el aprendiz bajara de la canoa sin hacer ruido y sin caerse al agua. Normalmente al cazador no le habría importado lo más mínimo que el aprendiz se cayera al agua. En realidad, le habría dado un empujoncito de no ser porque el aprendiz habría chapoteado fuerte y sin duda habría armado demasiado alboroto con sus lamentos, por si fuera poco. Así que, prometiéndose que empujaría al irritante fulanito a la próxima agua fría que tuviera a mano cuando se le presentase la ocasión, el cazador salió en silencio de la canoa y luego tiró del aprendiz hasta sacarlo al desembarcadero.

El Magog se hundió sigilosamente en la canoa, se puso la capucha negra sobre su ojo de lución, al que molestaba la brillante luz de la luna, y permaneció preparado. Lo que sucediera en la isla no era de su incumbencia. Estaba allí para custodiar a la princesa y actuar como guardia contra las criaturas del pantano durante su largo viaje. Había hecho su trabajo notablemente bien, al margen del irritante incidente ocasionado por el aprendiz, como siempre. Pero ningún espectro de los marjales ni ningún Brownie se atreverían a acercarse a la canoa con el Magog encaramado en ella, y la baba que el Magog despedía había cubierto el casco de la canoa y hecho que todas las ventosas de los chupones resbalaran, quemándolos desagradablemente en el proceso.

Hasta el momento, el cazador estaba satisfecho de la caza. Sonreía con su sonrisa habitual, que nunca le alcanzaba los ojos. Por fin estaban allí, en el refugio de la bruja blanca, después de un extenuante viaje a golpe de remo por el marjal y el inútil encuentro con algún estúpido animal que se había empeñado en salirles al paso. La sonrisa del cazador se desvaneció al recordar su encuentro con el Boggart. No aprobaba que se malgastaran balas. Nunca sabes cuándo vas a necesitar una bala más. Acarició la pistola en su mano y, lenta y deliberadamente, cargó una bala de plata.

Jenna vio la pistola de plata centellear a la luz de la luna. Vio los cincuenta y seis insectos escudo, alineados y prestos para la acción, y decidió conservar su insecto junto a ella, por si acaso. Así que le puso la mano encima y el insecto se quedó quieto. El insecto envainó obedientemente la espada y se hizo un ovillo. Jenna se metió el insecto en el bolsillo. Si el cazador llevaba una pistola, ella un insecto.

Con el aprendiz siguiendo los pasos del cazador, tal como le habían ordenado, subieron en silencio el caminito que iba desde el embarcadero a la casa y pasaba por el barco de las gallinas. Cuando llegaron al barco de las gallinas, el cazador se detuvo. Había oído algo: latidos de corazón humano. Tres corazones humanos latiendo muy rápido. Levantó la pistola...

—¡Aaaeeeiiiij!

El alarido de cincuenta y seis insectos escudo zumbando a la vez es terrible. Disloca los tres minúsculos huesecillos del oído interno y produce una increíble sensación de pánico. Quienes conocen a los insectos escudo hacen lo único que se puede hacer: taparse los oídos con los dedos con la esperanza de controlar el pánico. Eso es lo que hizo el cazador: se quedó completamente quieto, se metió los dedos en los oídos y, si en algún momento sintió pánico, no le turbó más de un instante.

Por supuesto, el aprendiz no sabía nada de insectos escudo. Así que hizo lo que cualquiera haría al verse atacado por un enjambre de bichos verdes que vuelan hacia ti, blandiendo espadas afiladas como escalpelos y gritando en un tono tan agudo que parece que los oídos van a estallarte: echar a correr. Más rápido que lo que había corrido en su vida, el aprendiz se precipitó hacia el Mott, con la intención de meterse en la canoa y remar hasta un lugar seguro.

El cazador sabía que, si se presentaba la oportunidad, el insecto escudo siempre perseguiría al enemigo en movimiento y no prestaría atención al que se mantuviera quieto, que es exactamente lo que ocurrió. Para gran satisfacción del cazador, los cincuenta y seis insectos escudo decidieron que el enemigo era el aprendiz y lo persiguieron estridentemente hasta el Mott, donde el aterrorizado chico se arrojó al agua helada para escapar del estruendoso enjambre verde.

Los intrépidos insectos escudo se zambulleron en el Mott detrás del aprendiz, haciendo lo que tenían que hacer: perseguir al enemigo hasta el final, pero por desgracia para ellos, el fin que hallaron fue el suyo. Cuando los insectos tocaron el agua se hundieron como una piedra; su pesada armadura verde los arrastró hasta el pegajoso limo del fondo del Mott. El aprendiz, conmocionado y jadeando de frío, se aupó hasta la orilla y se tumbó temblando bajo un arbusto, demasiado aterrado para moverse.

El Magog contemplaba la escena sin ningún interés aparente. Luego, cuando el murmullo cesó, empezó a pescar en las profundidades del barro con sus largos brazos y cogió a los ahogados insectos, uno tras otro. Se sentó alegremente en la canoa, sorbiendo los insectos —armaduras y espadas incluidas—, hasta dejarlos secos y reducidos a una cremosa pasta verde con sus afilados comillos amarillentos, antes de tragarlos lentamente.

El cazador sonrió y levantó la vista hacia la timonera del barco de las gallinas. No esperaba que le resultase tan sencillo. Los tres le esperaban como presas fáciles.

—¿Vais a bajar, o tengo que ir yo a bajaros? —preguntó fríamente.

—Corre —susurró Nicko a Jenna.

—¿Y tú?

—Yo estaré bien. Es a ti a quien persigue. ¡Venga, vete! ¡Ya! —Nicko levantó la voz y le habló al cazador—: Por favor, no dispare. Voy a bajar.

—No solo tú, hijito. Todos vais a bajar. La chica primero.

Nicko empujó a Jenna.

—¡Vete! —le susurró.

Jenna parecía incapaz de moverse, no quería abandonar lo que sentía que era la seguridad de la barca de las gallinas. El Muchacho 412 reconoció el terror en su rostro; se había sentido así muchas veces antes en el ejército joven y sabía que, a menos que la arrastrase, tal como el Muchacho 409 había hecho una vez con él para salvarle de un zorro del Bosque, Jenna sería incapaz de moverse. Y si no la arrastraba él, entonces el cazador lo haría. Rápidamente, el Muchacho 412 sacó a Jenna de la timonera de un empellón; la agarró fuerte de la mano y saltó con ella al fondo del barco de las gallinas, lejos del cazador. Mientras aterrizaban sobre un montón de guano de gallina mezclado con paja, oyeron maldecir al cazador.

—¡Corred! —susurró Nicko mirándolos desde la cubierta.

El Muchacho 412 tiró de Jenna para ponerla de pie, pero aun así ella era incapaz de moverse.

—No podemos dejar a Nicko —exclamó.

—Estaré bien, Jen. ¡Marchaos, venga! —gritó Nicko haciendo caso omiso del cazador y de su pistola.

El cazador estuvo tentado de disparar al muchacho mago allí y entonces, pero su prioridad era la Realicia, no una escoria de mago. Así que, mientras Jenna y el Muchacho 412 se levantaban del montón de guano, trepaban por encima de la alambrada de las gallinas y corrían para salvar sus vidas, el cazador saltó tras ellos como si su propia vida también dependiera de ello.

El Muchacho 412 cogía fuerte a Jenna mientras se alejaban del cazador, rodeaban la parte trasera de la casa y se internaban entre los arbustos frutales de tía Zelda. Aventajaban al cazador en su conocimiento de la isla, pero eso no le importaba a este; estaba haciendo lo que sabía hacer mejor: perseguir a una presa, una presa joven y aterrada, para el caso. Fácil. Al fin y al cabo, ¿adónde podían huir? Atraparlos era solo cuestión de tiempo.

El Muchacho 412 y Jenna se agacharon y corrieron en zigzag a través de los arbustos, dejando que el cazador se esforzara en encontrar su camino a través de las espinosas plantas; pero enseguida Jenna y el Muchacho 412 llegaron al final de los arbustos frutales y salieron de mala gana al descubierto claro de hierba que conducía hasta el estanque de los patos. En ese momento la luna salió de detrás de las nubes y el cazador vio su presa perfilada contra el telón de fondo de los marjales.

El Muchacho 412 notó el peligro y corrió, arrastrando a Jenna consigo, pero el cazador estaba cada vez más cerca de alcanzarlos y no parecía cansarse, a diferencia de Jenna, que sentía que no podía dar ni un paso más. Bordearon el estanque de los patos y subieron corriendo hacia el montículo del otro extremo de la isla. Detrás de ellos, horriblemente cercanas, podían oír las pisadas del cazador resonando, mientras también él llegaba al montículo y corría veloz hacia el campo abierto.

El Muchacho 412 evitó ese camino y tomó el que discurría entre los pequeños arbustos que estaban dispersos por allí, arrastrando a Jenna, consciente de que el cazador estaba casi lo bastante cerca como para alargar la mano y cogerla.

En efecto, el cazador estaba tan cerca, que tomó impulso y se lanzó a los pies de Jenna.

—¡Jenna! —gritó el Muchacho 412, tirando de ella para liberarla de las garras del cazador y saltando con ella a un arbusto.

Jenna se estrelló contra el arbusto detrás del Muchacho 412, solo para descubrir que de repente el arbusto ya no estaba allí y caía de cabeza en un espacio oscuro, frío e interminable.

Aterrizó de un salto sobre un suelo de arena. Al cabo de un momento se oyó un trompazo y Jenna comprobó que el Muchacho 412 yacía despatarrado en la oscuridad junto a ella.

Se sentó perpleja y dolorida, y se frotó la nuca, que se había golpeado contra el suelo. Había ocurrido algo muy extraño e intentó recordar qué era. No se trataba de su huida de las garras del cazador, ni de la caída a través del suelo, sino de algo aún más extraño. Sacudió la cabeza para intentar aclarar la confusión de su cerebro. ¡Eso era! Ya se acordaba: el Muchacho 412 había hablado.

·+·35·+·

Desaparecidos en el suelo

—¡Puedes hablar! —exclamó Jenna frotándose el chichón de la cabeza.

—Claro que puedo hablar —protestó el Muchacho 412.

—Pero, ¿por qué no has hablado hasta ahora? Nunca has dicho nada. Salvo tu nombre. Quiero decir, tu número.

—Eso es todo lo que se suponía que debíamos decir si nos capturaban. Rango y número, nada más. Así que eso es lo que hice.

—No habías sido capturado. Habías sido salvado —especificó Jenna.

—Lo sé —aceptó el Muchacho 412—. Bueno, ahora lo sé. Entonces no lo sabía.

A Jenna le parecía muy extraño estar realmente manteniendo una conversación con el Muchacho 412 después de todo aquel tiempo. Y aún más extraño mantenerla en el fondo de un hoyo en la más completa oscuridad.

—Me gustaría que tuviéramos alguna luz —declaró Jenna—. Sigo pensando que el cazador nos está acechando —dijo estremeciéndose.

El Muchacho 412 rebuscó en su sombrero, sacó el anillo y se lo puso en el índice de la mano derecha. Le encajaba perfectamente. Puso la otra mano sobre el anillo del dragón, calentándolo, deseoso de que despidiera su resplandor dorado. El anillo respondió y un suave destello partió de las manos del Muchacho 412, hasta que pudo ver claramente el rostro de Jenna mirándole a través de la oscuridad. El Muchacho 412 se sintió muy feliz. El anillo brillaba más que nunca, más brillante que antes, y pronto despidió un cálido círculo de luz alrededor de ellos, mientras se sentaban en el arenoso suelo del túnel.

—Es sorprendente —se admiró Jenna—. ¿Dónde lo encontraste?

—Aquí abajo —indicó el Muchacho 412.

—¿Qué? ¿Lo acabas de encontrar? ¿Precisamente ahora?

—No, lo encontré antes.

—¿Antes de qué?

—Antes... ¿Recuerdas cuando nos perdimos en medio del haar?

Jenna asintió.

—Bueno, entonces me caí en este agujero. Y pensé que aquí me iba a quedar para siempre, hasta que encontré el anillo. Es **mágico**; se encendió y me mostró el camino de salida.

«Así que eso es lo que ocurrió», pensó Jenna; ahora tenía sentido. El Muchacho 412 se había sentado con aires de petulancia a esperarlos, mientras que ella y Nicko, después de vagar durante horas buscándolo, encontraban por fin el camino de regreso, helados y empapados. Sabía que guardaba algún tipo de secreto. Y todo aquel tiempo había estado guardando el anillo tan campante, sin mostrárselo a nadie. Había más en el Muchacho 412 de lo que aparentaba a primera vista, pensó Jenna.

–Es un anillo precioso –comentó mirando el dragón de oro enroscado alrededor del dedo del muchacho 412–. ¿Puedo cogerlo?

Con cierta reticencia, el Muchacho 412 se quitó el anillo y se lo dio a Jenna. Lo sostuvo con cuidado en las manos, pero la luz empezó a extinguirse y la oscuridad creció a su alrededor. Pronto la luz del anillo se hubo apagado por completo.

–¿Se te ha caído? –preguntó acusadoramente el Muchacho 412.

–No –le respondió Jenna–, aún lo tengo en la mano, pero conmigo no funciona.

–Claro que funciona, es un anillo mágico –le explicó el Muchacho 412–. Venga, devuélvemelo. Te lo enseñaré. –Cogió el anillo y de inmediato el túnel se inundó de luz–. ¿Lo ves? Es fácil.

–Fácil para ti –refunfuñó Jenna–, pero no para mí.

–No veo por qué –manifestó el Muchacho 412 perplejo.

Pero Jenna había visto por qué. Lo había visto una y otra vez, al crecer en una casa de magos. Y aunque Jenna sabía demasiado bien que ella no tenía Magia, podía distinguir quién la tenía.

–No es el anillo lo que es mágico. Eres tú –le dijo al Muchacho 412.

–Yo no soy mágico –respondió el Muchacho 412. Parecía tan convencido, que Jenna ni discutió.

—Bueno, seas lo que seas, es mejor que guardes bien el anillo. Entonces, ¿cómo saldremos de aquí?

El Muchacho 412 se puso el anillo del dragón y partió hacia el túnel, guiando con seguridad a Jenna a través de los giros y curvas que tanto le habían confundido antes, hasta que por fin llegaron a lo alto de los escalones.

—Cuidado. La última vez me caí y casi pierdo el anillo.

Al llegar al pie de los escalones, Jenna se detuvo. Algo hizo que se le pusieran los pelos de punta.

—Yo he estado aquí antes —susurró.

—¿Cuándo? —preguntó el Muchacho 412 un poco molesto. Aquel era su lugar.

—En mis sueños —murmuró Jenna—. Solía soñar con este sitio en verano, cuando estaba en casa, pero era más grande que esto...

—Vamos —la instó con tono enérgico el Muchacho 412.

—Me pregunto si esto es más grande, si hay eco. —Jenna levantó la voz al hablar.

«Hay eco, hay eco, hay eco, hay eco, hay eco, hay eco, hay eco, hay eco...», sonó a su alrededor.

—Chist —susurró el Muchacho 412—. Él podría oírnos. A través del suelo. Los entrenan para que tengan un oído tan fino como el de un perro.

—¿A quién?

—A los cazadores.

Jenna guardó silencio. Se había olvidado del cazador y ahora no quería que se lo recordaran.

—Hay cuadros en todas las paredes —susurró Jenna al Muchacho 412— y sé que he soñado con ellos. Parecen realmente viejos, es como si contaran una historia.

El Muchacho 412 no había reparado demasiado en los cuadros antes, pero ahora que levantaba el anillo hasta las lisas paredes de mármol que conformaban aquella parte del túnel, podía ver formas sencillas y casi primitivas en intensos azules, rojos y amarillos, que mostraban lo que parecían ser dragones, un barco en construcción, luego un faro y un naufragio.

Jenna señaló algunas figuras más a lo largo de la pared.

—Y esto parece los planos de una torre o algo así.

—Es la Torre del Mago —expuso el Muchacho 412—. Mira la pirámide de la parte de arriba.

—No sabía que la Torre del Mago fuera tan antigua —comentó Jenna, pasando el dedo por encima de la pintura y sabiendo que tal vez era la primera persona que veía los cuadros en miles de años.

—La Torre del Mago es muy antigua —explicó el Muchacho 412—. Nadie sabe cuándo fue construida.

—¿Cómo lo sabes? —le preguntó Jenna, sorprendida de que el Muchacho 412 estuviera tan seguro.

El Muchacho 412 respiró hondo y recitó con voz cantarina:

—«La Torre del Mago es un monumento antiguo. El mago extraordinario despilfarró preciosos recursos para mantener la torre en su chabacano estado de opulencia, recursos que podrían haberse empleado para sanar a los enfermos o hacer del Castillo un lugar más seguro en el que vivir». ¿Lo ves?, aún lo recuerdo. Solíamos recitar cosas como esta cada semana en nuestra lección de «Conoce a tu enemigo».

—¡Puaj! —se compadeció Jenna—. Oye, apuesto a que tía Zelda estará interesada en todo esto de aquí abajo —susurró mientras seguía al Muchacho 412 por el túnel.

–Ya conoce todo esto –le explicó el Muchacho 412, recordando la desaparición de tía Zelda en el armario de las pociones–. Y creo que ella sabe que yo lo conozco también.

–¿Por qué? ¿Te lo ha dicho ella? –indagó Jenna, preguntándose cómo podía haberse olvidado de todo aquello.

–No –le respondió el Muchacho 412–, pero me dirigió una mirada divertida.

–Dirige miradas divertidas a todo el mundo –indicó Jenna–. Eso no significa que ella piense que todo el mundo ha estado en algún túnel secreto.

Avanzaron un poco más. La hilera de pinturas se acababa y llegaron a unos escalones empinados. Una pequeña roca que estaba alojada junto al pie de los escalones llamó la atención de Jenna. La cogió y se la enseñó al Muchacho 412.

–¡Eh, mira esto! ¿No es preciosa?

Jenna sostenía una gran piedra verde en forma de huevo. Era tan lisa que parecía que alguien la acabara de pulir, y brillaba con un pálido lustre a la luz del anillo. El verde poseía una cualidad iridiscente, como el ala de una libélula, y descansaba pesada, pero perfectamente equilibrada, en la palma de sus dos manos juntas.

–¡Es tan lisa! –exclamó el Muchacho 412 acariciándola delicadamente.

–Toma, cógela –le ofreció Jenna como por un impulso–. Puede ser tu piedra mascota. Como Petroc Trelawney, solo que más grande. Podemos pedir a papá que haga un hechizo para eso cuando volvamos al Castillo.

El Muchacho 412 cogió la piedra verde. No estaba seguro de qué decir. Nadie le había hecho nunca un regalo. Guardó la piedra en su bolsillo secreto en el interior de su chaqueta de borreguillo. Luego recordó lo que tía Zelda le había dicho cuando le había llevado algunas hierbas del jardín:

—Gracias.

Había algo en su manera de hablar que a Jenna le recordaba a Nicko.

¡Nicko!

Nicko y el cazador.

—Tenemos que volver —dijo Jenna con preocupación.

El Muchacho 412 asintió con la cabeza. Sabía que tenían que ir y enfrentarse con lo que fuera que los estuviera aguardando en el exterior. Había disfrutado sintiéndose a salvo durante un rato. Pero sabía que no podía durar.

❊❊ 36 ❊❊

CONGELADO

La trampilla se levantó despacio unos pocos milímetros, y el Muchacho 412 atisbó por la rendija. Le recorrió un escalofrío. La puerta del armario de las pociones estaba abierta de par en par y veía directamente los talones de las botas marrones y enlodadas del cazador.

Dando la espalda al armario de las pociones, a solo unos pasos de distancia, estaba la robusta figura del cazador, con la capa verde plegada por encima del hombro, sosteniendo su presta pistola de plata. El cazador miraba hacia la puerta de la cocina, en posición de estar a punto de salir de estampida.

El Muchacho 412 esperó a ver qué se disponía a hacer el cazador, pero el hombre no hizo nada en absoluto. Estaba, pensó el Muchacho 412, esperando, probablemente a que tía Zelda saliera de la cocina.

Deseoso de que tía Zelda se mantuviera alejada, el Muchacho 412 bajó y extendió la mano, solicitando el insecto escudo de Jenna.

Jenna se levantó, preocupada, en la escalera detrás de él. Supo que algo no iba bien por lo tenso y rígido que se había puesto el Muchacho 412. Cuando extendió la mano, ella sacó el insecto escudo, que estaba hecho una bola, de su bolsillo y se lo pasó, tal como habían planeado, enviándole un silencioso deseo de buena suerte al hacerlo. A Jenna empezaba a gustarle el insecto y le daba pena verlo partir.

Con mucho cuidado, el Muchacho 412 sacó al insecto y lentamente lo empujó a través de la trampilla abierta. Puso la pequeña bola verde acorazada en el suelo, asegurándose de que no se le escapaba y de que apuntaba en la dirección correcta: directo hacia el cazador.

Luego lo soltó. De inmediato el insecto se enderezó, fijó sus penetrantes ojos verdes en el cazador y desenvainó la espada con un leve siseo. El Muchacho 412 contuvo la respiración por el ruido y deseó que el cazador no lo hubiera oído, pero el corpulento hombre de verde no se movió. El Muchacho 412 soltó el aire lentamente y, con un gesto de su dedo, envió al insecto hacia el aire, hacia su objetivo, emitiendo un agudo chillido.

El cazador no hizo nada.

No se volvió, ni siquiera rechistó cuando el insecto aterrizó junto a su cuello y levantó la espada para asestarle un golpe. El Muchacho 412 estaba impresionado; sabía que el cazador era duro, pero seguramente estaba llevando las cosas demasiado lejos.

Y entonces apareció tía Zelda.

—¡Cuidado! —le advirtió con un grito el Muchacho 412—. ¡El cazador!

Tía Zelda dio un salto. No debido al cazador, sino porque nunca había oído hablar al Muchacho 412, así que no tenía ni idea de quién había hablado ni de dónde procedía la desconocida voz.

Entonces, para asombro del Muchacho 412, tía Zelda desembarcó al cazador del insecto escudo y le dio un golpecito que lo hizo replegarse hecho una bola.

Y aun así, el cazador no hizo nada.

Tía Zelda se metió con energía al insecto en uno de sus muchos bolsillos de patchwork y miró a su alrededor, preguntándose de dónde salía la voz desconocida. Y entonces sorprendió al Muchacho 412 asomando por la trampilla ligeramente levantada.

—¿Eres tú? —exclamó—. Gracias a Dios que estás bien. ¿Dónde está Jenna?

—Aquí —respondió el Muchacho 412, temeroso de hablar por si el cazador lo oía. Pero el cazador no daba muestras de haber oído nada en absoluto, y tía Zelda lo trataba como si fuera solo una molesta pieza de mobiliario, mientras caminaba alrededor de su figura inmóvil, levantaba la trampilla y ayudaba a salir al Muchacho 412 y a Jenna.

—¡Qué maravilloso veros a los dos sanos y salvos! —proclamó contenta—. Estaba tan preocupada...

—Pero... ¿qué pasa con él? —El Muchacho 412 señaló al cazador.

—**Congelado** —explicó tía Zelda con aire de satisfacción—. Sólidamente **congelado** y así se quedará hasta que decida qué hacer con él.

—¿Dónde está Nicko?, ¿está bien? —preguntó Jenna mientras salía de la trampilla.

—Está bien. Ha ido en busca del aprendiz —les contó tía Zelda.

Mientras tía Zelda terminaba de hablar, la puerta principal se abrió de golpe, y el empapado y chorreante aprendiz entró de un empellón, seguido por un igualmente empapado y chorreante Nicko.

—Cerdo —le escupió Nicko, cerrando la puerta de un portazo. Soltó al chico y se acercó al fuego llameante para secarse.

El aprendiz chorreaba desoladamente sobre el suelo y miraba al cazador en busca de ayuda. Aún chorreó más desoladamente cuando vio lo que había sucedido. El cazador estaba **congelado**, sorprendido en mitad de una embestida con su pistola, contemplando el espacio con ojos vacíos. El aprendiz tragó saliva; una mujer grande embutida en una tienda de patchwork avanzaba decididamente hacia él, sabía muy bien quién era, gracias a las Cartas de Enemigos Ilustradas que había tenido que estudiar antes de salir de cacería.

Era la bruja blanca loca, Zelda Zanuba Heap.

Por no hablar del chico brujo, Nickolas Benjamin Heap, y 412, el delincuente y desertor huido. Todos estaban allí, tal como le habían dicho que ocurriría. Pero ¿dónde estaba aquella a por la que en realidad habían venido? ¿Dónde estaba la **Realicia**?

El aprendiz miró a su alrededor y descubrió a Jenna en la sombra, detrás del Muchacho 412. Se fijó en la diadema de oro de Jenna, que brillaba sobre su largo cabello negro y sus ojos violetas, como en la ilustración de las Cartas de Enemigos (pintada con mucha traza por Linda Lane, la espía). La

Realicia era un poco más alta de lo que esperaba, pero definitivamente era ella.

Una tímida sonrisa asomó en los labios del aprendiz mientras se preguntaba si capturaría a Jenna él solo. Qué satisfecho, pensó, se sentiría su maestro de él. Seguramente entonces su maestro olvidaría todos sus anteriores fracasos y dejaría de amenazarle con enviarle al ejército joven como d esechable. Sobre todo si triunfaba allí donde incluso el cazador había fallado.

Iba a hacerlo.

Sorprendiendo a todo el mundo, el aprendiz, aunque algo entorpecido por su ropa empapada, se abalanzó sobre Jenna y la agarró. Era inesperadamente fuerte para su tamaño y le puso un brazo fibroso alrededor de la garganta, casi ahogándola. Luego empezó a arrastrarla hacia la puerta.

Tía Zelda se movió hacia el aprendiz y él abrió su navaja, apretándola fuerte contra la garganta de Jenna.

—Si alguien intenta detenerme, se la clavaré —espetó, empujando a Jenna a través de la puerta abierta hacia el camino al final del cual aguardaban la canoa y el Magog.

El Magog no prestaba ninguna atención a la escena. Estaba inmerso en la tarea de licuar sus cincuenta insectos escudo ahogados, consciente de que sus obligaciones no empezaban hasta que la prisionera estuviera en la canoa.

Casi lo estaba.

Pero Nicko no iba a dejar marchar a su hermana sin luchar. Corrió tras el aprendiz y se arrojó sobre él. El aprendiz aterrizó encima de Jenna y se oyó un grito. Un fino reguero de sangre salió de debajo de ella.

Nicko apartó al aprendiz de en medio.

—¡Jen, Jen! —exclamó—, ¿estás herida?

Jenna había dado un salto y contemplaba la sangre del camino.

—No... no creo —tartamudeó—. Creo que es él. Creo que está herido.

—Lo tiene merecido —replicó Nicko, apartando de una patada la navaja del alcance del aprendiz.

Nicko y Jenna ayudaron al aprendiz a ponerse en pie. Tenía un pequeño corte en el brazo, pero aparte de eso parecía ileso, aunque estaba mortalmente pálido. Al aprendiz le asustaba la visión de la sangre, sobre todo la suya, pero aún estaba más asustado de pensar en lo que los magos podían hacerle. Mientras lo arrastraban otra vez de vuelta a la casa, el aprendiz hizo un último intento de escapar. Se zafó de Jenna y le dio a Nicko una fuerte patada en la espinilla.

Se desencadenó una pelea. El aprendiz le propinó a Nicko un violento puñetazo en el estómago y estaba a punto de darle otra patada cuando Nicko le retorció dolorosamente el brazo en la espalda.

—Deja eso —le ordenó Nicko—. No creas que puedes venir a secuestrar a mi hermana y salirte con la tuya. ¡Cerdo!

—Nunca se habría salido con la suya —se burló Jenna—. Es demasiado estúpido.

El aprendiz odiaba que le llamaran estúpido. Eso era lo que siempre le llamaba su maestro. Estúpido. Estúpido cabeza de chorlito. Estúpido cabeza hueca. Lo odiaba.

—No soy estúpido —exclamó mientras Nicko le apretaba más fuerte el brazo—. Puedo hacer todo lo que me proponga. Podría haberle disparado si hubiese querido. Ya he disparado contra algo esta noche. ¡Para que te enteres!

En cuanto dijo esto, el aprendiz deseó no haberlo hecho. Cuatro pares de ojos acusadores le miraban fijamente.

—¿A qué te refieres exactamente? —le preguntó tranquilamente tía Zelda—. ¿Disparaste a algo?

El aprendiz decidió negar la evidencia.

—No es asunto tuyo. Puedo disparar a mi antojo. Y si quiero disparar a una gorda bola de pelos que se cruza en mi camino cuando estoy en una misión oficial, lo hago.

Se hizo un conmocionado silencio. Nicko lo rompió:

—El Boggart. Disparó al Boggart. ¡Cerdo!

—¡Ay! —se quejó el aprendiz.

—Nada de violencia, por favor, Nicko —le instó tía Zelda—. No importa lo que haya hecho. Es solo un niño.

—No soy solo un niño —protestó el aprendiz con altanería—. Soy el aprendiz de DomDaniel, el mago supremo y **nigromante**. Soy el séptimo hijo de un séptimo hijo.

—¿Qué? —preguntó tía Zelda—. ¿Qué has dicho?

—Soy el aprendiz de DomDaniel, el mago supremo...

—Eso no. Eso ya lo sabemos. Veo muy bien las estrellas negras en el cinturón, gracias.

—He dicho —el aprendiz hablaba con orgullo, complacido de que por fin alguien le tomara en serio— que soy el séptimo hijo de un séptimo hijo. Soy **mágico**. —Aunque, pensó el aprendiz, la **Magia** aún no se hubiera manifestado, pero lo haría.

—No te creo —dijo lisa y llanamente tía Zelda—. Nunca he visto a nadie menos parecido al séptimo hijo de un séptimo hijo en mi vida.

—Bueno, soy yo —insistió malhumorado el aprendiz—. Yo soy Septimus Heap.

La visualización

—Está mintiendo —dijo Nicko enojado, paseando de un lado a otro mientras el aprendiz se secaba lentamente junto al fuego.

Las ropas de lana verde del aprendiz emanaban una desagradable pestilencia a moho que tía Zelda reconoció como el olor de hechizos fallidos y rancia **magia negra**. Abrió unos tarros de **pantalla contra el tufo** y pronto el aire olía agradablemente a pastel de merengue de limón.

—Lo dice solo para molestarnos —exclamó Nicko dando muestras de indignación—. El nombre de ese puerco no es Septimus Heap.

Jenna abrazó a Nicko. El Muchacho 412 deseaba comprender qué estaba pasando.

—¿Quién es Septimus Heap? —preguntó.

—Nuestro hermano —le contestó Nicko.

El Muchacho 412 parecía más confuso todavía.

—Murió cuando era un bebé —explicó Jenna—. De haber vivido, habría tenido sorprendentes poderes **mágicos**. Nuestro padre era el séptimo hijo, ¿sabes?, pero eso no siempre te hace más **mágico**.

—Ciertamente no funcionó con Silas —murmuró tía Zelda.

—Entonces, cuando papá se casó con mamá, tuvieron seis hijos. Tuvieron a Simon, Sam, Edd y Erik, Jo-Jo y Nicko. Y luego tuvieron a Septimus. Así que era el séptimo hijo de un séptimo hijo, pero murió al poco de nacer —relató Jenna. Estaba acordándose de lo que Sarah le había contado una noche de verano cuando la arropaba en su cama cajón—. Siempre pensé que era mi hermano gemelo, pero resultó que no...

—¡Ah! —exclamó el Muchacho 412, pensando en lo complicado que parecía ser tener una familia.

—Así que definitivamente no es nuestro hermano —estaba diciendo Nicko—. Y aunque lo fuera, yo no lo querría. No es mi hermano.

—Bien —intervino tía Zelda—, solo hay un modo de averiguarlo. Veremos si está diciendo la verdad, lo cual dudo mucho. Aunque siempre tuve mis dudas acerca de Septimus... siempre me pareció que había algo que no encajaba. —Abrió la puerta y miró la luna—. Una luna creciente, casi llena. No está mal. No es un mal momento para visualizar.

—¿Qué? —preguntaron Jenna, Nicko y el Muchacho 412 al mismo tiempo.

—Os lo enseñaré, venid conmigo.

El estanque de los patos era el último lugar donde todos esperaban acabar, pero allí estaban, mirando el reflejo de la luna en las tranquilas aguas negras, tal como tía Zelda les había dicho.

El aprendiz estaba firmemente apretujado entre Nicko y el Muchacho 412, por si intentaba escapar corriendo. El Muchacho 412 se alegró de que por fin Nicko confiara en él. No hacía mucho, pensó, era Nicko quien intentaba evitar que él escapara. Y ahora allí estaba él, observando la misma clase de **Magia** contra la que le habían prevenido en el ejército joven: una luna llena y una bruja blanca, con los ojos azules centelleando a la luz de la luna, gesticulando con los brazos en el aire y hablando de bebés muertos. Lo que al Muchacho 412 le resultaba difícil de creer no era que esto estuviera ocurriendo, sino el hecho de que ahora a él le pareciera perfectamente normal. Y no solo eso, sino que se había dado cuenta de que las personas con las que se encontraba alrededor del estanque —Jenna, Nicko y tía Zelda— significaban más para él que lo que nadie había significado en toda su vida, salvo el Muchacho 409, claro está.

Claro que podía arreglárselas sin el aprendiz, pensó el Muchacho 412. El aprendiz le recordaba a la mayoría de la gente que le había atormentado en su vida anterior. Su vida anterior. Eso, decidió el Muchacho 412, era lo que iba a ser en adelante. Sucediera lo que sucediese, nunca regresaría al ejército joven, nunca.

Tía Zelda habló en voz baja:

—Ahora voy a pedirle a la luna que nos muestre a Septimus Heap.

El Muchacho 412 se estremeció y contempló las quietas y oscuras aguas del estanque. En medio aparecía el perfecto reflejo de la luna, tan detallado que los mares y montañas lunares estaban más nítidos de lo que jamás había visto.

Tía Zelda levantó la vista a la luna del cielo y dijo:

—Hermana luna, hermana luna, muéstranos, si es tu voluntad, al séptimo hijo de Silas y Sarah. Muéstranos dónde está ahora. Muéstranos a Septimus Heap.

Todos contuvieron la respiración y miraron expectantes la superficie del estanque. Jenna sintió aprensión. Septimus estaba muerto. ¿Qué iban a ver? ¿Un montoncito de huesos? ¿Una minúscula tumba?

Se hizo silencio. El reflejo de la luna empezó a crecer hasta que un enorme círculo, blanco y casi perfecto, llenó el estanque de los patos. Al principio, empezaron a aparecer vagas sombras en el círculo, que lentamente cobraron más definición hasta que vieron... sus propios reflejos.

—¿Lo veis? —dijo el aprendiz—. Le habéis pedido verme y aquí estoy. Ya os lo había dicho.

—Eso no significa nada —rebatió Nicko indignado—. Solo son nuestros reflejos.

—Tal vez sí, tal vez no —comentó tía Zelda pensativa.

—¿Podemos ver lo que le sucedió a Septimus cuando nació? —preguntó Jenna—. Entonces sabríamos si todavía está vivo.

—Sí, lo sabríamos. Se lo preguntaré, pero es mucho más difícil ver cosas del pasado. —Tía Zelda respiró hondo y dijo—: Hermana luna, hermana luna, muéstranos, si es tu voluntad, el primer día de la vida de Septimus Heap.

El aprendiz resopló y tosió.

—Silencio, por favor —requirió tía Zelda.

Lentamente sus reflejos desaparecieron de la superficie del agua y fueron sustituidos por una escena exquisitamente detallada y clara que resplandecía contra la oscuridad de la media-noche.

La escena se desarrollaba en un lugar que Jenna y Nicko conocían bien: su casa en el Castillo. Como un retablo desplegado ante ellos, las figuras de la habitación estaban inmóviles, congeladas en el tiempo. Sarah yacía en una modesta cama, sosteniendo a un bebé recién nacido, con Silas a su lado. Jenna contuvo el aliento; no se había dado cuenta de cuánto añoraba su hogar hasta entonces. Miró a Nicko, que tenía una cara de concentración que Jenna reconoció como la expresión que adoptaba cuando intentaba no parecer preocupado.

De repente, todo el mundo lanzó una exclamación. Las figuras empezaron a moverse. Silenciosa y fácilmente, como una fotografía en movimiento, empezaron a representar la escena ante el público en trance... con una excepción.

—La cámara oscura de mi maestro es cien veces mejor que este viejo estanque de patos —se mofó el aprendiz con un tono de desdén.

—Cállate —le ordenó Nicko enfadado.

El aprendiz suspiró fuerte y jugueteó con los dedos, reticente a ver la escena que se desarrollaba ante él. Era todo un montón de basura, pensó. «No tiene nada que ver conmigo.»

El aprendiz se equivocaba. Los acontecimientos que estaba mirando habían cambiado su vida.

La escena se desarrollaba ante ellos:

La estancia de los Heap parece sutilmente diferente. Todo es más nuevo y más limpio.

Sarah Heap es mucho más joven también; su cara está más rellena y no hay tristeza en sus ojos. De hecho, parece completamente fe-

liz sosteniendo a su bebé recién nacido, Septimus. Silas también es
más joven, su cabello está menos desgreñado y su cara menos teñida
por la preocupación. Hay seis niños pequeños jugando juntos tran-
quilamente.

Jenna sonrió con nostalgia, percatándose de que el más pequeño, con la mata de cabello rebelde, debía de ser Nicko.
«Está tan mono —pensó—, saltando arriba y abajo, emocionado, queriendo ver al bebé.»

Silas aúpa a Nicko para ver a su nuevo hermano. Nicko alarga
una pequeña mano regordeta y acaricia tiernamente la mejilla del
bebé. Silas le dice algo y luego lo baja para que corretee y juegue con
sus demás hermanos.

Ahora Silas está dando a Sarah y al bebé un beso de despedida.
Se detiene, le dice algo a Simon, el mayor, y luego se va.

La imagen se desvanece, las horas pasan.

Ahora la habitación de los Heap está iluminada por la luz de una
vela. Sarah está amamantando al bebé y Simon está leyendo pláci-
damente un cuento a sus hermanos pequeños. Una gran figura vesti-
da de azul oscuro, la comadrona, irrumpe en la visión. Le quita el
bebé a Sarah y lo pone en la caja de madera que le sirve de cuna. De
espaldas a Sarah, saca una pequeña ampolla con un líquido negro del
bolsillo y se empapa el dedo en él. Luego, mirando a su alrededor, la
comadrona moja los labios del bebé con su dedo ennegrecido. De in-
mediato, Septimus se queda flácido.

La comadrona se vuelve hacia Sarah, sosteniendo el bebé desma-
dejado ante ella. Sarah está consternada. Pone la boca sobre la del
bebé para intentar insuflarle vida, pero Septimus permanece tan laxo
como un trapo. Pronto Sarah también siente los efectos de la droga y
al instante se desploma sobre la almohada.

Observada por los seis niñitos horrorizados, la matrona saca un enorme rollo de vendas del bolsillo y empieza a vendar a Septimus, comenzando por los pies y subiendo de manera experta hacia arriba, hasta que llega a la cabeza, donde se detiene un instante y comprueba la respiración del bebé. Satisfecha, sigue con el vendaje, dejando asomar la nariz, hasta que parece una pequeña momia egipcia.

De repente, la comadrona se dirige a la puerta, llevándose a Septimus consigo. Sarah se fuerza a despertarse de su sueño inducido por la droga, justo a tiempo de ver a la comadrona abrir la puerta y chocar con un conmocionado Silas, que está estrechamente envuelto en su capa. La comadrona le empuja a un lado y se apresura por el corredor.

Los corredores de los Dédalos están iluminados por antorchas ardientes y brillantes que arrojan sombras parpadeantes sobre la oscura figura de la comadrona, mientras corre, apretando a Septimus contra su pecho. Al cabo de un rato sale al exterior en la noche nevada y aminora el paso, mirando, nerviosa, a su alrededor. Encorvada sobre el bebé, camina a paso rápido por las desiertas y exiguas calles hasta que llega a un espacio abierto.

El Muchacho 412 lanzó una exclamación. Era la pavorosa plaza de armas del ejército joven.

La figura oscura avanza por la extensión nevada de la plaza de armas, escabulléndose como un escarabajo negro sobre un mantel. El guardia del cuartel saluda a la comadrona y la deja entrar.

Dentro del lúgubre cuartel, la comadrona aminora el paso. Baja con cuidado una serie de escalones empinados y estrechos, que conducen a un sótano húmedo lleno de cunas vacías puestas en fila. Es lo que pronto se convertirá en la guardería del ejército joven, donde se criarán todos los niños huérfanos y no deseados del Castillo (las niñas irán a la sala de instrucción del servicio doméstico). Ya hay cuatro desafortunados ocupantes; tres son los hijos trillizos de un guardia que se atrevió a hacer un chiste sobre la barba del custodio supremo. El cuarto es el propio bebé de la comadrona, de seis meses, al que cuidan en la guardería mientras ella está trabajando. *La cuidadora, una mujer mayor con una tos persistente, está repantigada en la silla, dormitando a ratos entre ataques de tos. La comadrona coloca rápidamente a Septimus en una cuna vacía y le quita las vendas. Septimus bosteza y estira los puñitos.*

Está vivo.

Jenna, Nicko, el Muchacho 412 y tía Zelda miran la escena que se desarrolla ante ellos en el estanque, cayendo en la cuenta de que aparentemente el aprendiz ha dicho la verdad. El Muchacho 412 tiene una desagradable sensación en la boca del estómago; odia volver a ver los barracones del ejército joven.

En la penumbra de la guardería del ejército joven, la comadrona se sienta cansinamente. No deja de mirar ansiosamente la puerta como si esperase que entrara alguien. Nadie aparece.

Al cabo de un minuto o dos se levanta de la silla, se dirige a la cuna donde su propio bebé está llorando y coge al niño en brazos. En ese momento la puerta se abre y la comadrona se da media vuelta, con el rostro demudado, asustada.

Una mujer alta, vestida de negro, permanece en el umbral de la puerta. Por encima de sus ropajes negros y bien planchados, lleva el delantal almidonado de enfermera, pero ciñe su cintura un cinturón rojo como la sangre con las tres estrellas negras de DomDaniel.

Ha venido a por Septimus Heap.

Al aprendiz no le gustaba en absoluto lo que veía. No quería ver a la familia de clase baja de la que lo habían rescatado; para él no significaban nada. Tampoco quería ver lo que le había pasado cuando era bebé. ¿Qué le importaba eso ahora? Se estaba poniendo enfermo de estar allí fuera, al relente, con el enemigo.

El aprendiz, furioso, dio un puntapié a un pato que tenía junto a sus pies y lo lanzó directo al agua. Bert aterrizó en medio del estanque con gran estruendo y la imagen se desmenuzó en miles de danzantes fragmentos de luz.

El hechizo estaba roto.

El aprendiz aprovechó para huir. Bajaba hacia el Mott, por el camino, corriendo tan rápido como podía, dirigiéndose hacia la fina canoa negra. No llegó muy lejos. Bert, que no se había tomado demasiado bien que la lanzaran al estanque de los patos de un puntapié, le perseguía. El aprendiz oyó el batir de las poderosas alas del pato solo un instante antes de notar el picotazo en la nuca y el tirón de sus ropas, que casi lo ahoga. El pato lo cogió por la capucha y lo arrastró hacia Nicko.

—¡Oh, cuidado! —exclamó tía Zelda con voz preocupada.

—Yo no me preocuparía por él —dijo Nicko enojado, mientras alcanzaba al aprendiz y lo agarraba fuerte.

—No estaba preocupada por él —replicó tía Zelda—, solo quería que Bert no se lastimara en el pico.

⊰⊱ 38 ⊰⊱

Mientras se descongela

El aprendiz se sentó acurrucado en un rincón junto al fuego, con Bert aún colgando de una de sus mangas lacias y húmedas. Jenna había cerrado todas las puertas con llave y Nicko las ventanas, dejando que el Muchacho 412 vigilara al aprendiz mientras iban a ver cómo estaba el Boggart.

El Boggart yacía en el fondo del barreño de hojalata, como un pequeño montículo de húmedo pelaje marrón que resaltaba contra la blancura de la sábana que tía Zelda había puesto debajo de él. Entreabrió los ojos y contempló a los visitantes con una mirada empañada y perdida.

—Hola, Boggart, ¿te sientes mejor? —preguntó Jenna.

El Boggart no respondió. Tía Zelda sumergió una esponja en un cubo de agua caliente y mojó cuidadosamente con ella al Boggart.

—Me limito a mantener a Boggart húmedo. Un Boggart seco no es un Boggart feliz.

—No tiene buen aspecto, ¿verdad? —le susurró Jenna a Nicko mientras salían de puntillas y en silencio de la cocina con tía Zelda.

El cazador, aún en posición de ataque al otro lado de la puerta de la cocina, miró a Jenna con una mirada siniestra cuando apareció. Sus penetrantes ojos azules claros se fijaron en ella y la siguieron por toda la habitación, pero el resto de él estaba tan inmóvil como siempre.

Jenna sintió la mirada y levantó la vista. Un escalofrío recorrió todo su cuerpo.

—Me está mirando. Sus ojos me están siguiendo.

—¡Qué fastidio! —comentó tía Zelda con desaprobación—. Está empezando a **descongelarse**. Será mejor que me ocupe de ello antes de que cause más problemas.

Tía Zelda quitó la pistola de plata de la mano helada del cazador. Sus ojos destellearon furiosos mientras ella, con mano experta, abría el arma y sacaba una pequeña bala de plata de la recámara.

—Toma —dijo tía Zelda, ofreciéndole a Jenna la bala de plata—. Ha estado buscándote durante diez años y ahora la búsqueda ha terminado. Ahora estás a salvo.

Jenna sonrió con incertidumbre e hizo rodar la sólida esfera de plata en la palma de su mano con una sensación de repulsión, aunque no podía dejar de admirar lo perfecta que era. Casi perfecta. La levantó y divisó una minúscula muesca en la bola; para su sorpresa había dos letras grabadas en la bala de plata: PN.

—¿Qué significa PN? —le preguntó Jenna a tía Zelda—. Mira, está aquí, en la bala.

Tía Zelda no respondió durante un momento. Sabía lo

que las letras significaban, pero no estaba segura de que debiera contárselo a Jenna.

– PN –murmuró Jenna, dándole vueltas–, PN...

–Princesa Niña –explicó tía Zelda–. Una bala con nombre. Una bala con nombre siempre encuentra su blanco. No importa cómo o cuándo, pero te encontrará. Como ha hecho la tuya, aunque no del modo en que ellos pretendían que te encontrase.

–¡Ah! –exclamó Jenna en voz baja–. Así que la otra, la que era para mi madre, ¿tenía...?

–Sí, tenía una R.

–¡Ah! ¿Puedo quedarme la pistola también? –pidió Jenna.

Tía Zelda parecía sorprendida.

–Bien, supongo que sí. Si de veras quieres...

Jenna cogió la pistola y la empuñó como había visto hacer al cazador y a la Asesina, sintiendo su pesadez en la mano y la extraña sensación de poder que se experimentaba al empuñarla.

–Gracias –agradeció a tía Zelda, devolviéndole la pistola–. ¿Me la puedes guardar por ahora?

Los ojos del cazador siguieron a tía Zelda mientras ella desfilaba con la pistola hasta su armario de pociones inestables y venenos particulares y lo cerraba con llave. La volvieron a seguir mientras se acercaba a él y le tocaba las orejas. El cazador parecía furibundo. Sus cejas temblaron y sus ojos centellearon furiosamente, pero no movió nada más.

–Bien –exclamó tía Zelda–, aún tiene las orejas heladas. Aún no puede oír lo que decimos. Tenemos que decidir qué hacer con él antes de que se **descongele**.

–¿No puedes **recongelarlo**? –preguntó Jenna.

Tía Zelda negó con la cabeza.

—No —respondió con pesar—, no se debe **recongelar** a nadie una vez que empieza a **descongelarse**. No es seguro para ellos, pueden **quemarse de congelación**. O quedarse horriblemente blanduzcos. No es una visión agradable. Sin embargo, el cazador es un hombre peligroso y no abandonará la caza nunca, y de algún modo tenemos que detenerlo.

Jenna estaba pensando.

—Tenemos que hacerle olvidar todo. Incluso quién es. —Se echó a reír—. Podemos hacerle creer que es un domador de leones o algo por el estilo.

—Y entonces se irá con un circo y descubrirá que no lo era, justo después de haber metido la cabeza en la boca de un león —acabó Nicko.

—No debemos usar la **Magía** para poner en peligro la vida de nadie —les recordó tía Zelda.

—Entonces, podría ser un payaso —sugirió Jenna—. Es bastante terrorífico.

—Bueno, he oído que está a punto de llegar un circo al Puerto un día de estos; estoy segura de que encontraría trabajo —sonrió tía Zelda—. Me han dicho que aceptan a cualquiera.

Tía Zelda cogió un viejo y desvencijado libro titulado *Recuerdos* **mágicos**.

—A ti se te da bien esto —dijo tendiéndole el libro al Muchacho 412—, ¿puedes buscarme el **amuleto** correcto? Creo que se llama **Recuerdos rufianescos**.

El Muchacho 412 hojeó el viejo libro que olía a rancio. Era uno de aquellos libros en los que la mayoría de los **amuletos** se habían perdido, pero hacia el final encontró lo que buscaba: un pequeño pañuelo anudado con una emborronada escritura negra a lo largo del dobladillo.

—Bien —exclamó tía Zelda—. Tal vez tú puedas hacer el hechizo para nosotros, por favor.

—¿Yo? —inquirió el Muchacho 412 sorprendido.

—Si no te importa —insistió tía Zelda—. Mi vista no alcanza a leerlo con esta luz.

Levantó la mano y comprobó las orejas del cazador. Estaban calientes. El cazador la miró y entornó los ojos de ese modo familiarmente duro. Nadie lo notó.

—Ahora puede oírnos, será mejor acabar con esto antes de que también pueda hablar.

El Muchacho 412 leyó cuidadosamente las instrucciones del hechizo. Luego sostuvo el pañuelo anudado y dijo:

> Cualquiera que tu historia haya sido,
> al verme toda se habrá perdido.

El Muchacho 412 movió el pañuelo ante los furiosos ojos del cazador; luego lo desanudó. Con eso, el cazador puso los ojos en blanco. Su mirada ya no era amenazadora, sino confusa y tal vez un poco asustada.

—Bien —dijo tía Zelda—. Parece que ha salido bien. ¿Puedes seguir con el resto, por favor?

El Muchacho 412 recitó serenamente:

> Escucha tus recién nacidos rasgos,
> recuerda ahora tus diferentes pasos.

Tía Zelda se plantó delante del cazador y se dirigió a él con firmeza:

—Esta es la historia de tu vida. Naciste en una casucha, abajo en el Puerto.

—Eras un niño horrible —añadió Jenna— y tenías pecas.

—No le gustabas a nadie —siguió Nicko.

El cazador empezó a parecer muy infeliz.

—Salvo a tu perro —inventó Jenna, que empezaba a sentir pena por él.

—Tu perro murió —dijo Nicko.

El cazador parecía desolado.

—Nicko —le reprendió Jenna—, no seas malo.

—¿Malo, yo? ¿Y él qué?

Y de este modo la horriblemente trágica vida del cazador se desplegó ante él. Estaba trufada de desafortunadas coincidencias, estúpidos errores y momentos muy embarazosos que hicieron que sus orejas recién **descongeladas** se enrojecieran al recordarlos. Por fin, el triste relato terminó con su infeliz aprendizaje con un payaso irascible, conocido por todos los que trabajaban para él como Aliento de Perro.

El aprendiz observaba todo con una mezcla de gozo y horror. El cazador lo había atormentado durante tanto tiempo que el aprendiz se alegraba de ver que alguien le estaba dando su merecido. Pero no podía evitar preguntarse qué planeaban hacerle a él.

Cuando el penoso cuento del pasado del cazador acabó, el Muchacho 412 volvió a anudar el pañuelo y dijo:

> Lo que fue tu vida se ha ido,
> otro pasado ahora ejerce el dominio.

Con algún esfuerzo, llevaron al cazador fuera, como una tabla grande y rígida, y lo dejaron junto al Mott para que pudiera **descongelarse** alejado del camino. El Magog no le prestó ninguna atención; acababa de sacar a su trigésimo octavo insecto escudo del barro y estaba preocupado pensando en si quitarle las alas antes de licuarlo o no.

—Un día de estos, regaladme un bonito enanito de jardín —bromeó tía Zelda contemplando a su nuevo y, esperaba que fuera temporal, ornamento de jardín con desagrado—. Pero esto es un trabajo bien hecho. Ahora tenemos que solucionar lo del aprendiz.

—Septimus... —musitó Jenna—. No puedo creerlo. ¿Qué van a decir mamá y papá? Es tan horrible.

—Bueno, supongo que crecer con DomDaniel no le ha hecho ningún bien —comentó tía Zelda.

—El Muchacho 412 creció en el ejército joven, pero él es legal —señaló Jenna—. Él nunca habría disparado al Boggart.

—Lo sé —coincidió tía Zelda—, pero tal vez el aprendiz, ejem... Septimus, mejore con el tiempo.

—Tal vez —admitió Jenna albergando grandes dudas.

Poco más tarde, en las primeras horas de la mañana, cuando el Muchacho 412 había guardado con cuidado la piedra verde que le había dado Jenna bajo su colcha para mantenerla caliente y cerca de él —y justo cuando por fin se disponían a dormirse—, se produjo una vacilante llamada a la puerta.

Jenna se sentó asustada. ¿Quién sería? Dio un ligero codazo a Nicko y al Muchacho 412 para que se despertaran. Luego se acercó sigilosa a la ventana y abrió en silencio uno de los postigos.

Nicko y el Muchacho 412 se quedaron de pie al lado de la puerta, armados con una escoba y una pesada lámpara.

El aprendiz se sentó en su rincón oscuro junto al fuego y esbozó una petulante sonrisa. DomDaniel había enviado un destacamento para rescatarle.

No era un destacamento de rescate, pero Jenna palideció cuando vio quién era.

—Es el cazador —susurró.

—No va a entrar —dijo Nicko—. De ninguna manera.

Pero el cazador volvió a llamar, aún más fuerte.

—¡Váyase! —le gritó Jenna.

Tía Zelda salió de cuidar al Boggart.

—Mirad a ver qué quiere —les rogó—, y podremos ponerlo en su camino.

Así, contra todos sus instintos, Jenna abrió la puerta al cazador.

Apenas lo reconoció. Aunque aún vestía el uniforme de cazador, ya no parecía uno de ellos. Arrebujado en su gruesa capa verde como un mendigo con una manta, permaneció en el umbral algo encorvado en actitud de disculpa.

—Siento molestarlos a estas horas, amables lugareños —murmuró—, pero me temo que me he perdido. Me pregunto si podrían indicarme el camino hacia el Puerto.

—Por ahí —dijo Jenna tajantemente, señalando a través de los marjales.

El cazador parecía confuso.

—No soy demasiado bueno orientándome, señorita. ¿Dónde exactamente sería eso?

—Siga la luna —le dijo tía Zelda—. Ella le guiará.

El cazador inclinó la cabeza humildemente.

—Gracias, amable señora. Me pregunto si les causaría mucho problema que les preguntara si hay un circo en la ciudad. Tengo la esperanza de obtener un puesto allí como bufón.

Jenna reprimió una sonrisita.

—Sí, resulta que ahí está —le dijo tía Zelda—. Ejem... ¿puede esperar un minuto? —Desapareció en la cocina y regresó con una talega que contenía un poco de pan y queso—. Tome esto y buena suerte en su nueva vida.

El cazador volvió a inclinar la cabeza.

—Gracias por su amabilidad, señora —dijo, y bajó hacia el Mott, pasando ante el durmiente Magog y su estrecha canoa negra sin el más mínimo asomo de reconocimiento, y luego por encima del puente.

Cuatro silenciosas figuras se quedaron en el umbral y observaron a la solitaria figura del cazador emprender su camino con inseguridad, a través de los marjales Marram, hacia su nueva vida en el Circo Ambulante y Animales Salvajes de Fishhead y Durdle, hasta que una nube tapó la luna y los marjales se volvieron a sumir en la oscuridad.

39

LA CITA

Más tarde, esa noche, el aprendiz se escapó por la gatera. A Bert, que aún conservaba todos los instintos de un gato, le gustaba vagar por la noche, y tía Zelda le dejaba la puerta abierta en un solo sentido gracias a un **hechizo de cerrazón**. Esto permitía a Bert salir, pero no dejaba que nada entrase, ni siquiera la propia Bert. Tía Zelda era muy cuidadosa con los Brownies descarriados y los espectros de los marjales.

Así que, cuando todo el mundo menos el aprendiz se había quedado dormido y Bert decidió salir a pasar la noche fuera, el aprendiz pensó que podía intentar seguirla. Era un poco estrecho, pero el aprendiz, que estaba delgado como una serpiente y era dos veces más retorcido, se arrastró hasta colarse por el exiguo espacio. Al hacerlo, la **magia negra** que impregnaba sus ropas **desencantó** la gatera y pronto su cara nerviosa asomó al frío aire nocturno.

Bert lo recibió con un fuerte picotazo en la nariz, pero eso no disuadió al aprendiz. Le daba más miedo quedarse atollado en la gatera, con los pies aún dentro de la casa y la cabeza fuera, que la propia Bert. Tenía la sensación de que nadie se daría demasiada prisa en sacarlo si se quedaba atorado. Así que no hizo caso a la furiosa pata y, con gran esfuerzo, se escurrió hasta liberarse.

El aprendiz fue directo al embarcadero, perseguido de cerca por Bert, que intentó volver a cogerlo del pescuezo, pero esta vez el aprendiz estaba preparado: le propinó un furioso manotazo que la envió al suelo con un ala malherida.

El Magog estaba tumbado cuan largo era en la canoa, durmiendo mientras hacía la digestión de los cincuenta y seis insectos escudo. El aprendiz pasó con precaución por encima de él. Para su alivio, el Magog no rebulló. La digestión era algo que un Magog se tomaba muy en serio. El olor a baba de Magog se le pegaba detrás del paladar, pero cogió el remo cubierto de gelatinoso líquido y pronto se alejó río abajo, rumbo hacia el laberinto de canales serpenteantes que entrecruzaban los marjales Marram y que lo conducirían hasta el Dique Profundo.

A medida que dejaba la casa atrás y se internaba en la amplia extensión de los marjales iluminados por la luna, el aprendiz empezó a sentir cierta inquietud. Con el Magog durmiendo, el aprendiz se sentía horriblemente desprotegido y recordó todas las aterradoras historias que había oído sobre los pantanos de noche. Remaba en la canoa haciendo el menor ruido posible, temiendo molestar a algo que no quería ser molestado o, aún peor, algo que podía estar aguardando a que lo molestasen. A su alrededor oía los ruidos nocturnos del pantano; los amortiguados chillidos subterráneos de un puñado de Brownies mientras arrastraban a un desprevenido gato salvaje hasta las arenas movedizas del fondo. Y luego estaba ese horrible ruido como de escarbar y succionar cuando dos grandes chupones intentaban fijar sus ventosas en el fondo de la canoa y abrirse camino a mordiscos, aunque pronto resbalaban gracias a los restos de baba del Magog.

Poco tiempo después de que los chupones desaparecieran, apareció un espectro del marjal. Aunque solo era una pequeña voluta de niebla blanca, expelía un olor a frío y a humedad que al aprendiz le recordaba el túmulo del escondrijo de DomDaniel. El espectro del marjal se sentó detrás del aprendiz y empezó a canturrear de forma poco melodiosa la más lastimera e irritante canción que el aprendiz había oído en su vida. La canción le daba vueltas sin parar en su cabeza —«...Ueerrj-derr-uaaaah-duuuuuuuu... Ueerrj-derr-uaaaah-duuuuuuuu... Ueerrj-derr-uaaaah-duuuuuuuu...»—, hasta que el aprendiz sintió que iba a enloquecer.

Intentó espantar al espectro con el remo, pero atravesó el gimiente pedazo de niebla, se desequilibró la canoa y a punto estuvo de caer de bruces en las aguas negras. Y a pesar de eso, la horrible cantinela seguía, un poco burlona ahora que el espectro sabía que había captado la atención del aprendiz: «Ueerrj-derr-uaaaah-duuuuuuuu...Ueerrj-derr-Uaaaah-duuuuuuuu... uuuuuu... uuuuuuuuuuuuuuuuuuuuuuu...».

—¡Basta! —vociferó el aprendiz, incapaz de soportar el ruido ni un momento más.

Se tapó los oídos con los dedos y empezó a cantar en voz lo bastante alta como para sofocar la fantasmal tonadilla.

—No estoy escuchando, no estoy escuchando, no estoy escuchando —cantaba el aprendiz a pleno pulmón mientras el triunfante espectro giraba alrededor de la canoa, satisfecho de su trabajo nocturno. Normalmente el espectro de los marjales tardaba mucho más en reducir a un joven a una piltrafa balbuciente, pero aquella noche había tenido un golpe de suerte. Misión cumplida: el espectro de los marjales se convirtió en una delgada hoja de niebla que fue ondulándose, para pasar el resto de la noche flotando sobre su ciénaga favorita.

El aprendiz remó obstinadamente, sin preocuparse por la sucesión de llorones de los pantanos, insectos embotadores y una colección muy tentadora de fuegos de los marjales que danzaron en torno a su canoa durante horas. Para entonces, al aprendiz no le importaba lo que ninguno de ellos hiciera, mientras no cantase.

Cuando el sol se alzó sobre los distantes confines de los marjales Marram, el aprendiz se percató de que estaba absolutamente perdido. Se encontraba en una extensión informe de pantanos que le parecían todos iguales. Remó cansinamente hacia delante, sin saber qué otra cosa hacer, y ya era mediodía cuando llegó a una amplia y recta franja de agua que parecía como si fuera a dar a algún lugar, en vez de perderse en otra saturada ciénaga.

Exhausto, el aprendiz viró hacia lo que era el tramo alto del Dique Profundo y lentamente tomó rumbo hacia el río. Su descubrimiento de la pitón gigante de los marjales merodeando en el fondo del canal e intentando enderezarse, apenas le alteró; estaba demasiado cansado para importarle. También estaba muy decidido a que nadie le impidiera llegar a su cita con DomDaniel, y esta vez no iba a estropearlo. Muy pronto la Realicia lo lamentaría. Todos lo lamentarían, sobre todo el pato.

Aquella mañana, de nuevo en la casa, nadie podía creer que el aprendiz se las hubiera arreglado para escabullirse a través de la gatera.

—Yo pensaba que tenía la cabeza demasiado grande para colarse por la gatera —había dicho con sorna Jenna.

Nicko salió a inspeccionar la isla, pero regresó pronto.

—La canoa del cazador no está y era un barco rápido. Ahora ya estará bastante lejos.

—Tenemos que detenerlo —opinó el Muchacho 412, que sabía demasiado bien lo peligroso que podía ser un chico como el aprendiz— antes de que le cuente a alguien dónde estamos, lo que hará en cuanto pueda.

Y de este modo Jenna, Nicko y el Muchacho 412 tomaron el *Muriel 2* y salieron en persecución del aprendiz. Mientras el pálido sol de primavera se alzaba sobre los marjales Marram, proyectando largas sombras de refilón sobre los lodazales y las ciénagas, la desgarbada *Muriel 2* los llevó a través del laberinto de zanjas y canales. Navegaba lenta pero inexorablemente, demasiado lenta para Nicko, que sabía lo rápidamente que la canoa del cazador debía de haber cubierto la misma distancia. Nicko se mantuvo ojo avizor ante cualquier señal de la esbelta canoa negra, aunque esperaba verla volcada en unas arenas movedizas de los Brownies, o vacía y a la deriva en un canal, pero, para su decepción, no vio nada, salvo un madero largo y negro que solo por un momento había avivado sus esperanzas.

Se detuvieron un rato para comer un poco de queso de cabra y bocadillos de sardina junto a la ciénaga de los espectros de los marjales. Pero los dejaron en paz, pues los espectros hacía tiempo que se habían ido, evaporados en el calor del sol naciente.

Eran las primeras horas de la tarde y empezaba a caer una llovizna gris, cuando por fin entraron en el Dique Profundo. La pitón de los marjales dormitaba en el barro, medio cubierta por el agua turbia de la reciente marea alta. Ignoró al *Muriel 2*, para gran alivio de sus ocupantes, y se quedó esperando la nueva afluencia de pescado que traería consigo la marea alta. La marea estaba muy baja y la canoa se asentaba muy abajo de las inclinadas riberas que se levantaban a cada lado de ellos, así que, hasta que hubieron doblado el último recodo del Dique Profundo, Jenna, Nicko y el Muchacho 412 no vieron lo que les estaba aguardando.

La *Venganza*.

40

EL ENCUENTRO

Un silencio mortal reinaba en la canoa *Muriel 2*.
A una remada de distancia, la *Venganza* descansaba
tranquilamente, parada bajo la llovizna de las primeras horas
de la tarde, quieta y anclada en mitad del canal de aguas profundas del río. La enorme nave negra constituía una visión
imponente: la proa descollaba sobre el agua como un acanti-
lado y, con sus harapientas velas negras plegadas, sus dos mástiles se erguían como huesos negros contra el cielo encapota-
do. Un opresivo silencio rodeaba el barco en la luz grisácea de
la tarde; ninguna gaviota se atrevía a sobrevolarlo en busca de
desperdicios. Los pequeños barcos que navegaban por el río
veían la nave y pasaban calladamente por las aguas poco profundas de la orilla del río; preferían arriesgarse a encallar antes
que acercarse a la famosa *Venganza*. Encima de los mástiles se
había formado una densa nube negra que proyectaba una

sombra oscura sobre todo el barco, y en la proa ondeaba amenazadoramente una bandera de color rojo sangre con una línea de tres estrellas negras.

Nicko no necesitaba que la bandera le dijese a quién pertenecía la nave. Jamás se había pintado ningún otro barco del color negro intenso que empleaba DomDaniel y ningún otro barco habría estado rodeado de una atmósfera tan maligna. Hizo un gesto desesperado a Jenna y al Muchacho 412 para que remaran hacia atrás y, al cabo de un momento, el *Muriel 2* estaba oculto y a salvo detrás del último recodo del Dique Profundo.

—¿Qué es esto? —susurró Jenna.

—Es la *Venganza* —le explicó bajito Nicko—. La nave de DomDaniel. Supongo que estaba esperando al aprendiz. Apuesto que es allí adonde ha ido el pequeño sapo. Pásame el catalejo, Jen.

Nicko se acercó el telescopio al ojo y vio exactamente lo que estaba temiendo. En las profundas sombras proyectadas por los inclinados costados negros del casco estaba la canoa del cazador. Se mecía en el agua, vacía y eclipsada por la mole de la *Venganza*, amarrada al pie de una gruesa escala de cuerda que conducía a la cubierta del barco.

El aprendiz había llegado a su cita.

—Demasiado tarde —exclamó Nicko—. Allí está. ¡Oh, puaj! ¿Qué es eso? ¡Oh, qué asco! Esa **cosa** acaba de salir de dentro de la canoa. ¡Es tan viscosa! Pero realmente puede subir por la escalerilla de cuerda... es como un mono espantoso... —Nicko se estremeció.

—¿Ves al aprendiz? —susurró Jenna.

Nicko barrió la escalera con el catalejo. Asintió. Con toda

seguridad, el aprendiz casi había llegado arriba, pero se había detenido y estaba contemplando con horror la cosa que subía rápidamente. En cuestión de minutos, el Magog había alcanzado al aprendiz y pasaba por encima de él, dejando un reguero de baba amarilla sobre su espalda. El aprendiz pareció titubear un momento y casi se suelta de la escala, pero se esforzó por subir el último tramo y se desplomó sobre la cubierta, donde yació desapercibido durante algún tiempo.

«Se lo merece», pensó Nicko.

Decidieron echar un vistazo a la *Venganza* más de cerca, aproximándose a ella a pie. Amarraron la *Muriel 2* a una roca y caminaron por la playa donde habían tomado la merienda campestre la medianoche que escaparon del Castillo. Al doblar el recodo, Jenna se quedó estupefacta. Allí ya había alguien. Se paró en seco y retrocedió hasta un viejo tronco de árbol. El Muchacho 412 y Nicko chocaron con ella.

—¿Qué pasa? —susurró Nicko.

—Hay alguien en la playa —contestó bajito Jenna—. Tal vez sea alguien del barco. Montando guardia...

Nicko miró alrededor del tronco de árbol.

—No es nadie del barco —sonrió.

—¿Cómo lo sabes? —le preguntó Jenna—. Podría ser.

—Porque es Alther —se rió Nicko.

Alther estaba sentado en la playa, mirando con melancolía a través de la lluvia. Llevaba allí tres días, con la esperanza de que apareciera alguien de la casa de la conservadora. Necesitaba urgentemente hablar con ellos.

—¿Alther? —susurró Jenna.

—¡Princesa! —El rostro de Alther, agobiado por las preocupaciones, se iluminó. Flotó hasta Jenna y la envolvió en un cálido abrazo—. Bien, creo que has crecido desde la última vez que te vi.

Jenna se llevó un dedo a los labios.

—Chist, podrían oírnos, Alther —le advirtió.

Alther parecía sorprendido. No estaba acostumbrado a que Jenna le dijera lo que tenía que hacer.

—Ellos no pueden oírme —se rió—, a menos que yo quiera; he puesto una **pantalla antigritos**. No oyen nada.

-¡Oh, Alther! —exclamó Jenna—. Nos alegramos tanto de verte, ¿verdad, Nicko?

El rostro de Nicko dibujaba una gran sonrisa y confirmó:

—Es fantástico.

Alther miró al Muchacho 412 con una expresión burlona.

—Aquí hay alguien que también ha crecido —se rió—. Estos chavales del ejército joven son siempre tan delgaduchos... Es agradable ver que has engordado un poco.

El Muchacho 412 se sonrojó.

—Ahora también se ha vuelto bueno, tío Alther —le comentó Jenna al fantasma.

—Supongo que siempre ha sido bueno, princesa —respondió Alther—. Pero no te dejan ser bueno en el ejército joven. Está prohibido.

Sonrió al Muchacho 412 y este le devolvió una tímida sonrisa.

Se sentaron en la playa azotada por la lluvia, fuera del alcance de la *Venganza*.

—¿Cómo están mamá y papá? —preguntó Nicko.

—¿Y Simon? —preguntó Jenna—. ¿Qué hay de Simon?

—¡Ah, Simon! —dijo Alther—. Simon se había escapado deliberadamente de Sarah en el Bosque. Parece que él y Lucy Gringe habían planeado casarse en secreto.

—¿Qué? —se sorprendió Nicko—. ¿Simon se ha casado?

—No. Gringe lo descubrió y lo entregó a los guardias custodios.

—¡Oh, no! —exclamaron Jenna y Nicko a la vez.

—No os preocupéis por Simon —los tranquilizó Alther, extrañamente huraño—. No sé cómo se las arregló para pasar todo ese tiempo detenido por el supremo custodio y salir como si hubiera estado de vacaciones. Aunque tengo mis sospechas.

—¿A qué te refieres, tío Alther? —preguntó Jenna.

—Oh, probablemente no sea nada, princesa. —Alther parecía no querer seguir hablando de Simon.

Había algo que el Muchacho 412 quería preguntarle, aunque aún le parecía extraño hablar con un fantasma. Pero tenía que hacerlo, así que hizo acopio de valor y le preguntó:

—Esto... disculpe, pero ¿qué le ha ocurrido a Marcia? ¿Está bien?

Alther suspiró.

—No.

—¿No? —preguntaron los tres a la vez.

—Le tendieron una trampa —suspiró Alther—. Una trampa urdida por el custodio supremo y la Oficina de Raticorreos. El custodio supremo colocó allí a sus propias ratas o, mejor dicho, a las ratas de DomDaniel. Y son bastante despiadadas. Solían dirigir la red de espías desde casa de DomDaniel en las

Malas Tierras. Tienen una malísima reputación. Vinieron con la plaga de ratas de hace cientos de años. Nada bueno.

—¿Quieres decir que la rata mensaje era una de ellas? —preguntó Jenna acordándose de que le había gustado bastante.

—No, no. La despidieron de la Oficina de Raticorreos. Ha desaparecido. Pobre rata. Yo no daría mucho por ella —comentó Alther.

—¡Oh, eso es horrible! —opinó Jenna.

—Y el mensaje para Marcia tampoco era de Silas —les contó Alther.

—Nunca creí que fuera de él —manifestó Nicko.

—Era del custodio supremo —suspiró Alther—. Así que cuando Marcia apareció en las puertas de palacio para encontrarse con Silas, los guardias custodios la estaban esperando. Claro que no habría sido ningún problema para Marcia si hubiera seguido bien los **minutos de la medianoche,** pero su reloj andaba veinte minutos atrasado. Y había prestado su **mantente a salvo.** Mal asunto. DomDaniel le ha quitado el amuleto, así que me temo que ahora él es... el mago extraordinario.

Jenna y Nicko se quedaron sin habla. Aquello era peor de lo que habían temido.

—Discúlpeme —se atrevió el Muchacho 412, que se sentía desgraciado. Era culpa suya. Si hubiera sido su aprendiz, podría haberla ayudado. Nada de esto habría ocurrido—, pero Marcia aún está... viva, ¿verdad?

Alther miró al Muchacho 412. Sus gastados ojos verdes tenían una expresión amable cuando, utilizando su turbador vicio de leer la mente de las personas, dijo:

—No hubieras podido hacer nada, chaval. Te hubieran capturado a ti también. Marcia estaba en la mazmorra número uno, pero ahora...

El Muchacho 412 hundió la cabeza entre sus manos con desesperación. Sabía todo lo de la mazmorra número uno.

Alther le puso un brazo fantasmal alrededor del hombro.

—Tranquilízate. Yo estuve allí con ella la mayor parte del tiempo y lo estaba haciendo muy bien. Y siguió llevándolo muy bien, creo yo, tal como están las cosas. Hace varios días salí para controlar varios pequeños... esto... proyectos que tenía en marcha en las dependencias de DomDaniel en la torre. Cuando regresé a la mazmorra ya no estaba. Miré por todos los lugares que pude. Incluso puse a varios Antiguos a buscar. Ya sabes, los fantasmas realmente viejos. Pero están muy apagados y se confunden enseguida. La mayoría de ellos ya no conocen el camino alrededor del Castillo; se topan con una pared o una escalera nuevas y se quedan atascados. No funciona. Ayer tuve que ir a sacar a uno de las basuras de la cocina. Resulta que solía ser el refectorio de los magos hace quinientos años. Francamente, los Antiguos, aunque entrañables, dan más problemas que otra cosa —suspiró Alther—, aunque me pregunto si...

—¿Si qué, Alther? —preguntó Jenna.

—Si ella podría estar en la *Venganza*. Por desgracia, no puedo entrar en ese condenado barco para averiguarlo.

Alther estaba enojado consigo mismo. Ahora, con su experiencia, aconsejaría a todo mago extraordinario que fuera a tantos lugares como pudiese en vida, para que como fantasma no estuviera tan impedido como él. Pero era demasiado tarde para Alther cambiar lo que había hecho mientras estaba vivo; ahora tenía que sacarle el mejor partido.

Al menos, al principio, cuando fue nombrado aprendiz, DomDaniel había insistido en llevar a Alther a dar un largo y muy desagradable paseo por las más hondas mazmorras. En ese momento, Alther no había soñado con que un día se alegraría de ello, pero si hubiera aceptado la invitación a la fiesta de inauguración de la *Venganza*... Alther recordaba cómo, siendo uno de los prometedores jóvenes y potenciales aprendices, le invitaron a una fiesta a bordo del barco de DomDaniel. Alther había rechazado la invitación porque era el cumpleaños de Alice Nettles. No se permitían mujeres a bordo de la nave, y Alther no estaba dispuesto a dejar a Alice sola el día de su cumpleaños. Pero, en la fiesta, los aprendices potenciales se habían desmadrado y causado un montón de destrozos en el barco, acabando así con sus expectativas de que el mago extraordinario les ofreciera algo más que un puesto de limpieza. Poco después, a Alther le ofrecieron convertirse en el aprendiz del mago extraordinario. Alther nunca había tenido la oportunidad de visitar la nave. Tras la desastrosa fiesta, DomDaniel la llevó a Bleak Creek para repararla. Bleak Creek era un tétrico fondeadero lleno de barcos abandonados y en descomposición. Al **nigromante** le había gustado tanto que dejó el barco allí y lo visitaba cada año durante las vacaciones de verano.

El abatido grupo se sentaba en la playa mojada. Comieron tristemente el último queso de cabra y los últimos bocadillos de sardina húmedos que les quedaban y apuraron los restos de la petaca de concentrado de remolacha y zanahoria.

—Hay momentos —reflexionó Alther— en que realmente echo de menos no poder comer...

—Pero este no es uno de ellos —concluyó por él Jenna.

—Has dado en el blanco, princesa.

Jenna sacó a Petroc Trelawney del bolsillo y le ofreció una pegajosa mezcla de sardina chafada y queso de cabra. Petroc abrió los ojos y miró la oferta. La roca mascota se sorprendió; ese era el tipo de comida que solía darle el Muchacho 412, mientras que Jenna siempre le daba galletas. Pero se lo comió igualmente, además de un pedacito de queso de cabra que se le había quedado pegado en la cabeza y luego en el interior del bolsillo de Jenna.

Cuando acabaron de comer los últimos bocadillos remojados, Alther dijo seriamente:

—Ahora, de vuelta al trabajo.

Tres rostros preocupados miraron al fantasma.

—Escuchadme todos. Debéis volver directamente a casa de la cuidadora. Quiero que le digáis a Zelda que mañana os lleve a todos al Puerto a primera hora. Alice, que ahora es jefe de la oficina de aduanas, os está buscando un barco. Vosotros iréis a los países lejanos mientras que yo intento solucionar algo aquí.

—Pero... —exclamaron Jenna, Nicko y el Muchacho 412.

Alther hizo caso omiso de sus protestas.

—Me reuniré con vosotros en la taberna El Áncora Azul en el Puerto mañana por la noche. Tenéis que estar allí. Vuestra madre y vuestro padre también irán, junto con Simon. Están de camino hacia el río en mi viejo barco, el *Molly*. Me temo que Sam, Eric y Edd y Jo-Jo se han negado a abandonar el Bosque; se han vuelto muy salvajes, pero Morwenna los vigilará.

Se hizo un triste silencio. A nadie le gustó lo que acababa de decir Alther.

—Eso es huir —dijo tranquilamente Jenna—. Nosotros queremos quedarnos y luchar.

—Sabía que dirías eso —suspiró Alther—. Es justo lo que tu madre habría dicho.

Nicko se puso en pie.

—De acuerdo —musitó a regañadientes—. Nos veremos mañana en el Puerto.

—Bien —dijo Alther—. Tengan cuidado. Hasta mañana.

Se elevó y observó a los tres muchachos regresar desconsoladamente al *Muriel 2*. Alther los vigiló hasta comprobar que se internaban en el Dique Profundo y luego aceleró por el río, volando bajo y rápido, para encontrarse con el *Molly*, hasta que pronto solo fue un pequeño punto a lo lejos.

Fue entonces cuando el *Muriel 2* viró en redondo y puso rumbo hacia la *Venganza*.

41

LA «VENGANZA»

En el *Muriel 2* se produjo una larga deliberación.

—En realidad no lo sé. Puede que Marcia ni siquiera esté en la *Venganza*.

—Pero apuesto a que sí está.

—Tenemos que encontrarla. Estoy seguro de que podemos rescatarla.

—Mira, solo porque hayas estado en el ejército no significa que puedas abordar barcos y rescatar a la gente.

—Significa que puedo intentarlo.

—Él tiene razón, Nicko.

—Nunca lo lograremos. Nos verán llegar. Todo barco tiene un vigía a bordo.

—Pero podemos hacer ese hechizo, ya sabéis... el de... ¿cuál era?

—Hazte invisible a ti mismo. Fácil. Luego podríamos remar hasta el barco y yo subiré por la escala de cuerda y luego...

—¡Marcia me rescató cuando yo estaba en peligro!

—Y a mí.

—Muy bien. Vosotros ganáis.

Mientras el *Muriel 2* doblaba el último recodo del Dique Profundo, el Muchacho 412 buscó en el bolsillo interior de su sombrero rojo y sacó el anillo del dragón.

—¿Qué es ese anillo? —preguntó Nicko.

—¿Es ahí donde lo guardas? —dijo Jenna—. Me preguntaba dónde lo harías. Papá siempre se guarda las cosas en el sombrero, pero luego se olvida de lo que ha metido.

—¿Qué es ese anillo? —preguntó Nicko.

—Hum... Es **Mágico**. Lo encontré... bajo tierra.

—Se parece un poco al dragón del amuleto —comentó Nicko.

—Sí —admitió el Muchacho 412—, yo también lo creo.

Se lo puso en el dedo y notó que el anillo se calentaba.

—Entonces, ¿hago el hechizo? —preguntó.

Jenna y Nicko asintieron y el Muchacho 412 empezó a entonar:

Que desaparezca en la atmósfera,
que mis enemigos no sepan adónde he ido,
que quienes me buscan por mi lado pasen,
que su mal de ojo no me alcance.

El Muchacho 412 desapareció lentamente en la lluvia, dejando un remo de canoa pendiendo fantasmagóricamente en el aire. Jenna respiró hondo e intentó el hechizo.

—Aún estás aquí, Jen —observó Nicko—. Vuelve a intentarlo.

A la tercera fue la vencida. El remo de Jenna se elevaba ahora en el aire cerca del remo del Muchacho 412.

—Tu turno, Nicko —dijo la voz de Jenna.

—Esperad un minuto —protestó Nicko—, yo nunca he hecho este.

—Bueno, entonces haz el tuyo —le aconsejó Jenna—. No importa, mientras funcione.

—Bien, esto... no sé si funciona. Y no sirve para el **mal no me alcanza** en absoluto.

—¡Nicko! —protestó Jenna.

—Muy bien, muy bien, lo intentaré.

—**Ni visto ni oído**... ejem... esto... no me acuerdo de lo que sigue.

—Inténtalo: «**Ni visto, ni oído, ni un susurro, ni una palabra**» —sugirió el Muchacho 412 desde ninguna parte.

—Ah, sí. Eso es. Gracias.

El hechizo funcionó. Nicko desapareció lentamente.

—¿Estás bien, Nicko? —preguntó Jenna—. No te veo.

No hubo respuesta.

—¿Nicko?

El remo de Nicko se movía rápidamente arriba y abajo.

—No podemos verle y él no nos puede ver a nosotros, porque su hechizo de **invisibilidad** es distinto del nuestro —explicó el Muchacho 412 en un tono de leve desaprobación— y tampoco podremos oírle, porque sobre todo es un hechizo de silencio. Y no le protegerá.

—Entonces, eso no es nada bueno —opinó Jenna.

—No —coincidió el Muchacho 412—. Pero tengo una idea.

Esto debería funcionar:

Entre los hechizos que obran en nuestro poder, una armoniosa hora déjanos tener.

—¡Ahí está! —exclamó Jenna, mientras **aparecía** la oscura silveta de Nicko—. ¿Nicko puede vernos? —preguntó.

Nicko sonrió y levantó los pulgares.

—Uau, eres bueno —le dijo Jenna al Muchacho 412.

Empezó a formarse la niebla mientras Nicko, haciendo uso de la parte de silencio de su hechizo, remaba para salir del Dique Profundo hasta las aguas abiertas del río. Nicko se cuidaba mucho de armar el menor revuelo posible, por si acaso un par de ojos avizores divisaba desde la cofa extraños remolinos en la superficie del agua, mientras él bogaba a ritmo constante hacia la nave.

Nicko avanzaba rápidamente y pronto los empinados costados negros de la *Venganza* se irguieron ante ellos a través de la niebla lluviosa, y la **invisible** *Muriel 2* llegó al principio de la escalera de cuerda. Habían decidido que Nicko se quedaría en la canoa mientras Jenna y el Muchacho 412 intentaban averiguar si Marcia se encontraba prisionera en el barco y, si era posible, liberarla. Si necesitaban ayuda, Nicko estaría preparado. Jenna esperaba que no fuera necesario; sabía que el hechizo de Nicko no la protegería si se encontraba con algún problema. Nicko mantendría firme la canoa mientras, primero Jenna y luego el Muchacho 412, se agarraban como podían a la escalera y empezaban la larga y precaria ascensión a la *Venganza*.

Nicko los vigilaba con una sensación de desasosiego. Sabía que sus **invisibles** podían proyectar sombras y crear extrañas perturbaciones en el aire, y a un nigromante como DomDaniel no le costaría localizarlos, pero lo único que Nicko podía hacer era desearles suerte en silencio. Había decidido que si no regresaban cuando la marea hubiera subido hasta la mitad del Dique Profundo, iría a buscarlos, con hechizo protector o sin él.

Para matar el rato, Nicko subió a la canoa del cazador. También podía pasar buena parte de su espera, pensó, sentado en un barco decente. Aunque estuviera un poco más viscoso y apestoso. Pero olían peor ciertos barcos de pesca en los que solía faenar.

Fue una larga ascensión por la escala de cuerda, y no fue fácil. La escala saltaba contra los húmedos costados negros de la nave y Jenna temía que alguien a bordo pudiera oírlos, pero todo estaba tranquilo. Tan tranquilo que empezó a preguntarse si no sería una especie de buque fantasma.

Al llegar arriba, el Muchacho 412 cometió el error de mirar hacia abajo. Se mareó. La cabeza le daba vueltas con una sensación de vértigo y casi se suelta de la escala de cuerda debido al repentino sudor que empapaba sus manos. El agua estaba vertiginosamente lejos. La canoa del cazador parecía diminuta y por un momento creyó haber visto a alguien sentado en ella. El Muchacho 412 sacudió la cabeza. «No mires abajo —se dijo con severidad a sí mismo—. No mires abajo.»

A Jenna no le daban miedo las alturas. Se encaramó sin dificultad a la *Venganza* y ayudó al Muchacho 412 a saltar el hueco que quedaba entre la escalera y la cubierta. El Muchacho 412 mantuvo los ojos fijos en las botas de Jenna mientras se subía a la cubierta y temblorosamente se ponía en pie.

Jenna y el Muchacho 412 miraron a su alrededor.

La *Venganza* era un lugar estremecedor. La tupida nube que flotaba sobre sus cabezas proyectaba una ancha sombra sobre todo el buque, y el único ruido que oían era el rítmico crujido del barco al balancearse suavemente en la marea creciente. Jenna y el Muchacho 412 caminaron en silencio y con cuidado sobre la cubierta, pasaron por delante de cabos cuidadosamente recogidos, ordenadas hileras de barriles alquitranados y un cañón aislado que apuntaba, amenazador, hacia los marjales Marram. Aparte de la opresiva negrura y de unos pocos restos de baba amarillenta en la cubierta, el barco no daba ninguna pista sobre su posible propietario. Sin embargo, al llegar a la proa, una fuerte presencia **Oscura** casi tumbó de espaldas al Muchacho 412. Jenna continuó, sin notar nada, y el Muchacho 412 la seguía; no quería dejarla sola.

La **Oscuridad** procedía de un trono imponente, instalado junto al palo de trinquete, de cara al mar. Era un mueble impresionante, extrañamente fuera de lugar en la cubierta de un barco. Estaba tallado en ébano y adornado con pan de oro rojizo, y en él se encontraba DomDaniel, el **nigromante**, en persona. Sentado muy erguido, con los ojos cerrados, la boca algo entreabierta y caída, DomDaniel estaba durmiendo su siesta de la tarde emitiendo un gorjeo húmedo al respirar bajo la lluvia, desde lo más profundo de su garganta. Por debajo del trono, como un perro fiel, yacía una **Cosa** durmiente en un charco de baba amarillenta.

De repente, el Muchacho 412 apretó el brazo de Jenna tan fuerte que casi la hizo chillar. Le señaló la cintura de DomDaniel. Jenna bajó la vista y luego miró al Muchacho 412 con desespero. De modo que era cierto. Apenas podía creer lo que Alther les había contado, pero allí, ante sus ojos, tenía la verdad. Alrededor de la cintura de DomDaniel, casi oculto en sus ropas oscuras, estaba el cinturón de mago extraordinario. El cinturón de maga extraordinaria de Marcia.

Jenna y el Muchacho 412 contemplaron a DomDaniel con una mezcla de repugnancia y fascinación. Los dedos del **nigromante** se aferraban a los reposabrazos ebúrneos del trono; unas gruesas uñas amarillas se curvaban alrededor de las puntas de sus dedos y se clavaban a la madera como unas garras. Su rostro aún tenía cierta palidez grisácea, adquirida durante los años transcurridos en el **subsuelo**, antes de trasladarse a su guarida en las Malas Tierras. Era un rostro común y corriente en muchos sentidos —tal vez tenía los ojos un poco hundidos y la boca era demasiado cruel para ser del todo agradable—, pero era la **Oscuridad** que había tras ellos lo que casi hizo estremecer a Jenna y al Muchacho 412 al verlo.

En la cabeza, DomDaniel llevaba un alto sombrero negro cilíndrico como una chistera baja, que, por alguna razón que no acertaba a comprender, le quedaba siempre un poco grande, por mucho que se encargara una nueva a su medida. Esto molestaba a DomDaniel más de lo que estaba dispuesto a admitir y estaba convencido de que, desde su regreso al Castillo, se le había empezado a encoger la cabeza. Mientras el **nigromante** dormía, el sombrero se le había resbalado y ahora descansaba sobre sus blanquecinas orejas. El sombrero negro era un anticuado sombrero de mago que ningún mago se hubiera puesto ni hubiera querido ponerse, pues se asociaba con la Gran **Inquisición** Maga de hacía unos cientos de años.

Por encima del trono, un dosel de oscura seda roja, blasonado con un trío de estrellas negras, colgaba pesadamente bajo la llovizna, goteando de vez en cuando sobre el sombrero hasta formar un pequeño charco en la hendidura de la copa.

El Muchacho 412 cogió la mano de Jenna. Recordaba un pequeño y apolillado panfleto de Marcia que había leído una tarde de nieve llamado *El hipnótico influjo de la Oscuridad*, y podía sentir cómo Jenna era atraída por él. La apartó de la figura durmiente hacia una escotilla abierta.

—Marcia está aquí —le susurró a Jenna—. Noto su **presencia**.

Al llegar a la escotilla percibieron un sonido de pasos que corrían bajo la cubierta y luego subían rápidamente la escalera. Jenna y el Muchacho 412 retrocedieron de un salto y un marinero que sostenía una larga antorcha apagada subió corriendo a cubierta. El marinero era un hombre pequeño y enjuto vestido con el típico atuendo negro de los custodios, pero a diferencia de los guardias custodios no tenía la cabeza rapada, sino que tenía el cabello largo cuidadosamente atado en una fina y negra trenza que le llegaba hasta mitad de la espalda. Llevaba pantalones holgados por debajo de la rodilla y una camiseta con amplias rayas negras y blancas. El marino sacó una caja de yesca y con la chispa prendió la antorcha. La antorcha brilló y una radiante llama anaranjada iluminó la tarde grisácea y lluviosa, proyectando sombras danzarinas sobre la cubierta. El marinero caminó con la resplandeciente antorcha y la colocó en un pebetero de la proa del barco. DomDaniel abrió los ojos. Su siesta había acabado.

El marinero se quedó rondando nerviosamente junto al trono, aguardando las instrucciones del **nigromante**.

—¿Han vuelto? —preguntó una voz grave y hueca que le

puso los pelos de punta al Muchacho 412.

El marinero inclinó la cabeza evitando la mirada del **nigromante**.

—El chico ha vuelto, señor. Y vuestro criado.

—¿Eso es todo?

—Sí, mi señor, pero...

—El chico dice que ha capturado a la... princesa, señor.

—La **Realicia**. Bueno, bueno. No dejo de asombrarme. Traédmelos ahora. ¡Ya!

—Sí, mi señor. —El marinero hizo una pronunciada reverencia.

—Y... trae a la prisionera. Le interesará ver a su antigua pupila.

—¿Su qué, señor?

—La **Realicia**, desgraciado. Tráelos todos aquí, ¡ya!

El marinero desapareció por la escotilla y pronto Jenna y el Muchacho 412 notaron movimiento bajo sus pies. En lo más profundo de la nave, las cosas rebullían. Los marineros saltaban de sus hamacas, dejaban de tallar, hacer nudos o dejaban sus inacabados barcos en las botellas y salían a la cubierta superior para hacer lo que se le antojara a DomDaniel.

DomDaniel se levantó del trono un poco envarado tras su siesta en la fría lluvia, y parpadeó cuando un reguero de agua de la copa de su sombrero aterrizó en su ojo. Irritado, despertó al durmiente Magog de una patada. La **Cosa** salió de debajo del trono y siguió a DomDaniel por la cubierta, donde el **nigromante** se plantó con los brazos plegados y una mirada de expectación en el rostro, esperando a quienes había convocado.

Pronto se oyó un estruendo de pisadas debajo y, en breves

momentos, media docena de marineros aparecieron en cubierta para tomar posiciones de guardia alrededor de DomDaniel. Los seguía la vacilante figura del aprendiz. El muchacho estaba pálido y Jenna vio que le temblaban las manos. DomDaniel apenas reparaba en él; tenía los ojos fijos en la escotilla abierta, esperando a que su premio, la princesa, apareciera.

Pero no salió nadie.

El tiempo pareció detenerse. Los marineros cambiaban de posición, sin saber en realidad qué estaban esperando, y al aprendiz se le disparó un tic nervioso bajo el ojo izquierdo. De vez en cuando miraba inseguro a su amo y rápidamente desviaba la mirada, como si temiera captar la atención de DomDaniel. Después de lo que pareció un siglo, DomDaniel exigió:

—Bueno, ¿dónde está ella, chico?

—¿Quién, señor? —tartamudeó el aprendiz, aunque sabía perfectamente a quién se refería el **nigromante**.

—La **Realicia**, cerebro de mosquito. ¿Quién va a ser? ¿Tu idiota madre?

—N... no, señor.

Por debajo se oían más ruidos de pasos.

—¡Ah! —murmuró DomDaniel—. Por fin.

Pero era Marcia a quien un Magog, que la acompañaba y le clavaba la larga zarpa amarilla en el brazo, empujaba por la escotilla. Marcia intentó liberarse de él, pero la Cosa estaba pegada a ella como cola y la había llenado de regueros de baba amarillenta. Marcia lo miró con asco y conservó exactamente la misma expresión cuando se volvió para encontrarse con la triunfante mirada de DomDaniel. Incluso después de un mes encerrada en la oscuridad y sin sus poderes **mágicos**,

Marcia era un personaje impresionante. El cabello oscuro, agreste y descuidado le daba un aire furioso; las ropas manchadas de salitre conservaban una sencilla dignidad, y sus zapatos de pitón púrpura estaban, como siempre, inmaculados. Jenna podía decir que había desconcertado a DomDaniel.

—¡Ah, señorita Overstrand! ¡Qué bien que se deje caer por aquí! —murmuró.

Marcia no respondió.

—Bueno, señorita Overstrand, este es el motivo por el que la he estado reteniendo. Quería que viera este pequeño... final. Tenemos una interesante noticia para usted, ¿no es así, Septimus?

El aprendiz asintió con aire vacilante.

—Mi leal aprendiz ha estado visitando a unos «amigos» suyos, señorita Overstrand. En una agradable casita por los alrededores. —DomDaniel hizo gestos con su mano ensortijada hacia los marjales Marram.

Algo cambió en la expresión de Marcia.

—¡Ah, veo que sabe a quién me refiero, señorita Overstrand! Pensé que lo adivinaría. Ahora mi aprendiz me ha informado de una exitosa misión.

El aprendiz intentó decir algo, pero su amo le indicó con un gesto que se estuviera callado.

—Aunque no he oído todos los detalles, estoy seguro de que querrá ser la primera en oír las buenas noticias. Así que ahora Septimus va a explicárnoslo todo, ¿verdad, muchacho?

El aprendiz se puso en pie a regañadientes. Parecía muy nervioso. Empezó a hablar con voz alfautada y vacilante:

—Yo... esto...

—Habla fuerte, muchacho. No sirve de nada si no podemos oír una palabra de lo que estás diciendo —le instó DomDaniel.

—Yo... esto... he encontrado a la princesa. La **Realicía**.

Hubo un atisbo de descontento entre el público. Jenna tuvo la impresión de que la noticia no era bien recibida del todo por los marineros allí convocados y recordó que tía Zelda le había contado que DomDaniel nunca ganaría para su causa a la gente de mar.

—Vamos, muchacho —prorrumpió DomDaniel con impaciencia.

—Yo... ejem, el cazador y yo tomamos la casa, ejem... capturamos a la bruja blanca, Zelda Zanuba Heap, y al muchacho mago, Nickolas Benjamin Heap, y al desertor del ejército joven, el desechable Muchacho 412. Y yo capturé a la princesa... a la **Realicía**.

El aprendiz hizo una pausa; en sus ojos apareció una mirada de pánico. ¿Qué iba a decir? ¿Cómo iba a explicar que no tenía a la princesa y que el cazador había desaparecido?

—¿Capturaste a la **Realicía**? —le preguntó DomDaniel con suspicacia.

—Sí, señor. La capturé, pero...

—Pero ¿qué?

—Pero, bueno, señor, después de que el cazador fuera dominado por la bruja y le dejaran convertido en un bufón...

—¿Un bufón? ¿Estás intentando hacerte el gracioso conmigo, chico? Porque si es así, no te lo aconsejo.

—No, señor. No intento hacerme el gracioso en absoluto, señor. —El aprendiz nunca había sentido menos ganas de hacerse el gracioso en toda su vida—. Después de que el cazador se fuera, señor, conseguí capturar a la **Realicía** sin la ayuda de nadie y casi me salgo con la mía, pero...

—¿Casi? ¿Casi te sales con la tuya?

—Sí, señor, estuve muy cerca. Me detuvo con un cuchillo el muchacho mago loco, Nickolas Heap. Es muy peligroso, señor, y la **Realicia** escapó.

—¿Escapó? —rugió DomDaniel alzándose sobre el tembloroso aprendiz—. ¿Vuelves y dices que tu misión ha sido un éxito? ¡Vaya éxito! Primero me dices que el temible cazador se ha convertido en un bufón, luego que fuiste burlado por una patética bruja blanca y sus pelmazos niños fugados. Y ahora que la **Realicia** se ha escapado. El propósito de la misión, el único propósito de la misión, era capturar a la advenediza **Realicia**. Así que ¿qué parte exactamente dices que es un éxito?

—Bueno, ahora sabemos dónde está —murmuró el aprendiz.

—Sabíamos dónde estaba, muchacho. Por ese motivo fuiste allí.

DomDaniel levantó los ojos al cielo. ¿Qué había de malo en aquel aprendiz cabeza de alcornoque? El séptimo hijo de un séptimo hijo debería tener algo de **Magia** encima. Debería ser lo bastante fuerte para vencer a un hatajo de magos desesperados escondidos en medio de la nada. Un sentimiento de rabia se apoderaba de DomDaniel.

—¿Por qué? —gritó—. ¿Por qué estoy rodeado de idiotas?

Escupiendo su rabia, DomDaniel observó la expresión de desprecio de Marcia mezclada con la de alivio ante las noticias que acababa de oír.

—¡Llevaos a la prisionera! —gritó—. Encerradla y arrojad la llave. Está acabada.

—Aún no —respondió Marcia con serenidad, dándole deliberadamente la espalda a DomDaniel.

De repente, para horror de Jenna, el Muchacho 412 salió del barril que le servía de escondite y avanzó en silencio hacia Marcia. Se coló con cuidado entre la **Cosa** y los marineros que empujaban bruscamente a Marcia hacia la escotilla. La expresión de desdén de Marcia se convirtió en asombro y luego en una estudiada expresión de vacuidad, y el Muchacho 412 supo que se había dado cuenta. Raudamente se sacó el anillo del dragón del dedo y lo apretó contra la mano de Marcia. Los ojos verdes de Marcia se encontraron con los suyos, sin ser vistos por los guardias; la maga se guardó el anillo en el bolsillo de la túnica. El Muchacho 412 no perdió el tiempo, se volvió y, en su prisa por regresar junto a Jenna, rozó a un marinero.

—¡Alto! —gritó el hombre—. ¿Quién va?

Todo el mundo en cubierta se quedó paralizado, salvo el Muchacho 412, que apretó a correr y cogió la mano de Jenna. Era el momento de irse.

—¡Intrusos! —gritó DomDaniel—. ¡Veo las sombras! ¡Cogedlos!

La tripulación de la *Venganza* miró a su alrededor en un momento de pánico. No veían nada. ¿Se habría vuelto loco al fin su amo? Llevaban esperando que esto ocurriera demasiado tiempo.

En la confusión, Jenna y el Muchacho 412 volvieron a la escala de cuerda y bajaron a las canoas más rápido de lo que creían posible. Nicko los había visto venir. Llegaban justo a tiempo: el hechizo de **invisibilidad** se estaba agotando.

Por encima de ellos, el barco hervía de actividad, mientras se encendían las antorchas y se registraba cualquier posible escondite. Alguien cortó la escala de cuerda y, mientras el *Muriel 2* y la canoa del cazador se alejaban remando en la niebla, cayó con un chapoteo y se hundió en las aguas oscuras de la marea creciente.

42

LA TORMENTA

—¡Cogedlos! ¡Los quiero presos! Los gritos de rabia de DomDaniel resonaban a través de la niebla.

Jenna y el Muchacho 412 remaron con todas sus fuerzas en el *Muriel 2* hacia el Dique Profundo, y Nicko, que no pudo separarse de la canoa del cazador, los siguió.

Otro bufido de DomDaniel captó su atención.

—Enviad a los nadadores. ¡Ahora mismo!

Se calmaron los sonidos procedentes de la *Venganza* mientras los únicos dos marineros de a bordo que sabían nadar eran perseguidos por la cubierta y capturados. Siguieron dos fuertes chapuzones cuando fueron arrojados por la borda para perseguirlos.

Los ocupantes de las canoas ignoraron los resoplidos procedentes del agua y siguieron adelante hacia la seguridad de los marjales Marram. Detrás de ellos, a lo lejos, los dos nadadores, que habían quedado casi inconscientes por el golpe de la gran caída, nadaban en círculos en estado de choque, percatándose de que lo que les decían los viejos lobos de mar era cierto: que daba mala suerte a un marinero saber nadar.

En la cubierta de la *Venganza*, DomDaniel se retiró a su trono. Los marineros se habían esfumado después de haber sido obligados a arrojar por la borda a sus camaradas, y DomDaniel tenía la cubierta para él solo. Le envolvía un frío intenso mientras se sentaba en su trono y se sumergía en la **magia negra**, canturreando y gimiendo a través de un largo y complicado **encantamiento inverso**.

DomDaniel estaba **convocando** a las mareas.

La marea creciente le obedeció. Se formó en el mar y fue discurriendo, cada vez más furiosa, arremolinándose a su paso por el Puerto, concentrándose hacia el río, arrastrando con ella delfines y medusas, tortugas y focas, que eran todos barridos por la irresistible corriente. El nivel del agua creció. Subió cada vez más, mientras las canoas avanzaban lentas contracorriente. Cuando las canoas llegaron a la boca del Dique Profundo, se hizo aún más difícil conservar el control en la impetuosa marejada que estaba invadiendo a toda velocidad el canal.

—Es demasiado fuerte —gritó Jenna por encima del murmullo del agua, luchando con el remo contra otro remolino mientras el *Muriel 2* era arrojado de un lado a otro en las turbulentas aguas. La pleamar arrastraba las canoas consigo, metiéndolas en el Dique Profundo a velocidad de vértigo, dando vueltas y más vueltas, totalmente impotentes en la torrencial fuerza de las aguas. Mientras eran impelidos como otros tantos desechos flotantes, Nicko pudo ver que el agua ya estaba llegando hasta el borde del Dique. Nunca había visto nada igual.

—Algo anda mal —gritó a Jenna—. ¡No debería ser así!

—¡Es él! —explicó a voces el Muchacho 412 moviendo su remo en dirección a DomDaniel y deseando al mismo tiempo que no lo hubiera hecho, cuando el *Muriel 2* dio un escalofriante bandazo—. ¡Escuchad!

Mientras la *Venganza* había empezado a elevarse en el agua e izar el ancla, DomDaniel había cambiado sus **órdenes** y bramaba por encima de la rugiente turbulencia.

—¡Soplad! ¡Soplad! ¡Soplad! —exigían los gritos—. ¡Soplad! ¡Soplad! ¡Soplad!

El viento acudía y hacía lo que le **ordenaba**. Llegó veloz con un salvaje aullido, despertando olas en la superficie de las aguas y zarandeando violentamente las canoas de un lado a otro. Se llevó la niebla y, encaramados en el agua sobre el borde del Dique Profundo, Jenna, Nicko y el Muchacho 412 pudieron ver claramente la *Venganza*.

La *Venganza* también podía verlos.

En la proa de la nave, DomDaniel sacó su catalejo y buscó hasta ver lo que deseaba: las canoas.

Y, mientras estudiaba a los ocupantes de las canoas, sus peores temores se hicieron realidad. No había la menor posibilidad de error: el cabello largo y oscuro coronado con la diadema de oro de la muchacha que estaba en la proa de la extraña canoa verde, pertenecía a la **Realicia**. La **Realicia** había estado a bordo de su barco. Había estado correteando ante sus propias narices y la había dejado escapar.

DomDaniel se quedó extrañamente en silencio mientras

hacía acopio de energías y **convocaba** la **tormenta** más poderosa que pudo formar.

La **magia negra** convirtió el aullido del viento en un grito ensordecedor. Llegaron negras nubes de tormenta y se amontonaron sobre la inhóspita extensión de los marjales Marram. La última luz de la tarde se ensombreció y oscuras y frías olas empezaron a romper contra las canoas.

—Está entrando agua. Estoy empapada —se quejó Jenna, que luchaba por mantener el control del *Muriel 2* mientras el Muchacho 412 achicaba frenéticamente agua. Nicko tenía problemas en la canoa del cazador: una ola había roto contra él y ahora la canoa estaba inundada. Otra ola como esa, pensó Nicko, y le mandaría al fondo del Dique Profundo.

Y de repente no hubo Dique Profundo.

Con un rugido, las orillas del Dique Profundo cedieron. Una enorme ola irrumpió a través de la brecha y rugió sobre los marjales Marram, arrastrando todo consigo: los delfines, las tortugas, las medusas, las focas, los nadadores... y las dos canoas.

La velocidad a la que Nicko navegaba era mayor que la que había creído posible ni aun en sueños; era terrorífica y emocionante a la vez. Pero la canoa del cazador cabalgó hasta la cresta de la ola con ligereza y facilidad, como si aquel fuera el momento que había estado esperando.

Jenna y el Muchacho 412 no estaban tan entusiasmados como Nicko ante el cariz que habían tomado los acontecimientos. El *Muriel 2* era una vieja canoa ingobernable y no soportaba nada bien aquella nueva forma de navegar. Tenían que esforzarse para evitar que la volcase la ola descomunal que rugía a través del marjal.

A medida que el agua invadía el marjal, la ola empezó a

perder parte de su potencia, y Jenna y el Muchacho 412 pudieron gobernar el *Muriel 2* con más facilidad. Nicko encaró la ola con la canoa del cazador hacia ellos, virando y dando vueltas hábilmente al hacerlo.

—¡Es lo mejor que he visto en mi vida! —gritó por encima del murmullo del agua.

—¡Estás loco! —voceó Jenna, luchando aún con su remo para evitar que el *Muriel 2* volcase.

Ahora la ola se extinguía deprisa, aminorando la velocidad y perdiendo buena parte de su potencia, mientras el agua que arrastraba se hundía en la anchurosa extensión de los marjales, llenando los canales, las ciénagas, los limos y los lodos de agua salada, transparente y fría, y dejando tras de sí un mar abierto. La ola no tardó en desaparecer, y Jenna, Nicko y el Muchacho 412 quedaron a la deriva en el mar abierto que se extendía a lo lejos, hasta allí donde alcanzaba su vista, cubriendo los marjales Marram de una espaciosa masa de agua salpicada de islitas.

Mientras las canoas remaban en la que, creían, la dirección correcta, empezó a cernirse sobre ellos una amenazadora oscuridad cuando los nubarrones de tormenta se fueron reuniendo sobre sus cabezas. La temperatura descendió bruscamente y el aire se cargó de electricidad. Pronto el redoble de advertencia de un trueno retumbó en el cielo y empezó a caer una copiosa lluvia. Jenna miró la fría masa de agua gris que se extendía ante ellos y se preguntó cómo iban a encontrar el camino a casa.

A lo lejos, en una de las islas más distantes, el Muchacho 412 vio una luz parpadeante. Tía Zelda estaba encendiendo sus velas de tormenta y colocándolas en las ventanas a modo de faros.

Las canoas aceleraron y se dirigieron hacia casa, mientras el trueno rugía por encima de sus cabezas y ráfagas de luz silenciosa empezaban a iluminar el cielo.

La puerta de tía Zelda estaba abierta. Los estaba esperando.

Amarraron las canoas en el embarcadero, junto a la puerta principal, y entraron en la casa raramente silenciosa. Tía Zelda estaba en la cocina con el Boggart.

—¡Hemos vuelto! —gritó Jenna. Tía Zelda salió de la cocina cerrando cuidadosamente la puerta.

—¿Lo encontrasteis? —preguntó.

—¿A quién? —dijo Jenna.

—Al aprendiz, Septimus.

—¡Ah, él! —Habían pasado tantas cosas desde que salieron aquella mañana que a Jenna se le había olvidado el motivo de su partida.

—Dios mío, habéis llegado justo a tiempo. Ya es oscuro —dijo tía Zelda afanándose a cerrar la puerta.

—Sí, está...

—¡Aaaj! —bramó tía Zelda al acercarse a la puerta y ver el agua lamiendo el escalón, por no hablar de las dos canoas que se mecían arriba y abajo en el exterior—. Estamos inundados. ¡Los animales! Se ahogarán.

—Están bien —la tranquilizó Jenna—, las gallinas están todas en el techo de la barca, las hemos contado. Y la cabra ha subido al tejado.

—¿Al tejado?

—Sí, estaba comiéndose la paja cuando la vi.

–¡Oh! ¡Oh, bueno!

–Los patos están bien y los conejos..., bueno me pareció haberlos visto flotando por ahí.

–¿Flotando por ahí? –clamó tía Zelda–. Los conejos no flotan.

–Esos conejos estaban flotando; pasé por delante de varios y estaban flotando boca arriba. Como si estuvieran tomando el sol.

–¿Tomando el sol? –exclamó tía Zelda–. ¿De noche?

–Tía Zelda –declaró Jenna con firmeza–, olvida los conejos. Se avecina una tormenta.

Tía Zelda dejó de alborotar y examinó las tres empapadas figuras que tenía delante.

–Lo siento, ¿en qué estaría yo pensando? Id a secaros junto al fuego.

Jenna, Nicko y el Muchacho 412 se acercaron al fuego emanando vapor. Tía Zelda echó otra ojeada a la noche y luego cerró tranquilamente la puerta de la casa.

–Hay **Oscuridad** ahí fuera –susurró–. Debí haberlo notado, pero el Boggart ha estado mal, muy mal... Y pensar que habéis estado allí fuera expuestos a ella... solos... –Tía Zelda se estremeció.

Jenna empezó a explicarle:

–Es DomDaniel. Es...

–¿Es qué?

–Horrible –dijo Jenna–. Lo vimos en su nave.

–¿Que vosotros qué? –preguntó tía Zelda boquiabierta, sin dar crédito a lo que oía–. ¿Visteis a DomDaniel? ¿En la *Venganza*? ¿Dónde?

–Cerca del Dique Profundo. Subimos y...

—¿Subisteis qué?

—La escalera de cuerda. Abordamos el barco...

—¿Vosotros... vosotros habéis estado en la *Venganza*? —Tía Zelda apenas podía creer lo que oía. Jenna notó que su tía había palidecido de repente y que le temblaban un poco las manos.

—Es un mal barco —comentó Nicko—. Huele mal. Da mal rollo.

—¿Tú también estuviste allí?

—No —soltó Nicko, deseando haber estado—. Habría ido, pero mi hechizo de **invisibilidad** no era lo bastante bueno, así que me quedé esperando con las canoas.

Tía Zelda tardó unos segundos en asumir todo aquello. Miró al Muchacho 412.

—Así que tú y Jenna habéis estado en ese barco **oscuro**... solos... en medio de toda aquella **magia negra**... ¿Por qué?

—¡Oh, bueno, nos encontramos con Alther...! —intentó explicar Jenna.

—¿Alther?

—Y nos dijo que Marcia...

—¿Marcia? ¿Qué tiene que ver Marcia en todo esto?

—La ha capturado DomDaniel —explicó el Muchacho 412—. Alther dijo que pensaba que podía estar en el barco. Y allí estaba, nosotros la vimos.

—¡Oh, cielos, esto se pone aún peor! —Tía Zelda se dejó caer en la silla que estaba junto a la chimenea—. Ese entrometido y viejo fantasma debería tener más juicio —espetó tía Zelda—. Mira que enviar a tres jovencitos a un barco **oscuro**... ¿En qué estaría pensando?

—Él no nos envió, de veras que no —aclaró el Muchacho

412–. Nos dijo que no fuéramos, pero teníamos que intentar rescatar a Marcia. Anque no lo conseguimos...

—Marcia capturada —susurró tía Zelda—. Mal asunto.

Azuzó el fuego con un atizador y surgieron varias llamas en el aire.

Un largo y estrepitoso trueno retumbó en el cielo por encima de la casa, sacudiéndola hasta los cimientos. Una furiosa ráfaga de viento entró por las ventanas apagando las velas de tormenta y dejando solo el fuego parpadeante como única luz de la habitación. Al cabo de un momento, un repentino aguacero de pedrisco repiqueteó contra las ventanas y cayó por la chimenea, extinguiendo el fuego con un triste siseo.

La casa se sumió en la más absoluta oscuridad.

—¡Los faroles! —dijo tía Zelda levantándose y dirigiéndose en la oscuridad hasta el armario de los faroles.

Maxie gimió y Bert ocultó la cabeza bajo el ala.

—¡Qué fastidio! Y ahora, ¿dónde está la llave? —musitó tía Zelda hurgando en sus bolsillos sin encontrar nada—. ¡Maldición, maldición, maldición!

¡Crac!

Un rayo pasó ante las ventanas, iluminó el exterior y cayó en el agua, muy cerca de la casa.

—Se han perdido —se lamentó sombríamente tía Zelda—, precisamente ahora.

Maxie aulló e intentó esconderse debajo de la alfombra.

Nicko estaba mirando por la ventana. En el breve destello del relámpago vio algo que no quería volver a ver.

—Viene hacia aquí —anunció tranquilo—. He visto el barco a lo lejos navegando por los marjales. Viene hacia aquí.

Todo el mundo se asomó a la ventana. Al principio solo

veían la oscuridad de la tormenta que se avecinaba, pero mientras vigilaban, contemplando la noche, el destello de una ráfaga de luz nació de las nubes y les mostró lo que Nicko había divisado antes.

Recortado contra el relámpago, todavía lejano, pero con las velas hinchadas por el rugiente viento, el enorme buque **oscuro** surcaba las aguas en dirección a la casa.

La *Venganza* se acercaba.

43

La nave Dragón

A tía Zelda le entró pánico.

—¿Dónde está la llave? No encuentro la llave... ¡Ah, aquí está!

Con manos temblorosas sacó la llave de uno de sus bolsillos de patchwork y abrió la puerta del armario de los faroles. Sacó un farol y se lo dio al Muchacho 412.

—Ya sabes adónde ir, ¿verdad? —le preguntó tía Zelda—. ¿La trampilla en el armario de las pociones?

El Muchacho 412 asintió.

—Bajad al túnel. Estaréis a salvo allí. Nadie os encontrará. Haré **desaparecer** la trampilla.

—Pero ¿tú no vienes? —le preguntó Jenna a tía Zelda.

—No —respondió tranquilamente—. El Boggart está muy enfermo. Me temo que no sobrevivirá si lo movemos. No os preocupéis por mí. No es a mí a quien quieren. ¡Ah, mira, toma esto, Jenna! Tienes que llevarlo contigo. —Tía Zelda sacó el insecto escudo de Jenna de otro bolsillo y se lo dio hecho una bola. Jenna se metió el insecto en el bolsillo de la chaqueta—. ¡Ahora marchaos!

El Muchacho 412 vaciló y otro relámpago rasgó el aire.

—¡Marchaos! —rugió tía Zelda moviendo los brazos como un molino enloquecido—. ¡Largo!

El Muchacho 412 abrió la trampilla del armario de las pociones y sostuvo el farol en alto, con la mano un poco temblorosa, mientras Jenna bajaba por la escalera. Nicko se quedó atrás, preguntándose dónde se habría metido Maxie. Sabía lo mucho que el perro odiaba las tormentas y quería llevárselo consigo.

—¡Maxie! —le llamó—. ¡Chico, Maxie! —Por toda respuesta salió un débil gemido de debajo de una alfombra.

El Muchacho 412 ya había bajado media escalera.

—Vamos —le urgió a Nicko. Nicko estaba ocupado forcejeando con el recalcitrante sabueso, que se negaba a salir de lo que consideraba el lugar más seguro del mundo: debajo de la alfombra de la chimenea—. Date prisa —manifestó el Muchacho 412 con impaciencia sacando la cabeza por la trampilla. El Muchacho 412 no tenía ni idea de qué veía Nicko en aquella apestosa mata de pelo.

Nicko agarró el pañuelo moteado que Maxie llevaba alrededor del cuello. Sacó al aterrorizado perro de debajo de la alfombra y lo arrastró por el suelo. Las uñas de Maxie hacían un ruido horroroso contra las losas de piedra y, mientras Nicko lo empujaba dentro del oscuro armario de las pociones, gemía lastimeramente. Maxie sabía que tenía que haber sido muy malo para merecer aquello. Se preguntó qué habría hecho. Y por qué no lo habría disfrutado al menos.

En un trajín de pelos y babas, Maxie se cayó por la trampilla y aterrizó sobre el Muchacho 412, chocando con el farol que tenía en la mano y haciendo que, del golpe, cayera pendiente abajo.

—¡Eh!, mira lo que has hecho —le soltó enojado el Muchacho 412 al perro, mientras Nicko se reunía con él al pie de la escalera de madera.

—¿Qué? —preguntó Nicko—. ¿Qué he hecho?

—Tú no, él. Perder el farol.

—¡Ah, lo encontraremos! Deja de preocuparte. Ahora estamos a salvo.

Nicko tiró de Maxie hasta sus pies y el perro resbaló por la arenosa pendiente, arañando con las uñas la roca del suelo y arrastrando consigo a Nicko. Ambos resbalaron y se deslizaron por la inclinada cuesta, deteniéndose hechos un ovillo en la parte baja de unos escalones.

—¡Au! —se quejó Nicko—. ¡Creo que he encontrado el farol.

—Bien —declaró el Muchacho 412 con mal humor, y cogió el farol, que volvió a la vida e iluminó las lisas paredes de mármol del túnel.

—Aquí están otra vez esas pinturas —anunció Jenna—. ¿No son asombrosas?

—¿Cómo es que todo el mundo ha estado aquí abajo menos yo? —se lamentó Nicko—. Nadie me ha preguntado si me habría gustado ver estas pinturas. Oye, hay un barco en esta... mirad.

—Lo sabemos —dijo el Muchacho 412 tajante. Bajó el farol y se sentó en el suelo. Estaba cansado y quería que Nicko se estuviera quieto, pero Nicko estaba emocionado con el túnel.

—Esto de aquí abajo es asombroso —exclamó contemplando los jeroglíficos a lo largo de la pared en todo lo que alcanzaban a ver a la débil luz del farol.

—Lo sé —le respondió Jenna—. Mira, esta me gusta de veras. Esta cosa circular con el dragón dentro.

Pasó la mano sobre la pequeña imagen azul y dorada inscrita en la pared de mármol. De repente sintió que el suelo empezaba a moverse a sus pies. El Muchacho 412 se puso en pie de un salto.

—¿Qué es eso? —Tragó saliva.

Un largo y grave clamor temblaba bajo sus pies y reverberaba en el aire.

—¡Se está moviendo! —exclamó Jenna—. La pared del túnel se está moviendo.

Un lado de la pared del túnel se estaba abriendo, rodando hacia atrás pesadamente y dejando un gran espacio abierto. El Muchacho 412 levantó el farol, que despidió una brillante luz blanca y mostró, para su asombro, un vasto templo romano subterráneo. Por debajo de sus pies se extendía un intrincado suelo de mosaico y en la oscuridad se levantaban enormes columnas de mármol. Pero eso no era todo.

—¡Oh!

—¡Uau!

—¡Fiu! —silbó Nicko. Maxie se sentó, respiró y soltó respetuosas nubecillas de aliento de perro en el aire frío.

En mitad del templo, descansando sobre el suelo de mosaico, se asentaba la nave más hermosa que habían visto en toda su vida.

La nave *Dragón* dorada de Hotep-Ra.

La enorme cabeza verde y dorada del dragón se erguía desde la proa, con el cuello grácilmente arqueado como un cisne gigante. El cuerpo del dragón era el amplio barco abierto, con un casco liso de madera dorada. Plegadas perfectamente hacia atrás a lo largo de la parte exterior del casco estaban las alas del dragón; grandes pliegues verdes iridiscentes brillaron cuando las numerosas escamas verdes reflejaron la luz del farol. Y en la popa de la nave *Dragón*, la cola verde se arqueaba hacia arriba internándose en la oscuridad del templo, con su afilado extremo casi oculto en la penumbra.

—¿Cómo ha llegado esto aquí? —preguntó Nicko con voz jadeante.

—Un naufragio —explicó el Muchacho 412.

Jenna y Nicko miraron al Muchacho 412 sorprendidos.

—¿Cómo lo sabes? —preguntaron ambos.

—Lo he leído en *Cien extraños y curiosos cuentos para chicos aburridos* que me prestó tía Zelda. Pero pensé que era una leyenda. Nunca pensé que la nave *Dragón* fuera real, ni que estuviera aquí.

—Entonces, ¿qué es esto? —preguntó Jenna embelesada por el barco, con la extraña sensación de que lo había visto antes en algún lugar.

—Es la nave *Dragón* de Hotep-Ra. Dice la leyenda que fue el mago que construyó la Torre del Mago.

—Sí —afirmó Jenna—. Marcia me lo contó.

—¡Oh! Bueno, entonces ya sabes. Dice la leyenda que Hotep-Ra era un poderoso mago de un país lejano que tenía un dragón. Pero ocurrió algo y tuvo que partir rápidamente. De modo que el dragón se ofreció a convertirse en su barco y llevarlo sano y salvo a una nueva tierra.

—Entonces, ¿este barco es... o era un dragón de verdad?

—susurró Jenna, por si la nave podía oírla.

—Supongo que sí —dijo el Muchacho 412.

—Mitad barco, mitad dragón —murmuró Nicko—. Extraño, pero ¿por qué está aquí?

—Naufragó al chocar contra unas rocas junto al faro del Puerto —explicó el Muchacho 412—. Hotep-Ra lo remolcó hasta los marjales y lo sacó del agua para meterlo en un templo romano que encontró en una isla sagrada. Empezó a repararlo, pero no pudo encontrar artesanos capacitados en el Puerto. En aquella época era un lugar realmente tosco.

—Aún lo es —gruñó Nicko—, y no son demasiado duchos construyendo barcos. Si quieres un buen constructor de barcos, tienes que ir río arriba hasta el Castillo. Todo el mundo lo sabe.

—Bueno, eso fue lo que le dijeron a Hotep-Ra también —explicó el Muchacho 412—. Pero cuando aquel hombre extrañamente vestido apareció en el Castillo, pretendiendo ser un mago, todos se rieron de él y se negaron a creer sus historias sobre su sorprendente nave *Dragón*. Hasta que un día la hija de la reina cayó enferma y él le salvó la vida. La reina estuvo tan agradecida que le ayudó a construir la Torre del Mago. Y un verano las llevó a ella y a su hija a los marjales Marram a ver la nave *Dragón*. Y ambas se enamoraron de la nave. Después de eso, Hotep-Ra tuvo tantos constructores de barcos trabajando en él como quiso y, dado que a la reina le gustaba el barco y también Hotep-Ra, solía llevar a su hija todos los veranos a ver los progresos de la reparación. Dice la leyenda que la reina aún sigue haciéndolo. ¡Oh!, esto... bueno, ya no, por supuesto.

Hubo un silencio.

—Lo siento, no pensé... —musitó el Muchacho 412.

—No importa —respondió Jenna bastante afectada.

Nicko se acercó al barco y pasó su mano experta sobre la brillante madera dorada del casco.

—Bonita reparación —calibró—. Ya sabía lo que estaba haciendo. Lástima que nadie haya navegado en ella desde entonces. Es muy hermosa.

Empezó a subir por una vieja escalera de madera que estaba apoyada contra el casco.

—Bueno, vosotros dos, no os quedéis ahí. ¡Venid a echar un vistazo!

El interior del barco era distinto del de cualquier barco que nadie hubiera visto nunca. Estaba pintado de un azul lapislázuli intenso con cientos de jeroglíficos inscritos en oro a lo largo de la cubierta.

—Ese viejo arcón de la habitación de Marcia de la torre —indicó el Muchacho 412 mientras deambulaba por la cubierta acariciando la madera pulida— tiene el mismo tipo de escritura.

—¿Sí? —preguntó Jenna dudosa. Por lo que ella recordaba, el Muchacho 412 había mantenido los ojos cerrados la mayor parte del tiempo que estuvo en la Torre del Mago.

—Lo vi cuando entró la Asesina. Aún lo veo en mi mente —concretó el Muchacho 412, a quien a menudo importunaba el recuerdo fotográfico de los momentos más desgraciados.

Merodearon por la cubierta de la nave *Dragón*, pasaron cuerdas recogidas de color verde, cornamusas y grilletes dorados, bloques de plata, drizas e interminables jeroglíficos. Pasaron junto a una pequeña cabina con las puertas azul oscuras firmemente cerradas que tenían el mismo símbolo del dragón encerrado en una forma aplanada y oval que habían visto en la puerta del túnel, pero ninguno de ellos se sintió lo bastante valiente para abrirlas y ver lo que había dentro. Pasaron de puntillas y, por fin, llegaron a la popa del barco: la cola del dragón.

La maciza cola se arqueaba por encima de ellos, desapareciendo en la penumbra y haciendo que se sintieran muy pequeños y un poco vulnerables. Lo único que la nave *Dragón* tenía que hacer era dar un coletazo, pensó el Muchacho 412 con un escalofrío, y eso sería todo.

Maxie se había vuelto muy dócil y caminaba obedientemente detrás de Nicko con el rabo entre las piernas. Seguía teniendo la sensación de que había hecho algo muy malo, y estar en la nave *Dragón* no le hacía sentirse mejor.

Nicko estaba en la popa del barco, observando con ojo de experto la caña del timón, que se ganó su aprobación. Era una elegante pieza de caoba suavemente curvada, tallada con tanta destreza que se adaptaba a la mano que la empuñaba como si la conociera de toda la vida.

Nicko decidió enseñar al Muchacho 412 a pilotar.

—Mira, la coges así —le detalló cogiendo la caña del timón— y luego la mueves a la derecha si quieres que el barco vaya a la izquierda y la mueves a la izquierda si quieres que el barco vaya a la derecha. Es fácil.

—No parece muy fácil —dijo el Muchacho 412 dubitativo—. A mí me suena al revés.

—Mira, así. —Nicko empujó la caña del timón hacia la derecha. Se desplazó suavemente moviendo el inmenso timón de la popa en la dirección contraria.

El Muchacho 412 miró por un costado del barco.

—¡Ah, eso es lo que hace, ya veo!

—Ahora inténtalo tú —le animó Nicko—. Te resulta más claro cuando lo sujetas tú mismo.

El Muchacho 412 cogió la caña del timón en la mano derecha y se quedó de pie detrás, tal como Nicko le había enseñado.

La cola del dragón se movió.

El Muchacho 412 dio un brinco.

—¿Qué ha sido eso?

—Nada —intervino Nicko—. Mira, simplemente apártalo de ti, así...

Mientras Nicko hacía lo que más le gustaba, explicar a alguien cómo funcionaban los barcos, Jenna había subido a la proa y miraba la hermosa cabeza dorada del dragón. La observó y se sorprendió a sí misma preguntándose por qué tendría los ojos cerrados. Si ella tuviera un barco tan maravilloso como ese, pensó Jenna, le pondría al dragón dos grandes esmeraldas como ojos. No merecía menos. Y luego, obedeciendo a un repentino impulso, se abrazó al suave cuello verde del dragón y apoyó la cabeza contra él. El cuello era suave y sorprendentemente cálido.

Un escalofrío de reconocimiento recorrió al dragón cuando Jenna lo acarició. Lejanos recuerdos volvieron a la nave *Dragón*...

Largos días de convalecencia después del terrible accidente. Hotep-Ra llevaba a la hermosa y joven reina del Castillo a visitarla el día de mitad del verano. Los días se convierten en meses, se prolongan en años mientras la nave Dragón *reposa en el suelo del templo y lentamente, muy lentamente, es reparada por los constructores de barcos de Hotep-Ra. Y cada día de mitad del verano la reina, ahora acompa-*

ñada por su hija recién nacida, visita la nave Dragón. Pasan los años y los constructores de barcos aún no han terminado. Durante interminables meses solitarios, los constructores desaparecen y la dejan sola. Y luego Hotep-Ra se hace viejo y está cada vez más delicado, y, cuando por fin le devuelven su antigua gloria, Hotep-Ra está demasiado enfermo para verla. Ordena que el templo se cubra con un gran montículo de tierra para protegerlo hasta el día en que vuelvan a necesitarla y luego se sume en la oscuridad.

Pero la reina no olvida lo que Hotel-Ra le ha dicho: que debe visitar la nave Dragón todos los días de mitad del verano. Cada verano acude a la isla. Ordena que construyan una casa sencilla para que sus damas y ella misma se alojen allí y cada día de mitad del verano enciende un farol, lo baja al templo y visita el barco que ha llegado a amar. Mientras pasan los años, las sucesivas reinas también hacen su visita de mitad del verano a la nave Dragón, sin saber ya el motivo, pero lo hacen porque sus propias madres lo hicieron antes que ellas, y porque cada nueva reina crece para amar también al dragón. A su vez, el dragón quiere a la reina y, aunque todas son diferentes a su modo, todas poseen el propio toque personal y delicado, como esta.

Y así pasan los siglos. La visita de mitad del verano de la reina se convierte en una tradición secreta, vigilada por una sucesión de brujas blancas que viven en la casa, guardando el secreto de la nave Dragón y encendiendo faroles para ayudar al dragón a pasar los días. El dragón dormita un sueño centenario, enterrado bajo la isla, esperando el día en que sea liberado y aguardando el día mágico de mitad del verano en que la propia reina lleve un farol y le presente sus respetos.

Hasta un día de mitad del verano de hace nueve años en que la reina no acudió. El dragón estaba atormentado por la zozobra, pero no podía hacer nada. Tía Zelda tuvo la casa preparada para la llegada de la reina, por si llegaba, y el dragón había esperado, con el ánimo levantado por la visita diaria de tía Zelda con un farol recién encendido. Pero lo que en realidad aguardaba el dragón era el momento en que la reina volviera a ponerle los brazos alrededor del cuello.

Como acababa de hacer.

El dragón abrió los ojos sorprendido. Jenna soltó una exclamación. Debía de estar soñando, pensó. Los ojos del dragón eran en realidad verdes, tal como había imaginado, pero no eran esmeralda. Estaban vivos, ojos de dragón vivos. Jenna soltó el cuello del dragón y retrocedió unos pasos mientras los ojos del dragón seguían su movimiento, mirando durante largo tiempo a la nueva reina. «Es joven –pensó el dragón–, pero más vale eso que nada.» Inclinó respetuosamente la cabeza ante ella.

Desde la popa del barco, el Muchacho 412 vio al dragón inclinar la cabeza y supo que no era fruto de su imaginación. Ni tampoco estaba imaginando otra cosa más: el sonido del agua corriente.

–¡Mira! –gritó Nicko.

Una amplia brecha oscura apareció en la pared entre los dos pilares de mármol que sostenían el tejado. Un pequeño reguero de agua había empezado a caer de manera amenazadora a través del agujero, como si hubieran abierto la compuerta de una presa. Y, mientras ellos miraban, el reguero se convirtió en un arroyo y la brecha se fue abriendo cada vez más. Pronto el suelo de mosaico del templo estuvo inundado de agua y el arroyo pasó a ser un torrente.

De repente, con un estrepitoso rugido, la orilla de tierra del exterior cedió y la pared que se hallaba entre los dos pilares se derrumbó. Un río de fango y agua entró en la caverna, arremolinándose alrededor de la nave *Dragón*, levantándola y balanceándola de un lado a otro, hasta que de repente estaba flotando libremente.

—¡Está a flote! —gritó Nicko emocionado.

Jenna bajó la vista desde la proa hacia el agua enlodada que se arremolinaba debajo de ellos y observó que la pequeña escalera de madera había sido alcanzada por la inundación y barrida. Muy por encima de ella, Jenna fue consciente de cierto movimiento: lenta y dolorosamente, con el cuello rígido por todos los años de espera, el dragón volvió la cabeza para ver quién, por fin, estaba al timón. Fijó sus profundos ojos verdes en su nuevo amo, una figura sorprendentemente pequeña con un sombrero rojo. No se parecía en nada a su último amo, Hotep-Ra, un hombre alto y moreno cuyo cinturón de oro y platino destelleaba a la luz del sol rebotando en las olas y cuyo manto púrpura volaba desordenadamente al viento mientras surcaban juntos el océano a toda velocidad. Pero el dragón reconoció lo más importante de todo: la mano que una vez más sostenía la caña del timón era mágica. Ante ella, por vez primera en muchos cientos de años, se extendía mar abierto.

Era el momento de hacerse a la mar otra vez.

El dragón alzó la cabeza y las dos enormes alas curtidas, que estaban plegadas a lo largo de los costados del barco, empezaron a aflojarse.

Maxie gruñó, con los pelos del cuello erizados.

El barco empezó a moverse.

—¿Qué estás haciendo? —gritó Jenna al Muchacho 412.

El Muchacho 412 sacudió la cabeza. Él no estaba haciendo nada, era el barco.

–¡Suéltalo! –le gritó Jenna por encima del sonido de la tormenta que rugía fuera–. Suelta la caña del timón. Eres tú el que haces que suceda. ¡Suéltalo!

Pero el Muchacho 412 no lo soltó. Algo mantenía su mano firme en la caña del timón, guiando la nave *Dragón* mientras empezaba a moverse entre los dos pilares de mármol, llevando consigo a su nueva tripulación: Jenna, Nicko, el Muchacho 412 y Maxie.

Mientras la cola puntiaguda del dragón barría los extremos del templo, se oyó un fuerte crujido a cada costado del barco. El dragón estaba levantando las alas, abriendo y desplegando cada una de ellas como una enorme mano palmeada, extendiendo sus dedos largos y huesudos, crepitando y rugiendo mientras su curtida piel se tensaba. La tripulación de la nave *Dragón* levantó la vista al cielo nocturno, asombrados ante la visión de las inmensas alas que descollaban por encima del barco como dos gigantescas velas verdes.

La cabeza del dragón se levantó en la noche; se le hincharon las narinas, respiraba el olor que había soñado durante todos aquellos años: el olor del mar.

Por fin el dragón estaba libre.

44

Hacia el mar

—¡Condúcela hasta las olas! —gritó Nicko mientras una ola los alcanzaba y se estrellaba contra ellos, empapándolos de agua fría y dejándolos helados. Pero el Muchacho 412 luchaba denodadamente para mover el timón contra el viento y la fuerza de las aguas. El temporal rugía en sus oídos y la lluvia que caía sobre su rostro tampoco era de ninguna ayuda. Nicko se arrojó sobre la caña del timón y empujaron juntos con todas sus fuerzas para apartar el timón. El dragón extendió las alas para capturar el viento y el barco giró lentamente para encarar las olas que se avecinaban.

Arriba, en la proa, Jenna, empapada por la lluvia, se agarraba al cuello del dragón. El barco subía y bajaba como si cabalgara las olas moviéndose inerme de un costado a otro.

El dragón levantó la cabeza respirando en la tormenta y amando cada minuto de ella. Era el principio de un viaje y una tormenta en el inicio de un viaje era siempre un buen presagio. Pero ¿adónde le llevaría su nuevo amo? El dragón volvió su largo cuello verde y miró hacia atrás, a su nuevo patrón, que estaba al timón, esforzándose junto con su compañero, con el sombrero rojo calado por la lluvia y regueros de agua discurriendo por su rostro.

¿Adónde quería ir?, preguntaron los ojos verdes del dragón.

El Muchacho 412 comprendió la mirada.

—¿Marcia? —se desgañitó para que lo oyeran Jenna y Nicko.

Ambos asintieron. Esta vez iban a hacerlo.

—¡Marcia! —ordenó el Muchacho 412 al dragón.

El dragón parpadeó sin comprender. ¿Dónde estaba Marcia? No había oído hablar de ese país. ¿Estaba lejos? La reina lo sabría.

De repente, el dragón agachó la cabeza y levantó a Jenna del modo juguetón que había empleado con tantas princesas en el transcurso de los siglos. Pero en el viento aullador el efecto era más terrorífico que juguetón. Jenna se encontró volando por el aire, por encima de las olas furiosas, y al cabo de un momento rociada por el mar, encaramada a la coronilla dorada del dragón, sentada justo detrás de sus orejas, agarrada a ellas como si su vida dependiera de ello.

—¿Dónde está Marcia, mi señora? ¿Es un largo viaje? —preguntó el dragón esperanzado, anhelando con ilusión los muchos y felices meses en que surcaría los océanos con su nueva tripulación en busca de la tierra de Marcia.

Jenna se arriesgó a soltar una, sorprendentemente suave, oreja dorada y señaló hacia la *Venganza*, que se acercaba rápidamente.

—Marcia está allí. Es nuestra maga extraordinaria y está prisionera en ese barco, queremos rescatarla.

La voz del dragón llegó otra vez hasta ella, un poco contrariado por no tener que viajar lejos.

Como gustéis, mi señora, así se hará.

En lo más profundo de la bodega de la *Venganza*, Marcia Overstrand estaba sentada escuchando la **tormenta** que rugía por encima de ella. En el dedo meñique de su mano derecha, pues era en el único que le cabía, llevaba el anillo que el Muchacho 412 le había dado. Marcia estaba sentada en la lóbrega bodega, dándole vueltas a todas las maneras posibles en que el Muchacho 412 podía haber encontrado el anillo dragón de Hotep-Ra que llevaba tanto tiempo perdido. Ninguna de ellas tenía mucho sentido. Pero, fuera como fuere que lo hubiese encontrado, el anillo había obrado en Marcia la misma maravilla que solía obrar en Hotep-Ra: le había quitado el mareo. Marcia sabía que también le estaba restaurando lentamente su fuerza **mágica**. Poco a poco podía sentir que la **Magia** volvía y, al hacerlo, las **sombras** que la acechaban y la seguían desde la mazmorra número uno empezaban a esfumarse. El efecto del terrible **vórtice** de DomDaniel estaba desapareciendo. Marcia se aventuró a esbozar una sonrisita; era la primera vez que sonreía desde hacía cuatro largas semanas.

Al lado de Marcia los tres guardias, mareados, yacían desplomados en patéticos montones gimientes, lamentándose de no haber aprendido a nadar también ellos. Al menos así se habrían arrojado por la borda.

Muy por encima de Marcia, en pleno fragor de la **tormen-**

ta que había creado, DomDaniel se sentaba muy erguido en su trono de ébano, mientras que su miserable aprendiz temblaba a su lado. El chico quería ayudar a su amo a preparar el rayo que sería el **golpe** definitivo, pero estaba tan mareado que lo único que podía hacer era mirar con la mirada enturbiada hacia delante y soltar algún que otro gemido.

—¡Cállate, chico! —le espetó DomDaniel.

Intentaba concentrarse en reunir las fuerzas eléctricas para el rayo más poderoso que hubiera lanzado nunca. Pronto, pensó DomDaniel triunfante, no solo la fea casucha de esa entrometida bruja, sino también toda la isla, se evaporarían en un destello cegador. DomDaniel tocó el amuleto de mago extraordinario que ahora volvía a estar en su lugar correcto: alrededor de su cuello, y no en el escuchimizado cuello de una insecta de maga a la que le faltaba un hervor. DomDaniel se echó a reír. Todo era tan fácil.

—¡Barco a la vista, señor! —gritó una débil voz desde la cofa—. ¡Barco a la vista!

DomDaniel maldijo.

—¡No me interrumpas! —rugió por encima del aullido del viento e **hizo** que el marinero cayera soltando un grito a las aguas embravecidas.

Pero la concentración de DomDaniel se había roto. Y, mientras intentaba recuperar el control de los elementos para el **golpe** definitivo, algo captó su atención.

Un fulgor dorado se acercaba desde la oscuridad hacia su barco. DomDaniel buscó a tientas su catalejo y, al acercárselo al ojo, apenas pudo creer lo que veía.

Era imposible, se dijo a sí mismo, absolutamente imposible. La nave *Dragón* de Hotep-Ra no existía. No era más que una leyenda. DomDaniel parpadeó para enjugarse la lluvia de los ojos y volvió a mirar. El condenado barco iba directamente hacia él. El destello verde de los ojos del dragón se veía a través de la oscuridad y se topó con la mirada del ojo con el que lo observaba a través del catalejo. Un escalofrío helado recorrió al **nigromante**. Aquello, decidió, era obra de Marcia Overstrand. Una **proyección** de su febril cerebro que tramaba contra él en lo más profundo de su propio barco. ¿Acaso no había aprendido nada?

DomDaniel se dirigió a sus Magogs.

—Despachad a la prisionera —soltó—. ¡Enseguida!

Los Magogs abrieron y cerraron sus sucias garras amarillas y un fino hilo de baba apareció sobre sus cabezas de lución, como siempre ocurría en momentos de nerviosismo. Susurraron una pregunta a su amo.

—Como queráis —respondió este—. No me importa. Haced lo que queráis, pero hacedlo. ¡Rápido!

La repugnante pareja empezó a deslizarse dejando un rastro de baba a su paso y desapareció por debajo de la cubierta. Estaban encantados de salir de la tormenta, emocionados ante la diversión que les aguardaba.

DomDaniel apartó el catalejo. Ya no lo necesitaba, pues la nave *Dragón* estaba tan cerca que podía verla a simple vista. Dio impacientes golpecitos con el pie, esperando a que lo que creía una **proyección** de Marcia desapareciese. Sin embargo, para su consternación, no desapareció. La nave *Dragón* se acercaba cada vez más y parecía observarlo fijamente con una mirada particularmente desagradable.

Con evidente tensión, el **nigromante** empezó a caminar por la cubierta, ajeno al aguacero que de repente caía sobre él y sordo al ruidoso flamear de los últimos retazos de las velas. Solo había un sonido que DomDaniel deseaba escuchar y ese era el sonido del último grito de Marcia Overstrand muy abajo, en la bodega.

Escuchaba con atención. Si había una cosa que a DomDaniel le encantaba, era oír el último grito de un ser humano. Cualquier ser humano era bueno, pero el último grito de la maga extraordinaria, que le había negado su poder legítimo durante diez largos años, era particularmente bueno. Se frotó las manos, cerró los ojos y aguardó.

Abajo, en las profundidades de la *Venganza*, el anillo dragón de Hotep-Ra resplandecía brillantemente en el meñique de Marcia y había recuperado bastante **Magia** como para que pudiese librarse de sus cadenas. Se había escapado de sus comatosos guardianes y estaba subiendo la escalera de la bodega. Al salir de la escalera, cuando estaba a punto de dirigirse a la siguiente, casi se resbala en una charca de baba amarillenta. De la penumbra surgieron los Magogs, directamente hacia ella, siseando de placer. La arrinconaron, haciendo rechinar sin cesar sus excitadas hileras de dientes amarillentos y puntiagudos ante ella. Con un fuerte chasquido, sacaron sus garras y avanzaron hacia Marcia con deleite, sacando y metiendo sus pequeñas lenguas retráctiles de la boca.

Ahora, pensó Marcia, era el momento de descubrir si realmente había recuperado su **Magia**.

—¡**Cuaja y seca**! ¡**Solidifica**! —murmuró Marcia señalando a los Magogs con el dedo que llevaba el anillo del dragón.

Como dos babosas cubiertas de sal, los Magogs se desplomaron de repente y se encogieron con un siseo. Un crujido horripilante siguió cuando su baba se solidificó y se secó en una gruesa corteza amarilla. En breves instantes, todo lo que quedó de las **cosas** eran dos mustios bultos negros y macilentos a los pies de Marcia, que se quedaron pegados en la cubierta. Pasó por encima de ellos con desdén, cuidándose de no mancharse los zapatos, y prosiguió su viaje hacia la cubierta superior.

Marcia quería recuperar su amuleto y estaba yendo a por él.

Arriba, en la cubierta, DomDaniel había perdido la paciencia con los Magogs. Se maldijo a sí mismo por pensar que se iba a librar de Marcia rápidamente. Debería haberse dado cuenta. A los Magogs les gustaba tomarse su tiempo con sus víctimas, y tiempo era algo que DomDaniel no tenía. Le amenazaba la condenada **proyección** de Marcia de la nave *Dragón* y eso estaba afectando a sus **poderes**.

Y así, cuando Marcia estaba a punto de subir la escalera que conducía hasta la cubierta superior, oyó un fuerte bramido:

—¡Cien coronas! —se desgañitó DomDaniel—. ¡No, mil coronas! ¡Mil coronas para el hombre que me libre de Marcia Overstrand! ¡Ahora!

Por encima de su cabeza, Marcia oyó la súbita estampida de los pies desnudos de los marineros de cubierta encaminándose hacia la escotilla y la escalera donde ella se encontraba. Marcia dio un salto y se escondió como pudo entre las sombras, mientras toda la tripulación del barco se abría paso a codazos y empujones en un esfuerzo por ser el primero en llegar hasta la prisionera y cobrar la recompensa. Desde las sombras los veía ir, quitándose unos a otros de en medio a puntapiés, empujones y peleando entre sí. Luego, cuando la refriega desapareció en las bodegas inferiores, se enfundó en sus húmedas ropas y subió la escalera hasta la cubierta.

El viento frío le cortó la respiración, pero, después del hediondo bochorno de la bodega del barco, respirar el fresco aire de tormenta le pareció maravilloso. Marcia se escondió rauda detrás de un barril y aguardó, pensando en cuál sería su próximo movimiento.

Marcia observó atentamente a DomDaniel. Se alegró de ver que parecía mareado. Sus rasgos normalmente grises tenían un cariz verdoso, y sus ojos negros y protuberantes miraban algo que estaba detrás de ella. Marcia se dio media vuelta para ver qué era lo que estaba poniendo tan verde a DomDaniel.

Era la nave *Dragón* de Hotep-Ra.

Descollando sobre la *Venganza*, con sus ojos verdes destelleando e iluminando la cara pálida de DomDaniel, la nave *Dragón* volaba a través del viento aullador y la lluvia incesante. Sus enormes alas batían lenta y poderosamente contra la tormenta, volando hacia Marcia Overstrand, que no daba crédito a lo que estaba viendo.

Nadie en la nave *Dragón* podía creerlo tampoco. Cuando el dragón empezó a batir sus alas contra el viento y elevarse lentamente del agua, Nicko se quedó horrorizado; si había una cosa de la que Nicko estaba seguro era de que los barcos no vuelan. Nunca.

—¡Páralo! —gritó al oído del Muchacho 412 por encima del crepitar de las alas inmensas que pasaban lentamente ante ellos, despidiendo ráfagas de aire impregnado de olor a cuero hacia sus rostros. Pero el Muchacho 412 estaba emocionado; sostenía con fuerza la caña del timón, confiando en que la nave *Dragón* lo hiciera lo mejor que pudiera.

—¿Parar qué? —le respondió el Muchacho 412 mirando las alas con los ojos brillantes y una amplia sonrisa en el rostro.

—¡Eres tú! —gritó Nicko—. Sé que eres tú. Lo estás haciendo volar. Para. ¡Páralo ya! ¡Está descontrolado!

El Muchacho 412 sacudió la cabeza. No tenía nada que ver con él. Era la nave *Dragón*. Había decidido volar.

Jenna se asía tan fuerte a sus orejas que se le estaban quedando los dedos blancos. Muy por debajo de ella veía las olas golpeando contra la oscura forma de la *Venganza*, y mientras la nave *Dragón* bajaba en picado hacia la cubierta del barco oscuro, Jenna pudo ver la repulsiva cara verde de DomDaniel que la miraba. Rápidamente apartó la vista del nigromante, su malvada mirada le helaba hasta la médula y le producía una horrible sensación de desespero. Sacudió la cabeza y se libró de la oscura sensación, pero una duda subsistía en su mente: ¿cómo encontrarían a Marcia? Volvió a mirar al Muchacho 412. Había soltado la caña del timón y estaba mirando por encima del costado de la nave *Dragón*, hacia la *Venganza*. Entonces, mientras la nave *Dragón* bajaba en picado y su sombra se proyectaba sobre el nigromante, Jenna comprendió de repente lo que el Muchacho 412 estaba haciendo: se estaba preparando para saltar al barco. El Muchacho 412 abordaría la *Venganza* y rescataría a Marcia.

—¡No! —exclamó Jenna de improviso—. ¡No saltes, puedo ver a Marcia!

Marcia se había puesto en pie. Aún estaba mirando la nave *Dragón* con incredulidad. ¿Seguro que era solo una leyenda? Pero cuando el dragón descendió hacia ella, con los ojos despidiendo destellos verdes intensos y las narinas proyectando grandes chorros de fuego anaranjado, Marcia sintió el calor de las llamas y supo que aquello era real.

Las llamas lamieron las mojadas ropas de DomDaniel y

llenaron el aire de un olor a lana quemada. Chamuscado por el fuego, DomDaniel cayó hacia atrás y por un breve instante un débil rayo de esperanza cruzó por la mente del **nigromante**: tal vez se tratase de una terrible pesadilla. Porque encima de la cabeza del dragón podía ver algo que era del todo imposible. Sentada sobre la coronilla del dragón estaba la **Realicia**.

Jenna se atrevió a soltar una de las orejas del dragón y metió la mano en el bolsillo de la chaqueta. DomDaniel aún la miraba y quería que dejase de hacerlo; en realidad iba a obligarla a dejar de hacerlo. La mano de Jenna temblaba cuando sacó el insecto escudo del bolsillo y lo levantó en el aire. De su mano voló lo que a DomDaniel le pareció una gran avispa verde. DomDaniel odiaba las avispas. Retrocedió vacilante mientras el insecto volaba hacia él con un amenazador zumbido metálico y aterrizó en su hombro, desde donde le pinchó en el cuello, fuerte.

DomDaniel dio un grito y el insecto escudo volvió a hundir su espada en él. Dio una palmada al insecto, que, confuso, se acurrucó hecho una bola y se saltó sobre la cubierta, para rodar hasta un rincón oscuro. DomDaniel se desplomó en la cubierta.

Marcia vio su oportunidad y la aprovechó. A la luz del fuego que salía de las narinas hinchadas del dragón, Marcia se armó de valor para tocar al postrado **nigromante**. Con dedos temblorosos, buscó entre los pliegues de su cuello de babosa y encontró lo que andaba buscando: el cordón del zapato de Alther. Muy mareada, pero aún más decidida, Marcia tiró de un extremo del cordón, con la esperanza de que el nudo se desatase. Pero no lo hizo. DomDaniel profirió una especie de tos y se llevó las manos al cuello.

—Me estás estrangulando —jadeó, y él también cogió el cordón.

Ese cordón de Alther había hecho un buen servicio a lo largo de los años, pero no estaba por la labor de resistir la disputa de dos poderosos magos por él. Así que hizo lo que suelen hacer a veces los cordones de los zapatos: se rompió.

El amuleto cayó en la cubierta y Marcia lo recogió. DomDaniel se lanzó desesperadamente a por él, pero Marcia ya estaba atando otra vez el cordón alrededor de su cuello. Mientras lo anudaba, el cinturón de maga extraordinaria **apareció** alrededor de su cintura, sus ropajes brillaron en la lluvia con **Magia** y Marcia se puso en pie muy erguida. Supervisaba la escena con una sonrisa triunfante: había reclamado su legítimo lugar en el mundo. Volvía a ser la maga extraordinaria.

Enfurecido, DomDaniel se puso en pie tambaleándose, gritando:

—¡Guardias, guardias!

No hubo respuesta: la tripulación entera estaba en lo más hondo de las tripas del barco cazando gambusinos.

Mientras Marcia preparaba un **rayocentella** para lanzárselo al cada vez más histérico DomDaniel, una voz familiar le dijo por encima de ella:

—Vamos, Marcia. Date prisa. Sube aquí conmigo.

El dragón bajó la cabeza hasta la cubierta y, por una vez, Marcia hizo lo que le decían.

La marea baja

La nave *Dragón* sobrevoló despacio los inundados marjales, dejando atrás a la impotente *Venganza*. Mientras la tormenta se extinguía, el dragón bajó las alas y, un poco desentrenado, volvió a aterrizar en el agua con un golpe y un gran chapoteo.

Jenna y Marcia, fuertemente aferradas al cuello del dragón, quedaron empapadas.

En el aterrizaje, el Muchacho 412 y Nicko salieron disparados por los aires por encima de la cubierta, donde acabaron hechos un amasijo. Se pusieron en pie y Maxie se sacudió. Nicko soltó un suspiro de alivio. En su mente no cabía ninguna duda: los barcos no estaban hechos para volar.

Pronto las nubes se fueron dispersando hacia el mar y la luna apareció para iluminar su camino de regreso a casa. La nave *Dragón* resplandecía, verde y oro a la luz de la luna, con las alas desplegadas para capturar el viento mientras los llevaba a casa. Desde una ventana iluminada allende las aguas, tía Zelda observaba la escena, un poco desmelenada después de haber estado bailando triunfante y haber chocado con un montón de sartenes.

La nave *Dragón* era reacia a regresar al templo. Después de haber catado la libertad odiaba la idea de ser encerrada bajo tierra de nuevo. Ansiaba virar en redondo, poner rumbo hacia el mar mientras aún podía, y navegar por el mundo con la joven reina, su nuevo amo y la maga extraordinaria. Pero su nuevo amo tenía otras ideas. La llevaba otra vez de regreso, de regreso a su seca y oscura prisión. El dragón suspiró e inclinó la cabeza. Jenna y Marcia casi se cayeron.

—¿Qué pasa ahí arriba? —preguntó el Muchacho 412.

—Está triste —explicó Jenna.

—Pero ahora eres libre, Marcia —exclamó el Muchacho 412.

—No es Marcia. Es el dragón —le respondió Jenna.

—¿Cómo lo sabes? —preguntó el Muchacho 412.

—Porque sí. Me habla. En mi mente.

—¿Ah sí? —rió Nicko.

—¡Sí! ¡Para que te enteres! Está triste porque quiere ir al mar. No quiere volver al templo, volver a su prisión, como él la llama.

Marcia sabía cómo se sentía el dragón.

—Dile, Jenna —le instó Marcia—, que volverá a ir al mar, pero esta noche no. Esta noche a todos nos gustaría ir a casa.

La nave *Dragón* levantó la cabeza y esta vez Marcia se cayó. Resbaló por el cuello del dragón y aterrizó con un fuerte topetazo sobre la cubierta. Pero a Marcia no le importó, ni siquiera se quejó. Se limitó a sentarse y contemplar las estrellas mientras la nave *Dragón* singlaba serenamente por los marjales Marram.

Nicko, que hacía de vigía, se sorprendió al ver un pequeño y familiar barco de pesca a lo lejos, apareciendo con la marea. Se lo señaló al Muchacho 412.

—Mira, he visto ese barco antes. Debe de ser de alguien del Castillo que está pescando por aquí.

El Muchacho 412 sonrió.

—Eligieron la noche equivocada para salir, ¿verdad?

Cuando llegaron a la isla, la marea se retiraba rápidamente y el agua que cubría el marjal era poco profunda. Nicko cogió la caña del timón y guió la nave *Dragón* hasta el curso del sumergido Mott, pasando por el templo romano. Era una visión sorprendente. El mármol del templo refulgía de blanco luminoso mientras la luna lo iluminaba por primera vez desde que Hotep-Ra enterrara la nave *Dragón* en su interior. Todos los montículos y el tejado de madera que Hotep-Ra había construido habían sido arrasados por el agua y solo quedaban los altos pilares en pie bajo la brillante luz de la luna.

Marcia estaba asombrada.

—No tenía ni idea de que esto estuviera aquí. No tenía ni la más remota idea. Pensaréis que alguno de los libros de la biblioteca de la pirámide podría haberlo mencionado. Y en cuanto a la nave *Dragón*... bueno, siempre creí que era solo una leyenda.

—Tía Zelda lo sabía —indicó Jenna.

—¿Tía Zelda? —preguntó Marcia—. Bueno, entonces, ¿por qué no lo dijo?

—Su trabajo es no decirlo. Es la conservadora de la isla. Las reinas, esto... mi madre y mi abuela y mi bisabuela y todas sus predecesoras tuvieron que visitar al dragón.

—¿Ah sí? —exclamó Marcia asombrada—. ¿Por qué?

—No lo sé —dijo Jenna—.

—Bueno, nunca me lo contaron, ni Alther lo mencionó.

—Ni DomDaniel —señaló Jenna.

—No —dijo Marcia pensativa—, no. Bueno, quizá haya cosas que es mejor que un mago no sepa.

Amarraron la nave *Dragón* en el embarcadero y esta se asentó en el Mott como un cisne gigante posándose en su nido, bajando lentamente las enormes alas y plegándolas limpiamente a los lados del casco. Inclinó la cabeza para permitir que Jenna resbalase hasta la cubierta y luego el dragón miró a su alrededor. Cierto que no era el océano, pensó, pero la anchurosa superficie de los marjales Marram, con su largo y bajo horizonte extendiéndose hasta donde alcanzaba la vista, era la segunda mejor opción. El dragón cerró los ojos. La reina había regresado y podía oler el mar. Se sentía feliz.

Jenna se sentó con las piernas colgando del borde de la durmiente nave *Dragón*, supervisando la escena que tenía delante. La casa parecía tan tranquila como siempre, aunque tal vez no tan limpia como cuando salieron, debido al hecho de que la cabra se había comido buena parte del tejado y seguía en plena forma. La mayor parte de la isla sobresalía ahora del agua, aunque estaba cubierta por una mezcla de lodo y algas. Tía Zelda, pensó Jenna, no se alegraría del estado del jardín.

Cuando el agua se retiró del embarcadero, Marcia y la tripulación saltaron de la nave *Dragón* y se dirigieron hacia la casa, que estaba sospechosamente silenciosa, con la puerta principal entreabierta. Presos de un mal presentimiento, inspeccionaron su interior.

Brownies.

Por todas partes. La puerta de la **desencantada** gatera estaba abierta y el lugar estaba plagado de Brownies. Por encima de las paredes, por el suelo, pegados al techo, apiñados en el armario de las pociones, masticando, mascando, rasgando y haciéndose caca a su arrasador paso por la casa como una plaga de langostas. Al ver a los humanos, diez mil Brownies emitieron su agudo chillido.

Tía Zelda salió de la cocina como un rayo.

—¿Qué? —exclamó intentando asimilarlo todo, pero solo veía a una Marcia inusitadamente despeinada, de pie en medio de un mar de nauseabundos Brownies.

¿Por qué, pensó tía Zelda, Marcia siempre tiene que hacer las cosas tan difíciles? ¿Por qué demonios había traído consigo un cargamento de Brownies?

—¡Condenados Brownies! —maldijo tía Zelda agitando los brazos inútilmente— ¡Fuera, fuera, fuera!

—Permíteme, Zelda —gritó Marcia—, te haré un **eliminar** rápido.

—¡No! —vociferó tía Zelda—. Debo hacerlo yo misma, o me perderán el respeto.

—¡Bueno, yo no llamaría exactamente «respeto» a esto...! —murmuró Marcia levantando los estropeados zapatos del pegajoso limo e inspeccionando las suelas. Definitivamente tenían un agujero en algún sitio. Podía notar el limo filtrándose entre los dedos de los pies.

De repente, el griterío cesó y miles de ojillos contemplaron aterrorizados lo que más teme un Brownie: un Boggart.

El Boggart.

Con el pelaje limpio y cepillado, y el fajín blanco de su vendaje aún alrededor de la cintura, parecía delgado y pequeño; no era tan Boggart como lo había sido, pero seguía teniendo el aliento de un Boggart. Y, al echarles su aliento de Boggart mientras pasaba por entre los Brownies, sintió que recuperaba las fuerzas.

Los Brownies lo vieron llegar y, desesperados por escapar, se amontonaron estúpidamente en el rincón más alejado del Boggart; el montón crecía cada vez más hasta que todos los Brownies de las arenas movedizas menos uno, uno joven que salía por primera vez, se apilaron en un tambaleante montículo en el otro extremo de la casa, junto al escritorio. De repente, el joven Brownie salió disparado de debajo de la alfombra de la chimenea. Los nerviosos ojos rojos brillaban en la afilada casa, y sus huesudos dedos de las manos y pies repiqueteaban sobre el suelo de piedra mientras, sabiéndose observado por todos, atravesaba atropelladamente la habitación para unirse al montón. Se arrojó a la viscosa pila y se unió a los miles de pares de ateridos ojillos rojos que contemplaban al Boggart.

—No sssé por qué no ssse van. Condenadosss Brownies —dijo el Boggart —. De todosss modosss, ha habido una terrible tormenta. No creo que quieran salir de una bonita y cálida casa. ¿Habéis visssto ese gran barco varado en los marjales? Parece acabado. Ahora ha quedado en dique seco. Tienen sssuerte de que todos estos Brownies estén aquí dentro y no allí fuera, ocupadosss arrastrándolo hasta las arenasss movedizassss.

Todos intercambiaron miradas.

—Sí, ¿verdad? —afirmó tía Zelda, que sabía exactamente de

qué barco estaba hablando el Boggart, después de haber estado demasiado absorta viéndolo todo desde la ventana de la cocina con el Boggart como para notar siquiera la invasión de Brownies.

—Sí, bueno, ahora voy a sssalir —continuó el Boggart—, ya no puedo sssoportar estar tan limpio. Solo quiero encontrar un bonito pedazo de barrizal.

—Bueno, no hay escasez de barro ahí fuera, Boggart —le animó tía Zelda.

—Sssip —dijo el Boggart—. Haré lo que pueda. Ejem... ssssolo quería darte las graciasss, Zelda, por... bueno, por cuidarme asssí. Graciasss. Estos Brownies se irán cuando yo me vaya. Si tienesss algún otro problema, grita.

El Boggart salió por la puerta con sus patosos andares, para pasar unas pocas horas felices eligiendo una ciénaga donde pasar el resto de la noche. Había tantas que no sabía cuál elegir.

En cuanto se hubo ido, los Brownies se pusieron muy inquietos; sus ojillos rojos intercambiaban miradas y miraban hacia la puerta abierta. Cuando estuvieron seguros de que el Boggart realmente se había marchado, se desató una cacofonía de excitados chillidos y el montículo se desmoronó repentinamente en una lluvia de papilla marrón. Libres por fin del aliento de Boggart, los Brownies se encaminaron en tropel hacia la puerta. Corrieron isla abajo, cruzaron por el puente del Mott y atravesaron los marjales Marram. Directamente hacia la varada *Venganza*.

—¿Sabéis? —confesó tía Zelda mientras reía desaparecer los Brownies entre las sombras del marjal—. Casi siento lástima por ellos.

—¿Por quién, por los Brownies o por la *Venganza*? —preguntó Jenna.

—Por ambos —admitió tía Zelda.

—Pues yo no —comentó Nicko—. Se merecen los unos a los otros.

Aun así, nadie quiso observar lo que le sucedió a la *Venganza* esa noche, ni siquiera quisieron hablar de ello.

Más tarde, después de limpiar la casa de papilla marrón tanto como pudieron, tía Zelda supervisó los daños, decidida a buscar el lado positivo.

—En realidad no es tan malo —sostuvo—. Los libros están bien; bueno, al menos lo estarán cuando se sequen todos y pueda volver a hacer las pociones. De cualquier modo, la mayoría de pociones habían rebasado su fecha de caducidad. Y las verdaderamente importantes están a buen recaudo. Los Brownies no se han comido todas las sillas, como la última vez, y ni siquiera se han hecho caca en la mesa. Así que, en general, podría haber sido peor, mucho peor.

Marcia se sentó y se quitó los estropeados zapatos de pitón púrpura. Los dejó junto al fuego para que se secaran mientras pensaba si hacer una **renovación de zapatos** o no. En rigor, Marcia sabía que no debía hacerlo. La **Magia** no se debía utilizar para la propia comodidad. Una cosa era arreglar su capa, que formaba parte de sus herramientas de trabajo, pero difícilmente podía pretender que los afilados zapatos de pitón fueran necesarios para la realización de la **Magia**. Así que allí estaban, emanando vapor junto al fuego, despidiendo un débil pero desagradable olor a serpiente mohosa.

—Te puedo prestar mi par de chanclos de repuesto —le ofreció tía Zelda–, son mucho más prácticos para andar por aquí.

–Gracias, Zelda –agradeció Marcia en tono de desaliento. Odiaba los chanclos.

–¡Oh, alegra esa cara, Marcia! –dijo tía Zelda, irritada–. ¡Peores cosas suceden en el mar!

46

Una visita

A la mañana siguiente, lo único que Jenna pudo ver de la *Venganza* era la punta del mástil más alto sobresaliendo del marjal como una solitaria asta en la que flameaban los retazos de la gavia. Los restos de la *Venganza* no eran una visión del agrado de Jenna, pero, al igual que todos los que en la casa se despertaron después que ella, tenía que ver con sus propios ojos lo sucedido al barco **Oscuro**. Jenna cerró el postigo y se dio media vuelta. Había otro barco que sí tenía muchas ganas de ver: la nave *Dragón*.

Jenna salió de la casa con el primer sol de la mañana primaveral. La nave *Dragón* descansaba majestuosa en el Mott, flotando alto en el agua, con el cuello estirado y la cabeza dorada levantada para captar la calidez del primer rayo de sol que caía sobre ella después de cientos de años. El brillo de las escamas verdes del cuello y la cola del dragón y el resplandor del oro del casco hizo que Jenna entrecerrase los ojos para evitar el destello. El dragón también tenía los ojos entornados. Al principio, Jenna creyó que el dragón estaba aún dormido, pero luego cayó en la cuenta de que, como ella, se protegía los ojos del brillo de la luz. Desde que Hotep-Ra la dejara sepultada bajo tierra, la única luz que la nave *Dragón* había visto había sido el pálido fulgor de un farol.

Jenna bajó la cuesta hacia el embarcadero. El barco era grande, mucho más grande de como lo recordaba de la noche anterior, y estaba atascado en el Mott, después de que el agua de la inundación empezara a retirarse de los marjales. Jenna esperaba que el dragón no se sintiera atrapado. Se acercó de puntillas y puso la mano en el cuello del dragón.

—Buenos días, mi señora. —La voz del dragón llegó hasta ella.

—Buenos días, dragón —susurró Jenna—. Espero que estés cómodo en el Mott.

—Hay agua debajo de mí y el aire huele a sal y a los rayos del sol. ¿Qué más puedo pedir? —preguntó el dragón.

—Nada. Nada en absoluto —coincidió Jenna.

Se sentó en el embarcadero y contempló las volutas de la niebla de primera hora de la mañana desaparecer con la calidez del sol. Luego se recostó con satisfacción en la nave *Dragón* y escuchó los escarceos y chapoteos de diversas criaturas del Mott. Jenna ya se había acostumbrado a todos los habitantes subacuáticos. Ya no se estremecía al paso de las anguilas que cruzaban por el Mott en su largo viaje hasta el mar de los Sargazos. No le importaban demasiado los chupones, aunque ya no caminaba con los pies desnudos en el barro después de que uno se le pegara al dedo gordo y tía Zelda hubiera tenido que amenazarle con el tenedor de tostar pan para quitárselo. A Jenna incluso le gustaba la pitón de los marjales, pero eso era probablemente porque no había vuelto desde la gran helada. Conocía los ruidos y los chapoteos que hacía cada criatura, pero mientras se sentaba al sol, escuchando distraídamente el sonido que arrancaba del agua de una rata de agua y el borboteo de una locha, oyó algo que no reconoció.

La criatura, fuera lo que fuese, gemía y gruñía patéticamente. Luego resoplaba, salpicaba y gruñía un poco más. Jenna nunca había oído nada igual. También parecía bastante grande. Cuidándose de mantenerse fuera de su vista, Jenna se arrastró detrás de la gruesa cola verde de la nave *Dragón* que estaba curvada hacia arriba y descansaba en el embarcadero; luego se asomó por encima para ver qué criatura podía estar armando semejante alboroto.

Era el aprendiz.

Estaba tumbado boca abajo sobre una alquitranada tabla de madera que parecía proceder de la *Venganza* y remaba por el Mott con la ayuda de las manos. Parecía exhausto, tenía los mugrientos ropajes verdes, que despedían vapor al calor de la mañana, pegados al cuerpo, y el lacio cabello oscuro desordenado le caía encima de los ojos. Parecía no tener ni la energía suficiente para levantar la cabeza y mirar adónde se dirigía.

—¡Oye! —gritó Jenna—. Aléjate.

Cogió una piedra para tirársela.

—No. Por favor, no —suplicó el chico.

Apareció Nicko.

—¿Qué pasa, Jen? —Siguió la mirada de Jenna—. ¡Oye tú, lárgate! —le increpó.

El aprendiz no hizo caso. Acercó su tablón remando hacia el desembarcadero y se quedó allí, derrengado.

—¿Qué quieres? —le preguntó Jenna.

—Yo... el barco... se ha hundido. Yo he escapado.

—La porquería siempre sale a flote —observó Nicko.

—Estábamos llenos de... criaturas. Bichos... marrones, delgados. —El muchacho se estremeció—. Tiraban de nosotros hacia abajo, hacia el pantano. No podía respirar. Todos se han ido. Por favor, ayudadme.

Jenna le miró fijamente titubeando. Se había despertado pronto porque había tenido pesadillas llenas de Brownies chillones que la arrastraban hacia el fondo del marjal. Jenna sintió un escalofrío, no quería pensar en ello. Si ni siquiera podía soportar pensar en ello, ¿cuánto debería ser para un muchacho haber estado allí realmente?

El aprendiz notó que Jenna estaba dudando y lo volvió a intentar.

—Yo... yo siento lo que le hice a ese animal vuestro.

—El Boggart no es un animal —respondió Jenna indignada—. Y no es nuestro. Es una criatura del marjal. No pertenece a nadie.

—¡Ah! —El aprendiz vio que había cometido un error y volvió a lo que había funcionado antes—. Lo siento. Yo... yo solo... estaba tan asustado.

Jenna se ablandó.

—No podemos dejarlo ahí tirado sobre un tablón —le dijo a Nicko.

—No veo por qué no —respondió Nicko—, salvo porque está contaminando el Mott, supongo.

—Será mejor llevarlo dentro —aconsejó Jenna—. Venga, échanos una mano.

Ayudaron al aprendiz a salir de su tabla y medio lo arrastraron medio lo guiaron sendero arriba hasta la casa.

—Bueno, mirad lo que nos ha traído el gato —fue el comentario de tía Zelda cuando Nicko y Jenna descargaron al chico delante del fuego, despertando a un Muchacho 412 todavía con cara de sueño.

El Muchacho 412 se levantó y se apartó. Había percibido el destello de la **magia negra** cuando entró el aprendiz.

El aprendiz se sentaba pálido y tembloroso junto al fuego. Parecía enfermo.

—No le pierdas de vista, Nicko —le ordenó tía Zelda—, iré a buscarle una bebida caliente.

Tía Zelda regresó con una taza de té de camomila y calabaza. El aprendiz hizo una mueca, pero se lo bebió. Al menos estaba caliente.

Cuando terminó, tía Zelda le dijo:

—Creo que será mejor que nos digas por qué has venido. O mejor se lo explicas a la señora Marcia. Marcia, tenemos una visita.

Marcia estaba en la puerta. Acababa de regresar de un paseo matinal por la isla, en parte para ver lo que le había sucedido a la *Venganza*, pero sobre todo para saborear el dulce aire de la primavera y el aún más dulce gusto de la libertad. Aunque Marcia parecía delgada después de los meses de cautividad y todavía tenía ojeras, tenía mucho mejor aspecto que la noche anterior. Sus ropajes púrpura y su túnica estaban nuevos y limpios, gracias a un completo **hechizo de cinco minutos enteros de limpieza profunda**, que esperaba borrarse cualquier rastro de la **magia negra**. La **magia negra** era algo pegajoso y Marcia había tenido que ser particularmente concienzuda. Su

448

cinturón brillaba resplandeciente después de un pulido prístino, y alrededor de su cuello colgaba el amuleto Akhu. Marcia se sentía bien, había recuperado su Magia y todo estaba bien en el mundo.

Aparte de los chanclos.

Marcia se quitó los ofensivos artículos de calzado en la puerta y echó una mirada dentro de la casa, que parecía sombría después del brillante sol primaveral del exterior. Había una oscuridad particular junto al fuego, y Marcia tardó un momento en detectar exactamente quién estaba sentado allí. Cuando se dio cuenta de quién era, su expresión se enturbió.

—¡Ah, la rata del barco hundido! —espetó.

El aprendiz no dijo nada. Miraba a Marcia de manera sospechosa, fijando los ojos negros como el carbón en el amuleto.

—Que nadie lo toque —advirtió Marcia.

A Jenna le sorprendió el tono de Marcia, pero se alejó del aprendiz, igual que hizo Nicko. El Muchacho 412 se acercó a Marcia.

El aprendiz se quedó solo junto al fuego. Volvió el rostro hacia el desaprobador círculo que lo rodeaba. Tragó saliva; de repente tenía la boca seca. Se suponía que no tenía que pasar eso. Se suponía que tenían que sentir lástima de él. La Realicía había sentido lástima, ya la había conquistado. Y a la bruja blanca loca. Era mala suerte que hubiera aparecido la entrometida ex maga extraordinaria en el peor momento. Frunció el ceño de frustración.

Jenna miró al aprendiz. Parecía algo diferente, pero no conseguía averiguar qué era. Lo achacó a la terrible noche que había pasado en el barco. Ser arrastrado hasta las arenas movedizas por cientos de Brownies chillones debía de ser suficiente para imprimir en cualquiera la expresión sombría y angustiada que había en los ojos del chico.

Pero Marcia sabía por qué el muchacho parecía distinto. En su paseo matutino por la isla había visto el motivo, y este era una visión que le quitó las ganas de desayunar, aunque hay que admitir que a Marcia no le costaba mucho perder el apetito por los desayunos de tía Zelda.

Así que, cuando de repente el aprendiz se puso en pie de un salto y corrió hacia Marcia con las manos extendidas y prestas para estrujarle la garganta, Marcia estaba preparada. Apartó los dedos que intentaban agarrar el amuleto y expulsó al aprendiz por la puerta con el atronador estruendo de un **rayocentella**.

El muchacho quedó despatarrado, inconsciente en el camino.

Todo el mundo se apiñó a su alrededor. Tía Zelda estaba conmocionada.

—Marcia —murmuró—, creo que te has excedido. Puede que sea el chico más desagradable con el que he tenido la desgracia de cruzarme en mi vida, pero es solo un niño.

—No necesariamente —fue la lacónica respuesta de Marcia—. Y aún no he terminado. Atrás, por favor, todos.

Jenna, Nicko y el Muchacho 412 se alejaron un paso del chico. Tía Zelda puso la mano en el brazo de Marcia.

—Marcia. Sé que estás enfadada. Tienes todo el derecho a estarlo después del tiempo en que has estado encarcelada, pero no deberías pagarlo con un niño.

—No estoy pagándolo con un niño, Zelda. Deberías conocerme mejor. Él no es un niño, es DomDaniel.

–¿Qué?

–Además, Zelda, yo no soy **nigromante** –le explicó Marcia–. Yo nunca arrebataré una vida. Lo único que puedo hacer es devolverlo a donde estaba cuando hizo esa cosa horrible... para asegurarme de que no se aprovecha de lo que ha hecho.

–¡No! –gritó DomDaniel en la forma de aprendiz.

Maldijo la débil y aflautada voz con la que se veía obligado a hablar. Solía molestarle mucho oírla cuando había pertenecido al maldito chico, pero ahora que era suya le resultaba insoportable.

DomDaniel se esforzó por ponerse en pie. No podía creer que su plan para recuperar el amuleto hubiera fallado. Los había engañado a todos. Lo habían aceptado en su equivocada piedad e incluso lo habrían cuidado también, hasta que hubiera encontrado el momento de arrebatar el amuleto. Y entonces... ¡ah, qué diferentes habrían sido las cosas! Desesperadamente hizo un último intento. Se puso de rodillas.

–Por favor –suplicó–. Te equivocas. Solo soy yo, yo no soy...

–¡**Lárgate**! –le ordenó Marcia.

–¡No! –berreó.

Pero Marcia prosiguió:

> ¡Lárgate,
> vuelve a donde estabas,
> cuando eras
> lo que eras!

Y entonces se fue, de nuevo a la *Venganza*, enterrado en los oscuros recovecos del lodo y las arenas movedizas.

Tía Zelda parecía disgustada. Aún no podía creer que el aprendiz fuera en realidad DomDaniel.

—Eso es hacer algo terrible, Marcia —se quejó—. Pobre chico.

—Pobre chico, ¡y un pimiento! —prorrumpió Marcia—. Hay algo que deberíais ver.

47

El aprendiz

Salieron enseguida. Marcia se adelantó caminando a grandes zancadas lo mejor que podía con aquellos chanclos. Tía Zelda tuvo que empezar a trotar para seguir su ritmo. Tenía el semblante consternado al ver la destrucción provocada por la crecida de las aguas. Había barro, algas y limo por todas partes. La noche anterior no tenía tan mala pinta a la luz de la luna y además estaba tan aliviada de que todos estuvieran vivos, que un poco de barro y porquería no le pareció un auténtico problema. Pero, a la reveladora luz de la mañana era deprimente. De repente soltó un grito desconsolado.

—¡El barco de las gallinas se ha ido! ¡Mis gallinas, mis pobres gallinitas!

—Hay cosas más importantes en la vida que las gallinas —declaró Marcia avanzando con decisión.

—¡Los conejos! —gimió tía Zelda, dándose cuenta de repente de que las madrigueras debían de haber sido arrasadas—. ¡Mis pobres conejitos, todos desaparecidos!

—¡Oh, cállate, Zelda! —soltó Marcia irritada.

No era la primera vez que tía Zelda pensaba en las ganas que tenía de que Marcia regresara pronto a la Torre del Mago. Marcia iba delante como un flautista de Hamelín vestido de púrpura en pleno viaje, caminando sobre el barro, guiando a Jenna, a Nicko, al Muchacho 412 y a una aturullada tía Zelda hasta un lugar junto al Mott, justo debajo de la granja de los patos. Mientras se acercaban a su destino, Marcia se detuvo, dio media vuelta y dijo:

—Bueno, quiero deciros que no es una bonita visión. En realidad, tal vez solo Zelda debiera ver esto, no quiero que luego tengáis pesadillas.

—Ya las tenemos —declaró Jenna—. No veo qué puede ser peor que mis pesadillas de anoche.

El Muchacho 412 y Nicko asintieron, pues estaban de acuerdo. Ambos habían dormido muy mal la noche anterior.

—Muy bien, pues —dijo Marcia. Caminó con cuidado por el barro detrás de la granja de los patos y se detuvo junto al Mott—. Esto es lo que encontré esta mañana.

—¡Ufff! —Jenna se tapó la cara con las manos.

—¡Oh! ¡Oh! ¡Oh! —exclamó tía Zelda.

El Muchacho 412 y Nicko se quedaron callados. Se sintieron mareados. De repente, Nicko desapareció hacia el Mott y vomitó.

Tumbado sobre la hierba mojada, al lado del Mott estaba lo que a primera vista parecía un saco verde vacío. Si lo mirabas por segunda vez, parecía un extraño espantapájaros sin relleno. Pero cuando lo mirabas con atención, lo cual Jenna solo consiguió hacer a través de las rendijas que le cubrían los ojos, era evidente lo que yacía ante ellos: el cuerpo vacío del aprendiz.

Como un balón desinflado, el aprendiz descansaba, desprovisto de toda vida y sustancia, con la piel vacía, aún ataviado con sus ropajes húmedos y manchados por el salitre, desparramado sobre el barro, tirado como una vieja piel de plátano.

—Esto —explicó Marcia— es el verdadero aprendiz. Lo encontré esta mañana en mi paseo. Por eso sabía a ciencia cierta que el «aprendiz» que estaba sentado junto al fuego era un impostor.

—¿Qué le ha ocurrido? —susurró Jenna.

—Ha sido **consumido**. Es un viejo, y particularmente horrible, truco. Un truco de los archivos **crípticos** —concretó Marcia gravemente—. Los antiguos **nigromantes** solían hacerlo habitualmente.

—¿No hay nada que podamos hacer por el chico? —preguntó tía Zelda.

—Es demasiado tarde, me temo —respondió Marcia—. Ahora no es más que una sombra. A mediodía se habrá ido.

Tía Zelda sollozó.

—Tuvo una vida dura, el pobrecillo. No debe de haber sido fácil ser el aprendiz de ese hombre terrible. No sé qué van a decir Sarah y Silas cuando oigan esto. Es terrible. Pobre Septimus.

—Lo sé —coincidió Marcia—, pero ahora no podemos hacer nada por él.

—Bueno, me sentaré con él... con lo que queda de él... hasta que desaparezca —murmuró tía Zelda.

El abatido grupo, a excepción de tía Zelda, regresó a la casa, cada uno enfrascado en sus propios pensamientos. Tía

Zelda volvió a los pocos minutos y desapareció en el armario de inestables pociones y venenos particulares antes de regresar a la granja de los patos, mientras que todos los demás pasaron el resto de la mañana limpiando el barro en silencio y arreglando la casa. El Muchacho 412 se alivió al comprobar que los Brownies no habían tocado la piedra verde que Jenna le había dado. Seguía estando donde la había dejado, cuidadosamente doblada en su colcha, en un cálido rincón junto al calor de la chimenea.

Por la tarde, después de convencer a la cabra para que bajara del tejado, o de lo que quedaba de él, decidieron llevar a Maxie a dar un paseo por el marjal. Cuando se iban, Marcia llamó al Muchacho 412:

—¿Puedes ayudarme con algo, por favor?

El Muchacho 412 se alegró de quedarse atrás. Aunque ya se había acostumbrado a Maxie, aún no se sentía del todo feliz en su compañía. Nunca entendería por qué a Maxie se le metía en la cabeza saltar y lamerle la cara, y la visión de su brillante nariz negra y su boca babosa siempre le producía un escalofrío de desagrado. Por mucho que lo intentara, no les encontraba la gracia a los perros. Así que el Muchacho 412 despidió felizmente a Jenna y a Nicko, que partían hacia el marjal, y entró a ver a Marcia.

Marcia estaba sentada ante el pequeño escritorio de tía Zelda. Tras ganar la batalla del escritorio antes de haberse ido, Marcia estaba decidida a recuperar el control ahora que había vuelto. El Muchacho 412 notó que todos los lápices y libretas de tía Zelda estaban tirados en el suelo, menos unos pocos que Marcia estaba ocupada en **transformar** en otros mucho más adecuados para su propio uso. Lo estaba haciendo con la clara conciencia de que tenían un definido propósito mágico —al menos Marcia esperaba que lo tuvieran— si todo salía tal y como había planeado.

—¡Ah, aquí estás! —dijo Marcia de ese modo formal que siempre le hacía sentirse al Muchacho 412 como si hubiera hecho algo mal.

Dejó un viejo y destartalado libro sobre la mesa delante de ella.

—¿Cuál es tu color favorito? —preguntó Marcia—. ¿Azul? ¿O rojo? Pensé que sería el rojo, al ver que no te has quitado ese horrible sombrero rojo desde que llegaste.

El Muchacho 412 estaba desconcertado. Nadie se había molestado nunca en preguntarle cuál era su color favorito. Y, de todas formas, ni siquiera estaba seguro de saberlo. Entonces recordó el hermoso azul de su anillo del dragón.

—Esto... azul. Una especie de azul oscuro.

—¡Ah, sí! A mí también me gusta. Con algunas estrellas doradas, ¿no crees?

—Sí, es bonito.

Marcia movió las manos delante del libro que tenía ante sí y murmuró algo. Hubo un fuerte ruido de papel mientras todas las páginas se reordenaban. Se libraron de los apuntes y garabatos de tía Zelda y también de su receta favorita de col hervida, y se convirtieron en un papel nuevo y liso de color crema, perfecto para escribir en él. Luego se unieron en una cubierta de piel de color lapislázuli completada con unas estrellas de oro de verdad y un lomo púrpura que decía que el diario pertenecía al aprendiz de la maga extraordinaria. Como toque final, Marcia añadió un cierre de oro puro y una pequeña llave de plata.

Marcia abrió el libro para comprobar que el hechizo había funcionado. Le encantó ver que las primeras y las últimas páginas eran de un rojo vivo, exactamente del mismo color que el sombrero del Muchacho 412. Y en la primera página estaban escritas las palabras DIARIO DEL APRENDIZ.

—Toma —le ofreció Marcia cerrando el libro con un golpe de satisfacción y girando la llave de plata en la cerradura—. Tiene buena pinta, ¿verdad?

—Sí —dijo el Muchacho 412 desconcertado.

¿Por qué se lo preguntaba a él?

Marcia miró al Muchacho 412 fijamente a los ojos.

—Ahora tengo que devolverte algo: tu anillo. Gracias, siempre recordaré lo que hiciste por mí.

Marcia sacó el anillo de un bolsillo del cinturón y lo dejó cuidadosamente sobre el escritorio. La mera visión del anillo de oro del dragón sobre la mesa, con la cola metida en la boca y los ojos de esmeralda brillando ante él, hacía al Muchacho 412 muy feliz. Pero por alguna razón dudó en cogerlo. Adivinaba que Marcia estaba a punto de decir algo más. Y así era.

—¿De dónde sacaste el anillo?

Al instante, el Muchacho 412 se sintió culpable. Así que había hecho algo mal. De eso se trataba.

—Yo... lo encontré.

—¿Dónde?

—Me caí en el túnel. Ya sabes, el que iba hasta la nave *Dragón*. Solo que entonces no lo sabía. Estaba oscuro, no veía nada y entonces encontré el anillo.

—¿Te pusiste el anillo?

—Bueno, sí.

—¿Y qué sucedió?

—Se... se iluminó. De modo que pude ver dónde estaba.

—¿Y te servía?

—No, bueno, al principio no. Y luego me sirvió, se hizo más pequeño.

—¡Ah! Supongo que no te cantaría una canción, ¿verdad?

El Muchacho 412 había estado mirándose atentamente los pies hasta entonces. Pero levantó la vista hacia Marcia y sorprendió sus ojos risueños. ¿Se estaba burlando de él?

—Sí, resulta que sí lo hizo.

Marcia estaba pensando. No dijo nada durante el rato que el Muchacho 412 sintió que tenía que hablar.

—¿Estás enfadada conmigo?

—¿Por qué iba a estarlo?

—Porque cogí el anillo. Es del dragón, ¿no?

—No, pertenece al amo del dragón —sonrió Marcia.

El Muchacho 412 estaba preocupado. ¿Quién era el amo del dragón? ¿Estaba muy enfadado? ¿Era muy grande? ¿Qué le haría cuando descubriese que él tenía su anillo?

—¿Podrías —preguntó vacilante—... podrías devolvérselo al amo del dragón? ¿Y decirle que siento haberlo cogido? —Empujó el anillo sobre el escritorio otra vez hacia Marcia.

—Muy bien —dijo con aire solemne levantando el anillo—, se lo devolveré al amo del dragón.

El Muchacho 412 suspiró. Le encantaba el anillo y solo con estar cerca de él se sentía feliz, pero no le sorprendió oír que pertenecía a otra persona. Era demasiado hermoso para él.

Marcia contempló unos momentos el anillo del dragón. Luego se lo tendió al Muchacho 412.

—Toma —sonrió—, es tu anillo.

El Muchacho 412 la contemplaba fijamente, sin comprender.

—Tú eres el amo del dragón —le explicó Marcia—. Es tu anillo. ¡Ah, sí!, y la persona que lo cogió dice que lo siente.

El Muchacho 412 se quedó sin habla. Miraba intensamente el anillo del dragón que descansaba en su mano; era suyo.

—Tú eres el amo del dragón —repitió Marcia—, porque el anillo te ha elegido. No canta para cualquiera, ¿sabes? Y fue en tu dedo en el que eligió acomodarse, no en el mío.

—¿Por qué? —exclamó el Muchacho 412 con un jadeo—. ¿Por qué yo?

—Tú tienes sorprendentes poderes **mágicos**, ya te lo dije antes. Tal vez ahora me creas —sonrió.

—Yo... yo pensaba que el poder provenía del anillo.

—No, proviene de ti. No lo olvides, la nave *Dragón* te reconoció, incluso sin el anillo. Lo sabía. Recuerda, el último que lo llevó fue Hotep-Ra, el primer mago extraordinario. Ha estado esperando mucho tiempo hasta encontrar a alguien que le gustara.

—Pero eso es porque estuvo en un túnel secreto durante cientos de años.

—No necesariamente —dijo Marcia en un tono misterioso—. Las cosas tienen la costumbre de salir bien finalmente.

El Muchacho 412 empezaba a creer que Marcia tenía razón.

—¿Entonces la respuesta sigue siendo «no»?

—¿«No»? —preguntó el Muchacho 412.

—A ser mi aprendiz. Lo que te he dicho, ¿no te ha hecho cambiar de opinión? ¿Serás mi aprendiz? ¿Por favor?

El Muchacho 412 hurgó en el bolsillo de su jersey y sacó

el **amuleto** que Marcia le había dado al pedirle por primera vez que fuese su aprendiz. Miró las minúsculas alas de plata. Brillaban más que nunca y las palabras seguían diciendo: «Vuela libre conmigo».

El Muchacho 412 sonrió.

—Sí —respondió—. Me gustaría ser tu aprendiz, me gustaría mucho.

48

LA CENA DEL APRENDIZ

No fue fácil traer de nuevo al aprendiz. Pero tía Zelda lo consiguió. Sus propias **gotas drásticas** y su **ungüento urgente** tuvieron algún efecto, pero no por mucho tiempo; pronto el aprendiz había empezado a desvanecerse otra vez. Fue entonces cuando decidió que solo había una cosa para remediar aquello: **voltios de vigor**.

Los **voltios de vigor** entrañaban un cierto riesgo, pues tía Zelda había modificado la poción a partir de una receta **oscura** que había encontrado en el desván cuando se mudó a la casa. No tenía ni idea de cómo funcionaría la parte **oscura**, pero algo le decía que tal vez eso era lo que se necesitaba: un toque de **Oscuridad**. Con cierta trepidación, tía Zelda desenroscó la tapa. Una brillante luz azul salió de la botellita de cristal marrón y casi la cegó. Tía Zelda esperó hasta que las manchas desaparecieron de sus ojos y luego cuidadosamente echó una minúscula cantidad de gel azul eléctrico en la lengua del aprendiz. Cruzó los dedos, algo que una bruja blanca no hace a la ligera, y contuvo la respiración durante un minuto. Hasta que de repente el aprendiz se sentó, la miró con los ojos tan abiertos que Zelda solo veía blanco, inspiró muy fuerte y luego se tumbó en la estera, se acurrucó y se puso a dormir.

Los **voltios de vigor** habían funcionado, pero tía Zelda sabía que tenía que hacer algo antes de que pudiera recuperarse por completo: tenía que **liberarle** de los amarres de su amo. Y así se sentó junto al estanque de los patos y, mientras el sol se ponía y la luna llena, intensamente anaranjada, salía por el amplio horizonte de los marjales Marram, tía Zelda hizo una visualización privada. Había una o dos cosas que deseaba saber.

Cayó la noche y la luna se elevó en el cielo. Tía Zelda caminó lentamente hacia la casa, dejando al aprendiz profundamente dormido. Sabía que tendría que dormir varios días antes de poder moverse de la granja de los patos. Tía Zelda también sabía que se quedaría con ella un poco más. Era el momento de cuidar de otro chico perdido, ahora que el Muchacho 412 se había recuperado tan bien.

Con los ojos azules centelleando en la oscuridad, tía Zelda tomó el sendero del Mott, absorta en las imágenes que había visto en el estanque de los patos, intentando comprender su significado. Estaba tan preocupada que no levantó la vista hasta que casi llegó al embarcadero de delante de la casa. No le agradó la visión que le aguardaba.

El Mott, pensó tía Zelda de mal talante, estaba hecho un desastre. Había demasiados barcos apiñados en el lugar. Como si la rancia canoa del cazador y la desvencijada y vieja *Muriel 2* no fueran suficientes, ahora, aparcada al otro lado del puente, había una decrépita vieja barcaza de pesca que contenía a un igualmente decrépito viejo fantasma.

Tía Zelda se acercó al fantasma y le habló muy fuerte y muy despacio, con la voz que siempre empleaba para dirigirse a los fantasmas y en particular a los viejos. El viejo fantasma fue notablemente educado con tía Zelda, teniendo en cuenta que le acababa de despertar con una pregunta muy grosera.

—No, señora —dijo con elegancia—, siento desilusionarla, pero no soy uno de esos horribles marineros de ese barco maligno. Soy, o supongo que para hablar con propiedad debería decir «era», Alther Mella, mago extraordinario. A su servicio, señora.

—¿De veras? —preguntó tía Zelda—. No se parece nada a como yo lo imaginaba.

—Lo tomaré como un cumplido —alegó Alther gentilmente—. Excuse mi grosería si no desembarco para saludarla, pero debo quedarme en mi vieja barca *Molly*, o de otro modo desapareceré. Es un placer conocerla, señora. Supongo que es usted Zelda Heap.

—¡Zelda! —gritó Silas desde la casa.

Tía Zelda levantó la vista hacia la casa perpleja. Todos los faroles y las velas brillaban, y parecía estar llena de gente.

—¿Silas? —voceó—. ¿Qué estás haciendo aquí?

—Quédate ahí —le gritó—. No entres. ¡Saldremos en un minuto! —Silas volvió a desaparecer dentro de la casa y tía Zelda le oyó decir—: No, Marcia, le he dicho que se quedara fuera. De cualquier modo, estoy seguro de que Zelda ni siquiera sueña con entrometerse. No, no sé si quedan más coles. Además, ¿para qué quieres nueve coles?

Tía Zelda se volvió hacia Alther, que estaba repantigado cómodamente en la proa de la barca de pesca.

—¿Por qué no puedo entrar? —preguntó—. ¿Qué ocurre? ¿Cómo ha llegado Silas hasta aquí?

—Es una larga historia, Zelda —anunció el fantasma.

—Puede contármela —le animó tía Zelda—, pues no creo que nadie más se moleste en hacerlo. Parecen demasiado ocupados saqueando toda mi provisión de coles.

—Bueno —empezó Alther—, un día estaba en las dependencias de DomDaniel atendiendo ciertos, ejem... asuntos, cuando llegó el cazador y dijo que había descubierto dónde estaban. Yo sabía que estarían a salvo mientras durase la gran helada, pero cuando el gran deshielo llegó, pensé que tendrían problemas. Yo estaba en lo cierto. En cuanto llegó el deshielo, DomDaniel partió para Bleak Creek y cogió esa horrenda nave suya, dispuesto a traer al cazador hasta aquí. Yo dispuse que mi querida amiga Alice tuviera en el puerto un barco preparado, aguardando para ponerlos a todos a salvo. Silas insistió en que todos los Heap tenían que irse, así que le ofrecí el *Molly* para viajar hasta el puerto. Jannit Maarten tenía la suya en dique seco, pero Silas la botó. Jannit no estaba muy satisfecho sobre el estado de *Molly*, pero no podíamos esperar a que le hiciera más reparaciones. Nos detuvimos en el Bosque y recogimos a Sarah; estaba muy preocupada porque ninguno de los chicos vendría. Zarpamos sin ellos y todo iba bien hasta que tuvimos un pequeño problema técnico, un gran problema técnico, en realidad: el pie de Silas atravesó el barco. Mientras lo reparábamos, nos adelantó la *Venganza*. Por suerte no nos divisó. Sarah lo pasó muy mal, pensaba que todo estaba perdido. Y entonces, para colmo, nos sorprendió la **tormenta** y nos arrastró hasta los marjales. No fue uno de mis viajes más placenteros en el *Molly*. Pero aquí estamos. Y mientras nosotros hacíamos el tonto en el barco, parece que se las han arreglado muy bien solos.

—Si no fuera por todo este barro —murmuró tía Zelda.

—Claro —admitió Alther—. Pero en mi experiencia, la **magia negra** siempre deja un rastro de suciedad tras de sí. Podría ser mucho peor.

Tía Zelda no respondió. Estaba algo distraída por el barullo que salía de la casa. De repente se oyó un fuerte estruendo seguido de unas voces que se elevaban.

—Alther, ¿qué está pasando aquí? —exigió tía Zelda—. Me voy unas horitas y cuando regreso me encuentro una especie de fiesta y ni siquiera me dejan entrar en mi propia casa. Esta vez Marcia ha ido demasiado lejos, si me pregunta mi opinión.

—Es una cena del aprendiz —explicó Alther—. Para el chaval del ejército joven. Se acaba de convertir en el aprendiz de Marcia.

—¿De veras? Eso es una noticia maravillosa —opinó tía Zelda, iluminándosele el rostro—. Una noticia perfecta, en realidad. Pero ¿sabe?, siempre tuve la esperanza de que lo fuese.

—¿Ah sí? —dijo Alther, que empezaba cogerle cariño a tía Zelda—. Yo también.

—Sin embargo —suspiró tía Zelda—, yo podría haber pasado sin toda esta historia de la cena. Tenía un bonito y tranquilo estofado de alubias y anguila planeado para esta noche.

—Tendrá que conformarse con la cena del aprendiz por esta

noche, Zelda. Se debe celebrar el día en que el aprendiz acepta la oferta de un mago. De lo contrario, el contrato entre el mago y el aprendiz no tiene valor. Y no se puede volver a hacer el contrato... Solo se tiene una oportunidad. Si no hay cena, no hay contrato y no hay aprendiz.

—¡Oh, lo sé! —exclamó tía Zelda con displicencia.

—Cuando Marcia era mi aprendiz —dijo Alther con la voz teñida por la nostalgia—, recuerdo que fue una noche increíble. Vinieron todos los magos, y había muchos más en aquellos tiempos. Esa cena fue algo de lo que se habló durante años. La celebramos en el vestíbulo de la Torre del Mago... ¿Ha estado alguna vez allí, Zelda?

Tía Zelda negó con la cabeza. La Torre del Mago era un lugar que le habría gustado visitar, pero cuando Silas fue durante breve tiempo el aprendiz de Alther, había estado demasiado ocupada asumiendo el cargo de conservadora de la nave *Dragón* de la anterior bruja blanca, Betty Crackle, que había dejado que las cosas se deteriorasen un poco.

—¡Ah, bueno! Esperemos que pueda verla algún día —suspiró Alther—. Es un lugar maravilloso —dijo, recordando el lujo y la **Magia** de entonces. Un poco distinto, pensó Alther, de una improvisada fiesta junto a una barca de pesca.

—Bueno, tengo todas las esperanzas puestas en que Marcia regrese pronto —comentó tía Zelda—. Ahora que parece que nos hemos librado de ese horrible DomDaniel.

—Yo fui aprendiz de ese horrible DomDaniel, ¿sabe? —continuó Alther— y todo lo que tuve en mi cena de aprendiz fue un bocadillo de queso. Le digo, Zelda, que me arrepentí de comer ese bocadillo de queso más que de ninguna otra cosa que hubiera hecho en mi vida. Ese bocadillo me ató a ese hombre durante años y años.

—Hasta que lo empujó desde lo alto de la Torre del Mago —se carcajeó tía Zelda.

—Yo no lo empujé. Saltó él —protestó Alther.

Otra vez el mismo cuento, y sospechaba que no sería la última vez.

—Bueno, fue lo mejor, pasara lo que pasase —opinó tía Zelda distraída por el murmullo de voces emocionadas que procedían de las puertas y ventanas abiertas de la casa. Por encima del barullo sobresalía el inconfundible tono de mandona de Marcia:

—No, deja que Sarah coja eso, Silas, a ti se te podría caer.

—Bueno, déjalo entonces, si está tan caliente.

—Cuidado con mis zapatos, ¿queréis? Y sacad a ese perro, por el amor del cielo.

—Maldito pato. Siempre está bajo mis pies. ¡Puaj! ¿Es caca de pato eso que acabo de pisar?

Y por fin:

—Y ahora me gustaría que mi aprendiz fuera delante, por favor.

El Muchacho 412 salió por la puerta con un farol en la mano. Le seguían Silas y Simon, que llevaban la mesa y las sillas; luego Sarah y Jenna, con una colección de platos, vasos y botellas, y Nicko, que llevaba una cesta con una pila de nueve coles. No tenía ni idea de por qué llevaba una cesta de coles ni tampoco iba a preguntarlo. Ya había pisado los zapatos de pitón púrpura recién estrenados de Marcia (ni en pintura iba a llevar chanclos en su cena del aprendiz) y desde entonces procuraba quitarse de en medio.

Marcia los seguía, caminando con cuidado por encima del

barro, llevando el diario de piel azul de aprendiz que había **hecho** para el Muchacho 412.

Cuando el grupo salió de la casa, las últimas nubes se dispersaron y la luna ascendió en el cielo, proyectando una luz plateada sobre la procesión que se dirigía hacia el embarcadero. Silas y Simon pusieron la mesa junto a la barca de Alther, la *Molly*, y pusieron un gran mantel blanco por encima; luego Marcia ordenó cómo debía disponerse todo. Nicko tuvo que poner la cesta de coles en mitad de la mesa, justo donde le dijo Marcia.

Marcia dio unas palmadas para solicitar silencio.

—Esta es —empezó— una importante velada para todos nosotros y me gustaría dar la bienvenida a mi aprendiz.

Todo el mundo aplaudió muy educadamente.

—No soy persona de discursos largos... —prosiguió Marcia.

—Eso no es lo que yo recuerdo —susurró Alther a tía Zelda, que se sentaba a su lado en la barca para que no se sintiera excluido de la fiesta. Zelda le dio un codazo cómplice, olvidando por un momento que era un fantasma, y su brazo pasó a través de él y se dio con el codo en el mástil del *Molly*.

—¡Aaay! —se quejó tía Zelda—. ¡Oh, lo siento, Marcia! Sigue.

—Gracias, Zelda, eso haré. Solo quiero decir que me he pasado diez años buscando un aprendiz y, aunque he encontrado algunos prometedores, nunca había encontrado lo que estaba buscando, hasta ahora.

Marcia se volvió hacia el Muchacho 412 y sonrió.

—Así que gracias por aceptar ser mi aprendiz durante los próximos siete años y un día, muchas gracias. Va a ser una época maravillosa para ambos.

El Muchacho 412, que se sentaba al lado de Marcia, se

sonrojó intensamente cuando Marcia le dio su diario de aprendiz de color azul y oro. Apretó fuerte el diario en sus manos pegajosas, dejando dos huellas de manos un poco sucias en la porosa piel azul, que nunca desaparecerían y siempre le recordarían la noche en que su vida cambió para siempre.

—Nicko —indicó Marcia—, reparte las coles, ¿quieres?

Nicko miró a Marcia con la misma expresión que usaba para mirar Maxie cuando había hecho algo particularmente tonto, pero no dijo nada. Levantó la cesta de coles y caminó alrededor de la mesa y empezó a repartirlas.

—Esto... gracias, Nicko —declaró Silas mientras cogía la col que le ofrecía y la sostenía con torpeza en las manos, preguntándose qué hacer con ella.

—¡No! —saltó Marcia—. No se las des, pon las coles en los platos.

Nicko dirigió a Marcia otra de esas miradas con las que miraba a Maxie (esta vez era la de «Me gustaría que no te hubieras hecho caca aquí»), y rápidamente depositó una col en cada plato.

Cuando todo el mundo, Maxie incluida, tuvo su col, Marcia levantó las manos en el aire pidiendo silencio.

—Esta es una cena al gusto de cada uno. Cada col está **preparada** para **transformarse** espontáneamente en lo que a cada uno le apetezca más comer. Basta con que pongáis la mano en la col y decidáis qué os gustaría comer.

Se armó un revuelo de entusiasmo, mientras cada uno decidía qué iba a comer y **transformaba** su col.

—Es un desperdicio criminal de buenas coles —susurró tía Zelda a Alther—. Yo tomaré cazuela de col.

—Y ahora que todos habéis decidido —dijo Marcia en voz

470

alta por encima del alboroto–, hay que decir una última cosa.

–¡Date prisa, Marcia! –gritó Silas–. Mi pastel de pescado se enfría.

Marcia dirigió a Silas una mirada fulminante.

–Es tradicional –continuó– que a cambio de los siete años y un día de su vida que el aprendiz ofrece al mago, el mago le ofrezca algo al aprendiz.

Marcia se volvió hacia el Muchacho 412, que estaba casi oculto tras un enorme plato de anguila guisada y bolas de harina, tal como siempre preparaba tía Zelda.

–¿Qué te gustaría que yo te diera? –le preguntó Marcia–. Pídeme lo que quieras. Haré lo que sea para dártelo.

El Muchacho 412 miró su plato. Luego miró a toda la gente que estaba reunida a su alrededor y pensó en lo distinta que había sido su vida desde que los había conocido. Se sentía tan feliz que no deseaba nada más, salvo una cosa. Algo grande e imposible que siempre le asustaba pensar.

–Lo que quieras –le animó Marcia con voz suave–. Cualquier cosa que quieras.

El Muchacho 412 tragó saliva.

–Quiero –dijo tranquilamente– saber quién soy.

49

SEPTIMUS HEAP

Inadvertidamente, en el sombrerete de la chimenea de la casa de la conservadora se posó un petrel. Había sido arrastrado por el viento la noche anterior y observaba la cena del aprendiz con gran interés. Y ahora, advirtió con una sensación de ternura, tía Zelda estaba a punto de hacer algo para lo que el petrel siempre había considerado que tenía un don particular.

—Es una noche perfecta para esto —estaba diciendo tía Zelda mientras se encontraba en el puente sobre el Mott—, hay una hermosa luna llena y nunca había visto el Mott tan calmado. ¿Puede todo el mundo acomodarse en el puente? Muévete un poco, Marcia, y hazle sitio a Simon.

Simon no parecía querer que le hicieran sitio.

—¡Oh, no os molestéis por mí! —murmuró—. ¿Por qué perder la costumbre de toda una vida?

—¿Qué dices, Simon? —preguntó Silas.

—Nada.

—Déjalo en paz, Silas —dijo Sarah—. Últimamente lo ha pasado mal.

—Todos lo hemos pasado mal últimamente, Sarah. Pero no vamos por ahí lamentándonos por ello.

Tía Zelda tamborileó, irritada, con los dedos sobre la barandilla del puente.

—Si todo el mundo ha terminado de discutir, me gustaría recordaros que estamos a punto de intentar resolver una importante pregunta. ¿De acuerdo todo el mundo?

Se hizo silencio entre el grupo. Junto con tía Zelda, el Muchacho 412, Sarah, Silas, Marcia, Jenna, Nicko y Simon estaban apretados en el pequeño puente tendido sobre el Mott. Detrás de ellos estaba la nave *Dragón*, con la cabeza levantada y arqueada por encima de ellos, mirando atentamente con sus profundos ojos verdes el reflejo de la luna bañándose en las tranquilas aguas del Mott.

Delante de ellos, un poco apartado para permitir ver el reflejo de la luna, estaba el *Molly* con Alther sentado en la proa, observando la escena con interés.

Simon se reclinó hacia atrás en el borde del puente. No entendía a qué venía tanto alboroto. ¿A quién le importaba de dónde había salido un mocoso del ejército joven? En especial un mocoso del ejército joven que le había arrebatado el sueño de toda su vida. Lo último que le preocupaba a Simon era el parentesco del Muchacho 412, y no era probable que le importara nunca, por lo que alcanzaba a imaginar. Así que, mientras tía Zelda empezaba a convocar la luna, Simon le dio deliberadamente la espalda.

—Hermana luna, hermana luna —proclamó tía Zelda en voz baja—. Muéstranos, si es tu voluntad, a la familia del Muchacho 412 del ejército joven.

Tal y como había ocurrido antes en el estanque de los patos, el reflejo de la luna empezó a crecer hasta que un enorme círculo blanco llenó el Mott. Al principio, comenzaron a aparecer vagas sombras en el círculo, que lentamente fueron cobrando definición hasta que todo el mundo vio... su propio reflejo.

Hubo un murmullo de desilusión por parte de todos menos de Marcia, que había notado algo que nadie más había percibido, y del Muchacho 412, cuya voz parecía haber dejado de sonar. Tenía el corazón latiéndole en la garganta y notaba las piernas como si fueran a convertirse en puré de chirivía en cualquier momento. Deseó no haber pedido nunca ver quién era. No pensaba que realmente quisiera saberlo. Supongamos que su familia era horrible. Supongamos que era el ejército joven, tal como ellos le habían dicho. Supongamos que era el propio DomDaniel. Justo cuando estaba a punto de decirle a tía Zelda que había cambiado de idea y que ya no le importaba saber quién era, tía Zelda habló.

—Las cosas —recordó tía Zelda a todos los que se encontraban en el puente— no son siempre lo que parecen. Recordad, la luna siempre nos muestra la verdad. Cómo veamos la verdad, es cosa nuestra, no de la luna. —Se dirigió al Muchacho 412, que estaba de pie junto a ella—. Dime —le preguntó—, ¿qué te gustaría realmente ver?

La respuesta que dio el Muchacho 412 no era la que él mismo esperaba dar.

—Quiero ver a mi madre —susurró.

—Hermana luna, hermana luna —dijo tía Zelda con voz suave—. Muéstranos si es tu voluntad a la madre del Muchacho 412 del ejército joven.

El disco blanco de la luna llenó el Mott. Una vez más, vagas sombras empezaron a aparecer, hasta que vieron... de nuevo sus propios reflejos.

Hubo un gemido de protesta colectivo, pero pronto fue atajado. Estaba sucediendo algo distinto. Una a una, las personas fueron desapareciendo del reflejo.

Primero desapareció el Muchacho 412, luego Simon, Jenna, Nicko y Silas. Luego se desvaneció el reflejo de Marcia, seguido del de tía Zelda.

De repente Sarah Heap se encontró mirando su propio reflejo en la luna, esperando que se desvaneciera, como habían hecho todos los demás, pero no se esfumó. Se hizo cada vez más grande y más definido, hasta que Sarah Heap estuvo de pie, sola, en medio del disco blanco de la luna y todo el mundo pudo ver que ya no era solo un reflejo: era la respuesta.

El Muchacho 412 miró la imagen de Sarah paralizado. ¿Cómo podía ser Sarah Heap su madre? ¿Cómo?

Sarah levantó la vista del Mott y miró al Muchacho 412.

—¿Septimus? —medio susurró.

Había algo que tía Zelda quería mostrar a Sarah.

—Hermana luna, hermana luna —clamó tía Zelda—. Muéstranos, si es tu voluntad, al séptimo hijo de Sarah y Silas Heap. Muéstranos a Septimus Heap.

Lentamente la imagen de Sarah Heap se desvaneció y fue reemplazada por la de... el Muchacho 412.

Todos lanzaron una exclamación, incluso Marcia que había adivinado quién era el Muchacho 412 unos minutos antes.

Solo ella había notado que su imagen había desaparecido del reflejo de la familia del Muchacho 412.

—¿Septimus? —Sarah se arrodilló junto al Muchacho 412 y le lanzó una mirada inquisitiva. Los ojos del Muchacho 412 se fijaron en los suyos y Sarah dijo—: ¿Sabes?, creo que tus ojos empiezan a volverse verdes, como los de tu padre y los míos y los de tus hermanos.

—¿Sí? —preguntó el Muchacho 412—. ¿En serio?

Sarah colocó la mano en el sombrero rojo de Septimus.

—¿Te importa si te quito esto? —le preguntó.

El Muchacho 412 sacudió la cabeza. ¿Para eso estaban las madres? ¿Para toquetearte el sombrero?

Sarah levantó con cuidado el sombrero del Muchacho 412 por primera vez desde que Marcia se lo encasquetara en la barraca de Sally Mullin. Mechones trigueños de cabello rizado aparecieron cuando Septimus sacudió la cabeza como un perro se sacude el agua y un muchacho se sacude su antigua vida, sus antiguos temores y su antiguo nombre.

Se estaba convirtiendo en quien realmente era: Septimus Heap.

Lo que tía Zelda vio en el estanque de los patos

Estamos de nuevo en la guardería nocturna del ejército joven. En la penumbra de la guardería la comadrona mete al bebé Septimus en una cuna y se sienta, dando muestras de cansancio. Sigue mirando nerviosa la puerta, como si esperase que entrara alguien. Nadie aparece.

Al cabo de un minuto o dos se levanta de la silla y se acerca a la cuna, donde su propio bebé está llorando, y coge al niño en brazos. En ese momento la puerta se abre y la comadrona se da media vuelta, con el rostro demudado, asustada.

Una mujer alta, vestida de negro, está de pie en el umbral. Encima de las negras y planchadas ropas lleva un delantal de enfermera blanco, almidonado, pero ciñe su cintura un cinturón de color rojo como la sangre con las tres estrellas negras de DomDaniel.

Ha venido a buscar a Septimus Heap.

La enfermera llega tarde. Se ha perdido de camino a la guardería y ahora está nerviosa y asustada. DomDaniel no tolera los retrasos. Ve a la comadrona con un bebé, tal como le habían dicho. Lo que no sabe es que la comadrona está sosteniendo a su propio niño en brazos y que Septimus Heap está dormido en una cuna en las oscuras sombras de la guardería. La enfermera corre hacia la comadrona y le quita al bebé. La comadrona protesta. Intenta arrancarle el bebé a la enfermera, pero su desesperación es superada por el empeño de la enfermera en volver al barco de DomDaniel a tiempo para la marea.

La enfermera, más alta y joven, gana. Envuelve al bebé en una larga tela negra con las tres estrellas negras y sale corriendo, perseguida por la comadrona, que grita y sabe ahora exactamente cómo se sintió Sarah Heap solo unas horas antes. La comadrona se ve obligada a abandonar la persecución en la verja, donde la enfermera, mostrando sus tres estrellas rojas, hace que la arresten y desaparece en la noche, triunfante, llevando al niño de la comadrona a DomDaniel.

Otra vez en la guardería, la vieja que se supone que es la cuidadora de los niños se despierta. Tosiendo y resollando, se levanta y prepara los cuatro biberones de la noche para los niños que tiene a su cargo. Una botella para cada uno de los trillizos, los Muchachos 409, 410 y 411 y una botella para el más reciente recluta del ejército joven, Septimus Heap, de doce horas de vida, destinado, durante los próximos diez años, a ser conocido como el Muchacho 412.

Tía Zelda suspira. Aquello era tal como esperaba. Luego pide a la luna que siga al hijo de la comadrona. Había algo más que necesitaba saber.

*La enfermera consigue volver al barco a tiempo. Una **cosa** se yergue en la popa de la barca y la cruza al otro lado del río remando a la manera de los viejos pescadores, con un solo remo. En el otro lado se encuentra con un jinete **negro**, a lomos de un enorme caballo negro. Monta a la enfermera y al niño a la grupa de su caballo y se in-*

ternan a medio galope en la noche. Tienen por delante una larga e incómoda cabalgata.

Cuando llega a la guarida de DomDaniel, en lo alto de las viejas canteras de pizarra de las Malas Tierras, el bebé de la comadrona está llorando y la enfermera tiene un terrible dolor de cabeza. DomDaniel está aguardando para ver su trofeo, que confunde con Septimus Heap, el séptimo hijo de un séptimo hijo. El aprendiz con el que sueña todo mago y todo nigromante. El aprendiz que le dará el poder para regresar al Castillo y tomar lo que legítimamente le pertenece.

Mira al bebé berreón con desagrado. Los llantos le dan dolor de cabeza y le resuenan en los oídos. Es un bebé grande para ser un recién nacido, piensa DomDaniel, y feo. No le gusta demasiado. El nigromante tiene un aire de desilusión mientras le dice a la enfermera que se lleve al bebé.

La enfermera deja al niño en la cuna que le aguardaba y se va a la cama. Al día siguiente se siente demasiado enferma para levantarse y nadie se molesta en alimentar al hijo de la comadrona hasta bien entrada la noche siguiente. No hay cena del aprendiz para este aprendiz.

Tía Zelda se sienta junto al estanque de los patos y sonríe. El aprendiz está libre de su oscuro maestro. Septimus Heap está vivo y ha encontrado a su familia. La princesa está a salvo. Recuerda algo que Marcia siempre dice: «Las cosas tienen la costumbre de salir bien finalmente».

Después...

Q*ué le ocurrió a...*

Gringe, el Guardián

Gringe siguió siendo el guardián de la puerta norte durante todos los levantamientos del Castillo. Aunque preferiría saltar a una cuba de aceite hirviendo antes que admitirlo, a Gringe le encantaba su trabajo y proporcionaba a su familia un hogar seguro en la garita del guarda, tras varios años de vivir toscamente debajo de los muros del Castillo. El día que Marcia le dio media corona resultó ser un día importante para Gringe. Ese día, por primera y única vez en su vida, Gringe se guardó parte del dinero del puente, la media corona de Marcia para ser exactos. Había algo en el sólido y grueso disco de plata que se asentaba cálido y pesado en la palma de la mano que hizo que Gringe se negara a guardarlo en la caja de los impuestos. Así que se la metió en el bolsillo, diciéndose a sí mismo que lo añadiría a la recaudación del día esa noche. Pero Gringe no podía desprenderse de la media corona. De modo que la media corona se quedó en su bolsillo durante muchos meses hasta que Gringe empezó a considerarla suya.

Y allí se habría quedado la media corona de no haber sido por un cartel que Gringe encontró clavado en la puerta norte una fría mañana, casi un año más tarde:

EDICTO DE RECLUTAMIENTO DEL EJÉRCITO JOVEN
TODOS LOS MUCHACHOS ENTRE LOS ONCE Y LOS DIECISÉIS AÑOS
QUE NO SEAN APRENDICES DE UN OFICIO RECONOCIDO
DEBERÁN PRESENTARSE EN LOS CUARTELES DEL EJÉRCITO JOVEN MAÑANA
A LAS 6.00 HORAS.

Gringe se sintió mareado. Su hijo, Rupert, acababa de celebrar su undécimo cumpleaños el día anterior. La señora Gringe se puso histérica cuando vio el cartel. Gringe también estaba histérico, pero, cuando vio a Rupert palidecer al leer la noticia, decidió que debía conservar la calma. Hundió las manos en los bolsillos y pensó. Y cuando, por costumbre, su mano se cerró alrededor de la media corona de Marcia, Gringe supo que tenía la respuesta.

En cuanto el astillero abriera aquella mañana, tendría un nuevo aprendiz: Rupert Gringe, cuyo padre acababa de asegurar siete años de aprendizaje con Jannit Maarten, un constructor de barcos para la pesca del arenque, por la sustancial cuota de entrada de media corona.

La Comadrona

Después de ser arrestada, la comadrona fue conducida al sanatorio del Castillo para personas alucinadas y afligidas debido a su estado de consternación mental y obsesión por el robo de bebés, que no se consideraba una obsesión cabal para una comadrona. Tras pasar unos años internada, se le permitió abandonar el sanatorio porque este estaba abarrotado. Se produjo un enorme incremento de personas alucinadas y afligidas desde que el custodio supremo tomó el mando del Castillo, y la comadrona no estaba ni tan alucinada ni tan afligida como para merecer la plaza. Así que Agnes Meredith, antigua comadrona, ahora vagabunda sin trabajo, empacó sus muchas bolsas y partió en busca de su hijo perdido, Merrin.

El criado nocturno

El criado nocturno del custodio supremo fue arrojado a una mazmorra después de dejar caer la corona y añadirle otra melladura. Lo soltaron al cabo de una semana, por error, y fue a trabajar a las cocinas de palacio como marmitón, pelando patatas, para lo cual demostró valer, por lo que pronto progresó hasta convertirse en jefe de pelapatatas. Disfrutaba con su trabajo, a nadie le importaba si se le caía una patata.

La juez Alice Nettles

Alice Nettles conoció a Alther Mella cuando era pasante de abogado en el juzgado del Castillo. Alther tenía que convertirse aún en el aprendiz de DomDaniel, pero Alice podía decir que Alther era especial ya entonces. Incluso después de que Alther se convirtiera en el mago extraordinario y se hablase mucho de «ese horrible aprendiz que empujó a su maestro desde la torre», Alice siguió viéndole. Sabía que Alther era incapaz de matar a nadie, ni siquiera a una mosca. Poco después de que Alther se convirtiera en mago extraordinario, Alice logró su ambición de ser juez. Pronto, sus carreras empezaron a mantener a Alther y a Alice cada vez más ocupados y dejaron de verse con la frecuencia que les había gustado, algo que Alice siempre lamentó.

Fue un golpe terrible y doble para Alice cuando, en el espacio de pocos días, los custodios no solo mataron al amigo más querido que había tenido en su vida, sino que también acabaron con su vida laboral cuando prohibieron a las mujeres entrar en el juzgado. Alice dejó el Castillo y se fue con su hermano al Puerto. Después de algún tiempo se recuperó de la muerte de Alther y aceptó un trabajo como consejera jurídica de la aduana.

Fue después de un largo día, en que se ocupaba de un peliagudo problema relacionado con un camello de contrabando y un circo ambulante, cuando Alice reparó en la taberna El Áncora Azul antes de regresar a la casa de su hermano. Fue allí, para su felicidad, donde se encontró por fin con el fantasma de Alther Mella.

La Asesina

La Asesina sufrió una pérdida completa de memoria después de ser alcanzada por un **rayocentella** de Marcia. También quedó muy chamuscada. Cuando el cazador recogió la pistola de la Asesina, la dejó tumbada donde la encontró, inconsciente sobre la alfombra de Marcia. DomDaniel hizo que la arrojaran fuera, sobre la nieve, pero los barrenderos del turno de noche la encontraron y la llevaron al hospicio de las monjas. Con el tiempo se recuperó y se quedó en el hospicio trabajando como ayudante. Por suerte para ella, nunca recuperó la memoria.

LINDA LANE

A Linda Lane le dieron una nueva identidad y la trasladaron a unas lujosas estancias con vistas al río, como recompensa por haber encontrado a la princesa. Sin embargo, unos meses más tarde fue reconocida por la familia de una de sus anteriores víctimas y una noche, muy tarde, mientras se sentaba en su balcón con una copa de su vino favorito, proporcionado por el custodio supremo, Linda Lane fue empujada y cayó al río de rápida corriente. Nunca la encontraron.

LA PINCHE MÁS JOVEN

Después de que la pinche de cocina más joven viera a Maxie en el conducto de la basura, empezó a tener pesadillas con lobos. Estas le hacían dormir tan mal, que un día se quedó dormida mientras se suponía que tenía que dar la vuelta al espeto, y todo el cordero ardió en llamas. La pinche más joven fue degradada a ayudante de pelapatatas y tres semanas más tarde se fugaba con el jefe pelapatatas para empezar juntos una vida mejor en el Puerto.

Los cinco mercaderes del norte

Tras su precipitada huida del salón de té y cervecería de Sally Mullin, los cinco mercaderes del norte se pasaron la noche en su barco, guardando en lugar seguro las mercancías y preparándose para salir por la mañana temprano con la marea alta. Los habían pillado en desagradables cambios de gobierno antes y no tenían ningún deseo de quedarse y ver lo que ocurría esta vez. Según la experiencia de los mercaderes siempre eran un mal negocio y, a la mañana siguiente, mientras pasaban por los restos humeantes del salón de té y cervecería de Sally Mullin, supieron que estaban en lo cierto. Pero apenas repararon en Sally, mientras partían río abajo, planeando su viaje hacia el sur para escapar de la gran helada y pensando ilusionados en los climas más cálidos de los países lejanos. Los mercaderes del norte habían visto todo aquello antes y no dudaban de que lo volverían a ver.

El muchacho lavaplatos

El muchacho lavaplatos contratado por Sally Mullin estaba convencido de que el local se había quemado por su culpa. Estaba seguro de que debió de dejar los trapos secándose demasiado cerca del fuego, como ya había hecho anteriormente. Pero no era alguien a quien estas cosas preocuparan durante mucho tiempo. El lavaplatos creía que cada revés era una oportunidad disfrazada. Así que construyó una pequeña cabaña sobre ruedas y cada día bajaba hasta los cuarteles de la guardia custodia y vendía pasteles de carne y salchichas a los guardias. Los contenidos de los pasteles y de las salchichas variaban según lo que pudiera conseguir el lavaplatos, pero trabajaba duro, haciendo pasteles hasta última hora de la noche y todo el día vendía muchísimo. Si la gente empezó a darse cuenta de que sus gatos y sus perros estaban desapareciendo a un ritmo alarmante, nadie lo relacionó con la súbita aparición del furgón de los pasteles de carne del muchacho lavaplatos. Y, cuando las filas de los guardias custodios fueron diezmadas por envenenamiento alimentario, se culpó al cocinero de la cantina del cuartel. El lavaplatos prosperó y nunca jamás comió uno de sus propios pasteles de carne ni una salchicha.

Rupert Gringe

Rupert Gringe era el mejor aprendiz que jamás había tenido Jannit Maarten. Jannit construía barcos para la pesca del arenque en aguas poco profundas, barcos que pudieran pescar en las aguas próximas a la costa y atrapar los cardúmenes de arenques acorralándolos hacia los bancos de arena, justo en la parte exterior del Puerto. Cualquier pescador de arenques que poseyera una barca de Jannit Maarten podía estar seguro de ganarse bien la vida, y pronto corrió la voz de que si Rupert Gringe había trabajado en el barco, habías tenido suerte: el barco se asentaría bien en el agua y navegaría rápido con el viento. Jannit reconocía el talento cuando lo veía y pronto confió en Rupert para que trabajara por su cuenta. El primer barco que Rupert construyó enteramente solo fue el *Muriel*, que pintó de verde oscuro, como las profundidades del río, y le puso velas rojas, como las puestas de sol de las postrimerías del verano en el mar.

Lucy Gringe

Lucy Gringe conoció a Simon Heap en la clase de baile para jóvenes damas y caballeros cuando ambos tenían catorce años. La señora Gringe había enviado allí a Lucy para que no se metiera en líos durante el verano. (Simon había ido a la clase por error. Silas, que tenía ciertos problemas con la lectura y a veces se le mezclaban las letras, había creído que era una clase de **trance** y cometió el error de mencionárselo a Sarah una noche. Simon lo oyó y, después de darle mucho la lata, Silas lo apuntó a la clase.)

A Lucy le encantaba el modo en que Simon estaba decidido a ser el mejor bailarín de la clase, tal como Simon estaba siempre decidido a ser el mejor en todo. Y también le gustaban sus ojos verdes de mago y su cabello rubio y rizado. Simon no tenía ni idea de por qué, de repente, le gustaba una chica, pero por algún motivo descubrió que no podía dejar de pensar en Lucy. Lucy y Simon continuaron viéndose cada vez que podían, pero mantuvieron sus encuentros en secreto. Sabían que sus familias no lo aprobarían.

El día que Lucy se fugó para casarse con Simon Heap fue el mejor y el peor de su vida. Era el mejor día hasta que los guardas irrumpieron en la capilla y se lo llevaron. Después de eso a Lucy no le importó lo que le sucediera. Gringe llegó y la llevó a casa, la encerró en lo alto de la torre del guardia para evitar que se escapara y le suplicó que olvidase a Simon Heap. Lucy se negó y le retiró la palabra a su padre. Gringe estaba desolado. Él solo había hecho lo que creía mejor para su hija.

El insecto escudo de Jenna

Cuando el ex milpiés se cayó de DomDaniel, saltó y acabó encima de un barril. El agua barrió el barril, que cayó por la borda, mientras la *Venganza* era arrastrada hacia las arenas movedizas del fondo del pantano. El barril flotó hasta el Puerto, donde fue a dar a la playa de la ciudad. El insecto escudo se secó las alas y voló hasta el campo más cercano, donde acababa de llegar un circo ambulante. Por alguna razón le cogió especial manía a un inofensivo bufón y cada noche divertía sobremanera al público cuando el insecto perseguía al bufón alrededor de la pista.

Los nadadores y el barco de las gallinas

Los dos nadadores que fueron arrojados desde la *Venganza* tuvieron la suerte de sobrevivir. Jake y Barry Parfitt, cuya madre había insistido en enseñarles a nadar antes de que se convirtieran en marinos, no eran unos nadadores particularmente buenos y todo lo que pudieron hacer fue mantener la cabeza fuera del agua mientras la tormenta rugía alrededor de ellos. Empezaban a rendirse cuando Barry vio una barca de pesca acercarse hacia ellos. Aunque parecía que no hubiera nadie a bordo de la barca de pesca, tenía una rara plancha colgando de la cubierta. Haciendo acopio de las últimas fuerzas que les quedaban, Jake y Barry subieron a la tabla y se desplomaron en la cubierta, donde se encontraron rodeados de gallinas; pero no les importaba lo que los rodeara, mientras no fuera agua.

Cuando por fin las aguas se retiraron de los marjales Marram, Jake, Barry y las gallinas fueron a dar a una de las islas
del marjal. Decidieron establecerse, lejos del camino de
DomDaniel, y pronto hubo una próspera granja de gallinas a
unos kilómetros de la isla Draggen.

LA RATA MENSAJE

Stanley fue finalmente rescatada de su cárcel bajo el suelo del
tocador de señoras por una de las antiguas ratas de la Oficina
de Raticorreos que había oído lo que le había sucedido. Se
pasó algún tiempo recuperándose en el nido de ratas de la
parte alta de la garita del guarda de la puerta norte, donde
Lucy Gringe solía alimentarlo con galletas y confiarle sus problemas. En opinión de Stanley, Lucy Gringe había tenido una
feliz fuga. Si alguna vez alguien le hubiera preguntado, Stanley habría dicho que los magos en general, y los magos llama-
dos Heap en particular, no dan sino problemas. Pero nadie se
lo llegó a preguntar.